中国孝文化十讲

许刚

凤凰出版社

图书在版编目（CIP）数据

中国孝文化十讲 / 许刚编著. -- 南京 : 凤凰出版社, 2011.12
ISBN 978-7-5506-1038-5

Ⅰ. ①中… Ⅱ. ①许… Ⅲ. ①孝—文化—中国—古代 Ⅳ. ①B823.1

中国版本图书馆CIP数据核字(2011)第270330号

书　　名	中国孝文化十讲
编　　著	许　刚
责任编辑	林日波
出版发行	凤凰出版传媒集团 凤凰出版传媒股份有限公司 凤凰出版社(原江苏古籍出版社) 发行部电话025-83223462
集团地址	南京市湖南路1号A楼,邮编:210009
集团网址	http://www.ppm.cn
出版社地址	南京市中央路165号,邮编:210009
经　　销	凤凰出版传媒股份有限公司
照　　排	南京凯建图文制作有限公司
印　　刷	南通印刷总厂有限公司 南通市通州经济开发区朝霞路180号,邮编:226300
开　　本	718×1005毫米　1/16
印　　张	17
字　　数	253千字
版　　次	2011年12月第1版　2011年12月第1次印刷
标准书号	ISBN 978-7-5506-1038-5
定　　价	48.00元

(本书凡印装错误可向承印厂调换,电话:0513-80237871)

目　录

序

儒家学说兴起于史称“春秋乱世”的时代，关注的核心是如何改变世道与人心，是经世致用的学问。

孔子痛恨弑篡不绝、征伐迭起的世道，哀怜冷漠无情、唯利是图的人心，希冀社会走向“人不独亲其亲，不独子其子”，“矜寡孤独废疾者，皆有所养”的“天下为公”的大同社会。从乱世走向治世，关键之点是树立人类普遍的仁爱之心，而孝是“仁之端”，是成就仁者的发端与起点。

孝，原本是子女对父母的自然亲情，尽人皆有，程度不同而已。孔子认为，孝可以善人心、睦宗族、美风俗，理应提倡与强化。孝亲之情具有普世性，故提倡这一善端，最容易为人接受，坐收事半功倍之效，所以孔子将孝行与人伦道德密切联系，将“孝之为行”提高到“孝之为德”的层面来提倡，使之成为万民取齐的道德准则，要求人们将自发的善行上升为自觉的德行。在孔子删订的《诗经》里，孝成为人们反复歌颂的美德。为了推行普遍的孝行，儒家建立了切于民生日用的孝行规范，供大众学习与践履，对于整体提振全民的道德水平，成效显著，影响深远。

以此为基础，孔子又将“孝之为德”提升到“孝之为道”的层面，赋予它更为丰富和深刻的内涵。《孝经》的开首，孔子将孝称为先王治国理民的“至德要道”。“百善孝为先”，孝是最感人的美德，自身的“至德”可以变成治国的“要道”，是因为孝可以向三个方面引申：其一，以爱敬存于心去孝顺父母，必然会和颜悦色、怡声下气，使老人安享幸福晚年，而不是仅有简单的衣食奉养，这是社会得以和谐的前提；其二，有孝心者，必然懂得自律，不会去做有辱于父母、门庭之事，会将自身的任何错误看做是不孝，孔门著名的孝子曾子说："居处不庄，非孝也；事君不忠，非孝也；莅官不敬，非孝也；朋友不信，非孝也；战陈无勇，非孝也。五者不遂，灾及于亲，敢不敬乎？"（《礼记·祭义》）其三，将孝行行于身，德性化于心，进而推及于天下人的父母身上，视天下人的父母为自己的父母，从而达到"博爱"的境界。人人如此，则世道人心幡然一新，故孝可以治天下。

孝是儒家思想的起点，也是儒家思想的核心范畴，可以说，不了解孝，就不了解中国文化，其重要性如此。遗憾的是，近代以来的反传统思潮，将孝视为洪水猛兽，肆意抹黑，诬之为"愚孝"，是"统治阶级的愚民把戏"，"孝子贤孙"成为人人唯恐避之不及的恶名；我亲身经历过这个黑白颠倒的时代。其实，只要一读《孝经》，这些莫须有的指责就会烟消云散。孔子反对愚孝，有明确的论述，毋庸赘引；孔子提倡孝，是要求从天子、诸侯做起，做万民的表率，作为古昔圣贤的舜，西汉明君汉文帝等，都是以孝平治天下的典范。

值得庆幸的是，数十年的动荡终于结束，人们目睹孝心、孝道的缺失给社会带来的严重后果，因而再次呼唤孝心和孝道。近些年，读过《弟子规》和《孝经》的人越来越多，起而孝敬父母的人也越来越多，势头很好。但是，毋庸讳言，孝道的推行，还处于比较初级的阶段，不仅尚未成为普遍的社会风气，而且理论研究也相对薄弱。改变这一局面，需要学术界付出艰辛的努力。

在此，我们欣喜地看到许刚博士的出色奉献。许博士先后就读于贵州大学中国文化书院和华中师范大学历史文献研究所，师从张新民教授攻读硕士学位、又从周国林教授攻读博士学位，出入经史，俯仰百家，沉潜有年，不仅奠定了坚实的学术基础，而且久蓄经世致用之志。有感于对传统孝道的深刻认识，以及推动现实生活道德建设的热忱，他从 2007 年开始，在校内开设"中国孝文化"通选课，是为国内的首创之举，年复一年的精彩讲授，赢得了学生的广泛欢迎和高度评价。教材为课程之本，直接关系到课程的成败与成绩的高下，作为教材建设，许博士精研文献，博蒐广采，汇聚了大量的史料，以数年之功，撰成《中国孝文化十讲》一书，对两千年来的孝道文化做了全面梳理和勾稽，对于在全国高校推广孝道教育，乃至推动学术界的孝道研究，做出了及时而积极的贡献。凤凰出版社决定出版此书，行将付梓之际，承蒙许博士抬爱，索序于予，乃略缀数语，弁于书首，以此向广大读者热忱推荐之。

彭　林

撰于香港城市大学旅次

2011 年 10 月 21 日

彭林，清华大学人文学院历史系教授、博士生导师，经学研究中心主任，中国古代史教研室主任，从事中国古代史、传世文献与出土文献、儒家经典的教学与研究，主编《中国经学》。主要学术兼职为国际儒学联合会理事，中国社会科学院古代文明研究中心客座研究员，中国人民大学国学院学术委员会委员、客座教授，北京师范大学宗教与人文高等研究中心学术研究部主任，日本京都大学客座教授，香港城市大学访问教授。著有《〈周礼〉主体思想与成书年代研究》（中国社会科学出版社 1991 年版）、《中国礼学在古代朝鲜的播迁》（北京大学出版社 2005 年版）、《中华传统礼仪概要》（高等教育出版社 2006 年版）、《礼乐人生——成就你的君子风范》（中华书局 2006 年版）、《儒家礼乐文明讲演录》（广西师范大学出版社 2008 年版）、《文物精品与文化中国十五讲》（北京大学出版社 2007 年版）等。

第一讲　孝、孝道、孝文化

什么是孝？这是我们在谈到中国孝文化这一主题时首先要面对的一个问题。其实对于每一个中国人来说，孝并不陌生，因为在整个中国古代宗法社会中，孝是最基本的、最重要的伦理道德思想，孝之于宗法社会，有若形影之相随。然而，如果认真地用最少的字数给孝下一个定义，却又不那么容易。它应该如何界定呢？每个人大概都会立刻对这一问题蹙眉思索，并尝试着在心里给它下一个自己心目中酝酿的定义。

我们不妨先来看一下古人是怎样给出他们的答案的。按照传统“小学”也就是中国文字学的指示，一个字包括音、形、义三部分，对一个字的训释也就可以从这三部分入手，作出声训、形训、义训三种解说。①幸运地是，对于孝，文献典籍里即充分保存了这三种解说的材料。如：

孝者，畜也。顺于道，不逆于伦，是之谓畜。（《礼记·祭统》）

孝，好也，爱好父母也。（《释名》）

这是从字音上来解释，是谓声训。

孝，善事父母者也。从老省，从子，子承老也。（《说文解字》）

这是从字形上来解释，是谓形训。

慈惠爱亲曰孝，协时肇享为孝，五宗安之曰孝，秉德不回曰孝。（《逸周书·谥法》）

孝，利亲也。（《墨子》）

善父母为孝。（《尔雅·释训》，并见于《周礼·大司寇》郑注、《诗·小雅·六月》毛传）

---

① 简单地说，声训是从字的声音入手，用发音相同或接近的字词来解释；形训是从字的结构入手，根据字的组成部分来分析其涵义；义训是直接下定义来解说字的意思。

能以事亲谓之孝。(《荀子·王制》)

这是从字义上来解释,是谓义训。

看来,古人对于什么是孝有基本一致的意见,用今天的大白话来说,那就是对父母好。而在上述三种解说中,我认为东汉许慎《说文解字》里所给出的孝字的本意,是最为简明精当的。“善事父母者也”为孝,这是界定孝字的起初原始本义;“从老省,从子,子承老也”,这是说明孝字的形体结构寓意。我们可以从以上两个方面进一步分析许慎《说文解字》的这一解释:

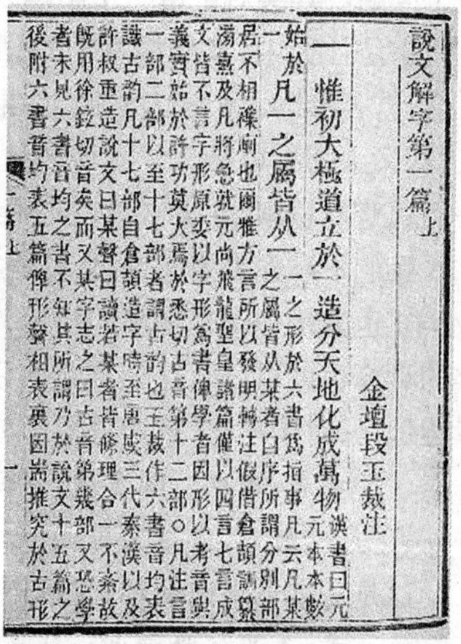

說文解字第一篇上

金壇段玉裁注

一 惟初大極道立於一造分天地化成萬物漢書曰元元本本數始於一凡一之屬皆从一一之形於六書爲指事凡云凡某之屬皆从某者自序所謂分別部居不相襍廁也爾雅方言所以發明轉注假借倉頡訓纂滂熹及凡將急就元尚飛龍聖皇諸篇僅以四言七言成文皆不言字形原委以字形爲書俾學者因形以考音與義實始於許功莫大焉於悉切古音第十二部○凡注言一部二部以至十七部者謂古韵也玉裁作六書音均表識古韵凡十七部自倉頡造字時至唐虞三代秦漢以及許叔重造說文曰某聲曰讀若某者皆條理合一不紊故既用徐鉉切音矣而又某字志之曰古音第幾部又恐學者未見六書音均之書不知其所謂乃於說文十五篇之後附六書音均表五篇俾形聲相表裏因耑推究於古形

第一,从孝字本身结构来看,“从老省”是说孝字的部首偏旁是老旁,不过省去了老字的下半部分,而“从子”也就是补充了一个子字,这样老在上、子在下,共同构成了这个会意的孝字。“子承老也”,是什么意思呢?甲骨文中已有孝字,和金文中的写法差不多,像一个长发的老人用手抚摸一个孩子的头,表示扶侍老人行走以及“老”、“子”之间的亲爱关系。所以,这个“承”,可以作奉承、承受老人解,是对老人的护持,有人进而讲作继承、传承,那就属于意义的衍申和发挥了。但无论如何,孝字的形体结构已经体现出孝的内容,既与“老”(父母长辈)有关,又与“子”(儿女晚辈)有关,是“老”(父母长辈)、“子”(儿女晚辈)之间的一种伦理道德,也就是说,从中国文字的造字精义来看,孝字本身结构已经明确地指出了孝这一伦理道德的发生空间和主体组成。

第二，从孝字本身定义来看，“善事父母者”，它明确无误地指出了孝这一伦理道德内容的中心所在。这个定义非常简明精辟，可以说是无以复加了。其主体或者说主语是“子女”，客体或者说宾语是“父母”，联系这两个群体的纽带或者说动词是“事”，也就是“侍奉”、“赡养”、“照顾”，而特别要注意的，或者说其关键之处，则是作状语的“善”字。从完整性上来讲，“子女事父母”，也就是“子女照顾父母”，这么一个具备了主谓宾完整结构的句子，已经可以概括孝的内容了，可是，为什么非要在“事”侍奉、照顾这个动词前面还加上一个限定词“善”呢？这个“善”字，这个作状语的“善”，是必须的吗？这却大有讲究！以后我们会在讲述的过程中具体阐析这个“善”，在这里我们只先简单地说明一下：这个“善”字，可以作“美善”讲，也就是好好地，好好地照顾父母，我们常说要“善待”什么什么，那么从孝这一伦理道德上讲，我们要善待父母，要好好地照顾父母；也可以作“妥善”讲，就是会照顾父母，善于照顾父母，这相对于“美善”、好好地照顾父母而言，更难更微妙，更需要我们用心去体会、去感受。所以，在把握孝的内涵时，一定要对这个“善”字仔细地用心地去体会。这个“善”字必不可少，没有“善”，就等于虽然照顾父母，但只是简单地或者说不情愿地提供衣食而已，缺少敬爱、关心、体贴这些情感层面的内容；没有“善”，就等于不会赡养父母，虽然出发点和愿望是好的，却可能忽略了父母的感受，或者违背了父母的心意，让父母觉得不舒服、不自在。这两种情况，都不是严格意义上的孝，都不是理想状况中的孝，甚至像第一种情况，根本就不是孝。

因此，从孝字本义来看，我们可以明确：孝的发生，是在“老”、“子”两个主体之间的；孝的内容，是“善事父母者”，一方面要好好地照顾父母，另一方面要善于照顾父母。这是孝字的本义，很清晰，我们首先要把这一点明确在心中。

当然随着时代的推移，孝的概念有所扩大、泛化，出现了后起义，比如孝的对象不仅限于子女对父母，子孙对祖先

亦称孝，还包括宗室、兄弟婚媾诸老等等；又比如守丧曰孝，丧服称为孝服，守丧又叫服孝，这些都是对于孝的本义的引伸，是宗族观念盛行之后产生的。还有的学者指出，"善事父母"为孝的这种伦理含义，是战国以后至今流行的、儒家所倡导的、并为国人所认同的基本含义，在最初一开始的时候，孝还有另外两层含义，这就是尊祖敬宗和传宗接代；也可以说孝的这三种含义是同时共有的，但在春秋战国之前，是尊祖敬宗和传宗接代两者占主导，春秋战国之后，"善事父母"才成为孝的核心内涵。这种说法也值得关注并深入研究，不过，春秋战国之后一直到今天，"善事父母"为孝既然已经成为孝的核心内容，我们今天探讨孝文化，自然也就以此为根本，至于春秋战国以前的孝的含义，只要有个了解就可以了。

孝为什么叫孝道呢？道，原指人行的道路，上升到哲学范畴时，则指事物运动变化所必须遵循的普遍规律。中国传统的"天道"是指宇宙或自然界的运动规律，"人道"是指人类社会的运动规律，而"天道"与"人道"在古人眼里一般是合一的。孝显然是人道极为重要的内容之一，故而可称孝道，主要是伦理意义上的名词，即为人子者应尽的人子之道，子孙事父母、事祖先的行为准则。考"孝道"一词，最早见于《史记·仲尼弟子列传》："曾参……孔子以为能通孝道，故授之业，作《孝经》。"此后便一直沿用至今，成为每一个中国人耳熟能详的常用语词。

孝为什么叫孝文化呢？文化是和人有关的物质、精神等诸多因素，孝属于伦理道德，自然是学术文化或者思想文化的重要组成部分。孝在中国文化中，不仅是一种父母与子女间的伦理价值观念和行为规范，而且包含着宗教的、哲学的、政治的、法律的、教育的、民俗的、艺术的等诸多文化意蕴，可以说是中国文化的一个核心观念与首要精神，是中国文化的显著特色之一。肖群忠先生指出，孝文化是指中国文化与中国人的孝意识、孝行为的内容与方式，及其历史性过程、政治性归结和广泛的社会性衍伸的总和。作为一种道德意识，它属于狭义的精神文化或道德文化范畴，但其历史性过程、政治性归结、社会性衍伸，则已属于广义文化的范畴了。毫不夸张地说，孝文化在中国古代社会，可谓无孔不入，它几乎涵盖社会生活的方方面面，大概没有哪一种伦理或品性可以达到它这样的高度、广度、深度、强度、密度，与孝道偏重于伦理道德相比,孝文化更能够代表孝在中国文化乃至中国人心目中影响的历史性、政治性、社会性。之所以用“中国孝文化”为名来讲授、编写本书,用意也在这里。

其实,孝是中国传统思想文化最重要的内容之一,是中国人最为讲究的道德伦理规范,在中国历史上占有极其重要的地位,中国文化以孝为根本,宗法社会以孝为基础,这应该说是中外学者所共知的。

梁漱溟:“说中国文化是‘孝’的文化,自是没错。”(《中国文化要义》)“中国文化在某一意义上,可谓为孝的文化。孝在中国文化上作用至大,地位至高,谈中国文化而忽视孝,即非于中国文化深有所知。”(《中国文化要义》引谢幼伟说)

日本汉学家桑原骘藏:“孝道是中国的根本,又是它的国粹,所以,要研究中国,首先必须阐明和理解这个孝道。”(《支那的孝道》)

法国哲学家孟德斯鸠:“支那孝之为义,不自事亲而止也。盖资于事亲而百行作始。”(《法意》)

德国哲学家黑格尔:“中国纯粹建筑在这一种道德结合上,国家的特性便是客观的‘家庭孝敬’。”(《历史哲学》)

美国人在介绍中国孝道故事的纪念邮票时说:“中国社会里孝道的美德,其意义不仅是孝子与慈父,而是伦常道德的基础,在政治上、社会上,甚至于宗教观念上,都扮演着重要的角色。了解孝道的美德,将可以帮助你领悟数千年来中国历史发展的秘密。”(中国台湾《今日邮政》,一九七五年十二月)

美国学者罗思文、安乐哲:“毋庸讶异,孝是中国人尤其早期儒家最根本最明确的价值观之一。实际上,我们甚至可以说,对中国人来说,孝乃是发展其他德性之必要条件。儒家传统的人伦思想及其所激发的‘成人’观念(personal realization)植根于亲情的涵养。”①

学者如此,政治家也有之,比如孙中山:“讲到孝字,我们中国尤为特长,尤其比各国进步得多。《孝经》所讲孝字,几乎无所不包,无所不至。现在世界中最文明的国家,讲到孝字,还没有像中国讲到这么完

---

① [美]罗思文、安乐哲著,何金俐译:《生民之本——〈孝经〉的哲学诠释及英译》,北京大学出版社 2010 年版,第 6 页。

全。”(《三民主义·民族主义》)

这些说法,对于我们了解孝在中国历史上的作用很有帮助。特别要指出的是,孝并非属于过去的历史的东西,而是个超时空的道德范畴,永远适用,直至今天,谈起孝来,任何一个普通的中国人都不会感到丝毫陌生,今天的中国人,应该说基本上也还是讲究孝的,只不过程度与过去不同,内容有所变化而已。较之祖国大陆,台湾地区更重视孝道,在华人众多的国家,如新加坡、马来西亚等,也都尊崇孝道,包括传统东亚儒家文明圈中的韩国、日本。既然孝道在历史与现实中都不容忽视,我们就有必要来学习它、研究它、继承它、弘扬它。

目前学术界基本上认为,孝产生于原始社会末期的父系氏族时代,大兴于周代,其原始意义指的是善事父母、尊祖敬宗和传宗接代。到了孔子时期,使孝从宗教意义转化为伦理意义,从宗教道德转化为家族道德。先秦末期儒家《孝经》一书的出现,使得孝这个反映家庭父母与子女关系的道德观念,在理论上被全面政治化了。到了汉代,执政者则从实践上使孝政治化,出现了“孝治天下”的情形。此后经过漫长的古代社会,到宋元明清时期,孝道演变到了登峰造极的状态。到了近现代的中国,五四新文化运动前后一批自由主义思想家,对传统的家族制度、孝道伦理进行了猛烈地批判,同时,一批被称为“新儒家”的知识分子在其后的六七十年里,则一直致力于弘扬重建传统孝道。而在上层社会政治与下层民众实践领域,也同样是批判与肯定同时存在,比如在中国大陆,一九四九年以后相当长的一段时间里,孝道是被否定的,上个世纪八十年代以来,又重新在批判继承的基础上对其加以研究和肯定。

纵观孝的历史演变过程可以看出,孝在中国古代社会长期的受到了历代执政者与社会民众的重视,对社会稳定、民众生活发挥着重要作用。只是到了近现代,才开始受到怀疑批判和弘扬重建两种对立的对待。在我们二十一世纪的今天,到底应如何以批判继承的态度对待孝道,使之服务于当代的社会生活呢?这仍是需要学术界予以系统研究的,也是更需要我们每一个人予以关注的。从现实来看,我国社会即将或者说已经跨入老龄社会,如何批判继承传统孝道,处理现代亲子关系,建立现代家庭伦理?如何解决家庭养老与社会养老的老年保障问题?如何借鉴古人以孝道作为教化之本的经验,为今天的思想道德与精神文明建设，以及保持社会稳定、增强民族凝聚力服务？可以说，孝文化的研究对上述问题的应对均有重要的现实借鉴意义。

总之，明白了什么是孝、孝道、孝文化，也就明白了我们接下来要学习、探讨的对象了。从下一讲开始，我们将从先秦入手，经秦汉、魏晋南北朝、隋唐、宋元、明清与近现代，进入中国孝文化发生、发展的历史长河与斑斓画卷，与古人同悲喜、共切磋，充满敬意地去感悟孝道，感触孝文化，感受亲情，感动你我他……

第二讲 先秦时期的孝文化

先秦指的是秦以前,是自原始社会一直到秦朝的中国历史与社会。先秦时期是我国学术文化、政治经济形成“中国特色”的奠基时期、轴心时代,孝文化也不例外,在这一时期便已充分发展、高度发达,影响了后世两千余年,一直到今天。

一、“人不独亲其亲,不独子其子”:原始社会时期的孝文化

是不是从有了人类开始,就有孝道伦理的产生呢?根据目前学者们的研究,答案是否定的。民族学有丰富的例证可以说明,在物质资料、精神文明极为贫乏的蒙昧时代与野蛮时代早期,是根本谈不到孝的观念的。当个别时期,人吃人的现象是常见的,在十世纪,柏林人的祖先范莱塔勃人或维尔茨人甚至还吃过自已的父母。澳洲的某些部落,“不只食战阵上所杀死的敌人,而且也食他们被杀死的伙伴。至于老死者,只要还可供食用,他们也是吃掉的”(摩尔根:《古代社会》)。类似这样的现象,许多民族都曾经存在过。由此可知,孝的观念是人类社会发展到一定阶段后的产物,并非人类从来就有的一种本性。

孝的观念是人类社会发展到一定阶段后的产物,那么,这个“一定阶段”大概是什么时候呢?依据康学伟先生的研究,这个“一定阶段”当是父系氏族社会时期。康先生据有关学者的考察成果,对我国基诺族人、独龙族人的有关风俗予以分析,以见孝观念产生于父系氏族社会的可能性与必然性。如独龙族,分布于云南西北部独龙江流域,现仍处于父系氏族公社的发展阶段。独龙族有一远近闻名的传统风尚,那就是家族中父子、祖孙、兄弟之间普遍和睦,相亲相爱,其平日的生活情况是:“儿子们干农活,老人在家备饭。吃饭仍多在一起,烧饭做菜是在父

母火塘处。也有的核心家庭自行开伙，但有佳肴美食，各小家庭之间必互送，更要孝敬父母。”于此可知，独龙族人民风淳朴，已经具有了孝的观念。这是通过民族实例的考察，说明父系氏族社会一般已经具备孝观念产生的前提条件，而事实上确也在许多民族中已经可以证明它的存在。

为什么父系氏族社会之前，没有产生孝的观念与伦理呢？康学伟先生在其《先秦孝道研究》一书中专门有一节予以解说，可为一家之言。我认为，想要深入、细致、明确的作出研究与分析，有不少的难度，谨慎起见，这里暂付阙如。《礼记·礼运》说：

> 大道之行也，天下为公。选贤与能，讲信修睦，故人不独亲其亲，不独子其子，使老有所终，壮有所用，幼有所长，矜、寡、孤、独、废、疾者皆有所养。男有分，女有归。货，恶其弃于地也，不必藏于己；力，恶其不出于身也，不必为己。是故谋闭而不兴，盗窃乱贼而不作，故外户而不闭，是谓大同。

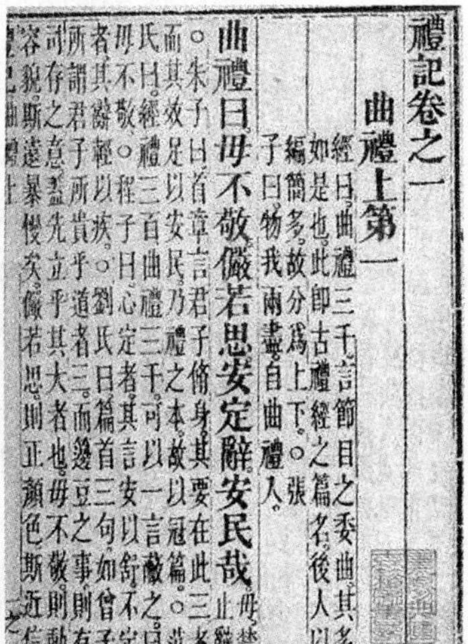
禮記卷之一
曲禮上第一
經曰曲禮三千言節目之委曲其多如是也此即古禮經之篇名後人以編簡多故分爲上下。張子曰物我兩盡自曲禮入。
曲禮曰毋不敬儼若思安定辭安民哉毋禁止辭
。朱子曰首章言君子脩身其要在此三者而其效足以安民乃禮之本故以冠篇。范氏曰經禮三百曲禮三千可以一言蔽之曰毋不敬。程子曰心定者其言安以舒不定者其辭輕以疾。劉氏曰篇首三句如曾子所謂君子所貴乎道者三而籩豆之事則有司存之意蓋先立乎其大者也毋不敬則動容貌斯遠暴慢矣儼若思則正顏色斯近信

这段话在古人心目中是上古黄金时代“理想国”的描述与向往，在近现代以来今人眼里则成了口耳相传、原始社会状况保留的珍贵史料，在这“天下为公”的情况下，人们“不独亲其亲，不独子其子”，抚养老人是氏族全体成员的事，子女与父母的亲子关系尚未明确、固定，也就没有特殊的责任与义务，这或许可以折射出当时还没有产生孝的观念与伦理。至于具体的原因与情况，则拜托并留与学者们继续长期地研究并为我们呈现了。

二、尧舜禹：五帝时期的孝文化

中华文明源远流长，中国人常常喜欢说“自从盘古开天地，三皇五帝到如今”，盘古开天地自是神话，而三皇的传说也历来众说纷纭，莫衷一是，实难探求。因而，中国传说时代的历史，还是从五帝时开始为比

较可靠。《尚书》记史"独载尧以来",《史记》则上溯至"五帝",谓此前历史不雅驯,都是有其道理的。按照《史记》的阶段划分,先秦也就是秦朝统一中国以前,大致可以粗略地分为五帝时期、三代时期,所谓五帝时期,乃是一个特定的历史时代的称谓,指夏代以前带有传说色彩的古史时期,比如我们熟知的黄帝、尧、舜等等;中国的父系氏族社会当产生于古史传说中的五帝时代前期,发展于尧舜时代,至夏朝的建立开始解体,而中国古代的孝文化早在五帝时期便达到了相当明显的程度。

第一,已有宗庙。金景芳先生在《中国古代思想的渊源》一文中,对父系氏族社会时期的宗庙问题有过专门论述,认为尧舜禹时代"作为团结血缘亲属关系的精神中心,已有宗庙",其结论是符合于历史实际的。作为祖先崇拜的产物,宗庙的作用不会超出有血缘亲属关系的家族范围,而祭祖所表现的"报本反始"、不忘起初的情感意向,正是孝观念产生的契机之一,在孝观念产生以后,它又不断地启示和强化人们的这种意识。

第二,已有养老之礼。

> 凡养老,有虞氏以燕礼,夏后氏以飨礼,殷人以食礼,周人修而兼用之。五十养于乡,六十养于国,七十养于学,达于诸侯。
>
> 有虞氏养国老于上庠,养庶老于下庠;夏后氏养国老于东序,养庶老于西序;殷人养国老于右学,养庶老于左学;周人养国老于东胶,养庶老于虞庠。
>
> 有虞氏皇而祭,深衣而养老;夏后氏收而祭,燕衣而养老;殷人冔而祭,缟衣而养老;周人冕而祭,玄衣而养老。凡三王养老皆引年。

以上三段,并见于《礼记·王制》,从形式上看,都是舜帝("有虞氏")时期、夏商周三代排比,表明养老之礼的一以贯之,其内容不必百分百确切,但均将养老之礼溯至舜帝时期,大约还是可以反映五帝时期孝文化萌发的情状。《礼记·祭义》说:

> 昔者,有虞氏贵德而尚齿,夏后氏贵爵而尚齿,殷人贵富而尚齿,周人贵亲而尚齿。虞、夏、殷、周,天下之盛王也,未有遗年者。年之贵乎天下久矣,次乎事亲也。是故朝廷同爵则尚齿。七十杖于朝,君问则席,八十不俟朝,君问则就之,而弟达乎朝廷矣。行,

肩而不并，不错则随，见老者则车、徒辟，斑白者不以其任行乎道路，而弟达乎道路矣。居乡以齿，而老穷不遗，强不犯弱，众不暴寡，而弟达乎州巷矣。古之道，五十不为甸徒，颁禽隆诸长者，而弟达乎獀狩矣。军旅什伍，同爵则尚齿，而弟达乎军旅矣。孝弟发诸朝廷，行乎道路，至乎州巷，放乎獀狩，修乎军旅，众以义死之，而弗敢犯也。

这是说：从前，虞舜帝重视道德的同时也崇尚年齿，夏代重视爵位的同时也崇尚年齿，商代重视富有的同时也崇尚年齿，周代重视近亲的同时也崇尚年齿。虞、夏、商、周，同是天下隆盛的王朝，都没有遗忘、忽视年齿。年长之人被天下重视已经相当长久了，仅仅次于侍奉双亲了。因此，朝廷上凡爵位相同的，就以年龄大的为上。七十岁的官员可以扶持手杖上朝，国君有所咨询，就要为之铺设席位，八十岁的官员不等候早朝，国君有所咨询，便亲至其家就问，这就是敬长之道实行在朝廷之上了。行路时，不要同年长者并肩，陪同兄辈的年长者要错肩雁行，陪同父辈的年长者要跟随其后，见老人走来，车和行人就要避让，通过帮助不让头发花白的老人挑担或负重走在道路上，这就是敬长之道实行在道路之上了。居住在乡村里，根据年龄论尊卑先后，年老而贫穷的人不被遗弃，强不凌弱，众不欺寡，这就是敬长之道贯彻在里巷之中了。古代的规矩，年到五十就不再充任驱兽围猎的徒役，而分配猎获禽兽还要优待年长的人，这就是敬长之道贯彻到狩猎活动当中了。在军队基层组织里，级别相同就以年纪较高者为上，这就是敬长之道贯彻到军队之中了。孝悌之道发起于朝廷，施行于道路，到达于州巷，推行于狩猎，遵循于军队，民众凭着道义以死捍卫孝悌之道，而不敢违犯。

类似的内容亦出现在《礼记·王制》中，与上面三段一样，“尚齿”即崇尚年齿、敬长之道也是从“有虞氏”的五帝时期说起。其实，敬老养老本是原始社会的一种美德，物质资料的再生产使人们逐渐重视文化的代代传递，对具有丰富经验的前辈产生敬重与爱戴之情，而人类自身的再生产又使人们从血缘上崇敬长者，产生报本反始的意向。所以，敬老养老本是人类社会发展到一定程度后自然产生的社会习俗，它在母系氏族社会时即已形成，所谓“人不独亲其亲”（《礼记·礼运》）是也。但从上引材料中可知，尧舜禹五帝时期的提倡养老尚齿，实已超出了自然习俗的范围，而成了一种礼仪形式和教化手段，它不是要求对于传统美德的简单恢复，而是具有了新的深刻含义。这种养老之礼的目的何在呢？当然在于劝化人们敬养老人，以此协和家庭关系，使社会稳定发展。五帝时期既已有了行养老之礼的事实，那么孝观念的产生自是没有问题的了。另外宜注意的是，“庠”、“序”是当时的学校之名，为什么要在这儿呢？元朝学者陈澔《礼记集说》在注《王制》时曰：“行养老之礼必于学，以其为讲明孝悌礼义之所也。”之所以“行养老之礼必于学”，要在学校，“以其为讲明孝悌礼义之所也”，是因为学校是“讲明孝悌礼义”的地方，而不只是知识性的学习而已，这可见古人教学、教育、教化的苦心孤诣，即便是养老之礼，也已体现出这一点，其思虑或有今日之不可及处！

宗庙尊祖，养老敬长，这是对于过去的亲人和现在的老人表达孝道的两种方式与体现，由此可见五帝时期孝文化的基本情况。而这一时期尤为突出的是，尧舜禹中的舜帝作为五帝时期孝文化的代表人物，影响后世至为深远，值得我们了解并分析。

关于舜帝其人其事，司马迁依据《尚书》等先秦典籍，在《史记·五帝本纪》中有详细的描写。值得注意的是，虽然其中还有先前帝王的那种神话色彩，但明显削弱了许多，而更接近于现实中的人了。通过《史记·五帝本纪》的记载，我们可以明确的是，孝道在舜帝身上主要可以归纳为两大方面：一是以孝得天下，二是以孝治天下。先看第一个方面。

《史记·五帝本纪》说：

舜父瞽叟盲，而舜母死，瞽叟更娶妻而生象，象傲。瞽叟爱后妻子，常欲杀舜，舜避逃；及有小过，则受罪。顺事父及后母与弟，日以笃谨，匪有解。

又说：

舜父瞽叟顽，母嚚，弟象傲，皆欲杀舜。舜顺适不失子道，兄弟孝慈。欲杀，不可得；即求，尝在侧。

这两段描写都突出了舜的孝道，“常欲杀舜，舜避逃；及有小过，则受罪”，“欲杀，不可得；即求，尝在侧”。后来的学者解释说，这当中尤其体现出舜的孝道之精妙：想要杀他的时候，“舜避逃”，“不可得”，这样可以使自己的父母兄弟免于杀害亲人的不仁不义；“及有小过，则受罪”，“即求，尝在侧”，是说小的过错要受处罚的时候，舜都受罪，父母需要其帮助的时候，他便会每求必应、服侍在旁边。“善事父母”为孝的“善”不是有妥善、善于的意思吗，像舜这样，这是何等的善于尽孝啊！

由于舜非常善于孝顺父母，照顾兄弟，是一位孝亲的典型，因此“年二十以孝闻”（《史记·五帝本纪》）。三十岁的时候，当时的尧帝准备选拔接班人，说：“唉！朕在位七十载了，你们当中能不能由谁来接替朕位呢？”众人都说：“我们哪敢，我们不行。”尧说：“那就都举荐一下贤才吧，不管是富贵亲近的人，还是疏远隐藏的人。”众人都对尧说：“有个单身汉在民间，叫舜。”尧说：“然，朕闻之。其何如？”嗯，我听说了，怎么样呢？众人曰：“盲者子。父顽，母嚚(yín)，弟傲，能和以孝。”意思是说，他是一个瞎子的儿子，父亲固执，母亲放肆，弟弟象傲慢，虽然父母、弟弟德行很差，但是舜能够以他的孝道使整个家庭安定和谐，不至于出乱子。尧说：“吾其试哉！”既然大家都对舜交口称赞，那就试用一下吧。“于是尧妻之二女，观其德于二女”，就是把两个女儿嫁给舜，从而通过两个女儿来观察舜的德性。

舜娶尧帝二女的婚姻大事，舜没有事先和父母商量，而是自己作主，由此引出了后来儒家学者对舜的孝道所进行的深入分析。这个问题，实际上跟前面所讲的杀之则逃、求之则来性质相同，是一个儒家学说中礼与权、变与不变的问题。首先是在《孟子·离娄上》里面，孟子曰：“不孝有三，无后为大。舜不告而娶，为无后也，君子以为犹告也。”

其次,《孟子·万章上》里面,万章问曰:"诗云:'娶妻如之何?必告父母。'信斯言也,宜莫如舜。舜之不告而娶,何也?"孟子曰:"告则不得娶。男女居室,人之大伦也。如告,则废人之大伦,以怼(duì)父母,是以不告也。"孟子在这两处表达的意思,都是说"舜不告而娶"是因为"无后"、"告则不得娶",如此而"废人之大伦",显然是大不孝,所以"舜不告而娶","君子以为犹告也",在君子看来就等同于已经禀告父母了,这无疑是从权变的角度予以诠释。宋儒朱子《孟子集注》指出:"舜告焉则不得娶,而终于无后矣。告者礼也,不告者权也。犹告,言与告同也。盖权而得中,则不离于正矣。"说得尤为明白。这个万章很有意思,继续追问:"舜之不告而娶,则吾既得闻命矣;帝之妻舜而不告,何也?"舜不告而娶的原因我明白了,那么尧帝把女儿嫁给舜,也不和他的亲家通告一声,这又是什么原因呢?"曰:帝亦知告焉则不得妻也。"孟子说,尧帝也知道,如果跟他那亲家通告了,女儿就嫁不成了,他的父母弟弟整天想杀他,哪会同意他还娶妻呢?孟子的回答在这里显得极为"机智"!

接下来,《史记》说"于是尧乃以二女妻舜以观其内,使九男与处以观其外",也就是说尧帝通过两个女儿"以观其内",考察一下舜的治家,"以理家而观国也";通过九个儿子"以观其外",考察舜的接人待物。在这个过程中,舜各方面的言行举止"弥谨",更加谨慎,结果"尧二女不敢以贵骄事舜亲戚,甚有妇道。尧九男皆益笃"。说明舜不仅严于律己,而且能够言传身教影响周围的人,使之一同向善而不敢胡作非为,哪怕你是有权有钱的"官二代"、"富二代"、"尧二代"。这种感化、感召的伟大力量,司马迁进一步作了描述,说:"舜耕历山,历山之人皆让畔;渔雷泽,雷泽上人皆让居;陶河滨,河滨器皆不苦窳。一年而所居成聚,二年成邑,三年成都。"从这里面我们可以看出,由于舜的德行为世人所称,所以人们都对他非常尊敬,走到哪儿,都会有人礼让他,并且人们都很仰慕他的高尚品行,愿意围绕在他的周围,所以他住在一个地方,一年"成聚",像个部落、村庄一样的聚集起一些人;两年"成邑",人更多了,像个小城镇了;三年"成都",成了一个大都会了。这个能力是很了不起的,已经具备了治理天下的基本条件了,或者说根本条件,也就是能够得人心!

同时呢,在尧帝考察舜的这个长期的过程中,舜的孝道美德仍然继续保持不变，而且还在现实中接受了两次严峻的考验。尧帝曾经赏给舜一把古琴，还为舜修筑了仓廪，并赐予了一些牛羊。这个时候，舜的父亲瞽叟“尚复欲杀之”，所以让舜登上仓廪清理库房，自己却从下面纵火焚烧。“舜乃以两笠自扞而下，去，得不死”，即用两个撑开的斗笠作“降落伞”、“有形的翅膀”，得以逃生。这是第一次。一计不成，又生一计，后来瞽叟又让舜打井，想等到挖得很深的时候再加害舜，釜底抽薪不成，那就给你来个落井下石；舜在打井的时候，在井壁的旁边另外又打通了一条可以藏身逃出来的通道，说明舜预料到父亲会加害于他，所以提前做好了逃生的准备。果不然，等到舜打井打得很深的时候，“瞽叟与象共下土实井，舜从匿空出，去”，再一次逃脱了父亲、弟弟对他的“流星雨”谋害。但是这个事情因此变得极富有戏剧性，司马迁在《史记》中也描写的非常精彩，寥寥数语，就把后来的一种场面像剧本似的勾勒了出来。他说：

> 瞽叟、象喜，以舜为已死。象曰：“本谋者象！”象与其父母分，于是曰：“舜妻尧二女，与琴，象取之；牛羊仓廪予父母。”象乃止舜宫居，鼓其琴。舜往见之。象鄂不怿，曰：“我思舜正郁陶！”舜曰：“然，尔其庶矣！”舜复事瞽叟爱弟弥谨。于是尧乃试舜五典百官，皆治。

简简单单的几句话，便把象的愚蠢、贪婪，以及舜再次出现时象的愕然，舜的淡然，展现得跃然纸上！所谓“舜复事瞽叟爱弟弥谨”，表明经过这件事之后，舜的孝道丝毫没有受到半点儿影响，就好像这事儿从来就没发生过，继续像以前那样侍奉父母、照顾弟弟。所以南宋一代儒宗朱子说，“舜遭人伦之变，而不失天理之常也”（《孟子集注》）。总之，发生在舜身上的这一切事情，包括舜如何与家人相处，如何与世人相处，尧帝通过二女、九男的内外观察，不可能不知道。所以经过一番考察，“尧善之”，最终传位于舜。至此，舜以孝得天下。

以孝得天下的舜帝，复以孝治天下。《史记・五帝本纪》说舜帝“布五教于四方，父义，母慈，兄友，弟恭，子孝，内平外成”。《尚书・舜典》也说到舜帝命契之语：“契！百姓不亲，五品不逊，汝作司徒，敬敷五教，在宽。”这“五教”具体指的是什么没有说明，《左传》文公十八年说“举八元，使布五教于四方：父义，母慈，兄友，弟共（恭），子孝，内外平成”，《史记・五帝本纪》采用的就是此一说法，这符合于当时的历史情况，舜帝之时尚无后世的国家，五教亦即五礼，讲的当是家庭内部的行为规范。很显然，具有孝道美德的舜帝，以孝得天下，在治理天下的时候，也非常强调孝道的积极意义，以孝治天下，因此对父、母、兄、弟、子在孝道一事上的相应责任作出了明确要求，将孝道作为家庭之礼来推崇，用以教化百姓，使家庭和睦稳定。我们说孝道的发生，是涉及到父母长辈和子女晚辈两方面主体的，所以各自都有相应的责任。比如舜的父亲，不但不义，甚至可以说就是一个恶人，完全没有体现出一个父亲应该具有的责任、美德，反而千方百计地迫害自己的儿子；弟弟象也是，贪婪愚笨，不恪守自己做弟弟的本分，这实际上已经是"父不父，弟不弟"了，从道理上讲，舜似乎也可以"子不子，兄不兄"了。可是我们看到，舜不但没有走向"子不子，兄不兄"的一面，反而在这煎熬中继续默默地恪尽自己的孝道，这确是舜的孝道为一般人所不可及处！而且我们说舜一方面好好地侍奉父母，照顾兄弟，另一方面又屡屡摆脱父亲、弟弟对他的迫害，使亲人免于不仁之地，在善于尽孝这方面，也为后世学者所称道。所以，"善事父母"为孝，所谓的"善"，在舜的身上真是达到极致了！因此，孔子赞美道："舜其至孝矣！""舜其大孝也欤！"①至，最、极的意思，我们现在还说"至高荣誉"、"至亲至尊"，那么在孔子看来，舜帝是"至孝"、"大孝"，也就是达到了孝道最高最完美的境地了！这是多么有分量的评价。孟子也说：

> 天下大悦而将归己，视天下悦而归己犹草芥也，惟舜为然。不得乎亲，不可以为人；不顺乎亲，不可以为子。舜尽事亲之道而瞽瞍厎豫，瞽瞍厎豫而天下化，瞽瞍厎豫而天下之为父子者定。此之

---

① 《孟子·告子下》："孔子曰：舜其至孝矣！五十而慕。"《中庸》："子曰：舜其大孝也与！德为圣人，尊为天子，富有四海之内。宗庙飨之，子孙保之。"《孟子·万章上》对于舜"五十而慕"的卓著孝道，也有两处评论，都说明孝是子女晚辈对于父母长辈的伦理责任，至于父母长辈爱不爱子女晚辈，则不属于应关心的内容，所谓"天下无不是的父母"；子女对于父母只应有一个心思，那就是尽孝，对于父母是否爱自己，与做子女的没有关系，即使父母很讨厌子女、虐待子女，子女忍辱负重，孝还是要尽的，这才称得上是孝子。因此，对"父母之不我爱"的舜来说，能够做到"大孝终身慕父母"，诚为难能可贵！这对于被父母捧在手里、含在嘴里却动辄这不如意那不满的我们来说，可以深思矣！

谓大孝。(《孟子·离娄上》)

这和孔子的评价是一致的。所以后来中国古代社会极为流行、长期流传的劝孝通俗读物《二十四孝》①,自然也就以“至孝”、“大孝”的舜为第一个故事了②,应该说是名副其实。

《史记》说:“舜年二十以孝闻,年三十尧举之,年五十摄行天子事,年五十八尧崩,年六十一代尧践帝位。践帝位三十九年,南巡狩,崩。”可见,虽然舜在三十岁的时候就被尧任用,但是直到五十岁才“摄行天子事”,也就是说尧用了二十年的考察,才决定传天下于舜。“摄行”八年后,尧崩,又守丧三年,所以直到六十一岁才“践帝位”。《史记》又说舜帝“践帝位”后,“载天子旗,往朝父瞽叟,夔夔唯谨,如子道。封弟象为诸侯”。可见,即便是在“践帝位”后,身为天子,舜帝依然在侍奉父亲的时候“如子道”,并不因为身为天子而对父亲有所不敬,而且不念旧恶,“封弟象为诸侯”。我们透过司马迁在《史记·五帝本纪》中前后多处的记载,再结合《尚书》、《孟子》、《荀子》等先秦典籍,确实不难发现舜帝孝道的一致性和显著性。所以说,

---

① 《二十四孝》是元代出现的一本选编先秦迄宋二十四个孝子故事的劝孝通俗读物,影响其后中国极为深远,我们将会结合具体的时代、人物,为大家一一讲解。

② 西汉刘向《新序·杂事一》载曰:“昔者,舜自耕稼陶渔而躬孝友,父瞽叟顽,母嚚,及弟象傲,皆下愚不移。舜尽孝道,以供养瞽叟。瞽叟与象,为浚井涂廪之谋,欲以杀舜,舜孝益笃。出田则号泣,年五十犹婴儿慕,可谓至孝矣。故耕于历山,历山之耕者让畔;陶于河滨,河滨之陶者器不苦窳;渔于雷泽,雷泽之渔者分均。及立为天子,天下化之,蛮夷率服。北发渠搜,南抚交址,莫不慕义,麟凤在郊。故孔子曰:‘孝弟之至,通于神明,光于四座。’舜之谓也。”《二十四孝》第一个故事则为“孝感动天”,文称:“虞舜,瞽叟之子。性至孝,父顽母嚚,弟象傲。舜耕于历山,有象为之耕,有鸟为之耘。其孝感如此。帝尧闻之,事以九男,妻以二女,遂以天下让焉。系诗颂之,诗曰:对对耕春象,纷纷耘草禽。嗣尧登帝位,孝感动天下。”

五帝时期以舜帝为代表的孝道，还是有着极大的可信性。[1]

总而言之，正如朱子在《孟子集注》中指出的那样，“天下之为子者，知天下无不可事之亲，顾吾所以事之者未若舜耳。于是莫不勉而为孝”[2]。这是舜帝的孝道给我们的启示！舜帝的家庭是复杂与不幸的，父亲顽固而不知好坏，后母自私自利，异母弟象倨傲不悌，在如此家庭环境中，舜帝能够奉行孝友，极尽人子人兄之道，使家庭关系日益趋于正常，终未出现相互残害的恶果。《中庸》说：“事难事之父母，方见人子之纯孝。”对有缺点的父母和兄弟该不该爱，舜帝用自己的行动作出了回答。正因如此，舜帝的孝行才成了他作为尧帝继承人的重要条件。《孟子·告子下》记载了这么一件事：曹交问曰：“人皆可以为尧舜，有诸?”人人都可以成为尧舜，有这说法吗？孟子曰：“然。”是的呀。“交闻文王十尺，汤九尺，今交九尺四寸以长，食粟而已，如何则可?”我听说周文王身长十尺，商汤身长九尺，现在我九尺四寸，整天光知道吃饭，怎么样才可以成为尧舜呢？孟子曰：“奚有于是？亦为之而已矣。徐行后长者谓之弟，疾行先长者谓之不弟。夫徐行者，岂人所不能哉？所不为

---

① 舜帝孝道向来为古之学者所推崇，并作为孝道教化素材，居《二十四孝》之首。近些年来，在对中国孝文化、伦理学等的研究中，有学者对舜帝孝道发出不同的看法，值得注意。到底应该如何看待舜帝孝道的有与无、真与假、好与坏，学术界恐怕一时还难以达成意见上的统一，但舜帝孝道涉及到中国孝文化的起源问题，自中国孝文化历史的通体演变、整体考察来说，对此似不能不予以适当关注。我认为，舜帝孝道应是具有相当可信性的，如果我们不拘泥死板地将其过度理想化，其中所折射出的先秦孝文化(包括儒家孝道伦理学说的建立)因子，还是颇具启示意义的。舜帝孝道固然难如儒家所论的至圣至善，但它必然反映了舜帝确实以孝著称这一事实。就目前来说，完全否定舜帝孝道包括西周以前孝道伦理的发生存在，条件尚不成熟，完全否定舜帝孝道诚不如姑且信之。换个角度想想，实则舜帝孝道之真假亦无太大的实质性意义，关键在于，数千年来舜帝孝道的符号化教化意义乃是真真切切已然发生过的，这却是不争的事实。我们固然期待舜帝孝道研究的与时俱进、愈来愈清晰，但在此明确的结果出来之前，不妨仍虔诚地将其置于二十四孝之首，继续发挥其端正人心、敦勉孝道的教化作用，这对我们却也无害。详参拙稿《关于舜帝孝道研究的一点感想》，《孝感学院学报》2009 年第 1 期。

② 西汉扬雄《法言·孝至》亦曰：“父母，子之天地与？无天何生？无地何形？天地裕于万物乎？万物裕于天地乎？裕父母之裕，不裕矣。事父母自知不足者，其舜乎？不可得而久者，事亲之谓也。孝子爱日。”

也。尧、舜之道，孝弟而已矣。子服尧之服，诵尧之言，行尧之行，是尧而已矣；子服桀之服，诵桀之言，行桀之行，是桀而已矣。”孟子说：“这跟你身高有什么关系呢?！关键在于你如何来做。慢慢地跟在长者后面行走，这叫尊敬长者，快步走在长者的前面，这叫不尊敬长者。慢慢地行走，这难道是每个人所不能做到的吗？是不做罢了。尧舜之道，就是孝弟。你穿着尧那样的礼服，说着尧那样的言语，做着尧那样的行为，就会成为尧那样的人；你穿着桀那样的礼服，说着桀那样的言语，做着桀那样的行为，就会成为桀那样的人。”也就是说，孝弟是尧舜之道，只要你的言行举止符合孝弟礼义道德的要求，就会成为尧舜那样的人。曹交听了之后，似乎恍有所悟，曰：“交得见于邹君，可以假馆，愿留而受业于门。”想留在孟子身边做孟子的学生。孟子曰：“夫道，若大路然，岂难知哉？人病不求耳。子归而求之，有余师。”道就像是地上的大路，哪里是那么难以明白呢？人的弊病在于不去追求。你回去探求吧，会有很多的老师。可见，孟子是不愿收留这个学生，所以婉转地谢绝了曹交的请求。① 我想我们每一个人都希望成为尧舜，而不愿做桀纣或者曹交吧，如果是这样的话，那么“尧舜之道，孝弟而已矣”，让我们每一个人都来树立孝弟追求、付诸亲情行动吧！

三、夏商周：三代时期的孝文化

所谓三代时期，是夏代以后产生了国家与王朝、文字与文明的信史时期，也就是我们通常所说的夏、商、周三代。这一时期，是先秦中国文化定型、发展的关键时期，孝文化的情况也是如此，特别是在西周。

夏商两代，因古文献史料记载过于简略、迄今为止考古学上的发现也很贫乏的局限，我们对其孝文化整体情况的了解是不够清晰的。孔子就曾说过：“我欲观夏道，是故之杞，而不足征也；我欲观殷道，是故之宋，而不足征也。”（《礼记·礼运》）“夏礼吾能言之，杞不足征也；殷礼吾

---

① 朱子《孟子集注》：“言道不难知，若归而求之事亲敬长之间，则性分之内，万理皆备，随处发见，无不可师，不必留此而受业也。曹交事长之礼既不至，求道之心又不笃，故孟子教之以孝弟，而不容其受业。盖孔子余力学文之意，亦不屑之教诲也。”读者三思！

能言之,宋不足征也。文献不足故也,足,则吾能征之矣。”(《论语·八佾》)孔子之时已如此,今天更无法窥其全豹了。不过,既然孝产生于五帝时期,夏人存在孝的观念与伦理当是没有问题的,夏后氏养老之礼的盛行等都可以证明这一点。夏王朝的奠基人大禹即被孔子称道曰:“禹吾无间然矣!菲饮食,而致孝乎鬼神,恶衣服,而致美乎黻冕,卑宫室,而尽力乎沟恤,禹吾无间然矣!”(《论语·泰伯》)孔子说他对于夏禹是没有什么批评的了,他自己吃得很差,却把祭祀祖宗的祭品办得极丰盛,穿得很差,却把祭服做得很华美,住得很差,却把力量全部用在沟渠水利上。在孔子眼里,子承父业、光宗耀祖的大禹其孝道孝行是可取的。至于殷商,可供我们探讨的有:

其一,经过甲骨学者的不断努力,我们已可了解殷商的祖先崇拜其在祭祀制度方面的大体情况。殷人祭祀制度的主要特征,就是《礼记·表记》中孔子所谓的“殷人尊神,率民以事神,先鬼而后礼”,尊崇上帝与祖先,并逐渐使二者合一,一方面祭祀用牲数目惊人,另一方面滥用人祭,其尊神先鬼达到了令人讶异的程度,甲骨卜辞大量地涉及社会生活方方面面的内容,足以说明。由殷人的祭祀可知,他们的崇拜祖先,意义不过为了求福和免祸,明显是以灵魂不灭的思想为基础的,这与后来西周报本反始、尊亲隆君的祭礼是不同的。

其二,《尚书·周书·无逸》说:“其在高宗,时旧劳于外,爰暨小人。作其即位,乃或亮阴,三年不言。”高宗即商王武丁,这里的“亮阴”,历代一直有不同解释,较通行的是指倚庐守制,也就是说其父小乙没后,武丁即位,为之守丧三年。最权威的是《论语·宪问》中孔子的解释:“子张曰:书云:‘高宗谅阴,三年不言。’何谓也?子曰:‘何必高宗?古之人皆然。君薨,百官总己,以听于冢宰,三年。”具体是否,恐怕将永远也说不清了。

其三,还是和高宗武丁有关。《庄子·外物》说:“人亲莫不欲其子之孝,而孝未必爱,故孝己忧而曾参悲。”《荀子·大略》说:“虞舜、孝己孝而亲不爱，比干、子胥忠而君不用，仲尼、颜渊知而穷于世。”《战国策·秦策》说：“孝己爱其亲，天下欲以为子。”《燕策》：“孝如曾参、孝己。”类似的记载多有，这里的孝已，乃高宗武丁与其妻妇好之子，传说他孝于父母，其父高宗武丁误听其后母之言，把他放逐死了。甲骨卜辞中有“兄已”，王国维以为就是孝已，并据卜辞认为孝已祀典与其弟、后来继承高宗武丁之位的祖庚同等，但因其未立，故不见于《世本》及《史记》。这样看来，传说中的孝已是确有其人，而以孝称其名，似乎正为表彰他的孝行。①

另外，据《吕氏春秋·孝行览》记载：“《商书》曰：刑三百，罪莫重于不孝。”汉代高诱注说：“商汤所制法也。”以此，似乎至殷商时，孝文化也有充分发展，法令上的反面规定可为一旁证。

下面我们重点来看一下西周。孔子说：“周监于二代，郁郁乎文哉！吾从周。”（《论语·八佾》）“周监于二代”，正说明周人是将吸收前两代经验作为一条基本原则来贯彻的。孝道大兴于西周，文献证据充分，符合于历史实际，这是没有任何疑问的。这并非周人的灵机一动或心血来潮，在很大程度上也是“监于二代”的结果，夏商二代孝道观念的历史积淀，为西周孝道之盛行奠定了坚实的基础。如果把孝道的发展作为纵向的历史来观察，那么，它的第一次异化，只能是在西周。换句话说，西周以前，孝更多的为自然和自发的孝观念、孝伦理，较为朴素；西周及

① 王充《论衡·异虚》：“殷高宗之时，桑谷俱生于朝，七日而大拱。高宗召其相而问之，相曰：‘吾虽知之，弗能言也。’问祖己，祖己曰：‘夫桑谷者，野草也，而生于朝，意朝亡乎？’高宗恐骇，侧身而行道，思索先王之政，明养老之义，兴灭国，继绝世，举佚民。桑谷亡。三年之后，诸侯以译来朝者六国，遂享百年之福。高宗，贤君也，而感桑谷生，而问祖己，行祖己之言，修政改行。桑谷之妖亡，诸侯朝而年长久，修善之义笃，故瑞应之福渥。此虚言也。祖己之言朝当亡哉？夫朝之当亡，犹人当死。人欲死，怪出；国欲亡，期尽。人死命终，死不复生，亡不复存。祖己之言政，何益于不亡？高宗之修行，何益于除祸？夫家人见凶修善，不能得吉；高宗见妖改政，安能除祸？除祸且不能，况能招致六国，延期至百年乎！故人之死生，在于命之夭寿，不在行之善恶；国之存亡，在期之长短，不在于政之得失。案祖己之占，桑谷为亡之妖，亡象已见，虽修孝行，其何益哉？何以效之？”盖孝已有孝名，故而以此“明养老之义”、“修孝行”系诸其身，而王充对此异虚之事显然是不以为然。

其以后，孝越来越偏向于社会化和意识形态化的孝道、孝治，孝文化的系统性、整体性开始全面架构。

西周孝道的盛行，与执政者的提倡是分不开的。西周之初，执政者即大力倡导与奉行孝道，推行以孝化天下的措施，使孝道成了全体社会成员都必须遵循的一条规则。《尚书·周书·酒诰》说"用孝养厥父母"，这是周公告诫其弟康叔的话，让他注意教导殷商遗民，不论种田或经商，都勿忘孝养父母。《尚书·周书·康诰》的记载尤为明确，说："元恶大憝(duì)，矧惟不孝不友。……曰：乃其速由文王作罚，刑兹无赦！"这也是周公告诫康叔之语，把孝、友看作上天给予下民的常道，将不孝不友视为元恶大憝，因为它扰乱了上天安排的秩序，凡不孝不友者，都要根据文王当年所定的刑罚条例，严惩不贷。《康诰》反映西周初年的历史，由此观之，当时不仅将孝、友视作伦常之要道，而且已将其作为治理天下重要的政教予以大力推行，是礼乐文化的重要内容之一。西周各级官吏治民，大都以教化为先，重视民德，而孝道正是关乎民德的一个重要方面。

为了全面而充分地认识西周孝文化，我们拟从人物与制度两大方面予以展开。

第一，人物方面。

由现存材料看，早在周文王祖父古公亶父、父亲季历时，周人的孝道观即已形成①，而文王可谓西周第一个著名的大孝子。《礼记·文王世子》说：

> 文王之为世子，朝于王季日三。鸡初鸣而衣服，至于寝门外，

---

① 《史记·吴太伯世家》和《韩诗外传》卷十都记载："大王亶甫有子曰太伯、仲雍、季历，历有子曰昌。太伯知大王贤昌而欲季为后也，太伯去之吴。……季遂立而养文王，文王果受命而王。"秉承父亲的志向，是古代孝道中的一项重要内容，太伯和仲雍察知父亲的志向，离家去吴，把王位让给幼弟季历，既顾全了兴盛周邦的大局，又尽到了孝道，所以成了历代人们颂扬的贤人。此即孔子曰："太伯独见，王季独知。伯见父志，季知父心。故大王、太伯、王季，可谓见始知终而能承志矣。"《论语·泰伯》："子曰：泰伯，其可谓至德也已矣！三以天下让，民无得而称焉。"孔子说："泰伯可以说是品德最高尚的人了！几次把王位让给季历，老百姓都找不到合适的词句来称赞他。"而作为季历，他也由衷地敬爱自己的兄长，并由此增加了他的荣光和福禄，终于广有四方，大大地发展了周王朝。也就是说，在周文王父亲季历、伯父太伯、叔父仲雍身上，都有可圈可点的孝道品性矣。

问内竖之御者曰:“今日安否?何如?”内竖曰:“安。”文王乃喜。及日中又至,亦如之;及莫(暮)又至,亦如之。其有不安节,则内竖以告文王,文王色忧,行不能正履。王季复膳,然后亦复初。食上,必在视寒暖之节;食下,问所膳,命膳宰曰:“末有原。”应曰:“诺。”然后退。武王帅而行之,不敢有加焉。文王有疾,武王不脱冠带而养。文王一饭,亦一饭;文王再饭,亦再饭,旬有二日乃间。

这里记载的文王对其父王季日三请安等悉心侍奉,不必视作写实,但参证以古文献中对文王孝行的记载,亦绝非无稽之谈,大体上还是可信的。而其秉承先君遗志、奠定西周灭商基础的开国事功,与其推己及人、老吾老以及人之老的“善养老”①,在后来的儒家看来,乃是更大的孝了。

---

① 周人自西伯文王时即以善养老而闻于天下,《孟子·尽心上》说:“伯夷辟纣,居北海之滨,闻文王作,兴曰:‘盍归乎来?吾闻西伯善养老者。’太公辟纣,居东海之滨,闻文王作,兴曰:‘盍归乎来?吾闻西伯善养老者。’天下有善养老,则仁人以为己归矣。五亩之宅,树墙下以桑,匹妇蚕之,则老者足以衣帛矣。五母鸡,二母彘,无失其时,老者足以无失肉矣。百亩之田,匹夫耕之,八口之家足以无饥矣。所谓西伯善养老者,制其田里,教之树畜,导其妻子使养其老。五十非帛不暖,七十非肉不饱。不暖不饱,谓之冻馁。文王之民无冻馁之老者,此之谓也。”此盛赞文王善养老、以孝化民,国因以治。不过《史记·伯夷列传》载曰:伯夷、叔齐闻西伯昌善养老,“盍往归焉!”及至,西伯卒,武王载木主,号为文王,东伐纣。伯夷、叔齐叩马而谏曰:“父死不葬,爰及干戈,可谓孝乎?以臣弑君,可谓仁乎?”左右欲兵之。太公曰:“此义人也。”扶而去之。武王已平殷乱,天下宗周,而伯夷、叔齐耻之,义不食周粟,隐于首阳山,采薇而食之。及饿且死,作歌,其辞曰:“登彼西山兮,采其薇矣。以暴易暴兮,不知其非矣。神农、虞、夏忽焉没兮,我安适归矣?于嗟徂兮,命之衰矣!”遂饿死于首阳山。由此看来,对于儒家所称颂的周武王,伯夷、叔齐是不认同的。

不光文王对王季克尽孝道，其身教胜于言教的孝行影响了后人，周初武王、周公等，也都是奉行孝道的楷模，上述材料即可见武王同样孝敬文王，文王害病，武王便日夜不脱冠带侍候在侧，饮食胃口也因文王好坏而变化。《中庸》："子曰：武王周公，其达孝矣乎！夫孝者，善继人之志，善述人之事者也。"孔子对于"善继人之志，善述人之事"，秉承文王遗愿灭商的武王、周公，无疑是极为推崇的。在《诗经》中也不乏此类褒美之词：

永言孝思，孝思维则。（《诗经·大雅·下武》）

威仪孔时，君子有孝子。孝子不匮，永锡尔类。（《诗经·大雅·既醉》）

《下武》歌颂武王，《既醉》则赞颂王公贵族们，说他们对祖先尽孝道，为整个周人树立了榜样，模范永垂，周人的统率治理定会长久。这样褒扬孝行的诗篇很多，都极力讴歌孝子，赞美孝行，无可置疑地表明了孝道在周人道德观念中所占的极其重要的地位。我们知道，《诗经》是我国第一部诗歌总集，共收入自西周初年至春秋中叶大约五百多年的诗歌三百零五篇，作为一部经典著作，对我国历史文化、诗歌文学的产生和发展有着广泛而深远的影响，是中华民族宝贵的精神财富。孔子曾经说过："《诗》三百，一言以蔽之，曰：思无邪。"也就是说《诗经》三百多篇，用一句话来概括，那就是思想纯正。在《诗经》中就出现了一些关于父母子女亲情的篇章，可以说是中国古代最早的亲情诗，是对这一时期普通人的孝道记载，堪称孝子之思的典范之作，至今读来，仍然有着强烈的艺术感染力！

我们首先来看第一篇《鸨羽》：

肃肃鸨羽，集于苞栩。王事靡盬，不能艺稷黍。父母何怙？悠悠苍天，曷其有所?!

肃肃鸨翼，集于苞棘。王事靡盬，不能艺黍稷。父母何食？悠悠苍天，曷其有极?!

肃肃鸨行，集于苞桑。王事靡盬，不能艺稻粱。父母何尝？悠悠苍天，曷其有常?!

用今天学者们翻译成的白话文是：

大雁簌簌拍翅膀，成群落在柞树上。王室差事做不完，无法去种黍子和高粱。靠谁养活我爹娘？高高在上的老天爷，何时才能回家乡？！

大雁簌簌展翅飞，成群落在枣树上。王室差事做不完，无法去种黍子和高粱。赡养父母哪有粮？高高在上的老天爷，做到何时才收场？！

大雁簌簌飞成行，成群落在桑树上。王室差事做不完，无法去种稻子和高粱。用啥去给父母尝？高高在上的老天爷，生活何时能正常？！

《鸨羽》是《诗经》中表达孝子之心的名篇，唐宋八大家之一的曾巩便曾经说过："苦于征役，而不得养其父母，则有《鸨羽》之嗟。"这篇诗歌中，士兵哀叹国家征战过多，没有时间在家里种植各类庄稼来奉养自己的父母亲，他不是只悲叹自己的处境，而是对故乡无依无靠的父母非常担忧，这便把自己的孝心呈现的淋漓尽致，也使读者随其咏叹陷入了深深的孝思！

其次，我们来看一下第二篇《陟岵》：

陟彼岵兮，瞻望父兮。父曰："嗟！予子行役，夙夜无已。上慎旃哉，犹来无止。"

陟彼屺兮，瞻望母兮。母曰："嗟！予季行役，夙夜无寐。上慎旃哉，犹来无弃。"

陟彼冈兮，瞻望兄兮。兄曰："嗟！予弟行役，夙夜必偕。上慎旃哉，犹来无死。"

用今天学者们翻译成的白话文是：

登临葱茏山岗上，远远把我爹爹望。似闻我爹对我说："我的儿啊行役忙，早晚不停真紧张。可要当心身体呀，归来莫要留远方。"

登临荒芜山岗上，远远把我妈妈望。似闻我妈对我道："我的小儿行役忙，没日没夜睡不香。可要当心身体呀，归来莫要将娘忘。"

登临那座山岗上，远远把我哥哥望。似闻我哥对我讲："我的兄弟行役忙，白天黑夜一个样。可要当心身体呀，归来莫要死他乡。"

对这首诗的分析，我们可以借用清代学者汪梧凤的一段话，他说："此诗孝子至情全在'瞻望'二字，其亲念己、祝己俱从'瞻望'中想像出来，不言己之念亲，而反言亲念己；不言己之慎，而反言亲之欲其慎，则所以念亲者益切，而所以保其身者益至矣。"清代另一位学者沈德潜也说："《陟岵》，孝子之思亲也。三段中，但念父、母、兄之思己，而不言己之思父、母与兄，盖一说出，情便浅也。情到极深，每说不出。"确实很有道理！《陟岵》写的是服役的一个军人登高瞻望，想像父母兄弟对他的思念和希望，表达自己思乡、思亲的忧伤。这首描写征人望乡的诗，它的表现手法极有特点的地方在于，它不直接写征人思乡之情，而是想像家中父母兄长如何惦念着他。他登上那光秃秃的山顶眺望，眼前浮现出亲人的面容，耳边响起了亲人的话语，他们向他诉说亲人的牵挂之情，大家都为思念他而日夜不安，希望他多多保重，平安归来。其实，它恰好从反面折射出其内心无比思念亲人、向往家乡的孝道情思！读着这些凄切的诗句，我们仿佛可以看到那位可怜的军人翘首望乡的身影：他盼望能平安还乡，与亲人团聚，但是未来的征途上却笼罩着死亡的阴影；也许，他已预感到自己将抛下爹娘，埋骨他乡，所以他一次次地把目光投向远隔云天的双亲兄长、故土家乡……

应该说，这种游子在他乡、心中想爹娘的孝思情感，在古与今的中国人心里，都是一脉相承、息息相通的。我们大家都听过满文军的《望乡》这首歌，歌词中唱道："窗外明月光映照我脸庞，欲知故乡亲人是否安康，捧一盏乡酒陪伴着你哟，无论我身在他乡与远方……"同样也表达了游子"瞻望故乡"的一种思乡、思亲之情。在我们的今天，歌舞升平，似乎感觉不到战争动乱的不安，可是这一切，却是无数边防战士、人民军队、公安武警站岗执勤、保家卫国的默默付出，才使我们无忧无虑地享受着安定和平、幸福安康、阖家欢乐，而在我们今天广大部队的军人生活中，这种望乡之情，这种孝子之思，这种父母之念，依然存在，仍然有着深刻的体会。比如小曾的《当兵的那一天》、《军中绿花》，阿振的《兵心》，都是大家非常熟悉的歌手与歌曲，歌词朴实感人，真情诚挚动人。这三首歌，如果单纯就歌词来说，可以说写得非常直白、简单、朴素，像大白话一样，如果我们像朗诵抒情诗那样读它，感觉它真是平实无奇；然而，经过我们歌手谱上优美的旋律，再用真挚的情感唱出来，效果就不一样了，而且我们注意到歌词很好地把我们当代军人的精忠报国、孝道情感两者结合了起来。《当兵的那一天》说："待到儿凯旋回故乡，爹娘已是两鬓白霜，孩儿无法孝敬床前，带给你们一枚军功章！"孩儿为了报效国家、参军入伍，离开父母没在身边，这是"无法孝敬床前"，但是孩儿"凯旋回故乡"、光荣退伍，"带给你们一枚军功章"，这便是孩儿独特的一种尽孝方式！不是随便开溜回故乡，而是"凯旋回故乡"；不是碌碌无为或者纪律处分，而是"带给你们一枚军功章"，表明了孩儿精忠报国，祖国母亲对我满意，亲生父母为我自豪，这不是对祖国(大家)、对父母(小家)都尽忠尽孝了吗?!《军中绿花》中也是这样："妈妈你不要牵挂，孩儿我已经长大"，这是劝慰生我养我的妈妈；"站岗值勤是保卫国家，风吹雨打都不怕"，这是保卫、捍卫祖国母亲妈妈。"衷心的祝福妈妈，愿妈妈健康长寿，待到庆功时再回家，再来看望好妈妈。"你看，又是"庆功时再回家"，而不是灰溜溜的回家，"再来看望好妈妈"，拿什么看呢？当然是军功章、在部队的良好表现了。阿振的《兵心》的创作背后，据说有一个感人的真实故事。这首歌无论是歌词还是旋律，确实都非常优美。"妈啊妈妈你别牵挂，祖国祖国放心吧"，这两句歌词，正好分别说给亲生母亲和祖国母亲这两个妈妈，要让两个妈妈都放心。"儿为人民放哨站岗，一片兵心在天涯"，这最后一句，堪称画龙点睛、神来之笔！"一片兵心在天涯"，唐代大诗人王昌龄有一首诗说"一片冰心在玉壶"，而我们的这首军营民谣说"一片兵心在天涯"，这升华的意境是多么的壮美啊！这兵心是对父母的孝心，是对祖国的忠心，是热血男儿的一片赤子之心！

特别是阎维文的《说句心里话》，既是孝子之情的真实抒发，也是卫士之心的坚定表达：第一段"你不扛枪我不扛枪，谁保卫咱妈妈谁来保卫她，谁来保卫她?!"这是生我养我的个人小家妈妈；第二段"你不站岗我不站岗，谁保卫咱祖国谁来保卫家，谁来保卫家?!"这是祖国大家妈妈，保卫个人小家妈妈的孝，和保卫祖国大家妈妈的忠，在这里完美地结合起来，堪称当代军人大孝为国的最佳心声！我们理应向他们这些最可爱的人、向他们的父母亲人，表达最真挚的敬意和谢意！

最后，我们一起来看一下《诗经》中表达孝子之情最感人至深的《蓼莪》篇，不管是从伦理学角度来看，还是从文学角度来看，可以说《蓼莪》

把父母的养育之恩、感恩之情写得至深至切,把不能终养父母的哀痛之恨写得有血有泪!其中流露出的深挚感情,备极哀伤痛楚,可以说是一字一泪,至今仍是表达中国人对父母深厚感情的经典代表作。

蓼蓼者莪,匪莪伊蒿。哀哀父母,生我劬劳。
蓼蓼者莪,匪莪伊蔚。哀哀父母,生我劳瘁。
瓶之罄矣,维罍之耻。鲜民之生,不如死之久矣。
无父何怙,无母何恃。出则衔恤,入则靡至。
父兮生我,母兮鞠我。拊我畜我,长我育我。
顾我复我,出入腹我。欲报之德,昊天罔极。
南山烈烈,飘风发发。民莫不谷,我独何害?!
南山律律,飘风弗弗。民莫不谷,我独不卒?!

用今天学者们翻译成的白话文是:

水蓼啊很像那抱娘蒿,可这莪不是那青蒿。哀伤我哀伤的父母,生我养我真辛劳。

水蓼啊很像那抱娘蒿,可这莪不是那牡蒿。哀伤我哀伤的父母,生我真是瘁又劳。

瓶子里面空荡荡,把着酒杯也羞愧。很少人能生活好,不如早早死了好。没有父亲何凭借,没有母亲何所靠?走出门去含悲凉,进入家来何所往。

老父亲啊生了我,老母亲啊养育我。抚摸我呀蓄养我,喂大我呀教育我。看顾我呀眷顾我,进进出出怀抱我。想要报答这恩情,老天无边没准则。

南山啊光明显赫,旋风啊呼呼作响。他人啊都能得养育,为何独我不胜过?!

南山啊有那法度,旋风啊哔哔吹过。他人啊都能得养育,为何独我完不成?!

《蓼莪》悼念父母恩德,抒发失去父母的孤苦和未能终养父母的遗憾,沉痛悲怆,凄恻动人!诗中连用“生”、“鞠”、“拊”、“蓄”、“长”、“育”、“顾”、“复”、“腹”九个动词和九个“我”字,情真意切,絮絮叨叨,不厌其烦,声促调急,确如哭诉一般,用“声声泪,字字血”来形容,那是最恰切不过了。清代学者姚际恒说:“勾人眼泪全在此无数‘我’字。”(《诗经通论》)诗歌颂念了父母恩德,充分表达了"无父何怙,无母何恃"的孝子之思,而一旦失去,"出则衔恤,入则靡至"的失落顿然而生,由此发出"鲜民之生,不如死之久矣"的悲天怆地呼号。最后两章又是景象描绘,南山高大正是父母的恩德,飘风吹拂则是孝子的悲苦,情与景交融,虚与实相衬,充分表达了诗人一片至真至性的情感,却又给人无比想像的空间！宋人严粲感慨道:"呜呼,读此诗而不感动者,非人子也!"清人方玉润则称之为"千古孝思绝作"(《诗经原始》卷十一)。

《蓼莪》是《诗经》中以充沛情感表现孝道这一美德最有名的文学作品,对后世影响极大,不仅在诗文歌赋中常有引用,甚至在朝廷下的诏书中也屡屡言及,至今尚在贵州、广西、湖南等地流传。我们举个例子,具体看一下这一篇《蓼莪》到底有如何的影响。西晋有一个人叫王裒(póu),山东昌乐人,从小就具备良好的道德操行,按礼节行事,身高八尺四寸,容貌与众不同,说话声音清脆响亮,谈吐文雅,气质刚正,博学多能,对母亲非常孝顺。除了亲自照料母亲的饮食起居,他还常陪她说话,逗她开心,以解除老人精神上的孤独和凄苦。母亲病了,他日夜侍候在床前,衣不解带地喂汤喂药。母亲生性害怕打雷,每当下雨打雷的时候,他便将门窗关得严严实实的,拉着她的手,绝不离开半步。后来母亲去世后,每逢雷电交加的时候,他便跪到父母墓前,哭着说:"娘,儿子王裒在这里,您老人家千万别害怕!"他终生都这样做,其孝心真诚可以想见！这便是《二十四孝》中的第十六个故事:"闻雷泣墓"①。那么,王裒和《蓼莪》这首诗又有什么关系呢？这要从王裒的父亲王仪说起。王仪有高风亮节,文雅正直②,魏文帝曹丕时期担任司马昭的司马。司

---

① 类似的孝子孝行史书多载,如《清稗类钞·孝友类》"郭孝子伏墓卫母":"浏阳郭孝子,村氓也。早孤,以力食于人,得值以养母。母畏雷,孝子因之不远出,春夏之交,故多雷,辄弃其所事以归,闻雷声,即持抱母。一日,母曰:'幸儿卫我,得无怖,若在九泉,谁卫我者?'孝子慰之曰:'母百年后,若逢阴雨,儿尝守母如母生时。'后母卒,葬毕,即宿墓旁。旁有小岩,可容一人,乃庐其中,晴则出,阴则守。每雷电交作时,即伏墓侧而呼曰:'儿在此,母无恐。'率以为常。"

② 王裒的祖父王修也是一个有气节的大孝子,"年七岁丧母。母以社日亡,来岁邻里社,修感念母,哀甚。邻里闻之,为之罢社"(《三国志·魏书·王修传》),可见其孝行在乡亲中产生的影响。

马昭在与吴国的一次战役中战败后问众人说："最近的事情，谁应该承担罪责？"王仪回答说："罪责在元帅身上。"司马昭大怒说："司马想把罪过加在我身上吗？！"于是让人把他拉出去斩首。王裒痛恨父亲无辜被杀，于是隐居起来教授学业，司马炎建立晋朝后，知道王裒贤德有才，不仅给其父王仪平反，并多次征召他做官，他都坚辞不就。他在父亲墓旁建草庐而居，从早到晚经常到墓前跪拜，且攀柏悲号，涕泪溅树枝，日子久了，树木也为之枯槁。特别是"读《诗》至'哀哀父母，生我劬劳'，未尝不三复流涕，门人受业者并废《蓼莪》之篇"（《晋书·孝友传》）。也就是说，每次王裒读到《诗经·蓼莪》"哀哀父母，生我劬劳"这里，就常常流泪，后来他的学生怕触及老师的思亲之情，甚至干脆避开《蓼莪》之篇而不诵读了，可想而知，《蓼莪》一诗是如何的让王裒感受深刻、刻骨铭心！王裒的孝行操尚感动乡里，他曾被推举为"孝廉"；后来，西晋王朝覆灭，盗匪四起，亲戚朋友大批南迁，渡过长江移居到江东，但王裒依恋祖茔不肯离去，结果被盗贼所害。

又比如《南齐书·高逸传》记载有一个人叫顾欢，浙江海宁人，是南朝著名的道士，"八岁，诵《孝经》、《诗》、《论》。及长，笃志好学"。母亲年老，他边耕作边读书，夜则燃糠自照。"母亡，水浆不入口者六七日，庐于墓次，遂隐遁不仕。于天台山聚徒开馆，受业者常近百人。"因为早孤，"每读《诗》至'哀哀父母'，辄执书恸泣，受学者由是废《蓼莪》"，也是像王裒那样读《蓼莪》情不能已。类似的记载还有很多。

总而言之，通过《诗经》三篇孝子诗歌，我们对先秦一般人内心的孝思情感有了一个深切的感受，其实人心都是肉长的，不分中外与古今，《诗经》三篇孝子诗歌，包括"母氏劬劳"、"母氏劳苦"、"王事靡盬，忧我父母"等其他篇章，以文学的手法，淋漓尽致地描述了作为儿女，对父母亲感恩、念恩、报恩的赤子之心，孔子教导弟子学习《诗经》的目的之一便是"迩之事父"（《论语·阳货》），这不是没有缘由的；时至今日，虽然父母与子女间的关系与古代社会已不同，但是父母养育呵护子女、子女照顾爱护父母的亲情却永远不会改变，也因此，《诗经》三篇孝子诗歌的感动亦将永远会流传下去。

第二，制度方面。

《礼记·仲尼燕居》："子曰：'制度在礼，文为在礼。行之其在人乎！'"说的是礼为制度、文章之本。西周时期的中国，以"礼乐"有别于世界上最早诞生的其他文明，故此人们常将当时的政治教化制度归结为礼治，而称西周文明为礼乐文化。西周中叶以后，礼崩乐坏，至春秋战国之世，这种文明走向了解体。礼治可说是治理社会的一种很特殊的方法，除了中国而外，尚未发现有其他国家使用类似的办法来调整社会关系和维护社会秩序。因而，探讨中国的历史和文化，必须重视对周礼的研究，考察西周的孝道，也只有将其置于礼乐文化的大背景下进行，才能更全面和客观。从周礼与孝道的关系入手，重点考察孝道在周礼中的反映，可使我们进一步认识孝道作为西周礼乐文化重要组成部分的这一论点。对此，康学伟先生《先秦孝道研究》第四章"论孝道与周代礼乐文化"，通过冠礼、婚礼、丧葬礼、祭礼以及养老礼的分析，深入而具体地说明了这个问题。

（一）冠礼

冠礼是中国古代男子成年而举行的仪式，《礼记》："冠者礼之始也。"华夏文化是礼仪的文化，而冠礼就是华夏礼仪的起点。《礼记·曲礼上》说："二十曰弱，冠。"又说："男子二十，冠而字。"《檀弓上》说："幼名，冠字，五十以伯仲，死谥，周道也。"可知冠礼是为男子二十加冠并命字之礼。《仪礼》的首篇为《士冠礼》，讲的是士这一阶层加冠仪式的全部过程、具体步骤，通过对其仪式的分析，可以发现其中蕴含着的孝道观。比如极为重要的一点便是，行礼须在宗庙中进行，并要祭告祖先。《礼记·冠义》说："是故古者重冠，重冠故行之于庙。行之于庙者，所以尊重事，尊重事而不敢擅重事，不敢擅重事，所以自卑而尊先祖也。"①

---

① 陈澔《礼记集说》曰："古者重事必行之于庙中……以示有所尊而不敢专也。冠礼者，人道之始，所不可后也。孝子之事亲也，有大事，必告而后行，没则行诸庙，犹是义也。"

“已冠而字之,成人之道也……成人之者,将责成人礼焉也。责成人礼焉者,将责为人子、为人弟、为人臣、为人少者之礼行焉。将责四者之行于人,其礼可不重与?!故孝弟忠顺之行立,而后可以为人;可以为人,而后可以治人也。”从加冠之日起,这个青年便正式成了社会的一员,将负起为人子、为人弟、为人少者的责任。“孝弟忠顺之行立,而后可以为人”,正说出了冠礼所包含的社会意义,同时也可知,孝道这种观念,在冠礼中是得到了充分体现的。

(二)婚礼

婚礼为男子娶妻之礼,《仪礼·士婚礼》记载周代士这一阶层的婚礼仪式,以此为基本依据,再征诸《左传》等书的记载,我们对于周代婚礼形式之后所隐藏着的孝道观念意识,可以有一个大体上的了解和分析。周代丈夫的娶妻目的,主要是为了存续家族血统,使祖先永不绝祀。《礼记·哀公问》引孔子曰:“天地不合,万物不生。大昏(婚),万世之嗣也。”《昏义》则曰:“昏(婚)礼者,将和二姓之好,上以事宗庙,而下以及后世也,故君子重之。是以昏礼纳采、问名、纳吉、纳征、请期,皆主人筵几于庙,而拜迎于门外。入,揖让而升,听命于庙,所以敬慎重正昏礼也。”“上以事宗庙”、“下以及后世”,这便是娶妻的根本目的,而且和冠礼一样,行礼须在宗庙中进行、祭告祖先,是婚礼中非常重要的内容。《左传》昭公元年便记载这么一个故事:

春秋时期,楚国北面的郑国国君想把大臣公子段的女儿嫁给楚国的将军公子围,用结亲的方式同楚国建立友好关系,不料,楚国却想用公子围到郑国迎亲的机会,带兵前往一举吞并郑国。到了迎亲那天,公子围驾起战车,率领军队,浩浩荡荡直奔郑国而来。郑国的子产识破了楚国这种迎亲的险恶用心,便派子羽出城婉言辞谢,说:“我们郑国都城很小,你们来迎亲的人太多,实在盛不下,就在城外举行婚礼吧!”公子围的代表却说:“婚礼是件大事,怎能在野外举行!你们不让我们进城,岂不是要叫天下人都笑话我们楚国的地位低于你们郑国吗?不但如此,而且还会使我们的公子围犯下欺骗祖先之罪。公子围在离开楚国时,还到祖庙恭敬地祭告祖先呢!”这时,子羽见已经把话说到这份儿上了,只好直言不讳地说:“我们的国家小,不算错;但是,如果因为国家小,希望仰赖大国,而自己不加防备,那才是大错呢!郑国同你们楚国联姻，本想依靠你们大国来保护我们小国，可是你们心怀鬼胎暗取我国，这是我们绝对不能容忍的！”公子围见阴谋败露，料想郑国定有防备，只得放弃偷袭郑国的打算，但又矢口否认自己有吞食郑国的意图，坚持要进城，并表示楚兵一律不带武器，全部空手。子产和子羽见公子围已经承诺不带武器，就同意了公子围进城迎亲的要求。公子围在城中举行婚礼后，不久便带着新娘子回到了楚国。

这个故事中，郑人想在城外举行婚礼，楚人则强调是已到祖庙恭敬地祭告祖先而来，不得于野外成礼，可见祭告祖先是婚礼中必不可少的重要环节。若不到宗庙祭告祖先而“先配后祖”，则不会被社会所承认，人们认为“是不为夫妇，诬其祖矣。非礼也，何以能育？”在最后夫婿亲到女家迎娶新妇时，行前其父还要命令这个儿子：“往迎尔相，承我宗事，勖帅以敬先妣之嗣。”夫婿到了女家，女子的父亲也要将其迎入家庙，在这里将女儿交给他。《白虎通》解释这样做的理由说：“遣女于祢庙者，重先人之遗体，不敢自专，故告祢也。”看来，不管是娶还是嫁，都要祭告祖先。而新妇来到夫家，要经过三个月，方始拜见夫家的祖庙，叫做“庙见”，庙见之后才能得到夫家正式妻子的资格。所以，只有质诸祖先的婚姻才算有效，才算具有了合情、合理、合法的家庭意义和社会意义。

为了使祖先的血统得到延续，娶妻的直接目的即是为了生子（儿子），女性若不能生育，则大抵免不了被休弃的命运。因此，可以说娶妻并非首先为了丈夫，而是为了祖先，为了宗法家族的“香火”，所谓“爱情”云云是从属于亲情的。明确了这一点，才会深刻理解当时有关婚姻的各种制度。

（三）丧葬礼

人类的初期并不掩葬死者，当人类社会发展到一定水平并产生了与之相应的一些观念意识之后，才开始出现埋葬。葬，《说文解字》曰：“藏也。从死在茻（mǎng）中。一其中，所以荐之。《易》曰：‘古之葬者，厚衣之以薪。’”这是说葬也就是藏的意思，茻是众草，用杂草、树枝把尸体埋藏起来，并引用《易》文来证明。《易·系辞下》原文是：“古之葬者，厚衣之以薪，葬之中野，不封不树，丧期无数。后世圣人，易之以棺椁。”这是说古时埋葬死者，用杂草、树枝把尸体埋藏起来，既不封土堆成坟墓,也不种植树木以为标志,后来才改换成棺椁。

周代丧葬之礼大体可划分成三个层面:第一层面为葬前礼,即人死至下葬之前的礼仪;第二层面为葬礼,即埋葬死者之礼;第三层面为丧后服丧礼与守孝礼。对于丧葬之礼,礼家大率皆以丧主之孝思作解,事实上,许多礼仪是传统风俗的延续,未必都是出于孝道方面的考虑,但礼学家的解释却反映了人们借此以推行孝道的用意,而这些礼仪的举行,对于孝道的砥砺作用也确实是不可低估的。相关情况我们将在《孝经》那一讲再做介绍。

（四）祭礼

古人祭祀的对象很宽泛,多种类祀典并存,这里所说的祭礼,属于宗庙之祭。周代宗庙之祭的主要特征是什么呢?《礼记·表记》记载孔子评论三代说:“夏道尊命,事鬼敬神而远之……殷人尊神,率民以事神……周人尊礼尚施,事鬼敬神而远之。”这是说,夏代尊崇天命,敬事鬼神而疏远它们,商代尊崇鬼神,率领人民来事奉鬼神,周代尊重礼仪而崇尚施予,敬事鬼神而疏远它们。“事鬼敬神而远之”,这是很不简单的一件事,它说明,周人并非如殷人那样真的信奉鬼神的存在。周人的重视祭礼,其直接目的即在于维护宗法,核心内容是对祖先的报本反始、追孝缅怀,其宗庙之祭实质上是祭祀与宗法相结合的一种现象,也可说是宗法制度的一种表现形式,其制定的以血缘关系为纽带的宗法制度,使孝道成为一种正式的人伦规范和礼仪制度。这一点,对于中国文化的影响是很大的。

比如我们举个例子:在西周宗法制度下,无论天子、诸侯,以至于卿大夫、士,都必须遵守父死子继的原则,即舍弟而传子,舍庶而立嫡,于是嫡子始尊,由嫡子之尊然后产生叔伯(前代之庶子)不得攀比于严父(前代之嫡子)的观念,而这一意识形态便是孝道观念在宗法制度上的表现。换句话说,传子立嫡、尊父敬兄是孝道的宗法形态。西周宗庙之祭在宗法的制约下是非常严格的:不是所有的儿子都享有祭祀先祖的资格,他们只有贡纳祭品的义务,没有庙祭先祖的权利,易言之,对先祖行孝而庙祭,必须是宗族中的宗子(孝子),即嫡长子才有资格。若宗子有疾,不堪当祭,则庶子代摄可也,但必须告知宗子,方可祭祀。当然,宗子有保护和帮助宗族成员的责任,而宗族成员也有支持和听命宗子的义务。这一宗法形态，实际上可以说一直维系到今天，特别是在农村。比如在我的家乡山东烟台的农村，这种长子、次子的祭祀关系，仍然有所保留，父亲在世，族谱在过年时由父亲张挂，兄弟们团聚于父亲家中，那么同族的族人除夕晚上挨家磕头拜年时，都到父亲屋里的正厅来磕头行礼；父亲去世，族谱则由长子主持，同族的族人除夕晚上挨家磕头拜年时，便到长子家里的正厅来磕头行礼。但是，如果兄弟二人不和，不相往来，弟弟有时也会单独挂起族谱，以表示自己单独立户，这便会让同族的族人除夕晚上挨家磕头拜年时比较难办，因为按照通常的做法，要到长子家，但现在次子也挂起族谱，要不要去呢？在农村中，这样的问题，实际上仍是西周以来宗法制度的一种保留和演变。

（五）养老礼

敬老养老到尧舜时代已成了一种礼仪形式，用以教化人民，夏、商两代亦皆行养老之礼，西周则对古老的养老礼仪加以改造，纳入了礼乐文化的范畴。作为周代礼乐文化的一个重要组成部分，养老礼对调节人际关系、维护社会公德、安定政治秩序都起着极大的作用，此即《墨子》、《孟子》所称的“圣王孝治天下”。《墨子·非命下》载：

> 昔者三代圣王禹、汤、文、武，方为政乎天下之时，曰：“必务举孝子而劝之事亲，尊贤良之人而教之为善。”是故出政施教，赏善罚暴。且以为若此，则天下之乱也，将属可得而治也；社稷之危也，将属可得而定也。故昔者禹、汤、文、武，方为政乎天下之时，曰：“必使饥者得食，寒者得衣，劳者得息，乱者得治。”遂得光誉令问于天下。

“举孝子而劝之事亲，尊贤良之人而教之为善”，目的很明确，就是要把家中的孝子发现并表彰起来，用来敦劝子女照顾父母；就是要把社会上的贤良选拔并任用起来，用来敦劝人们言行向善。孝子是亲情孝道的体现者，所以可以用来感召人心，使子女都努力去做孝子，从而照顾好父母，安顿好家庭；贤良是德才正道的体现者，所以可以用来规范人伦，使人们修养好自己，建设好社会。这个道理其实很简单，也不难操作，关键在于治理者的举措而已。咱们今天依然有道德模范、劳动模范、英雄人物、先进工作者事迹报告会，一旦树立了这样的典型，并且当他的言行确实与其名声相符，真实而真正地为人们所认识之后，往往会产生难以估量的潜移默化的感染作用。这种作用一旦真切地打动人心，其效果虽然难以用标准的方法演示出来，但绝对是深刻的、持久的，而且是会无形地提升那些曾经被他感动过的人。所以，为了治理好天下，为了德治天下，对于三代中禹、汤、文、武采取的尊老、敬老、爱老等措施，墨子和孟子都给予了极高的评价。在后来的历史中，我们会发现，国家对老弱群体的照顾，一直都是古代执政者极为重视的一个方面。通过国家的政府的行为，借助官方的提倡、推行，这种尊老敬老、爱老养老的孝道美德，对中国孝文化的形成、发展具有十分重要的影响。

总之，在文王、武王、周公等身体力行的努力下，孝道在西周已经发展到全面成熟了，其内容是丰富的，与后世儒家所标举的孝道已经基本达到一致了。而孝道与政教的结合，与宗法的关联，都说明它已经构成了西周社会意识形态和伦理观念的基本纲领。因此可以说，西周是中国传统孝道的第一个黄金时期，是我们研究先秦孝道的最重要的历史阶段。这之后，东周的春秋战国时期，所谓"礼崩乐坏"，孝道孝文化也相应地有所变化，出现了一些动摇的情况与现象，据康学伟先生的研究，很重要一个方面的体现是历史发展的不平衡性与地域差异的特殊性，以及废长立幼、嫡长子继承制的破坏，周宣王、周襄王、申生、伍尚与伍员（伍子胥）等的故事都很可说明这一问题，限于篇幅，这里不再展开。

大家都知道，春秋战国时期的诸子百家争鸣是我国学术、思想第一次灿烂辉煌的呈现，中国文化所有的范畴、命题，几乎在这当中都有过讨论。那么，从伦理哲学思想角度，先秦春秋战国时期的诸子百家对于孝道的探讨和阐发又是怎样的呢？通过对《管子》、《晏子春秋》、《墨子》、《商君书》、《韩非子》等的解读，我们可以看出，先秦诸子百家基本上都对孝道给予了充分地重视，有所议论、阐发，或肯定，或否定，既有共同点，也有区别处，他们的学术思辨、理论构建，虽然偏于政治和伦理上的主张、讨论，在当时并未能完全付诸实践，但为儒家孝道学说的集大成提供了详尽的素材，为丰富中国孝文化的内容与体系，做出了各自的贡献。而在先秦诸子百家中，儒家无疑是最注重孝道的，其孝道学说无论是在理论深度上，还是在实践层面上，都是其他诸子百家所难以比拟的。可以说，儒家的孝道学说在某种程度上是先秦诸子百家孝道学说的集大成总结式阐述，对孝道观念向孝道伦理转构的过程做出了决定性的贡献，中国古代社会的孝道孝文化，其基本内容大都出于儒家。特别是孔子、曾子、孟子、荀子前后相继，孝道学说俨然已经发展为一套完整的体系，到底他们对孝道伦理有着怎样充分完整、深刻精辟的论述呢？在下面的第三讲和第四讲儒家四子的孝道学说——孔子、曾子、孟子、荀子（上、下）中，我将用两次的内容同大家进行一番全面的学习和了解。

第三讲　儒家四子的孝道学说

——孔子、曾子、孟子、荀子(上)

中国传统思想文化是以儒家的伦理道德思想为核心或主要理论形态的一种文化类型或思想体系，这是研究中国历史与文化的大多数学者所认定的一种共识。在春秋战国之世，充实和修正传统孝道的新观念主要来自于儒家，这里所说的儒家四子孔子、曾子、孟子、荀子，相继对孝道伦理提出了深刻、系统的认识与阐述，构成了先秦儒家乃至后世中国孝文化的主要内容，值得我们认真看待。

一、孔子

孔子是先秦儒家学派的创始人，也是后世儒家学者乃至中国文化最理想的圣人，并且“可能算是人类历史上最具影响力的哲学家了”①。而《论语》一书则是了解孔子思想的最基本材料，我们单从其中记载的孔子孝道学说，便可以对孔子的孝道理论有一个大体的了解。最主要的是第一篇《学而》和第二篇《为政》。

① 《生民之本——〈孝经〉的哲学诠释及英译》，第 11 页。作者罗思文、安乐哲强调：“我们用现在时态的‘是’(is)，因为就中国哲学自身而言，他仍‘活在’现代社会里。不管从年代还是从影响力来说，孔子以中国第一位教师著称。他的思想一直以来都是中国文化传统成长汲养的丰富土壤。”

(一)《论语·学而》:行孝为仁

《论语·学而》作为一书之开篇,便有五处谈及孝道,分别是有子、孔子(两处)、子夏、曾子。首先看有子怎么说。

有子曰:“其为人也孝弟,而好犯上者,鲜矣;不好犯上,而好作乱者,未之有也。君子务本,本立而道生。孝弟也者,其为仁之本与!”朱子《论语集注》:“善事父母为孝,善事兄长为弟。犯上,谓干犯在上之人。鲜,少也。作乱,则为悖逆争斗之事矣。此言人能孝弟,则其心和顺,少好犯上,必不好作乱也。”“言君子凡事专用力于根本,根本既立,则其道自生。若上文所谓孝弟,乃是为仁之本,学者务此,则仁道自此而生也。”①

有子(前518—?)名若,字子有,山东肥城人,是孔子弟子中的“七十二贤人”之一。国人不是老讲“和为贵”、“和为贵”吗,它就是来自《学而》这一篇有子提出来的“礼之用,和为贵”学说。《史记·仲尼弟子列传》载:“孔子既没,弟子思慕。有若状似孔子,弟子相与共立为师,师之如夫子时也。”可知孔子去世后,弟子们十分思念,因有子言行相貌像孔子,于是大家共同推举他当老师,尊敬他就像当年对待孔子一般,在孔门弟子中地位不低,威望颇高。有子认为,孝顺父母、尊敬兄长是实行仁道的根本,这实际上就是孔子“君子笃于亲,则民兴于仁”(《论语·泰伯》)、《大学》中“齐家治国平天下”的道理,简言之,只有爱自己的亲人,然后才能爱别人,相反,一个连自己的亲人都不能敬爱的人,是不能敬爱别人的。所以,在儒家学说中,一个人对父母是否孝顺,对兄长是否尊敬,这绝不是一个个人问题,也不仅仅是一个家庭问题,而是关系到社会是否安定、天下是否太平的大问题。当然了,随着宗法制度的解体,血缘关系作为社会纽带的作用日益减弱,孝弟与否的问题似乎也逐渐从社会退入家庭,从国家“礼法”的领域退入个体“道德”的领域,尤其是随着独生子女制度的实行,大部分中国家庭已无所谓兄弟姊妹,也就自幼无所谓“弟”(尊敬兄长)的问题和观念了。如何从传统儒家的孝弟

---

① “为仁之本”有两种较通行的解释:一说孝弟是仁的根本,把“为”字解作判断词“是”;一说孝弟是为仁、行仁的根本,把“为”字解作动词“行为、实践”,程(颐)朱(熹)是强调第二义的,本人深以为然,兹从之。

之义对接出现代社会的“在家孝父母，出外敬尊长”，这也是一个新的需要我们共同面对的现实。

从有子的话我们可以看出，儒家对于孝道是极为看重的，儒家最突出的、最根本的主张便是“仁”，而在这里，有子把孝看作是为仁之本，应该说是符合老师孔子本义的①，且更可见孝道在儒家学者心目中的重要性如何了，《中庸》：“仁者，人也，亲亲为大。”后来的孟子也说“仁之实，事亲是也”，皆是秉此理念。作为一般人，我们经常说儒家圣人的“仁”太难达到了，其实也并非高不可及，儒家学说总是强调由点及面、由内而外、由小到大、由易到难，无论是它的具体学说，还是践行这些学说的具体做法，都强调一个层次的逐渐提升，步骤的逐渐递进，境界的逐渐圆满，所谓的“修齐治平”便是最好的说明。所以，按照有子的说法，我们如果有志于儒家圣人的仁的理想追求，那么从孝道开始，便是最好的起点！

其次，再看子夏是怎么说的。子夏曰：“贤贤易色，事父母能竭其力，事君能致其身，与朋友交言而有信。虽曰未学，吾必谓之学矣。”朱子《论语集注》：“四者皆人伦之大者，而行之必尽其诚，学求如是而已。故子夏言有能如是之人，苟非生质之美，必其务学之至。虽或以为未尝

① 西汉刘向《说苑·建本》载：“孔子曰：君子务本，本立而道生。”把这话冠在孔子身上；又说：“孔子曰：行身有六本，本立焉，然后为君子。立体有义矣，而孝为本；处丧有礼矣，而哀为本；战阵有队矣，而勇为本；政治有理矣，而能为本；居国有礼矣，而嗣为本；生才有时矣，而力为本。置本不固，无务丰末；亲戚不悦，无务外交；事无终始，无务多业；闻记不言，无务多谈；比近不说，无务修远。是以反本修迩，君子之道也。天之所生，地之所养，莫贵乎人人之道，莫大乎父子之亲，君臣之义；父道圣，子道仁，君道义，臣道忠。贤父之于子也，慈惠以生之，教诲以成之，养其谊，藏其伪，时其节，慎其施；子年七岁以上，父为之择明师，选良友，勿使见恶，少渐之以善，使之早化。故贤子之事亲，发言陈辞，应对不悖乎耳；趣走进退，容貌不悖乎目；卑体贱身，不悖乎心。君子之事亲以积德，子者亲之本也，无所推而不从命，推而不从命者，惟害亲者也，故亲之所安子皆供之。贤臣之事君也，受官之日，以主为父，以国为家，以士人为兄弟；故苟有可以安国家、利人民者，不避其难，不惮其劳，以成其义，故其君亦有助之以遂其德。夫君臣之与百姓，转相为本，如循环无端。夫子亦云，人之行莫大于孝，孝行成于内而嘉号布于外，是谓建之于本而荣华自茂矣。君以臣为本，臣以君为本；父以子为本，子以父为本，弃其本者，荣华槁矣。”由此可见孔子对于“孝为本”、“人之行莫大于孝”的意见。

为学,我必谓之已学也。”

子夏(前507—?),姓卜,名商,字子夏,是孔子晚年的得意弟子之一,后期学生中的佼佼者,才思敏捷,以文学著称,被孔子许为其“文学”科的高才生。子夏为学,常因独到见解而得到孔子的赞许,如其问《诗经》中“巧笑倩兮,美目盼兮,素以为绚兮”一句,孔子答以“绘事后素”,他立即得出“礼后乎”的结论,孔子赞曰:“起予者,商也!始可与言《诗》已矣。”(《论语·八佾》)但孔子认为子夏在遵循仁和礼的方面有所“不及”,曾告诫子夏曰:“女为君子儒,无为小人儒。”(《论语·雍也》)子夏是继孔子之后,系统传授儒家经典的第一人,对儒家文献的流传和学术思想的发展作出了重大的贡献,被后世誉为传经之鼻祖。他才气过人,《论语·子张》中保留了他的许多著名的格言,如“博学而笃志,切问而近思,仁在其中矣”;“百工居肆以成其事,君子学以致其道”;“日知其所亡,月无忘其所能,可谓好学也已矣”;“虽小道,必有可观者焉”;“仕而优则学,学而优则仕”等等。子夏这里所讲的意思,突出了儒家一向所强调的道德学问、生命学问、实践学问,也就是用我们今天的话来说,衡量学习与否的标准不是看学历,也不是看文凭,而是看你的接人待物,看你的言谈举止。对贤者敬,对父母孝,对君主忠,对朋友信,这样的人,即使他自谦说没有学什么,我一定说他是有学问的。作为孔子的高足之一,子夏可以说是深得了老师的真传,因为就在这一篇中,孔子便说:“行有余力,则以学文。”而子夏说:“虽曰未学,吾必谓之学矣。”可见都是教人求实务本,学以致用:先做人,后做学问。而这里面,“事父母能竭其力”,无疑是对于孝道方面的严格要求了。

第三,看一下曾子的说法。曾子曰:“慎终追远,民德归厚矣。”朱子《论语集注》:“慎终者,丧尽其礼。追远者,祭尽其诚。民德归厚,谓下民化之,其德亦归于厚。盖终者,人之所易忽也,而能谨之;远者,人之所易忘也,而能追之:厚之道也。故以此自为,则己之德厚,下民化之,则其德亦归于厚也。”

曾子更是孔子弟子中的代表性传人,他对于孝道有着仅次于孔子的精湛研究,我们后面会专门来谈他的孝道学说。“慎终追远,民德归厚矣。”这里涉及的是儒家对于丧葬、祭祀之礼的认识。慎终是丧葬之礼的慎重,追远是祭祀之礼的追思,一方面是表达后人孝意的方式,体现着孝的伦理精神，另一方面也可以起到教民以孝、敦厚风俗的作用。这仍然说明孝道的践行、遵行，足以对于家庭之外的社会产生重要影响。在以前，普通中国人家的祖宗牌位上面总是有“慎终追远”这四个字，表示这是一个讲孝道的家庭，直到今天，一般中国家庭也没有废弃“慎终追远”，虽然祖宗牌位已没有了，但父母去世的丧事还是要慎重地办一办的，清明时节，很多家庭也还是要扫一扫祖坟，烧几炷高香。不过，也有新的问题，那就是现代化丧葬的从速从简。古代社会生活节奏慢，古人丧礼隆重而繁琐，一方面体现孝道的重视，另一方面安顿人心、抒发悲哀；如今丧葬程序太快太略（一般情况下不超过两天），使悲情迅速结束，伤感得不到循序渐“退”，这对于人心情感、孝道伦理不能不说是很大的解构。

最后，我们来看孔子的两处论述。第一处，子曰：“弟子入则孝，出则弟，谨而信，泛爱众，而亲仁。行有余力，则以学文。”这几句话有的人可能觉得很熟悉，是的，清人李毓秀编的一本著名童蒙读物《弟子规》中一开头便是用的这几句话，只不过稍加整齐、使之三字一句易于押韵诵读而已：“弟子规，圣人训。首孝悌，次谨信。泛爱众，而亲仁。有余力，则学文。”在这一条中，孔子对一般年轻子弟要求的，首先是做人的品德修养，其次才谈得上学习文化知识。德育第一，智育第二，这两者的关系是非常明确的，和子夏所说的“虽曰未学，吾必谓之学矣”可谓异曲同工。换句话说，如果你要学习文化知识，精通学问之道，也只有从做人的体会、人生的经验入手，才能够学有所成。在今天，所谓高学历、大人物因道德品行而功亏一篑、轰然倒塌的例子不胜枚举，这从反面印证了孔子“行有余力，则以学文”的重要性，而“行有余力”的“行”，摆在前两位的便是“入则孝，出则弟”，说明了孔子对于孝道的看重。

第二处则是专门对子女提出来的。子曰：“父在，观其志；父没，观其行；三年无改于父之道，可谓孝矣。”古代父权家长制，父亲在世，子女不得擅作主张，故只能“观其志”，观察其内在志向、想法；父亲去世，可以自己做主，这时“观其行”，观察他的行为，如果“三年无改于父之道”，可以说得上是孝了。对于这句话，学者们有不同的理解，反对者攻击孔子“愚孝”，赞成者则想方设法圆通，其实似乎问题并不是太大。就在《论语·子张》篇中载：“曾子曰：‘吾闻诸夫子，孟庄子之孝也，其他可能也;其不改父之臣与父之政,是难能也。'"曾子说:"我听老师说过,孟庄子的孝,其他人也可以做到;但他不更换父亲的旧臣及其政治措施,这是别人难以做到的。"这为我们理解孔子的"三年无改于父之道"提供了一则材料。《中庸》:"子曰:践其位,行其礼,奏其乐,敬其所尊,爱其所亲,事死如事生,事亡如事存,孝之至也。"应该也是"三年无改于父之道"的一种诠释。《中庸》又载:"子曰:武王周公,其达孝矣乎!夫孝者,善继人之志,善述人之事者也。"也就是说,所谓孝,就是要继承先人的遗志,完成先人未竟的事业。这与"三年无改于父之道"的意思亦是一致的。一言以蔽之,"三年无改于父之道"不外乎是在一般意义上要求继承父亲的遗志,完成父辈的未竟事业罢了,如西汉大史学家司马迁继承其父司马谈之志而成《史记》,便是继承父志、绍述父业的典范。在这里,"道"显然是褒义的好的方面,否则不便称其为"父之道",也不宜"三年无改"。

总之,在《论语·学而》开篇中,即有五处论及孝道,并且夫子、曾子、有子皆有焉①,如果像宋儒所说的此篇乃"笃学之本"②,那么孝道可谓是"笃学之本"之本了!孔子入则孝、出则弟"而亲仁"(行),有子孝弟"为仁之本"(为),都说明儒家对于孝道的看重以及行孝为仁的合理性内在关系。

(二)《论语·为政》:因材施教的四子问孝与"道之以德"的"孝亦为政"

《论语》第二篇《为政》中又有四子问孝,分别是孟懿子、孟武伯、子游、子夏。从孔子的解答来看,可以对孔子孝道思想有更丰富的认识,并且从另一个方面体现出孔子因材施教的教育风格。比如孟懿子与孟武伯,父子两人先后问孝,得到的答案不一,可知孔子回答问题都是根据问者的情况因材施教,说话针对性极强,并能对孝道的内容、精神作

---

① 《论语》中除了孔子"子曰"外,只有有子、曾子称子,故学者认为《论语》或成于有子、曾子门人之手,若是,其门人乃于首篇中即将老师(有子、曾子)关于孝道的阐述摆出,盖亦有看重孝道之考虑欤?

② 《论语》开篇第一即为《学而》,《论语》全书的第一个字除了"子曰"外便是"学":"学而时习之,不亦说乎?"朱子《论语集注》中认为这正体现了儒家对于"学"(实践性的学做人与知识性的学技艺)的高度重视。此说颇有理。

深入而又浅出的理解和阐发。

先看第一问——孟懿子问孝。子曰:“无违。”樊迟御,子告之曰:“孟孙问孝于我,我对曰‘无违’。”樊迟曰:“何谓也?”子曰:“生,事之以礼;死,葬之以礼,祭之以礼。”朱子《论语集注》:“夫子以懿子未达而不能问,恐其失指,而以从亲之令为孝,故语樊迟以发之。”“生事葬祭,事亲之始终具矣。礼,即理之节文也。人之事亲,自始至终,一于礼而不苟,其尊亲也至矣。”

这段对白式的材料很有意思,可以给我们很多启示。第一,《论语》一书大量的是孔子语录的编集,如今人所说“孔氏微博体”,并且相当部分是没有前后语境的,因此对于我们了解孔子有些言论的内容便生发出许多障碍,乃至歧义丛出。以此处为例,倘若也像其他的材料一样,“无违”之后便无下文,则何谓“无违”怕是一般人都会理解为不违背父母意愿、命令了,所幸的是在后面与樊迟的对话中,孔子有了进一步的阐释,这才使我们对于“无违”有了正确的认识。第二,《论语·述而》:“不愤不启,不悱不发,举一隅不以三隅反,则不复也。”孔子说:“不到他努力想弄明白但仍然想不透的程度,不要去开导他;不到他心里明白却不能完善表达出来的程度,不要去启发他,如果他不能举一反三,就不要再反复地给他举例了。”从孔子与孟懿子、樊迟的对答中,我们可以发现,他正是如此“不愤不启,不悱不发”的:孟懿子问孝,孔子说“无违”,结果他也没再问,似乎是明白了“无违”是什么意思,孔子也没进一步解释;樊迟给孔子赶马车,朱子《论语集注》谓:“夫子以懿子未达而不能问,恐其失指,而以从亲之令为孝,故语樊迟以发之。”于是孔子又把这事跟樊迟说:“孟孙问孝于我,我对曰‘无违’。”说完又停了下来,樊迟进一步问道:“何谓也?”什么意思呢?这时,孔子乃详尽道来:“生,事之以礼;死,葬之以礼,祭之以礼。”《礼记·学记》说:“善待问者如撞钟,叩之以小者则小鸣,叩之以大者则大鸣,待其从容,然后尽其声。不善答问者反此。此皆进学之道也。”善于答问的人,对待发问如同对待撞钟一样,撞得轻则响声就弱,即提的问题小,以相应的方式简要解答;撞得重其声响就大,即提的问题大,以相应的方式详细解答;等他理解从容后,再深入解说,尽可能使问者深切体会,产生共鸣。不善于答问的人恰恰与此相反。这都是有关教学中教师问与答的方法。这是我国古代教育思想与实践中关于答问原则的精辟阐述,对我们今天的教学工作仍有十分宝贵的参考!孔子与孟懿子、樊迟的对答正体现出这种"善待问者如撞钟"的"进学之道"。

接下来,我们再看一下孔子所说的"无违"。"生,事之以礼;死,葬之以礼,祭之以礼。"显然,孔子所说的"无违"乃是不违背礼。从字面上来看,它包括生、死两方面:在父母活着的时候以礼孝亲,在父母去世及之后,以礼葬亲、祭亲;从礼的要求上来说,这种不违背又包含两个方面的意思:一是要虔诚恭敬尽到礼数,不能敷衍塞责:二是要按照既定的礼教,即天子、诸侯、大夫、士、庶人各有差等,不得僭越。我们不妨来举两个例子,以见孔子对于"无违"的主张。

孔子最爱的得意弟子颜回去世时,他极为悲恸地诉道:"噫!天丧予,天丧予!"(《论语·先进》)一方面是表示对颜回不幸去世的悲痛,一方面是对天老爷说,老天爷您这样做就等于是要了我的命啊,反映出了师生之间的感情之深、默契之密。"颜渊死,子哭之恸。从者曰:'子恸矣!'曰:'有恸乎?非夫人之为恸而谁为?!'"(《论语·先进》)孔子的悲伤连追随他的学生都说:"您太悲伤了!"孔子说:"真的太悲伤吗?不为这个人悲伤,还会为谁悲伤呢?!"(《论语·先进》)就是如此钟爱、如此怜惜的一个传道高徒,在去世后,当其父颜路请求孔子卖掉车子,给颜回下葬买个外椁时:"颜渊死,颜路请子之车以为之椁。子曰:'才不才,亦各言其子也。鲤也死,有棺而无椁;吾不徒行以为之椁,以吾从大夫之后,不可徒行也。'"(《论语·先进》)孔子说:"(虽然颜渊和鲤)一个有才一个无才,但各自都是自己的儿子。孔鲤死的时候,也是有棺无椁;我没有卖掉自己的车子步行而给他买椁,因为我还跟随在大夫之后,是不可以步行的。"也就是说,尽管孔子十分悲痛,但他却不愿意卖掉车子,因为他曾经担任过大夫一级的官员,而大夫必须有自己的车子,不能步行,否则就违背了礼的规定。这真是反映了孔子对礼的严谨态度!然而孔子这种"克己复礼"的精神,不要说一般人,即便是他的学生都已有所不及:"颜渊死,门人欲厚葬之,子曰:'不可。'门人厚葬之。子曰:'回也视予犹父也,予不得视犹子也!非我也,夫二三子也。'"(《论语·先进》)颜回去世后,孔子的学生们想要隆重地安葬他,孔子说:"不能这样做。"但学生们仍然隆重地安葬了他。孔子说:"颜回把我当父亲一样看待，我却不能把他当亲生儿子一样看待！这不是我的过错，是那些学生们干的呀。”从孔鲤、颜回的“不徒行以为之椁”到颜回的不可厚葬，这里面体现出来的正是“葬之以礼”的严格无违。

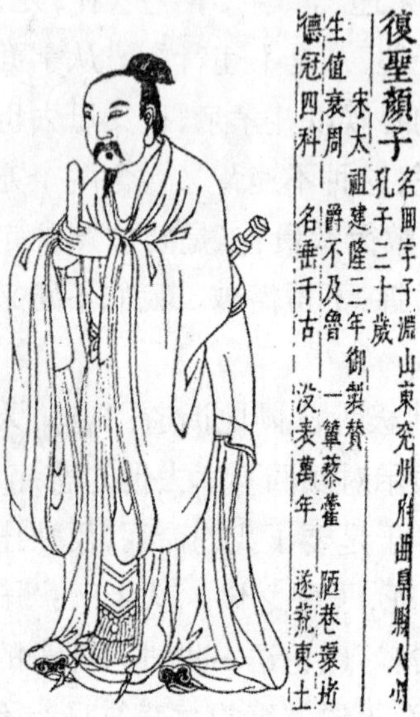

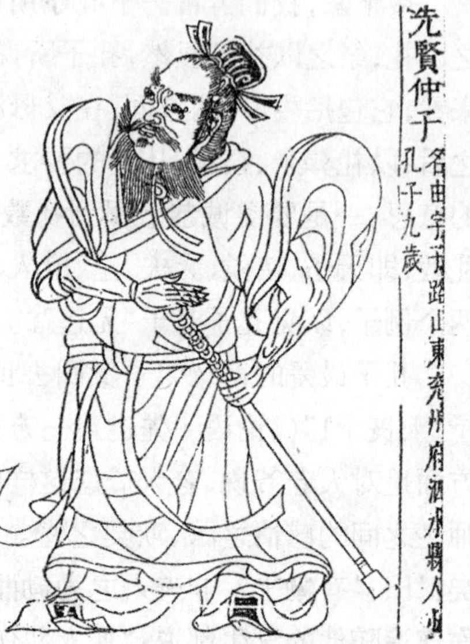

有人或攻击孔子在孔鲤、颜回之事上“自私”迂腐，实则大不然！《论语·子罕》：“子疾病，子路使门人为臣。病间，曰：‘久矣哉，由之行诈也！无臣而为有臣。吾谁欺，欺天乎?！且予与其死于臣之手也，无宁死于二三子之手乎？且予纵不得大葬，予死于道路乎?’”孔子患了重病，子路派了(孔子的)门徒去作孔子的家臣(负责料理后事)，后来，孔子的病好了一些，他说：“仲由很久以来就干这种弄虚作假的事情！我明明没有家臣，却偏偏要装作有家臣，我骗谁呢，我骗上天吧?！与其在家臣的侍候下死去，我宁可在你们这些学生的侍候下死去，这样不是更好吗？而且即使我不能以大夫之礼来安葬，难道就会被丢在路边没人埋吗?”这再次说明，儒家对于葬礼十分重视，尤其重视葬礼的等级规定，要严格地按照周礼的有关规定加以埋葬，不同等级的人有不同的安葬仪式，违反了这种规定，就是自欺欺人。显然，即便是对于自己，孔子也反对学生们违礼为他办理丧事，这自是为了恪守礼的规定。所以，在讲到孝道时，孔子强调“生，事之以礼；死，葬之以礼，祭之以礼”的“无违”，突出的乃是不违背礼的精神与要求，真可以说是有着高度的内在一致性！西汉扬雄《法言·孝至》:“或问‘子’。曰:‘死生尽礼,可谓能子乎！’”便是对孔子此义的如实承继与诠释。

再来看第二问——孟武伯问孝。子曰:“父母唯其疾之忧。”朱子《论语集注》:“言父母爱子之心,无所不至,惟恐其有疾病,常以为忧也。人子体此,而以父母之心为心,则凡所以守其身者,自不容于不谨矣,岂不可以为孝乎？旧说,人子能使父母不以其陷于不义为忧,而独以其疾为忧,乃可谓孝。亦通。”

乍一看来,孔子的回答好像有点答非所问的味道。人家问什么是孝,他却回答说父母一心为儿女的疾病担忧,但我们稍加体会,就会发现孔子的回答实际上是说:“你要问什么是孝吗,想一想你生病时父母为你担忧的那种心情吧！这样你就会知道怎样尽孝道了。”孝是对父母爱心的回报,你只要记得自己生病时父母是如何的焦急,那种心情,那种时常在我们的脑际萦回、在文学家的笔端流淌的,幼时躺在病床上望着爸爸妈妈满怀爱怜地为自己喂汤喂药的温馨体验,由此而照顾好自己、保护好自己,能以父母之心为心,就是对父母尽孝。我的师爷、国学大师张舜徽先生在他的《壮议轩日记》中,记载了而立之年其子患痢疾,他与夫人含辛茹苦照料一月有余的情况,于 1942 年 10 月 14 日这一天写道:“诚儿泻痢如旧,而进食视前为多,精神亦渐振,朝食后能自扶起,磨墨作方寸大字十余,盖医药之效也。连日为护视儿疾,食不甘味,眠不安枕,与内子形容同其枯槁,今日始稍豫怿,深悟‘父母唯其疾之忧’一章,至为亲切！为人子者虽不能体认,及为人父母,则亲涉其境,莫之获爽矣！”这是先生纸上学问与生命学问二合一的真实体验,我现在也初为人父,可以说,凡为人父母者,对此皆毋庸赘言、深有体会！当看着纯真娇弱无助、感冒发烧咳嗽拉肚子却又说不出道不来的哭着喊着吃药打吊瓶的儿子(女儿)时,我想那时真是无以言表、惟愿代受的所谓“父母之心”了！由此,反过来想想当年的父母之对于生病的我们,则以自己的“父母之心”比父母的“父母之心”,对父母的养育之恩还能无动于衷吗？我想已为人父母的为人子女者们都可以用心地想想这个问题吧。

再看第三问——子游问孝。子曰："今之孝者，是谓能养。至于犬马，皆能有养；不敬，何以别乎？"①这一问，一答，是孔子关于孝道学说中的经典语句之一，特别是这句话揭示出孝道内在的要求，而且无论古今都适用，所以为人们所熟知。在儒家看来，对父母的尽孝，体现于物质和精神两个层面，前者也就是物质层面的衣食住行，是最起码的基础，也可以说是从消极方面强调其（物质）"不能少"的，后者也就是精神层面的尊敬呵护，是最主要的标准，也可以说是从积极方面强调其（精神）"必须要"的。如果仅是前者，也就是物质层面的尽孝，而没有精神层面或者说精神层面做的不好，在儒家看来根本就不能算是孝。所以古人在讲孝的时候，强调要"论心不论迹"，"迹"是痕迹、踪迹，是面上可以看得到的物质方面，"心"则是情感、态度，是看不见摸不着的但却可以感受得到的精神方面。孝道的根本不在于物质赡养父母，而在于要有孝心。没有孝心，仅仅是无可奈何地尽责任、"装样

① "至于犬马，皆能有养"，通行的有两说可参考：一说认为如果只是物质上的赡养而不尊敬父母，就和饲养狗、马没什么区别；一说认为狗、马也可以养父母（凡可供使用者皆可谓养），但是它们没有尊敬之心，如果只是物质上的赡养而对父母不尊敬，那就和狗、马养父母没什么区别。个人认为第二说似嫌缭绕，兹取前说。

子”,那所谓的赡养就与饲养家禽牲畜没有什么区别了。《荀子·子道》载:

子路问于孔子曰:“有人于此,夙兴夜寐,耕耘树艺,手足胼胝,以养其亲,然而无孝之名,何也?”孔子曰:“意者身不敬与?辞不逊与?色不顺与?古之人有言曰:‘衣与缪与不女聊。’今夙兴夜寐,耕耘树艺,手足胼胝,以养其亲,无此三者,则何以为而无孝之名也。”孔子曰:“由!志之,吾语汝。虽有国士之力,不能自举其身,非无力也,势不可也。故入而行不修,身之罪也;出而名不彰,友之过也。故君子入则笃行,出则友贤,何为而无孝之名也?”

子路问孔子说:“有这么一个人,每天早起晚睡,辛勤耕种,手脚也因过份劳动而长出厚茧,如此来奉养双亲,但他却得不到孝子的美称,这是为什么呢?”孔子回答说:“依我看来,他是不是态度上不恭敬?或是在言语上不够谦逊?或者脸上表情不合顺?古人曾说:‘孝顺并非只是凭借衣物上的满足而已。’虽说能够日夜不停的工作来奉养双亲,如果在态度、言辞、神色这三件事上不够恭敬,这就是为何努力奉养双亲,而得不到孝子美名的原因。”孔子接着又说:“仲由!你要记住,我告诉你,一个人虽然拥有国士(国家级的大力士)的力量,他却怎样也举不起自己的身体,他并不是没有力量,只是形势上不能配合(比喻美名不是自己说的,是要别人来称扬的)。所以在家中而不好好进德修业,这是自己的过失;出外而名声不能彰显,这就是朋友之间没有尽到规劝的义务。所以君子在家则身体力行,在外则好友贤达,如此怎么会没有孝顺的美名呢?”

在这里,“身不敬与?辞不逊与?色不顺与?”都是主观精神情感上的东西,可以说把孝养提高到孝敬,这是先秦孝道观念上的一个重大进步,成了后世孝道中永不可缺少的一部分,对于孝道伦理体系的形成有着重要意义。明朝邱濬《大学衍义补》卷四十九《家乡之礼》即强调:“人之事亲,固当尽其孝,尤当致其敬,不徒以下气怡色柔声为孝也,而凡其抑搔也,扶持也,问所欲也,皆必以敬焉。孝而不敬,非孝也。”用当代西方人的眼光来看,就是美国学者罗思文、安乐哲所指出的:“孝需要更多,这个更多似乎是对行所当行之事的渴望(desire)。不仅必须履行我们的责任,还必须想要(want)履行之。"①这样的要求,在我们今天也仍然是如此。在当今社会,经济发达,吃穿方面的赡养问题日益退居次要地位,老父老母所期望于子女的,更是心到而已。有一次我在公交车上,给一位老大爷让座,老大爷后来跟我聊起国内孝亲、敬老的风气并以之与国外比较,摇头叹息！他说他这么大年纪,有一次还给一位比他大的老姐姐让座,他说:"老姐姐你这么大年纪了,还出来坐公交车干什么呀?"老姐姐说:"到儿子那里去拿养老生活费。"……这是怎样的一个儿子！母亲这么大年纪了,还要坐公交车亲自来拿生活费,看来他不是不养,而是不敬！他可不可以自己坐公交车把生活费给母亲送来呢?他可不可以打的把生活费给母亲送来呢?！大家都知道武汉公交车的"速度"、"力度",稍有个急刹、颠簸把老母亲给摔倒了,出事住院,怕是花的费用比养老的生活费还要多吧?！在电视等媒体上,我们常会看到所谓的"亲情调解"栏目组或者记者团做的亲情调解节目,有的甚至经过法院判定,以一个月两次等方式规定其必须回家看望父母。其实这样的工作在我看来意义不大。倘若这子女真的不敬、不情不愿,强迫他(她)回家看望父母只是形式上的完成,至于他(她)到家后赌着个气、铁着个脸甚至恶语相向,反令父母生气、上火,倒不如不来的好,诚可谓管得了他(她)的人却管不了他(她)的心。另一方面,方今养宠物猫狗的人不少,有的对那猫狗"儿女宝贝"又是衣饰又是会所的,嘘寒问暖或比对爸妈公婆都上心的亦有之,赵本山主演的电视

---

① 《生民之本——〈孝经〉的哲学诠释及英译》,第31页。为了有助于阐述并使人容易明白,罗思文、安乐哲举了一个非常简单的例子:"想想你小时候给奶奶画幅像。画像很有趣。想到这可能会让奶奶高兴一下你也会很高兴。你还能想到当你把自己的作品送给奶奶时会得到的那个快乐的拥抱;你几乎千真万确地会直觉到她真的喜欢你画的像。这是行动中的'孝'。此后不久,因为天气的原因她的关节炎犯了,她让你帮她捏捏肩膀。但正在这时候,你的伙伴们找你出去玩。你该怎么做?对儒家来说,这个不成问题,因为当然你义不容辞要去给奶奶按摩。但如果你在做的时候觉得懊恼、愤恨,那你就不是真的孝。你必须想给奶奶解除痛苦,要高兴这样做,还要比跟小朋友一起玩更愿意做这个。"例子虽然简单,道理却极深刻,为人子女者三致意焉,平静地琢磨琢磨、想一想这里面的味道吧！

剧《刘老根》中，刘老根到城里儿子大奎那儿，不就因为没照看好儿媳的宠物狗而招致儿媳的不满言语，遂黯然返乡吗？看来“犬马皆能有养”且先于重于老人的也不乏其人，孔子的“不敬，何以别乎”还仍有其现实意义！

最后第四问——子夏问孝。子曰：“色难。有事弟子服其劳，有酒食先生馔(zhuàn)，曾是以为孝乎?!”朱子《论语集注》：“色难，谓事亲之际，惟色为难也。……盖孝子之有深爱者，必有和气；有和气者，必有愉色；有愉色者，必有婉容；故事亲之际，惟色为难耳，服劳奉养未足为孝也。旧说，承顺父母之色为难，亦通。”又指出：“人子胸中才有些不爱于亲之意，便有不顺气象，此所以为挨亲之色为难。”(《朱子语类》卷二十三)朱子所说的内容源自《礼记·祭义》：“孝子之有深爱者必有和气，有和气者必有愉色，有愉色者必有婉容。”孔子回答子游和子夏的两段话实际上是同样的意思，也就是说孝心和态度乃是一个问题的里外两面。无论你是否为老人做事，也无论你是否拿好吃的给老人吃，只要你内心不恭敬，态度不好，脸色难看，就是失去了孝道的根本。“孝要比表现的尊敬多得多；它是在这样的敬重中发现的快乐。重要的是，它远非决定礼或仪式行为的简单形式姿态，而是我们日常生活每时每刻对我们角色和关系的不懈关注。”[1]这一点尤其值得我们今天的年轻人注意。所以孝道要求使父母得到人格的尊重和精神的慰藉，对父母内心要有敬爱的情意，外观才有温馨的态度，《礼记·祭义》所阐述的“深爱──→和气──→愉色──→婉容”，可谓层层推进、丝丝入扣，值得我们细细品味！

《论语·为政》中除了因材施教的四子问孝，还有“道之以德”的“孝亦为政”，也值得我们注意。《论语·为政》这一篇的开头：“子曰：为政以德，譬如北辰，居其所而众星共之。”“子曰：道之以政，齐之以刑，民免而无耻；道之以德，齐之以礼，有耻且格。”这里的“为政以德”、“道之以

① 《生民之本——〈孝经〉的哲学诠释及英译》，第 97 页。

德”自然含有孝道教化这一德政。① 就在本篇，“季康子②问：‘使民敬忠以劝，如之何？’子曰：‘临之以庄则敬，孝慈则忠，举善而教不能则劝。’”季康子问孔子道：“要使老百姓严肃认真、竭尽忠心和互相劝勉，应该怎么办呢？”孔子说：“你用认真严肃的态度对待百姓，他们就会恭敬；你孝敬父母、慈爱百姓，他们就会忠诚；你能举拔正直的善人、教育能力差的人，他们就会互相劝勉为善了。”这是《论语》提到“忠”的十五篇共十七处中，忠、孝相连的唯一一处。孔子认为，以孝慈德政化民，可以导致臣民忠顺于君上，他虽然很少谈忠君，但他将忠与孝联系起来，却具有不容忽视的意义，后世儒家、法家对忠孝的二位一体、糅合混同，都可看作是对孔子“孝慈则忠”观点的发展和改造。紧接此章下面，《论语·为政》：“或谓孔子曰：‘子奚不为政？’子曰：‘《书》云：“孝乎惟孝，友于兄弟，施于有政”，是亦为政，奚其为为政？’”有人对孔子说：“你为什么不做官参与政治呢？”孔子回答说：“《尚书》上说，‘孝呀！只有孝顺父母的人，才能推及到友爱兄弟上去，才能把这孝悌的道理施于政事。’用这种风气影响政治，也就是参与政治了，为什么一定要做官才算参与

① 《荀子·宥坐》记载了一件有趣的事：“孔子为鲁司寇，有父子讼者，孔子拘之，三月不别。其父请止，孔子舍之。季孙闻之不说，曰：‘是老也欺予，语予曰：“为国家必以孝。”今杀一人以戮不孝，又舍之。’冉子以告。孔子慨然叹曰：‘呜呼！上失之，下杀之，其可乎！不教其民而听其狱，杀不辜也。三军大败，不可斩也；狱犴不治，不可刑也。罪不在民故也。’”孔子认为，民间的孝道沦丧，父不父子不子，其因盖出于上层，故罪不在民，不可不教而诛，此即“为政以德”、“道之以德”的孝道教化。西汉刘向《新序·杂事一》亦曰：“孔子在州里，笃行孝道，居于阙党，阙党之子弟畋渔，分有亲者多，孝以化之也。是以七十二子，自远方至，服从其德。”

② 季康子是当时鲁国的权臣，《论语·颜渊》：“季康子问政于孔子，孔子对曰：政者，正也。子帅以正，孰敢不正？”季康子问孔子如何治理国家，孔子回答说：“政就是正的意思。您本人带头走正路，那么还有谁敢不走正道呢？”“季康子问政于孔子曰：如杀无道，以就有道，何如？孔子对曰：子为政，焉用杀？！子欲善而民善矣。君子之德，风；小人之德，草。草上之风，必偃。”季康子问孔子如何治理政事，说：“如果杀掉无道的人来成全有道的人，怎么样？”孔子说：“您治理政事，哪里用得着杀戮的手段呢？！您只要想行善，老百姓也会跟着行善。在位者的品德好比风，在下的人的品德好比草，风吹到草上，草就必定跟着倒。”“季康子患盗，问于孔子。孔子曰：苟子之不欲，虽赏之不窃。”季康子苦于盗贼太多，向孔子求教。孔子答道：“如果你自己不贪求财货，即使你奖励偷盗，他们也不会去偷。”可见其向孔子问政及孔子对答之情况。

政治呢？”可见，孔子认为，践履和推行孝道，这也是为政，或者说间接为政吧。① 这一思想对后世影响极大，《孝经》当中、西汉之后孝治天下的强调与重视，都是孔子的“孝亦为政”的发展与体现。

（三）三年之丧

最后，我们来探讨一下三年之丧的问题。这也是孔子关于孝道学说中非常经典的一个案例。《论语·阳货》：

> 宰我问：“三年之丧，期已久矣。君子三年不为礼，礼必坏；三年不为乐，乐必崩。旧谷既没，新谷既升，钻燧改火，期可已矣。”子曰：“食夫稻，衣夫锦，于女安乎？！”曰：“安。”“女安则为之！夫君子之居丧，食旨不甘，闻乐不乐，居处不安，故不为也。今女安，则为之！”宰我出。子曰：“予之不仁也！子生三年，然后免于父母之怀。夫三年之丧，天下之通丧也。予也有三年之爱于其父母乎？！”

宰我是孔子的学生，大白天睡觉而被孔子批评为“朽木”。《论语·公冶长》：“宰予昼寝。子曰：‘朽木不可雕也，粪土之墙不可杇也！于予与何诛？’子曰：‘始吾于人也，听其言而信其行；今吾于人也，听其言而观其行。于予与改是。’”宰我白天睡大觉，孔子骂作是“朽木”和“粪土之墙”，认为他言行不一，说自己“以言取人，失之宰予”（《史记·仲尼弟子列传》），并且从宰我那里改变了自己以往看人识人的不足。口齿伶俐的宰我和子贡一样因为辩才而有名，思想活跃，好学深思，善于提问，是孔门弟了中唯一一个敢正面对孔子学说提出异议的人。这一次他就问他的老师孔子说：“一个人在父母去世以后要求守孝三年，这时间是不是过于长了。君子三年不习礼仪，礼仪一定会遭到破坏的；三年不奏乐，音乐也肯定会溃散。依我之见，守孝的时间一年也就够了。”孔子反问道：“父母去世一年以后就一切恢复正常，你能心安理得吗？！”宰我说：“能。”孔子说：“你要是能安心就那样做吧！君子在为父母守孝的时候，即使吃美

---

① 《尚书》原文为《君陈》篇中说的：“惟尔令德孝恭，惟孝友于兄弟，克施有政。”周成王任用臣子君陈去成周治政的理由，即认为君陈有孝顺父母、友爱兄弟的美德。《孟子·尽心上》：“公孙丑曰：‘诗曰：“不素餐兮。”君子之不耕而食何也？’孟子曰：‘君子居是国也，其君用之，则安富尊荣，其子弟从之，则孝弟忠信。不素餐兮，孰大于是？！’”孟子所说的“不素餐兮”即有“子弟从之，则孝弟忠信”的功用在其内，这也当可视为孔子“孝亦为政”思想的呼应。

食也不会觉得甘美，听音乐也不会觉得好听，所以才不忍心那样做呀！”宰我听了后没吱声，退了出去。孔子说：“宰我实在是太不仁了！小孩子生下来三年后才开始能稍微离开父母的怀抱，所以子女为父母守孝三年是天下共同遵行的道理呀。宰我从他父母那里也有三年之爱吧?!”

这一次，可以说宰我提出了一个大逆不道的问题，居然想把天下人通行的三年丧期改为一年。朱子《论语集注》曰：“宰我既出，夫子惧其真以为可安而遂行之，故深探其本而斥之。言由其不仁，故爱亲之薄如此也。……又言君子所以不忍于亲，而丧必三年之故。使之闻之，或能反求而终得其本心也。”这是孔子教育弟子常用的一种手法。其实，按照孔子的解释，守丧三年不过是对父母怀抱自己三年的回报罢了，没有什么苛刻的地方，何况，守丧不到三年，自己也于心不安。前一方面是理，后一方面是情，论情论理，守丧三年都不为过；而宰我于理不回报三年，于情能够心安，所以孔子斥责他是一个不仁的人。[①] 这里的“心安”的“心”，就如《礼记·祭统》所云：“贤者之祭也，致其诚信，与其忠敬，奉之以物，道之以礼，安之以乐，参之以时，明荐之而已矣！不求其为，此孝子之心也。”“不求其为”就是“不求鬼神福祥为己之报”，只求思亲之心情得到安慰而已，孔子认为无论是侍奉父母，还是祭祀祖先，其目的都不是祈求福佑、功利，而是以满足人的内在需要为底蕴的一种人文精神与情怀。所以孔子说“非其鬼而祭之，谄也”(《论语·为政》)，“敬鬼神而远之”(敬之而不亲近)，“季路问事鬼神。子曰：‘未能事人，焉能事鬼?’‘敢问死。’曰：‘未知生，焉知死?’”(《论语·先进》)引导子路把注意力和重心放在人生实际。西汉刘向《说苑·辨物》载：“子贡问孔子：‘死人有知无知也?’孔子曰：‘吾欲言死者有知也，恐孝子顺孙妨生以送死也；欲言无知，恐不孝子孙弃不葬也。赐，欲知死人有知将无知也?死徐自知之，犹未晚也。’”子贡问孔子说：“死去的人还有意识吗?”孔子回答说：“如果我说死去的人还有意识，恐怕子孙一个效仿一个的去死；如果我说死去的人没有意识，又担心子孙把已故的长辈丢弃而不埋葬。赐啊，想知道死人有没有意识，你不必忙着考虑，等你死了自然就知道

---

① 后来的宋儒朱子说得更重，称：“谓‘予之不仁’，便谓他之良心已死了也。”(《朱子语类》卷四十七)

了，那还不算太晚。”这一充满苦心思虑并貌似幽默的回答，体现了孔子对此问题的中庸斟酌。

南怀瑾先生《论语别裁》中讲到三年之丧这一问题时，谈到明末清初金圣叹写给儿子的信，内容很有意思：我和你是朋友，最初你也没有指定要我作你的父亲，我也没有指定要你作我的儿子，大家是撞来的，因为是撞来的，所以彼此之间，没有交情可谈。但是话得说回来，这个老头子（指他自己）和这个老太太（指他的妻子），从替你揩大便小便开始，照顾了你二十年。这二十年，你去社会上找找看，还有没有比这两个老朋友更好的朋友？！我们现在不要求你孝不孝，这些都是空话，只要求你把这两个老朋友照顾你二十年的感情，也同样照顾这两个老朋友二十年，就够了。这是金圣叹的游戏文章，却也说明了孝道的回报哲学，所以中国孝文化所讲的孝，某种意义上就是强调爱的回报，三年之丧便就是对应父母之怀的三年之爱。

关于三年之丧，《荀子·礼论》篇更有专门论述：

> 三年之丧，何也？曰：称情而立文，因以饰群，别亲疏、贵贱之节而不可益损也。故曰无适不易之术也。创巨者其日久，痛甚者其愈迟。三年之丧，称情而立文，所以为至痛极也。齐衰、苴杖、居庐、食粥、席薪、枕块，所以为至痛饰也。三年之丧，二十五月而毕，哀痛未尽，思慕未忘，然而礼以是断之者，岂不以送死有已、复生有节也哉？！凡生乎天地之间者，有血气之属必有知，有知之属莫不爱其类。今夫大鸟兽则失亡其群匹，越月逾时则必反沿，过故乡则必徘徊焉，鸣号焉，踯躅焉，踟蹰焉，然后能去之也。小者是燕爵犹有啁噍之顷焉，然后能去之。故有血气之属莫知于人，故人之于其亲也，至死无穷。将由夫愚陋淫邪之人与？则彼朝死而夕忘之，然而纵之，则是曾鸟兽之不若也，彼安能相与群居而无乱乎？！将由夫修饰之君子与？则三年之丧，二十五月而毕，若驷之过隙，然而遂之，则是无穷也。故先王圣人安为之立中制节，一使足以成文理，则舍之矣。

三年的服丧，是为了什么呢？回答说：这是根据人的感情来确立礼仪制度，藉以整治亲族，区别亲近的人与疏远的人之间、高贵者与卑贱者之间的不同礼节，而不能再增减的了。所以说这是无论到什么地方也不可改变的措施。创伤大的，它的愈合时间就长；疼痛厉害的，它的痊愈就慢。三年的服丧是根据人的感情来确立的礼仪制度,是用来给极其悲痛的感情所确立的最高期限。穿着丧服、拄着孝棍、住在简陋的房屋中、吃薄粥、把柴草当作垫席、把土块当作枕头,是用来给极其悲痛的心情所作的外表装饰。三年的服丧,二十五个月就完毕了,但哀痛之情并没有了结,思念之心并没有忘怀,然而礼制却规定在这个时候终止服丧,这难道不是因为送别死者要有个终结、恢复正常的生活要有所节制吗?!凡是生长在天地之间的,有血气的种属一定有智能,而有智能的种属没有不爱自己同类的。现在那些大的飞禽走兽如果失去了它的群体或配偶,那么过了一个月或超过了一定的时间,就一定会返回合群;经过原来住过的地方,就一定会在那里徘徊周旋,在那里啼鸣吼叫,在那里驻足踏步,在那里来回走动,然后才能离开那里。小的就是燕子麻雀之类也还要在那里叽叽喳喳一会儿,然后才能离开那里。有血气的种属没有比人更聪明的了,所以人对于自己父母的感情,到死也没有穷尽。要依从那些愚蠢浅陋放荡邪恶的人么?那么他们的父母亲早晨死了,到晚上就忘了,像这种情况如果还放任他们,那么他们就连鸟兽也不如了,他们又怎么能互相在一起合群居住而没有动乱呢?!要依从那些注重道德修养的君子么?那么三年的服丧,二十五个月就完毕了,他们会觉得那时间快得就像驾车的四匹马经过一个墙缝一样,像这种情况如果还是成全他们,那么他们就会无限期地服丧。所以先王圣人就给人们确立了适中的标准、制定了这服丧三年的礼节,一律使人们能够完成礼仪,然后就除去丧服。

这一内容,在儒家的《礼记·三年问》篇中有着基本相同的论述,可以视作儒家对于三年之丧含义的权威解释了。《孟子·滕文公上》记有滕文公居丧一事,也颇可说明问题:

滕定公薨,世子谓然友曰:"昔者孟子尝与我言于宋,于心终不忘。今也不幸至于大故,吾欲使子问于孟子,然后行事。"然友之邹问于孟子。孟子曰:"不亦善乎!亲丧,固所自尽也。曾子曰:'生,事之以礼;死,葬之以礼,祭之以礼,可谓孝矣。'诸侯之礼,吾未之学也;虽然,吾尝闻之矣。三年之丧,齐疏之服,饘粥之食,自天子达于庶人,三代共之。"然友反命,定为三年之丧。父兄百官皆不欲,曰:"吾宗国鲁先君莫之行,吾先君亦莫之行也,至于子之身而反之,不可。且《志》曰：'丧祭从先祖。'曰：'吾有所受之也。'"谓然友曰："吾他日未尝学问，好驰马试剑。今也父兄百官不我足也，恐其不能尽于大事，子为我问孟子。"然友复之邹问孟子。孟子曰："然，不可以他求者也。孔子曰：'君薨，听于冢宰，歠粥，面深墨，即位而哭，百官有司莫敢不哀，先之也。'上有好者，下必有甚焉者矣。'君子之德，风也；小人之德，草也。草尚之风，必偃。'是在世子。"然友反命。世子曰："然，是诚在我。"五月居庐，未有命戒。百官族人可，谓曰知。及至葬，四方来观之。颜色之戚，哭泣之哀，吊者大悦。

滕定公去世，太子对然友说："以前孟子曾经同我在宋国交谈过，我心里始终没有忘记。现在不幸遇到了这大变故，我想让你去请教一下孟子，然后再治办丧事。"然友到邹国去请教孟子。孟子说："这不是很好吗！父母的丧事，本来就是应该尽到自己的心意去办的事。曾子说过：'父母在世，以礼侍奉；死了，以礼安葬，以礼祭祀，可以说是孝子。'诸侯的丧礼，我没有学过；虽然这样，我曾听说过。三年的服丧期，穿缝边的粗麻布丧服，喝粥，从天子到百姓，夏、商、周三代都是这样。"然友回国作了汇报，太子决定实行三年的丧礼。宗室百官都不愿意，说："我们的宗国鲁国的前代君主，没有谁实行过这种丧礼，我们的前代君主也没有谁实行过，到了你身上却要违反传统，那不行。况且有记载说：'丧礼、祭礼要遵从先祖的规矩。'又说：'我们(的做法)都是有所继承的。'"太子对然友说："过去我不曾讲求学问，喜欢骑马驰骋，比试剑法。现在宗室百官都不满意我，担心我不能竭尽孝道办好丧事，请您替我再向孟子请教。"然友再次到邹国请教孟子。孟子说："是的，这是不能求助于别人的。孔子说：'国君死了，(太子)把政事托付给冢宰处理，喝粥，面色暗黑，走到孝子的位置上就哀哭，(这样，)大小官员没有敢不哀伤的，(因为太子)给他们带了头。'在上位的人爱好什么，下面的人必定对此更加爱好。'君子的道德，好比是风；老百姓的道德，好比是草。风吹到草上，草必定倒伏。'这件事就在于太子了。"然友返国后作了汇报。太子说："对，这的确在于我自己。"(于是)太子五个月都住在丧庐里，没有发布过政令诫示。百官和同族的人都赞同，认为太子知礼。到了安葬那天，各地的人都来观看葬礼。太子面容悲戚，哭声哀伤，使吊丧的人非常满意。

滕文公作为太子，笃于周礼，欲行三年丧制，遭到同族及百官的反对，这里说他守丧五个月，至下葬而止，未知是否最终守丧三年，但从社会效果来看，滕文公即位前守丧五月的效果是很好的。当然，这件事也表明，孟子时代丧礼早已崩坏，连鲁、滕这样的礼乐之邦，几代之前就已不行三年之丧制了，虽然滕文公坚持居丧以礼，但在当时或许只能算作偶然的复旧，并不具有任何普遍的意义。不过，这也只是古时繁琐的三年之丧"不行"，简化的象征意义的三年之丧实际上是一直保持到今天的。汉代以后的丁忧制自不待言[①]，就是今日我的家乡烟台农村，三年之丧依然延续，它当然不是像古代那样严格限制、禁止这个那个的，而是体现在祭祀活动的"烧周年"、"烧二年"、"烧三年"上，烧三年之后，过年才可以贴对联[②]，这显然还是三年之丧的保留，虽然已经极简化。

总而言之，自恨自己未尝拥有孝道实践的孔子[③]，对先秦孝道的承接延续，平实而合情理，确是起了极其重要的作用，最为难能可贵的是，他对先秦孝道有发展，有更正，有补充，所以他并非只是一个"述而不作"的述者，而是一位能够承先启后、熔铸创新的伟大思想家。徐复观先生曾称赞孔子的"述"有三大特征：一是"从过去特定的事项中，找出富有普遍性的共同准则"；二是"把外在的形式，转化而为内心的德性，使其成为人类成长的表征，并使形式因受到德性的批判而不致归于僵化"；三是"通过他个人的人格上的体验与成就，而把传统的观念推进并提高为高深的根本原理"。[④] 以此来对照孔子对先秦孝道的承述，可以

---

① 丁忧是中国古代父母去世后，官员必须离职回家守丧三年，以尽孝道，服丧期满后再回朝续职。当然，由于官员深系国家要务，因政治、军事或其他特殊原因，丧期未满的官员也可强令其出仕，谓之夺情、夺服或起复。当年岳飞在家守母丧，因朝廷屡屡催促他复任，迫不得已出山，但他没有脱去孝服，是在任上把它穿满三年的。有的朝代为了官员服丧不影响公务，曾提出过变通的办法，如汉文帝遗诏节丧，以日易月，缩短丧期，这不过是个别现象，而且也仅仅是变通，绝不是废除。

② 因此，春节期间看到有人家不贴春联，即可断定其前（三年内）有重要亲人去世；另外，以前小时候记得有人家"烧三年"之前，过年也贴春联，只不过是紫色的，以示区别，现在则几乎没有了。

③ 《中庸》："子曰：君子之道四，丘未能一焉。所求乎子，以事父，未能也；所求乎臣，以事君，未能也；所求乎弟，以事兄，未能也；所求乎朋友，先施之，未能也。"

④ 《中国孝道思想的形成、演变及其在历史中的诸问题》，载李维武编《徐复观文集》第一卷，湖北人民出版社 2002 年版，第 57—58 页。

说是完全适当的。孔子在对传统孝道的“述”的过程中，赋予了传统孝道以新的精神和活力，并使之发生了某些本质性的变化，而成为后世儒家孝道观、中国孝文化的基本内容。先秦的孝道观念到了孔子的时候，已经被深入地贯彻到普通人的日常生活要求中，这是孔子对先秦孝道和中国孝文化的最大贡献。就这一意义来说，孔子实为传统孝道从观念向伦理“转构”过程中继往开来的关键人物，至西汉方始完成的以孝道为核心的新型伦理秩序，其中心的或重要的内容，无不来源于孔子。从孔子开始，孝道作为儒家伦理的道德要求，被学者们极力宣扬，最终成为了中国文化的一个根本特征。在后世《二十四孝》中，孔门弟子就占了三个[①]，

---

① 分别是曾子“啮指痛心”、子路“百里负米”和闵子骞“芦衣顺母”。曾子“啮指痛心”，我们将在介绍曾子孝道学说时再讲，这里先看一下子路“百里负米”和闵子骞“芦衣顺母”：子路是春秋时期鲁国人，乃孔子的得意弟子，性格直率勇敢，十分孝顺。早年家中贫穷，自己常常采野菜做饭食，却从百里之外负米回家侍奉双亲。父母去世后，他做了大官，奉命到楚国去，随从的车马有百乘之众，所积的粮食有万钟之多。坐在层叠的锦褥上，吃着丰盛的筵席，他常常怀念双亲，慨叹说：“即使我想吃野菜，为父母亲去负米，哪里能够再得呢？”孔子赞扬他说：“你侍奉父母，可以说是生前尽力，身后尽心呐！”有诗称赞曰：“负米供旨甘，宁辞百里遥。身荣亲已殁，犹念旧劬（qú）劳。”（古人传有“菽水承欢”的成语，出自《礼记·檀弓》：子路曰：“伤哉贫也！生无以为养，死无以为礼也。”孔子曰：“啜菽饮水，尽其欢，斯之谓孝；敛首足形，还葬而无椁，称其财，斯之谓礼。”意思是说尽力了，心意到了，即使吃豆饭喝水浆也是孝，同样表彰了子路生活清苦、却能孝养父母的孝行）闵子骞，春秋时期鲁国人，孔子的得意弟子，在孔门中以德行与颜回并称。孔子曾赞扬他说：“孝哉，闵子骞！”（《论语·先进》）他的家庭和舜帝很像，生母早逝，父亲娶了后妻，又生了两个儿子。继母经常虐待他，借故说他的坏话，挑拨其与父亲的关系。大冬天，继母给两个弟弟穿着用棉花做的冬衣，却给闵子骞穿用芦花做的“棉衣”。一天，父亲出门，闵子骞顶着凛冽寒风赶车时因冷冻得打颤，把马缰绳掉到了地上，差点惊了马匹跑到沟里，遭到父亲的斥责和鞭打，顿时间，芦花随着打破的衣缝飞了出来，漫天飞舞，父亲这才知道闵子骞受到虐待。愤怒的父亲返回家，要休逐后妻，闵子骞并没有借此发泄对继母的怨恨，而是以大局为重，舍己为家，跪求父亲饶恕继母并为其开脱，说了一句感动后世无数中国人的一句话：“母在一子寒，母去三子单！”留下母亲只是我一个人受冷，休了母亲三个孩子都要挨冻。父亲十分感动，就依了他，继母也悔恨知错，从此待他如亲子。有诗称赞曰：“闵氏有贤郎，何曾怨晚娘？尊前贤母在，三子免风霜。”

为八分之一，尚不包括高柴等人[1]，这是先秦诸子百家其他任何一家都没有的。这也可见孔子及其弟子对于孝道的看重。

《韩诗外传》卷九中载：

孔子行，闻哭声甚悲。孔子曰："驱，驱，前有贤者。"至，则皋鱼也，被褐拥镰，哭于道傍。孔子辟车与言曰："子非有丧，何哭之悲也？"皋鱼曰："吾失之三矣：少而学，游诸侯，以后吾亲，失之一也；高尚吾志，间吾事君，失之二也；与友厚而小绝之，失之三也。树欲静而风不止，子欲养而亲不待也。往而不可追者，年也；去而不可得见者，亲也。吾请从此辞矣！"立槁而死。孔子曰："弟子诫之，足以识矣！"于是门人辞归而养亲者十有三人。

孔子外出，听到有哭声非常悲哀。孔子说："快赶车，快赶车，前边有贤者。"到了哭声传来之处，发现原来是皋鱼，他披着麻布短袄，抱着镰刀，在路边哭。孔子下车对他说："你家里莫非有丧事？为什么哭得这么悲伤呢？"皋鱼说："我有三件事情做错了：年少时出外学习，游学诸侯，回来后双亲已去世了，这是第一错；因为我的志向高远，所以放松忽略了侍奉国君的大事，这是第二错；我跟朋友虽交往深厚，但却逐渐断了来往，这是第三错。树枝被风吹了很久想静下来，但风却一直不停息，（树枝只得继续摇动），（儿子被双亲抚养了很长时间）想由自己供养双亲了，但双亲却没有等待儿子的供养就早早去世了。逝去了就永远

① 高柴，字子羔，春秋时期卫国人。双亲逝后严格执行丧礼，守丧三年，涕哭出血，从未有过笑容。当时的人们认为难能可贵，于是他名声大震。后来他投奔孔子门下求学，鲁国的执政者看重他的贤德，委任他为成县县令。当时成县有个人的哥哥去世，而弟弟不肯为哥哥穿丧服，听说高柴将要到任，才为去世的哥哥穿上了丧服。成县人因为之歌颂，足见他的孝行感化了别人，使成县的人们有了学习的风范。

追不回来的，是时光；过世后就再也见不到面的，是双亲。请让我从此告别人世吧！"于是站立不动被太阳暴烤枯槁而死。孔子说："弟子们你们应引以为戒，经历过这件事，足以让人知道该怎么做了！"于是，就有十三个学生辞别回家赡养双亲了。

皋鱼周游列国去寻师访友，故此很少留在家乡侍奉父母，岂料父母相继去世，皋鱼才惊觉从此不能再尽孝道，深悔当初父母在世时未能好好侍亲，现在已追悔莫及了！皋鱼以"树欲静而风不止"来比喻他痛失双亲的无奈：树希望能够静止不动，但是风却不能停止，风吹不止，树也就无法静止；儿女长大了，希望能够奉养双亲，报答父母的养育之情，但二老却早已离世，使子女的心愿无法实现，留下了终生遗憾！可以说，风不止，是树的无奈，而亲不在，则是孝子孝女的无奈。皋鱼的故事令人感到说不出的酸楚！今天的我们，确实是疲惫于家庭与工作、忙碌于生活与事业、应酬于酒桌与饭局，然而是不是就真的抽不出时间来与父母聊聊天、谈谈心呢？！是还是不是，我们每个人心中其实都懂得；《论语·里仁》中："子曰：父母之年，不可不知也，一则以喜，一则以惧。"朱子《论语集注》："常知父母之年，则既喜其寿，又惧其衰，而于爱日之诚，自有不能已者。"我想，除了上面提到的孝敬、色难等精神上的要求外，这一条对我们每一个人也很适用，让我们在保持孝道的敬意和温情的同时，请记住自己父母的年龄，它将让我们时刻勉励自己，"树欲静而风不止，子欲养而亲不待"，不要父母在时不珍惜，事后空叹息！

二、曾子

提起曾子，估计很多人不是太熟悉，大家知道孔子、孟子、荀子是先秦儒家的三大宗师，那么曾子又是何人呢？曾子是孔子的一位高徒，他继承孔子儒学精神，并把这一学统传授给了子思。子思是谁呢？子思是孔子的孙子、孔鲤的儿子，而孟子又受学于子思的门人。所以，从孔子到曾子，从曾子到子思，从子思到孟子，这一路下来，便被后世儒者视作孔子儒学的正统，我们平时所说的孔孟之道，就是这么建立起来的。[1] 所以说，在孔子儒学的继承发扬上，曾子是占有极为重要的地位的。[2]

曾子是春秋末年鲁国南武城（今山东嘉祥）人，名参（shēn），字子舆，鲁定公五年（前 505）十月十二日生，这一年，孔子四十七岁，因此他比孔子少四十六岁。鲁哀公元年（前 494），曾子十二岁，常随父学诗书，有"伏案苦读"之说。鲁哀公五年（前 490），曾子十六岁，奉父命至楚，从学孔子。[3] 鲁哀公十三年（前 482），曾子二十四岁，孔子的高才弟子颜回病故，曾子就成了孔子学说的主要继承人。鲁哀公十五年（前 480），曾子二十六岁，孔子呼而告之，曰："参乎，吾道一以贯之。"曾子曰："唯。"子出，门人问曰："何谓也？"曾子曰："夫子之道，忠恕而已矣。"（《论语·里仁》）孔子向他说："参啊，我的学说可用一句话贯通。"曾子回答说："是的。"孔子走后，弟子们问曾子："老师说的是什么意思？"曾子回答说："老师的学说，'忠恕'二字即可贯通啊！"鲁哀公十六年（前 479），曾子二十七岁，这一年，孔子去世，终年七十三岁，孔子临终将其孙、孔鲤之遗孤子思托付于曾子，曾子若父丧而无服，守孔子墓。鲁哀公十九年（前 476），曾子三十岁，三年守墓过后，孔门弟子子夏、子游、子张认为有子面貌很象孔子，要把有子像老师孔子那样来事奉，曾子拒绝说："这样做不可。老师的德行象长江的水洗过，像秋天的阳光晒过，清净洁白，无以复加，怎么只求面貌相似呢？"（《孟子·滕文公上》）鲁悼公三十二年（前 435），曾子七十一岁，一天夜里，病危中的曾子突然想起身下铺着一领华美的席子，是鲁大夫季孙氏送给他的，他认为，自己一生没做到大夫，不应铺大夫的席子，于是就招呼儿子们把席子换下

---

① 自宋代朱子整理"四书"，"四书"从此与儒家五经并列，甚或还在之前，曰"四书五经"；"四书"是《论语》、《大学》、《中庸》、《孟子》的总称，一般认为《大学》的作者是曾子，《中庸》的作者是子思，因此，"四书"实际上即囊括了孔孟道统中的孔子、曾子、子思、孟子四人。

② 《论语》中，曾子是两位被始终冠以"子"称号的孔门弟子之一，另一位是有子。

③ 曾子是孔子晚年弟子，他的父亲曾皙也称曾点是孔子早年弟子，因此，曾子和他的父亲虽算不上同学，却是正宗"同门师兄弟"。

来。没等换上的席子铺好,他就去世了,终年七十一岁。

曾子性情沉静,举止稳重,为人谨慎,待人谦恭,以孝著称。根据古书的记载,他的孝道孝行情况如下:

第一,及时行孝,奉养父母应有一种紧迫感。"亲戚既没,虽欲孝,谁为孝?年既耆艾,虽欲弟,谁为弟?故孝有不及,弟有不时,其此之谓与?!"(《大戴礼记·曾子疾病》)"往而不可还者,亲也;至而不可加者,年也。是故孝子欲养而亲不待也,木欲直而时不待也。是故椎牛而祭墓,不如鸡豚逮亲存也。"(《韩诗外传》卷七)也就是俗话说:"生前吃四两,胜过死后祭猪羊。"意思是父母去世后再怎样用丰盛的礼品祭祀,不如让父母生前吃好。因此,为了奉养双亲,曾子提出了一个入仕原则:父母在世时,子女应"不择官而仕":"吾尝仕为吏,禄不过钟釜,尚犹欣欣而喜者,非以为多也,乐其逮亲也;既没之后,吾尝南游于楚,得尊官焉,堂高九仞,榱题三围,转毂百乘,犹北向而泣涕者,非为贱也,悲不逮吾亲也。故家贫亲老,不择官而仕;若夫信其志,约其亲者,非孝也。"(《韩诗外传》卷七)曾子晚年到南方做了大官,享受着很高的待遇,但因为见不到父母了,父母也无法享受子女的孝敬了,所以很伤感,经常面向北方故乡,朝着埋葬父母的地方心生悲伤。对此,《庄子·寓言》中也有类似记载(曾子言"吾及亲仕,三釜而心乐;后仕,三千钟而不洎,吾心悲"①),这对于我们今天这也不喜欢、那也不爱干、嫌脏嫌累嫌钱少的某些"啃老族"来说,可以内省矣!《论语·里仁》中,孔子说过一句话:"子曰:父母在,不远游,游必有方。"孔子说:"父母在世,不可远到外地。

① 曾子的这一认识与感触与子路同。西汉刘向《说苑·建本》载曰:"子路曰:负重道远者,不择地而休;家贫亲老者,不择禄而仕。昔者由事二亲之时,常食藜藿之实而为亲负米百里之外,亲没之后,南游于楚,从车百乘,积粟万钟,累茵而坐,列鼎而食,愿食藜藿负米之时不可复得也;枯鱼衔索,几何不蠹,二亲之寿,忽如过隙,草木欲长,霜露不使,贤者欲养,二亲不待,故曰:家贫亲老,不择禄而仕也。"《后汉书》卷三十九载:"庐江毛义少节,家贫,以孝行称。南阳人张奉慕其名,往候之。坐定而府檄适至,以义守令,义奉檄而入,喜动颜色。奉者,志尚士也,心贱之,自恨来,固辞而去。及义母死,去官行服。数辟公府,为县令,进退必以礼。后举贤良,公车征,遂不至。张奉叹曰:'贤者固不可测。往日之喜,乃为亲屈也。斯盖所谓"家贫亲老,不择官而仕"者也。'建初中,章帝下诏褒宠义,赐谷千斛,常以八月长吏问起居,加赐羊酒。寿终于家。"这可谓汉代"家贫亲老,不择官而仕"的毛义演绎版。

不得已而去的话，必须告诉父母去哪里，要有个方向。”记得还在读硕士研究生的时候，业师张新民先生教授我等读《论语》，读至此处讨论，我说：“这是古代的情况，现在我们从读大学开始便可能出省到外地，不可能不远游，但是远游之后一定最终返乡在父母身旁，所以这句话可以改为：父母在，不远游，游必归乡。”新民师听后莞尔，众同门亦皆一笑；那时的我回山东老家工作的愿望（包括所谓从政的志向，呵呵）明确而坚定，可是博士研究生毕业后综合权衡，还是留在了母校华中师范大学历史文献所，“游必归乡”也没做到了。而今成家、立业、生子，要父母从北方农村到南方都市来习惯适应、来帮忙照顾，反使父母远游了，亦有所不孝也！曾子可以说是彼时“父母在，不远游”的典范了，一生一世都是围绕着父母的影子而转移。鲁哀公三年（前 492），曾子十四岁，“尝耕泰山之下，遭天霖泽雨雪寒冻，旬日不得归，思其父母，乃作忧思之歌（《梁山操》）”（《琴操》卷下）。《孔子家语》卷九记：“齐尝聘（曾子）欲以为卿，而不就。曰：吾父母老，食人之禄，则忧人之事，吾不忍远亲而为人役。”尽管齐国欲用丰厚的俸禄聘用曾子为卿，但他却因为父母年迈在家，不忍远离父母，而要守在父母身边，好时刻照料双亲，故辞而不就，且“义不离亲一夕宿于外”（《战国策·燕策》）。《韩诗外传》卷一说：“曾子仕于莒，得粟三秉，方是之时，曾子重其禄而轻其身；亲没之后，齐迎以相，楚迎以令尹，晋迎以上卿，方是之时，曾子重其身而轻其禄。”这当中的“重其禄而轻其身”、“重其身而轻其禄”，一重一轻，其实乃有着曾子个人对于奉养父母孝道的深刻体认！

第二，一切以父母的喜怒哀乐为转移，“无私忧，无私乐。父母所忧忧之，父母所乐乐之”（《大戴礼记·曾子事父母》），“父母之所爱亦爱之，父母之所敬亦敬之”（《礼记·内则》），这样的孝道甚至在人们看来已经有所“愚”。《韩诗外传》卷八载：

> 曾子有过，曾晳引杖击之，仆地，有间乃苏，起曰：“先生得无病乎？”鲁人贤曾子，以告夫子。夫子告门人：“参来，勿内也！”曾参自以为无罪，使人谢夫子，夫子曰：“汝不闻昔者舜为人子乎？！小棰则待笞，大杖则逃。索而使之，未尝不在侧；索而杀之，未尝可得。今汝委身以待暴怒，拱立不去，杀身以陷父不义，其不孝孰大焉？！汝

非王者之民耶？其罪何如？”①

曾子有一天犯了个小过失，他的父亲曾皙就拿着棍子打他，曾子没有逃走，站着挨打，结果被打昏了，过了一会儿才渐渐苏醒过来。曾子刚醒过来，就问父亲：“您没有因为打我而累坏吧?!”鲁国人都赞扬曾参是个孝子，并告诉了孔子。孔子知道了这件事以后，告诉守门的弟子：“曾参来，不要让他进门！”曾参自以为没有罪过，就让别人问孔子是什么原因。孔子说：“你难道没有听说过以前舜帝是如何做儿子的吗?!舜为人子，父亲用小棒打他，他就站着不动；父亲用大棒打他，他就逃走。父亲要找他干活时，他从来都在父亲身边；父亲想杀他时，无论如何也找不到他。现在，你在父亲盛怒的时候也不逃走，任父亲用大棒打，万一被父亲打死，陷父亲于杀子的不仁不义中，还有比这更不孝的吗?! 你难道不是王的子民吗？所犯的罪还不大吗？”显然，在“善事父母”的“善”上，孔子认为曾子没有像舜帝那样“善事父母”，坚决反对他的一味听命于父亲。《淮南子·齐俗》说“公西华之养亲也，若与朋友处；曾参之养亲也，若事严主烈君；其于养，一也”，看来是言之有据的。② 我们在后面

① 西汉刘向《说苑·建本》所载略异：“曾子芸瓜而误斩其根，曾皙怒，援大杖击之，曾子仆地；有顷苏，蹶然而起，进曰：‘曩者参得罪于大人，大人用力教参，得无疾乎?!’退屏鼓琴而歌，欲令曾皙听其歌声，令知其平也。孔子闻之，告门人曰：‘参来，勿内也！’曾子自以无罪，使人谢孔子，孔子曰：‘汝不闻瞽叟有子名曰舜？舜之事父也，索而使之，未尝不在侧，求而杀之，未尝可得；小棰则待，大棰则走，以逃暴怒也。今子委身以待暴怒，立体而不去，杀身以陷父不义，不孝孰是大乎?! 汝非天子之民邪？杀天子之民，罪奚如？’以曾子之材，又居孔氏之门，有罪不自知处义，难乎！”

② 西汉刘向《说苑·建本》载：“伯俞有过，其母笞之，泣，其母曰：‘他日笞子未尝见泣，今泣何也？’对曰：‘他日俞得罪，笞尝痛，今母力不能使痛，是以泣。’故曰父母怒之，不作于意，不见于色，深受其罪，使可哀怜，上也；父母怒之，不作于意，不见其色，其次也；父母怒之，作于意，见于色，下也。”三国魏曹植《鼙（pí）舞歌·灵芝篇》：“伯瑜年七十，采衣以娱亲。慈母笞不痛，歔欷（xū xī）涕沾巾。”这就是被后世传诵的“伯俞泣杖”故事，与曾子之事可谓有异曲同工之妙。

的《孝经》一讲中，将会看到曾子专门就此请教于孔子“敢问子从父之令，可谓孝乎”，说明在这一点上，曾子的确是有过许多考虑。

又如《淮南子·说山》载：“曾子立孝，不过胜母之间……以其名害义也。”《新序·节士》载：“县名为胜母，曾子不入。”胜母之间是一处地名，有一次，曾子乘着车子外出办事，无意中走到此地，得知地名“胜母”，觉得这是对父母不敬，因而绕道而过，可见他尊敬父母的念头深植脑海。再如曾子孝敬亲生父母，对后母也竭尽全力孝顺：“参后母遇之无恩，而供养不衰。及其妻以梨蒸不熟，因出之，人曰：‘非七出也。’参曰：‘梨蒸，小物耳，吾欲使熟而不用吾命，况大事乎？’遂出之，终身不娶妻。其子元请焉，告其子曰：‘高宗以后，妻杀孝己，尹吉甫以后，妻放伯奇。吾上不及高宗，中不及吉甫，庸知其得免于非乎？”（《孔子家语》卷九）因为蒸梨不熟，曾子休掉了他的妻子，终身没有再娶，这在当时人和今天人看来，都怕是有些过了。曾子的长子曾元劝父亲再娶后妻，曾子对儿子解释说：“殷高宗武丁因为后妻进谗言，害死了自己的儿子孝己；周宣王时的尹吉甫也因为娶了后妻的缘故，放逐了自己的儿子伯奇。我上比不上殷高宗，中比不上尹吉甫，怎么能保证娶了后妻而不发生祸乱呢？”这真有“一朝梨不熟，终身不娶妻”的感觉。①

《礼记·檀弓》：“曾子谓子思曰：‘吾执亲之丧也，水浆不入于口者七日。’”是说其父母去世时，在守丧期间，悲痛至极，一连七天没吃一点

---

① 在对儿子的教育上，曾子与其妻也有过一次“分歧”。《韩非子·外储说左上》载：“曾子之妻之市，其子随之而泣。其母曰：‘女还，顾反为女杀彘。’妻适市来，曾子欲捕彘杀之。妻止之曰：‘特与婴儿戏耳！’曾子曰：‘婴儿非与戏也！婴儿非有智也，待父母而学者也，听父母之教。今子欺之，是教子欺也。母欺子，子而不信其母，非所以成教也。’遂烹彘也。”曾子的妻子到集市上去，他的儿子哭着闹着要跟着去。妻子便对儿子说：“你先回家呆着，待会儿我回来杀猪给你吃。”妻子刚从集市上回来，曾子就要捉猪去杀。妻子劝止说：“我本来只不过是跟孩子开玩笑罢了，你怎么当真呢?!”曾子说：“我们不该教育孩子骗人！小孩子没有思考和判断能力，要向父母亲学习，听从父母亲给予的正确的教导。现在你说话不算数欺骗他，这是教孩子骗人啊。这怎么能行呢？母亲欺骗儿子，儿子就不再相信自己的母亲了，这不是实现教育的方法。”于是曾子就杀猪煮肉给孩子吃，以表示说到做到。如果说因为蒸梨不熟而休妻太苛刻的话，那么杀猪这件事我倒觉得多少还有些合情理。

东西，可想而知他对父母的思念之情是如何挚诚了，以后“每读丧礼，泣下沾襟”(《尸子》)。又传说曾子的父母去世后，他十分悲痛，终日大哭，泪如泉涌，后世于是在宗圣庙院内修了一口“涌泉井”，作为曾子孝顺和思念父母的主要遗迹。《孟子·尽心下》载：

> 曾皙嗜羊枣，而曾子不忍食羊枣。公孙丑问曰：“脍炙与羊枣孰美？”孟子曰：“脍炙哉！”公孙丑曰：“然则曾子何为食脍炙而不食羊枣？”曰：“脍炙所同也，羊枣所独也。讳名不讳姓，姓所同也，名所独也。”

曾子父亲曾皙喜欢吃羊枣(一种野生小柿子，俗名软枣、牛奶柿)，曾皙去世后，曾子竟不忍心再吃羊枣。此事被儒家传为美谈。有一次，孟子的学生公孙丑就这件事向孟子提问：“脍炙(精美的肉食)和羊枣哪样东西好吃？”孟子说：“当然是脍炙好吃！”公孙丑说：“那么曾子父子一定都爱吃脍炙了，可为什么父亲去世后，曾子只戒羊枣，不戒脍炙呢？”孟子回答说：“脍炙，是大家都爱吃的；羊枣却是曾皙的特殊嗜好，所以他去世后，曾参会继续吃脍炙而不吃羊枣。”忌食羊枣，乃是因为睹物思人，伤心不已，是孝道情思深切者的一种自然流露，这在历朝历代都有很多这样的孝讳事例。印象中是在山东卫视的文艺界十大孝子评选中，我曾看到因一曲《纤夫的爱》唱红大江南北的歌手于文华感念去世的父亲而不再吃杏仁，因为她一吃到杏仁，就会想起小时候父亲砸碎杏核攒一把杏仁捧给她吃的那温暖情景，就不禁思父伤心。由此可知，古往今来那么多孝子孝女睹物思人、避而不谈(吃)，这里面乃是有着深深的孝道情思在其中呵！

此外，非儒家经典如道家《庄子》、法家《韩非子》、纵横家《战国策》也都曾提及曾子并感慨其孝行，《战国策·燕策一》载苏秦谓王曰：“信如尾生，廉如伯夷，孝如曾参，三者天下之高行。”因此，正如西汉陆贾《新语·慎微》所说：“曾子孝于父母，昏定晨省，调寒温，适轻重，勉之于糜粥之间，行之于衽席之上，而德美重于后世。”

孔子一开始对曾子的印象是“参也鲁”，即曾参鲁钝，但他能做到“吾日三省吾身”：“为人谋而不忠乎？与朋友交而不信乎？传不习乎？”(《论语·学而》)天天进行自我检查，检查自己的为人做事是否尽心尽力了？与朋友交往是否做到忠信诚实了？老师传授的学业是否认真学习、牢固掌握了？并且向孔子详细请教了冠婚丧祭之礼，认真修养了孝悌忠信之德，学业品德大有进益，成为孔门高足。《大戴礼记·卫将军文子》："孔子曰：孝，德之始也；弟，德之序也；信，德之厚也；忠，德之正也。参也，中夫四德者矣哉！"被老师孔子称作"参也鲁"的曾子，最终居然成为夫子之道的一脉传承者，曾子堪称我们这些"凡人"努力奋斗的榜样！曾子七十岁时得了重病，卧床不起，孟敬子（鲁国大夫孟孙捷）问之。曾子言曰："鸟之将死，其鸣也哀；人之将死，其言也善。君子所贵乎道者三：动容貌，斯远暴慢矣；正颜色，斯近信矣；出辞气，斯远鄙倍矣。笾豆之事，则有司存。"（《论语·泰伯》）孟敬子去看望他，曾子对他说："鸟快死了，它的叫声是悲哀的；人快死了，他说的话是善意的。君子所应当重视的道有三个方面：使自己的容貌庄重严肃，这样可以避免粗暴、放肆；使自己的脸色一本正经，这样就接近于诚信；使自己说话的言辞和语气谨慎小心，这样就可以避免粗野和背理。至于祭祀和礼节仪式，自有主管这些事务的官吏来负责。"至死不忘"君子之道"的修养，已将修身养性作为终生必修课对待，这是曾子其感召后代的重要人格力量之所在。元朝至顺元年（1330）七月，元文宗加封曾子为宗圣公，此为曾子封圣之始；清雍正御笔"道传一贯"木匾一幅，乾隆为其题写了"宗圣曾子赞"御碑一座，都是教育人们不要忘记宗圣曾子不可磨灭的功绩，尤其要认真学习他做人的美好品格。

那么，"道传一贯"的曾子对孝道有没有重要的论述呢？我们说不仅有，而且曾子对孝道的阐述，用宋丹丹"白云"的话来讲，那是"相当的"重要、丰富。古书中记载的很多，主要体现在以下几方面：

（一）孝：放诸四海而皆准

《礼记·祭义》：

> 曾子曰："树木以时伐焉，禽兽以时杀焉。夫子曰：'断一树，杀一兽，不以其时，非孝也。'"
>
> 曾子曰："夫孝，置之而塞乎天地，溥之而横乎四海，施诸后世而无朝夕。推而放诸东海而准，推而放诸西海而准，推而放诸南海而准，推而放诸北海而准。"

孝道孝行本来只限于人类的事亲，曾子则把孝的内容扩大到自然界的其他品类，凡是违反人性的爱心，违背社会公认的道德行为，都是不孝。不按季节砍伐树木、猎杀野兽都是不孝的行为①,何况其他！人的行走坐卧,一言一行,无不是孝的体现。可见孝道范围之广,儒家所主张的所有的道德规范都是孝的表示,孝被泛化为一切道德的体现。在曾子看来,孝不仅是个人道德和社会伦理,而且是放诸四海而皆准的普遍真理,在空间上充塞宇宙而没有尽头,时间上无限延续而没有终止,是人类永恒的行为准绳,是宇宙的根本法则。先秦儒家的孝道学说和理论发展到了曾子,就其包含的内涵和外延来说,已经达到了无以复加的地步。

(二)身体发肤,受之父母

曾子曰:“父母生之,子弗敢杀;父母置之,子弗敢废;父母全之,子弗敢阙。故舟而不游,道而不径,能全支体,以守宗庙;可谓孝矣。”(《吕氏春秋·孝行》)曾子说:“父母生的,儿子不敢杀;父母设立的,儿子不敢废;父母保全的,儿子不敢缺。所以该坐船的不游泳,该走大道的不穿小路,这才能保全身体,以延续香火;可说是孝顺了。”

我国古代,无论男女皆不剃发,一簪挽起,为什么呢？原因就在孝道这里。就像曾子所说,我们每一个人生下来的时候,父母都是完完整整地给了我们一个完全的肉身,把我们这完全的身体一生爱惜、保护好,“父母全之,子弗敢阙”,不让父母担惊受怕、难过忧伤,即是对父母行孝,是令父母精神上安慰、舒心、愉悦的行孝。我们知道,元朝建立后,虽然民族政策不平等,但并未如后来清朝那样铁血推行“剃发令”,清初入关之后坚决执行“剃发令”,乃遭遇强烈抵抗,其内在原因也在这里。2008年,我到陕西师范大学开会,期间参观了他们的女性文化博物馆,其中有一幅图片叫“头发夹子”,像个绣袋,是陕西合阳一带旧时妇女的用品,介绍文字说当地妇女平日里梳头化妆,会把掉下的头发放

① 砍伐树木、猎杀野兽要“以其时”,即按季节,这是我国古代天人合一、重视自然法则的显著表现,我们熟知的“秋后问斩”也是这个道理:秋后是万物萧条、生命衰败之时,行刑结束一个人的生命置于此时,既与自然万物法则同理,也和秋季肃杀之气相应,渲染刑法效果。《论语·述而》:“子钓而不纲,弋不射宿。”意为孔子只用有一个鱼钩的钓竿钓鱼,而不用绳网捕鱼,只射飞鸟而不射回巢的鸟,可见孔子仁德之心,仁爱万物。这一仁爱之义被曾子赋予孝道色彩,使得孝道从“老吾老,以及人之老”延伸至民胞物与,儒家仁爱的广博性由此开始凸显。

在这个头发夹子里，逝后随主人一起掩埋，其中原因待考云云。我当即感觉这可能便与中国孝文化“身体发肤，受之父母”的“父母全之，子弗敢阙”这一道理有关。在我们今天，这一道理虽不必像古人那样谨严，

但还有其重要的现实意义，也就是说，我们做儿女的平日里应注意爱惜自己、照顾自己、保护自己，不令父母牵挂、焦虑，仍是子女尽孝道的一个极为重要的方面。大道理不讲，现在车水马龙，交通拥挤而安全问题益见突出，会开车的人多了，技术不佳的人也多了，“马路杀手”层出不穷，我想在此恶劣交通环境下，不闯红灯、尽量走天桥和地下通道或斑马线，算是尽最大努力对自己的保护，生活节奏再快，似乎也没啥事情紧要的必须我们闯红灯、乱过马路，以自己的生命安全为风险代价吧?!我经常在过马路时观察那些进进退退、闪躲蹦跳甚至闹玩嬉笑的“穿越一族”，其实当绿灯亮了之后我大踏步走到路对面，他们顶多比我快上二十多米，有什么重要的事儿值得让我们用可能付出一生的代价去争抢那有限的二十米呢？为自己，为父母，为爱你的人，从孝道的角度，这个看似日常中的小问题难道不值得我们高度重视吗?!

《吕氏春秋·孝行》记载曾子的一个弟子乐正子春[①]的故事：

---

① 乐正子春是曾子学生中的一个大孝子，文献中关于他的孝行记载很多，《礼记·檀弓下》有其丧母后“五日而不食”的故事。曾子临终时，他和曾子的两个儿子曾元、曾申守在病榻边，可谓曾子的得意高徒。

> 乐正子春下堂而伤足，瘳而数月不出，犹有忧色。门人问之曰：“夫子下堂而伤足，瘳而数月不出，犹有忧色，敢问其故？”乐正子春曰：“善乎而问之！吾闻之曾子，曾子闻之仲尼：父母全而生之，子全而归之，不亏其身，不损其形，可谓孝矣。君子无行咫步而忘之。余忘孝道，是以忧。”故曰，身者非其私有也，严亲之遗躬也。

乐正子春下堂而伤足，病好后仍然几个月不出门，还有忧愁的表情。门人问他说：“您下堂而伤足，病好后仍然几个月不出门，还有忧愁的表情，敢问什么原因呢？”乐正子春说：“这个问题问得好！我听曾子说，曾子听仲尼说：父母完全地生了你，你完全地归还他们，不亏欠其身体，不损伤其形容，可称为孝了。君子不能走一步就忘了它。我忘了孝道，所以忧愁。”因此说，身体不是你私有的，是严亲的遗体啊！换句话说，把身体视为父母的财产，个人虽可使用，却没有损伤的权利。可见，在曾子的言传身教下，他的弟子们也都能恪守教诲，身体力行，足证从孔子那里传授下来的“身体发肤，不敢毁伤”之义在曾子孝道学说中的重要位置。[①]

（三）孝有三：大孝尊亲，其次弗辱，其下能养

曾子的孝道学说中，还有一点与直到今天仍存在于人们头脑中的“光宗耀祖”思想紧密相关的。《礼记·祭义》载：

> 曾子曰：“孝有三：大孝尊亲，其次弗辱，其下能养。”公明仪问于曾子曰：“夫子可以为孝乎？”曾子曰：“是何言与！是何言与！君子之所为孝者，先意承志，谕父母于道。参直养者也，安能为孝乎？！”

> 曾子曰：“身也者，父母之遗体也。行父母之遗体，敢不敬乎？！居处不庄，非孝也；事君不忠，非孝也；莅官不敬，非孝也；朋友不信，非孝也；战陈无勇，非孝也。五者不遂，灾及于亲。敢不敬乎？！亨孰膻芗，尝而荐之，非孝也，养也。君子之所谓孝也者，国人称愿然曰‘幸哉！有子如此’。所谓孝也已。众之本教曰孝，其行曰养。

---

① 乐正子春说“吾闻之曾子，曾子闻之仲尼”，与先秦儒家经典《孝经》中的“开宗明义”第一章所述相合（详后《孝经》一讲），这一孝道学说在孔子时盖已有所注重，而曾子更光大之。

养可能也，敬为难；敬可能也，安为难；安可能也，卒为难。父母既没，慎行其身，不遗父母恶名，可谓能终矣！仁者仁此者也，礼者履此者也，义者宜此者也，信者信此者也，强者强此者也。乐自顺此生，刑自反此作。”

曾子说：“孝顺的行为可以分成三个等级：最高一等的是使父母因为我们的言语、行为而受到尊敬；其次一等是不使父母因为我们的言语、行为而受到侮辱；再下一等的是只有物质层面的赡养父母。”公明仪问曾子说：“您可以算是孝了吧？”曾子说：“这是什么话？这是什么话？古代的君子所说的孝子，父母没有发话就能知道他们的意思，而且能引导父母，使父母明白更多的道理。我仅仅是赡养，哪里能算孝呢?!”这不妨看作曾子对自已孝道品行的高度要求。① 紧接此处，曾子说：“我的身体是由父母所留，为父母生命之延续。在言行举止中，对父母所延续下来的身体，能不恭敬的爱护吗?!”这仍是前述“身体发肤，不敢毁伤”的意思，而“居处不庄，非孝也；事君不忠，非孝也；莅官不敬，非孝也；朋友不信，非孝也；战陈无勇，非孝也。”这又是孝道泛化的阐论，“五者不遂，灾及于亲。敢不敬乎?!”正表明“大孝尊亲”是“五者不遂，灾及于亲”的反面，也就是说，居处庄、孝也，事君忠、孝也，莅官敬、孝也，朋友信、孝也，战陈勇、孝也，五者遂，灾不及于亲，尊敬与赞誉乃及于亲，故推而广之，子女的一切言行都要体现出好的道德品性，这样，才可谓

---

① 其实曾子本人对于“先意承志”，应该说是做得相当到位了，《孟子·离娄上》便曾以曾子的事迹来加以说明敬亲“养志”：“孟子曰：事孰为大？事亲为大。守孰为大？守身为大。不失其身而能事其亲者，吾闻之矣，失其身而能事其亲者，吾未之闻也。孰不为事？事亲，事之本也。孰不为守？守身，守之本也。曾子养曾皙，必有酒肉；将撤，必请所与；问有余，必曰有。曾皙死，曾元养曾子，必有酒肉；将撤，不请所与；问有余，曰亡矣，将以复进也。此所谓养口体者也。若曾子，则可谓养志也。事亲若曾子者，可也。”这里，“守孰为大？守身为大”是孔子、曾子“敬身”原则的继承，而“养志”说更是曾子“先意承志”的发扬。先秦时吸收百家众说的《吕氏春秋》曰：“养有五道：修宫室，安床笫，节饮食，养体之道也；树五色，施五采，列文章，养目之道也；正六律，和五声，杂八音，养耳之道也；熟五谷，烹六畜，和煎调，养口之道也；和颜色，说言语，敬进退，养志之道也。此五者，代进而厚用之，可谓善养矣。”(《吕氏春秋·孝行》)发展至此，“养志”、“善养”说已极为清晰明白了。

大孝，才是“大孝尊亲”。下面“亨孰膻芗，尝而荐之，非孝也，养也”正说明只是物质上的赡养，在曾子看来不能算孝，只是“养”而已，这和孔子所说的“今之孝者，是谓能养，至于犬马，皆能有养”的“养”是同样的涵义。而“君子之所谓孝也者，国人称愿然曰‘幸哉！有子如此。’所谓孝也已”，其中的“国人称愿然曰‘幸哉！有子如此’”，更表明了“大孝尊亲”是何所指。当然，这也非易事，“养可能也，敬为难；敬可能也，安为难；安可能也，卒为难”，孝道深化是层层推进的，“父母既没慎行其身，不遗父母恶名，可谓能终矣”，即使做不到“大孝尊亲”，但起码应该做到“其次弗辱”、“不遗父母恶名”吧?！所以曾子最后强调“仁者仁此者也，礼者履此者也，义者宜此者也，信者信此者也，强者强此者也。乐自顺此生，刑自反此作”，仁、礼、义、信、强都以此孝道为核心，而“乐自顺此生，刑自反此作”更是从正反两面给出的何去何从。

总之，曾子强调，能赡养父母是最低级的孝行，不使父母受到屈辱是中等的孝行，最高级的孝道是尊亲。这里的“尊亲”既包括了主观上的敬，更包括了客观上的为父母带来的显荣。在主观上，不仅能够体会、秉承父母心意而主动实行之，并且使父母认可自己作为的正确，从而收到举国上下交口称赞的客观效果，好比我们小时候开家长会一样，在学校里学习好、品性好，老师同学都说好，家长自然高兴。因此，从理论上说，“尊亲”是上至天子诸侯、下至平民百姓都应该做到的最高层次，而“弗辱”和“能养”则是每一个人都能够和必须做到的基本层次。

综上所述，曾子对于孔子的孝道学说确有独到的阐发与相当的发展，他的最大贡献就是使得孔子承述西周孝道的成果更系统化和理论化，并进一步得到社会的重视与承认。为宣传孝道不遗余力的曾子，同闵子骞、子路一起被列入《二十四孝》，可谓当之无愧！[①] 称其为孔门的

---

① 《二十四孝》之曾子“啮指痛心”：“周曾参，字子舆，事母至孝。参曾采薪山中，家有客至，母无措，参不还，乃啮其指。参忽心痛，负薪以归，跪问其母。母曰：‘有客忽至，吾啮指以悟汝耳。’后人系诗颂之：母指方才啮，儿心痛不禁。负薪归未晚，骨肉至情深。”曾子少年时家贫，常入山打柴。一天，家里来了客 （转下页）

孝道专家、在孔门弟子中最能传承孔子孝道学说，是名副其实的。也因此，其再传弟子，自然对孝道也给予了充分地重视，这便是亚圣孟子。

(接上页)人，母亲因年老不能招待客人，见其迟迟未归，客人又无离去之意，焦急万分，不知所措，就用牙咬了一下自己的手指。曾参忽然觉得心疼难忍，暗想母亲一定是有什么事，便背着柴迅速返回家中，跪问缘故。母亲说："刚才有客人忽然到来，家里没有人招待他，我咬手指盼你回来。"这个故事在王充《论衡·感虚》中记为："传书言：曾子之孝，与母同气。曾子出薪于野，有客至而欲去，曾母曰：'愿留，参方到。'即以右手扼其左臂。曾子左臂立痛，即驰至，问母：'臂何故痛？'母曰：'今者客来欲去，吾扼臂以呼汝耳。'盖以至孝，与父母同气，体有疾病，精神辄感。曰：此虚也。夫孝悌之至，通于神明，乃谓德化至天地。俗人缘此而说，言孝悌之至，精气相动。如曾母臂痛，曾子臂亦辄痛，曾母病，曾子亦病〔乎〕？曾母死，曾子辄死乎？考事，曾母先死，曾子不死矣。此精气能小相动，不能大相感也。世称申喜夜闻其母歌，心动，开关问歌者为谁，果其母。盖闻母声，声音相感，心悲意动，开关而问，盖其实也。今曾母在家，曾子在野，不闻号呼之声，母小扼臂，安能动子？疑世人颂成，闻曾子之孝天下少双，则为空生母扼臂之说也。"这里，王充显然对此感虚之事予以否定。不过，母子之间包括双胞胎之间似有某种连心、感应，见诸今日媒体者多有之，恐未可全视为虚无荒诞。

第四讲　儒家四子的孝道学说

——孔子、曾子、孟子、荀子(下)

孟子与荀子是先秦儒家战国时期的两位大师,对于孔子以下的儒家学说有至为关键的继承、发展、壮大之功,如果说孔子是先秦儒家学派的宗师、核心的话,孟子、荀子便是儒家学派在孔子之后继续争鸣于诸子百家并胜出的“有突出贡献奖”的左右两翼、前后双轮。这其中,对于儒家的孝道学说,自然亦有突出强调与深刻阐述。

一、孟子

一般认为,孔门以曾子最能传孝道,而子思是曾子的学生,孟子又就学于子思的门人,所以,孟子对孝道的重视程度也自然超过其他儒者。由现存史料和《孟子》一书的内容来考察,上述认识是有根据的,孟子对孔子、曾子以来的儒家孝道学说确有直接的传承和发扬,在中国孝文化史上是一个相当重要的人物。

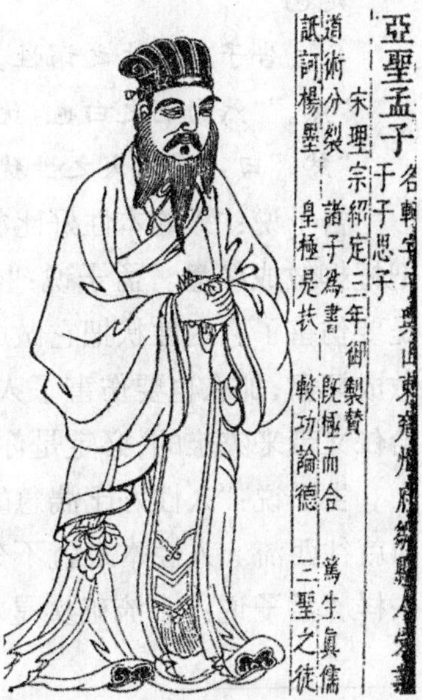

(一)“性善论”中“良能”、“良知”的孝

孔子曾经讲过人性问题,如人人皆知的《三字经》开篇所说“性相近,习相远”,但究竟人性是善的还是恶的,孔子并未直接了当地说出来。孟子则提出了人的本质是性善的理论,作为其伦理学说、政治学说的哲学基础,对后世产

生了深远的影响。①

孟子的“性善论”是在与告子的辩论中阐发的。告子认为人天生的东西是谓性，性即人的生命体的自然资质，告子以生为人性说：“生谓之性”，“食、色，性也。”(《孟子·告子上》)即人生而具有的叫做性，性的内容就是饮食男女的自然本能。孟子也主张人性天生，但他不同意告子仅把人性理解为如同饮食男女一样，只是人的食、色生理本能，因此对告子不遗余力地加以反驳，《孟子·告子上》记载：

> 告子曰：“性犹杞柳也，义犹杯棬也。以人性为仁义，犹以杞柳为杯棬。”孟子曰：“子能顺杞柳之性而以为杯棬乎，将戕贼杞柳而后以为杯棬也？如将戕贼杞柳而以为杯棬，则亦将戕贼人以为仁义与？率天下之人而祸仁义者，必子之言夫！”
>
> 告子曰：“性犹湍水也，决诸东方则东流，决诸西方则西流。人性之无分于善不善也，犹水之无分于东西也。”孟子曰：“水信无分于东西，无分于上下乎？人性之善也，犹水之就下也。人无有不善，水无有不下。今夫水，搏而跃之，可使过颡，激而行之，可使在山。是岂水之性哉?！其势则然也。人之可使为不善，其性亦犹是也。”
>
> 告子曰：“生之谓性。”孟子曰：“生之谓性，犹白之谓白与?”曰：“然。”“然白羽之白也，犹白雪之白，白雪之白，犹白玉之白与?”曰：“然。”曰：“然则犬之性犹牛之性，牛之性犹人之性与?!”

告子说：“人的本性好比杞柳，义好比杯盘；使人性变得仁义，就像把杞柳做成杯盘。”孟子说：“你能顺着杞柳的性状把它做成杯盘呢，还是要伤害了它的性状把它做成杯盘呢？如果是伤害了它的性状而把它做成杯盘，那么也要伤害了人的本性使它变得仁义吗？率领天下的人给仁义带来灾难的，必定是你这种论调吧！”

告子说：“人性好比湍急的水，在东边开个口就往东流，在西边开个口就往西流。人性本来就不分善与不善，就像水流本来不分向东向西一样。”孟子说：“水流确实是本来不分向东向西的，难道也不分向上向

① 此处参考王长坤《先秦儒家孝道研究》第三章“孔门后学对孔子孝道思想的丰富与发展”第三节“思孟学派的孝道思想”，巴蜀书社 2007 年版。

下吗？人性的善，就好比水朝下流一样。人性没有不善的，水没有不向下流的。水，拍打一下叫它飞溅起来，也能使它高过人的额头；阻挡住它叫它倒流，可以使它流到山上。这难道是水的本性吗?！是形势导致这样的。人之所以可以使他变得不善，他本性的改变也正像这样。”

告子说：“天生的称作天性。”孟子说：“天生的称作天性，就像白的称作白吗?”告子说：“是的。”孟子说：“白羽毛的白，就像白雪的白，白雪的白就像白玉的白吗?”告子说：“是的。”孟子说：“那么，狗的天性就像牛的天性，牛的天性就像人的天性吗?!”

三个回合，孟子辩明告子“生谓之性”、“人性之无分于善不善”的命题是错误的。实际上，告子强调人与动物的共同点（食、色等生理本能），而忽视了人与动物的区别（仁义道德、礼义廉耻等精神层面），孟子则强调人与动物的区别，着眼于以人的特殊性去认识人的本质，“人之有道也，饱食、暖衣、逸居而无教，则近于禽兽”（《孟子·滕文公上》）人之性就是人之所以为“人”的本质（好比我们教科书上说的“制造工具”，呵呵），在孟子看来，这就是人所特有的仁、义、礼、智四种道德心理，即恻隐之心、羞恶之心、辞让之心、是非之心。孟子的论证是：

> 人皆有不忍人之心。先王有不忍人之心，斯有不忍人之政矣。以不忍人之心，行不忍人之政，治天下可运之掌上。所以谓人皆有不忍人之心者：今人乍见孺子将入于井，皆有怵惕恻隐之心；非所以内交于孺子之父母也，非所以要誉于乡党朋友也，非恶其声而然也。由是观之，无恻隐之心，非人也；无羞恶之心，非人也；无辞让之心，非人也；无是非之心，非人也。恻隐之心，仁之端也；羞恶之心，义之端也；辞让之心，礼之端也；是非之心，智之端也。人之有是四端也，犹其有四体也。有是四端而自谓不能者，自贼者也；谓其君不能者，贼其君者也。凡有四端于我者，知皆扩而充之矣。若火之始然，泉之始达。苟能充之，足以保四海；苟不充之，不足以事父母。（《孟子·公孙丑上》）

这里要注意的是，孟子认为人性之所以是善的，是因为人生而具有善端，即恻隐之心、羞恶之心、辞让之心、是非之心这“四心”是仁、义、礼、智四种善良品德的开端，故“四心”又称“四端”，是“我固有之也”；然而，性善的人类为什么会有不善的行为呢？孟子认为是主客观两方面原因造成的：

公都子曰："告子曰性无善无不善也；或曰性可以为善，可以为不善，是故文武兴则民好善，幽厉兴则民好暴；或曰有性善，有性不善，是故以尧为君而有象，以瞽瞍为父而有舜，以纣为兄之子且以为君，而有微子启王子比干。今曰性善，然则彼皆非与？"孟子曰："乃若其情，则可以为善矣，乃所谓善也。若夫为不善，非才之罪也。恻隐之心，人皆有之；羞恶之心，人皆有之；恭敬之心，人皆有之；是非之心，人皆有之。恻隐之心，仁也；羞恶之心，义也；恭敬之心，礼也；是非之心，智也。仁义礼智，非由外铄我也，我固有之也，弗思耳矣。故曰：求则得之，舍则失之。或相倍蓰而无算者，不能尽其才者也。诗曰：天生蒸民，有物有则，民之秉彝，好是懿德。孔子曰：'为此诗者，其知道乎？'故有物必有则，民之秉彝也，故好是懿德。"（《孟子·告子上》）

"为不善，非才之罪也"，"求则得之，舍则失之"，这是主观上"弗思耳矣"，可谓主体堕落。这在同样与公都子关于"大人"、"小人"的问答中说得更明确：

公都子问曰："均是人也，或为大人，或为小人，何也？"孟子曰："从其大体为大人，从其小体为小人。"曰："均是人也，或从其大体，或从其小体，何也？"曰："耳目之官不思而蔽于物，物交物，则引之而已矣。心之官则思，思则得之，不思则不得也。此天之所与我者，先立乎其大者，则其小者弗能夺也。此为大人而已矣。"（《孟子·告子上》）

所以，孟子说"养心莫善于寡欲。其为人也寡欲，虽有不存焉者，寡矣；其为人也多欲，虽有存焉者，寡矣"（《孟子·尽心下》）。修养善心的方法，没有比减少欲望更好的了。一个人的欲望少，那么即使善心有些丧失，也是很少的；一个人的欲望多，那么即使善心有所保存，也一定是很少的。这便是为了防止"耳目之官不思而蔽于物，物交物，则引之而已矣"，以破除私欲、恢复善性。《孟子·告子上》："孟子曰：仁，人心也；义，人路也。舍其路而弗由，放其心而不知求，哀哉！人有鸡犬放，则知求之，有放心而不知求。学问之道无他，求其放心而已矣。"这个为我们熟知的比喻"求放心"——寻求在外放逐的心，就是强调要找回因物欲诱惑而丧失掉的善的本性，即通过“心之官则思，思则得之”、“皆扩而充之”的自我修养将善的本性发扬光大。《孟子·告子上》：

孟子曰：“牛山之木尝美矣，以其郊于大国也，斧斤伐之，可以为美乎？是其日夜之所息，雨露之所润，非无萌蘖之生焉，牛羊又从而牧之，是以若彼濯濯也。人见其濯濯也，以为未尝有材焉，此岂山之性也哉?！虽存乎人者，岂无仁义之心哉?！其所以放其良心者，亦犹斧斤之于木也。旦旦而伐之，可以为美乎？其日夜之所息，平旦之气，其好恶与人相近也者几希，则其旦昼之所为，有梏亡之矣。梏之反覆，则其夜气不足以存，夜气不足以存，则其违禽兽不远矣。人见其禽兽也，而以为未尝有才焉者，是岂人之情也哉?！故苟得其养，无物不长，苟失其养，无物不消。孔子曰：‘操则存，舍则亡，出入无时，莫知其乡。’其惟心之谓与！”

孟子说：“牛山的树木曾经很繁茂，因为它处在大都市的郊外，常用刀斧砍伐它，还能保持繁茂吗？那山上日夜生长并受雨露滋润的树木，不是没有嫩芽新枝长出来，但牛羊接着又放牧到这里，因此成了那样光秃秃的了。人们见它光秃秃的，就以为这山不曾长过成材的大树，这难道是牛山的本来面貌么?！就说在人的身上，难道会没有仁义之心吗!?有些人之所以丧失了他的善心，也就像刀斧砍伐树木一样，天天砍伐，还能保住善心的繁茂吗？（尽管）他日夜有所滋生的善心，接触了天明时的晨气，而使他的好恶之心同一般人也有了少许的相近，（可是）他白天的所作所为，又将它搅乱、丧失了。反复地搅乱，那么他夜里滋生的那点善心就不足以保存下来，夜里滋生的善心不足以保存下来，那他离禽兽就不远了。人们见他像禽兽，就以为他不曾有过善良的天性，这难道是人的实情吗?！所以如果得到好好的养护，没有东西不能生长；如果失去护养，没有东西不会消亡。孔子说：把握着就存在，放弃了就丧失，出去进来没有定时，无人知道它的去向。大概就是说的心吧！”

把这话联系我们今天快节奏下的都市文明人儿，你我是不是都会有所感触呢？

从客观上讲，人之所以会不善，则是后天社会环境影响所致。孟子阐论道：

富岁子弟多赖，凶岁子弟多暴，非天之降才尔殊也，其所以陷溺其心者然也。今夫麰麦，播种而耰之，其地同，树之时又同，浡然而生至于日至之时，皆熟矣，虽有不同，则地有肥硗，雨露之养，人事之不齐也。故凡同类者，举相似也，何独至于人而疑之?！圣人与我同类者。故龙子曰："不知足而为屦，我知其不为蒉也。"屦之相似，天下之足同也。口之于味，有同嗜也，易牙先得我口之所嗜者也。如使口之于味也，其性与人殊，若犬马之与我不同类也，则天下何嗜皆从易牙之于味也？至于味，天下期于易牙，是天下之口相似也。惟耳亦然，至于声，天下期于师旷，是天下之耳相似也。惟目亦然，至于子都，天下莫不知其姣也，不知子都之姣者，无目者也。故曰：口之于味也，有同嗜焉；耳之于声也，有同听焉；目之于色也，有同美焉。至于心，独无所同然乎?！心之所同然者何也？谓理也，义也，圣人先得我心之所同然耳。故理义之悦我心，犹刍豢之悦我口。

孟子说：丰年，青年子弟大多懒惰；荒年，青年子弟大多凶暴，不是天生的情性有这种不同，是那影响思想的环境使他们变得这样的。比如种大麦，播了种，耙了地，种的地方相同，种的时间又相同，麦子蓬勃地生长，到夏至的时候，都成熟了，即使有所不同，也是因为土地的肥瘦、雨露的滋养、人工的管理不一样的缘故。所以凡是同类的，全都是相似的，为什么一说到人，偏偏要怀疑这一点呢?！圣人是和我们同类的。所以龙子说："不知道脚样而编鞋，我知道不会把它编成草筐的。"草鞋的相似，是因为天下之人的脚形是相同的。口对于味道，有同样的嗜好，易牙是最先掌握了我们口味上共同嗜好的人。假使口对于味道，生来就跟别人不一样，就像狗、马和我们不同类一样，那么天下的人为什么都追随易牙的口味呢？说到口味，天下的人都期望尝到易牙烹调的菜肴，这说明天下人的口味是相似的。耳朵也是这样，说到声音，天下的人都期望听到师旷演奏的乐曲，这说明天下之人的听觉是相似的。眼睛也是这样，说到子都，天下没有不知道他俊美的，不知道子都俊美的，是不长眼睛的人。所以说，口对于味道，有相同的嗜好；耳朵对于声音，有相同的听觉；眼睛对于容貌，有相同的美感。说到心，偏偏会没有相同的爱好吗?！心的共同爱好是什么？就是理，就是义，圣人最先觉悟到我们人心的相同爱好罢了。所以理义能使我们心理愉悦，正像牛羊猪狗的肉能使我们享到口福一样。

要之，孟子通过他那气势磅礴、才华横溢的善辩、能辨，透彻地论证了“人性善”这一根本主张，这正是“亚圣”的深刻与伟大之处！而在孟子所谓的“四端”中，“恻隐之心，仁之端也”是最根本的，相应地，在“四德”中，仁德也是最根本的，“孔子曰：道二，仁与不仁而已矣”（《孟子·离娄上》）。那么在孟子看来，爱父母、敬兄长的孝弟之道，自然就是仁、义或者说是仁、义的起点：

> 孟子曰：“人之所不学而能者，其良能也；所不虑而知者，其良知也。孩提之童无不知爱其亲者，及其长也，无不知敬其兄也。亲亲，仁也；敬长，义也；无他，达之天下也。”（《孟子·尽心上》）

再扩展开来，也可以说就是仁、义的根本，礼、智的中心：

> 孟子曰：“仁之实，事亲是也；义之实，从兄是也；智之实，知斯二者，弗去是也；礼之实，节文斯二者是也；乐之实，乐斯二者。乐则生矣，生则恶可已也。恶可已，则不知足之蹈之，手之舞之。”①（《孟子·离娄上》）

至此可知，孝道在孟子那里是人天生具有的自然本性，其性善论思想与孝道学说的融合，为先秦儒家以及直到今天的“新儒家”们提供了坚实的人性论基础。这一理论以人性善为出发点，致力于对仁、义、礼、智等德性存在合理性哲学论证，也使孝道的存在获得理论上的应证，为这一基于人类血缘亲情之爱的自然情感赋予了道德来源和价值基础。这正是孟子对先秦儒家孝道学说的最大贡献之处。

（二）“君子有三乐”中的“父母俱存，兄弟无故”

《孟子·尽心上》载：

> 孟子曰：“君子有三乐，而王天下不与存焉。父母俱存，兄弟无

---

① 朱子《孟子集注》释曰：“仁主于爱，而爱亲莫切于事亲；义主于敬，而敬莫先于从兄。故仁义之道，其用至广，而其实不越于事亲从兄之间。盖良心之发，最为切近而精实者。有子以孝弟为为仁之本，其意亦犹此也。……此章言事亲从兄，良心真切，天下之道，皆原于此。然必知之明而守之固，然后节之密而乐之深也。”

故，一乐也；仰不愧于天，俯不怍于人，二乐也；得天下英才而教育之，三乐也。君子有三乐，而王天下不与存焉。”

孟子说：“君子有三大快乐，以德服天下不在其中。父母健在，兄弟平安，这是第一大快乐；上不愧对于天，下不愧对于人，这是第二大快乐；得到天下优秀的人才进行教育，这是第三大快乐。君子有三大快乐，以德服天下不在其中。”

孟子的这“三乐”，非常有名，如同曾子的“谏亲”为“君子三乐”，鲜明地体现出孟子的个性特色。“君子有三乐，而王天下不与存焉”，这是何等的气度呵！孟子可不是信口开河、随便说说的，《尽心上》便记载孟子与桃应的问答，可以说从一个道德两难的角度展开此问题的探讨：

桃应问曰：“舜为天子，皋陶为士，瞽瞍杀人，则如之何？”孟子曰：“执之而已矣！”“然则舜不禁与？！”曰：“夫舜恶得而禁之？！夫有所受之也。”“然则舜如之何？”曰：“舜视弃天下犹弃敝蹝也！窃负而逃，遵海滨而处，终身䜣然，乐而忘天下。”

桃应问道：“舜做天子，皋陶做法官，假如舜的父亲瞽瞍杀了人，那怎么办？”孟子说：“把他逮起来就是了！”桃应问：“难道舜不阻止吗？！”孟子说：“舜怎么能够阻止呢？！皋陶是按所受职责办事。”桃应问：“那么舜该怎么办呢？”孟子说：“舜把抛弃天子之位看得像抛弃破鞋子一样！他偷偷地背负父亲逃走，沿着海滨住下来，终身逍遥，快乐得把曾经做过天子的事情忘掉。”

这是典型的道德两难问题：一方面，王父犯法也应与庶民同罪，所以孟子回答说：“执之而已矣！”但另一方面，眼看父亲出事而坐视不救，又不符合孝道。对一般人来说，这个道德难题叫做“忠孝不能两全”，对舜来说，这个道德难题叫做“公（或法）孝不能两全”。怎么办呢？！

孟子的解决动作可就大了，“舜视弃天下犹弃敝屣”，连天子之位都不要做了，弃官救父，隐居海滨。在孟子看来，的确只有这样做才能做到公（或法）孝两全：一方面，作为天子，在天子之位上，只能发令让司法官去逮捕作为罪犯的瞽瞍；另一方面，抛弃天子之位，便作为儿子，铤而走险，冒死救出父亲，隐居海滨，奉养父亲，不以失去天子之位而遗憾。

应该指出的是，所谓“瞽瞍杀人”云云，当然只是一种假设，就像我们今天的法律知识竞赛假设一些案例一样，并非在舜做天子的时候他父亲真的杀了人，他也并没有因此而偷偷背负父亲而逃，像一个被通缉的犯人一样隐居海滨；但是通过孟子所给出的进为天子、退为逃犯，隐居海滨而“终身䜣然，乐而忘天下”、“视弃天下犹弃敝屣”的气度，还是能够鲜明的看出孟子在此问题上的主观态度，它与“君子有三乐，而王天下不与存焉”在情理上显然是相通的。

“三乐”中，第二乐可以看作孟子所强调的大丈夫本色，浩然正气，顶天立地，向来被儒家用来培养君子的刚正气质；第三乐“得天下英才而教育之”，则被教师、教育家视作理想抱负的真实写照。而这第一乐，“父母俱存，兄弟无故”，毫无疑问是孟子孝道学说的一个体现，父母都在，兄弟也都无恙，再进一步说，家人亲友都安好，这是人生最值得庆幸、快乐的事，这明显体现出儒家学说重视人伦、重视现实生活的特点。我们每一个人都不是只为自己生活着，都是层层人伦关系中的一个重要组成部分，在你没有出生前，这个世界上的人都与你无关，一旦出生，你便成了父母心头上一生永远的牵挂，成了兄弟姐妹从小一起玩耍、陪伴的亲情手足，成了亲戚朋友交往时愿意倾诉互助的对象，再到后来，成了老师期望并加以培育的栋梁，成了妻子的依靠、丈夫的依赖，成了新的生命、爱的结晶儿女们的照顾者，可以说从生到死，无时不刻都在人伦关系中生存。如果出现以外、不幸，无论是父母还是兄弟姐妹亲友，谁离开我们，都会是我们心中永远的遗憾！比尔·盖茨曾说过，公司员工随时可以有别人来顶替，但是父母却是唯一终身制的，不要以为自己在公司、在社会上多么重要而不可或缺，其实最重要而不可或缺的乃是父母与子女之间的亲情，当代、西方的成功财富人士在此问题上的看法，与古代、东方的圣贤无疑是一致的。所以，孟子把“父母俱存，兄弟无故”作为君子“三乐”的第一乐，可见是如何的重视人伦亲情了。明白这一点，作为子女，自然也就明白了照顾好父母，使他们与我们相伴随时间更长的珍贵了，自然也就能够激发自己的孝心了。

（三）“父母之命、媒妁之言”中的父母之心

《孟子·滕文公下》载：

（孟子）曰：“丈夫生而愿为之有室，女子生而愿为之有家。父

母之心，人皆有之。不待父母之命、媒妁之言，钻穴隙相窥，逾墙相从，则父母国人皆贱之。古之人未尝不欲仕也，又恶不由其道。不由其道而往者，与钻穴隙之类也。”①

这段话，讲的是父母在子女婚姻上的角色。今天我们自由恋爱，似乎对于“父母之命、媒妁之言”早就嗤之以鼻、不以为然了，当然，如果是专制式的家长风格，我们的确要反对，但是借助孟子的启示，我们似乎有必要从“父母之命、媒妁之言”里面汲取一些对我们今天依然有价值的东西。如果我们完全不顾父母的意见，只在乎两人的感受，似乎还是不够完善。要知道，结婚之后，就意味着一个新的家庭组合产生，如果父母与自己的另一半关系相处不融洽，必然要影响今后整个大家庭的亲情关系，所以在结婚之前，尽量使父母对自己的选择满意，实在是一件非常重要的大事情。苗圃、李亚鹏合演的《我们俩的婚姻》最后一集，俩人就婚姻与爱情有一段对白，我还是很认同李亚鹏所说的“婚姻不仅是两个人的事”②这一观点。况且，正如朱子所说，“为父母者，非不愿其男女之有室家，而亦恶其不由道”，如果青年人的交往，不是建立在正当合法的基础上，不是建立在人格品质的保障上，难免会出现一系列的问题，而重视人生阅历比我们丰富的父母的意见，无疑会对婚姻的处理上起到一定的帮助。父母是这个世界上最疼爱我们的人，因此他们也是最关注、最关心你的人，毫不相干的人才不管你如何如何，父母包括亲友们是我们婚姻大事上的“防火墙”，恋爱交友时多带他（她）回家与父母亲友们聊叙，其实父母便在喝茶水、嗑瓜子等漫不经心的环节中旁观、考察了他（她）。有句话叫“吃过的盐比你走过的路都要多”，确实如此，当局者迷、只缘身在此山中，被恋爱激情和甜言蜜语环绕着的年轻人往往看不到对方的缺点、不足，这时来自父母、亲友们等的中肯意见，便显得弥足珍贵。今天，由于交友不慎酿成的悲剧在大学校园、社会上

---

① 朱子《孟子集注》：“言为父母者，非不愿其男女之有室家，而亦恶其不由道。”

② 这一集里面还有苗圃到养老院调查拍摄后，电视台同事大家一起观看后引发感受的一段，也反映了人们抛弃老人而心里只有孩子的社会现实状况，建议大家可以网上找到后用心再看一下。

并不少见，尤其是女孩子，更需要在此问题上多倾听一下父母的意见，三思、三看而后行！

我曾在一次坐火车卧铺时，听到临近卧铺间一对中老年男女的谈话，听上去他们应该是亲友关系，好像刚参加完一场婚礼。男的劝慰说，也别太牵挂了，孩子大了、找个合适的人成家立业是早晚的事，应该替他们高兴。女的笑着并叹息说，是，理是这么个理，可回到家吃饭时，以前三个人、三副碗筷，现在少了一个人、少了一副碗筷，总觉有有点儿说不出的感觉！这是做父母的对女儿出嫁一时的不舍呀。还曾看过武汉电视台《江城夜话》的一期节目，主题是谈论中西方婚礼文化之差异，女嘉宾说西方父亲在教堂把女儿的手从一个男人（父亲）的手交到另一个男人（新郎）的手，我们这里不行，她说她结婚时来人接了要下楼，父亲都没送她下去，那送出门时的眼神、那留在楼上抽着的烟，都使她含泪难以忘怀！这还是做父母的对女儿出嫁时的不舍呀。其实儿子结婚时老爸老妈又何尝没有一丝隐隐的不舍呢？我清楚地记得结婚时要出门上车去接新娘了，录像的人说“抱一下爸妈吧，感谢他们的养育之恩”，我拥抱了一下爸妈，说谢谢爸妈，我要去给你们迎进一个新人来了，我分明看到妈妈笑容的脸上亦闪烁着泪花，这也是对儿子成家立业、单独过日子的一种牵念吧！所以，即便从这个角度，我们也应该在婚姻大事上多倾听、接受父母的意见，让他们满意、欣慰、高兴的感受我们的婚礼和婚姻。歌星王蓉有一首歌叫《爸爸妈妈》，就是写出、唱出了女儿出嫁、结婚前后的父母子女间那种复杂的亲情与感受，值得大家特别是女孩子用心聆听、体味！

最后，我们提一下孟子在解释舜帝“不告而娶”时所说的也是其阐述孝道最有名最为后人熟悉的一句话：“不孝有三，无后为大。”朱子《孟子集注》：“赵氏曰：‘于礼有不孝者三事：谓阿意曲从，陷亲不义，一也；家贫亲老，不为禄仕，二也；不娶无子，绝先祖祀，三也。三者之中，无后为大。’”这句话，在目前所见先秦典籍中，是孟子最先提出的“无后”乃最大不孝，充分体现出古代宗法、继嗣的重要性，所以向来被古人视作真理。比如男子休妻，古有“七出之条”，《仪礼·丧服》载：“七出者：无子，一也；淫佚，二也；不事舅姑，三也；口舌，四也；盗窃，五也；妒忌，六也;恶疾,七也。”①七出之条中,以“无子”为首,尤可说明问题,正如我们在讲西周婚礼制度中的孝道时所说,某种程度上讲,中国古代男子娶妻乃是为了祖先、为了父母、为了家族,为了自己所谓的男女爱情是不占重要地位的。从“多子多孙”的喜庆祝福到“断子绝孙”的刻毒诅咒,从民间婚俗的枣子、花生、石榴、莲子(寓意“早生贵子”、“子孙满堂”)到寺庙宗教的送子观音,以及养儿是防老、嫁女是泼水,无不可见“生子”(儿子)思想带给中国人的深刻影响。这一思想在很大程度上支配着国人的婚姻和生育观念,使中国古代女性深受其害,因为古时“无后”、不育的过错主要由女性来承担,致使很多女性因而被冷落、被抛弃、被惩罚。在今天,很明显这句话已经基本没有价值了②,但是“不孝有三”,前面两个还是具有价值的,第一个是对我们子女品性的要求,如果父母有错,不能一味的听从、附合,从而导致父母陷于不义之境,犯下过错;第二是对我们赡养父母最基本的物质要求,当家中贫困、父母年老的时候,自己不努力工作,养家糊口,这自然是不孝。这两点,还是需要我们加以吸取的。

二、荀子

荀子名况,又号荀卿,战国末期赵国人。《史记·孟子荀卿列传》中说他五十岁来到齐国,当时齐国稷下是很大的自由学术中心,他可能是稷下最后一位大思想家,也是先秦儒家最后一位大师,其学宗孔子,又广泛吸取各家学说的精华,成为先秦诸子百家之学的总结者。《荀子》一书有

① 《大戴礼记·本命》则为:“妇有七去:不顺父母,去;无子,去;淫,去;妒,去;有恶疾,去;多言,去;窃盗,去。”排在第一位的是不孝敬父母,第二位的是无子。

② “基本没有”,我是指生男生女问题,男女都一样了,不似古代“无后”那般严格了,但从亲情人伦等角度讲,对于真正“无后”的丁克一族,我保留个人意见。

三十二篇,其中很多是内容详细而逻辑严密的论文,可能是荀子亲笔所写的。

荀子并不以传孝道而著名,他虽也以继承孔子自居,但后来儒家认为其学不够纯粹,将其置于儒家道统体系之外,而以与其正相反对的孟子纳入孔孟之道的道统体系。平心而论,荀子对于孝道亦有许多论述,值得我们将其与孟子相提并论。

(一)“性恶论”中的“妻子具而孝衰于亲”

我们知道,在先秦儒家,孔子之后,孟子、荀子分别代表了儒家的两种人性主张,那就是孟子的人性善,荀子的人性恶。荀子的“性恶论”正是针对孟子的“性善论”驳论,他在《性恶》篇中说:

> 人之性恶,其善者伪也。今人之性,生而有好利焉,顺是,故争夺生而辞让亡焉;生而有疾恶焉,顺是,故残贼生而忠信亡焉;生而有耳目之欲,有好声色焉,顺是,故淫乱生而礼义文理亡焉。然则从人之性,顺人之情,必出于争夺,合于犯分乱理,而归于暴。故必将有师法之化,礼义之道,然后出于辞让,合于文理,而归于治。用此观之,然则人之性恶明矣,其善者伪也。
>
> 故枸木必将待檃栝烝矫然后直,钝金必将待砻厉然后利。今人之性恶,必将待师法然后正,得礼义然后治。今人无师法,则偏险而不正;无礼义,则悖乱而不治。古者圣王以人之性恶,以为偏险而不正,悖乱而不治,是以为之起礼义、制法度,以矫饰人之情性而正之,以扰化人之情性而导之也,使皆出于治,合于道者也。今之人,化师法,积文学,道礼义者为君子;纵性情,安恣睢,而违礼义者为小人。用此观之,然则人之性恶明矣,其善者伪也。

这段文字中,荀子首先提出人性是恶的,而善则是后天人为的,人自出生时起,就好利、疾恶、好色,放纵这些本性就会带来不良后果,只有师法、礼义才能矫正和约束人性,所以古代的圣人“起礼义、制法度”来化导人的情性。

> 孟子曰:“人之学者,其性善。”曰:是不然!是不及知人之性,而不察乎人之性伪之分者也。凡性者,天之就也,不可学,不可事。礼义者,圣人之所生也,人之所学而能,所事而成者也。不可学、不可事而在人者,谓之性;可学而能、可事而成之在人者,谓之伪;是

性伪之分也。今人之性，目可以见，耳可以听。夫可以见之明不离目，可以听之聪不离耳，目明而耳聪，不可学明矣。孟子曰："今人之性善，将皆失丧其性故也。"曰：若是则过矣！今之人性，生而离其朴，离其资，必失而丧之。用此观之，然则人之性恶明矣。所谓性善者，不离其朴而美之，不离其资而利之也，使夫资朴之于美，心意之于善，若夫可以见之明不离目，可以听之聪不离耳，故曰目明而耳聪也。今人之性，饥而欲饱，寒而欲暖，劳而欲休，此人之情性也。今人饥，见长而不敢先食者，将有所让也；劳而不敢求息者，将有所代也。夫子之让乎父，弟之让乎兄；子之代乎父，弟之代乎兄，此二行者，皆反于性而悖于情也。然而孝子之道，礼义之文理也。故顺情性则不辞让矣，辞让则悖于情性矣。用此观之，然则人之性恶明矣，其善者伪也。

这段文字中，荀子提出了"性伪之分"，认为人的本性是天生的，它不需要学习和修饰，人性饥则欲食，寒则欲暖，劳则欲休，但在礼义的约束下，就能做到节制和辞让，所以，善是后天的、人为的。

孟子曰："人之性善。"曰：是不然！凡古今天下之所谓善者，正理平治也；所谓恶者，偏险悖乱也；是善恶之分也已。今诚以人之性固正理平治邪？则有恶用圣王，恶用礼义矣哉！虽有圣王礼义，将曷加于正理平治也哉！今不然，人之性恶。故古者圣人以人之性恶，以为偏险而不正，悖乱而不治，故为之立君上之势以临之，明礼义以化之，起法正以治之，重刑罚以禁之，使天下皆出于治，合于善也。是圣王之治而礼义之化也。今当试去君上之势，无礼义之化，去法正之治，无刑罚之禁，倚而观天下民人之相与也；若是，则夫强者害弱而夺之，众者暴寡而哗之，天下之悖乱而相亡不待顷矣。用此观之，然则人之性恶明矣，其善者伪也。

故善言古者必有节于今，善言天者必有征于人。凡论者，贵其有辨合、有符验。故坐而言之，起而可设，张而可施行。今孟子曰："人之性善。"无辨合符验，坐而言之，起而不可设，张而不可施行，岂不过甚矣哉?！故性善则去圣王，息礼义矣；性恶则与圣王，贵礼义矣。故檃栝之生，为枸木也；绳墨之起，为不直也；立君上，明礼义，为性恶也。用此观之，然则人之性恶明矣，其善者伪矣。直木不待檃栝而直者，其性直也；枸木必将待檃栝矫烝然后直者，以其性不直也；今人之性恶，必将待圣王之治，礼义之化，然后皆出于治，合于善也。用此观之，然则人之性恶明矣，其善者伪也。

这两段文字中，荀子说孟子“人性善”的观点是不对的。善是指正理平治，恶则是偏险悖乱，人如果天性善，那又要圣王和礼义干什么？正因为人性本恶，所以圣人立礼义法度，使人归于善。孟子之说是经不起事实检验的。

要之，跟告子一样，荀子认为认为“性者，天之就也”，“不事而自然，谓之性”（《荀子·正名》）。人性是恶的，坏的，不好的。如此的话，我们自然会有疑问，就好比孟子说人性善又要解释人类为何会有不善，按照荀子所说人性恶的话，那么人类又为何会有善呢？这一点，荀子也清楚，他是这样解释的：

问者曰：“人之性恶，则礼义恶生？”应之曰：凡礼义者，是生于圣人之伪，非故生于人之性也。故陶人埏埴而为器，然则器生于陶人之伪，非故生于人之性也。故工人斫木而成器，然则器生于工人之伪，非故生于人之性也。圣人积思虑，习伪故，以生礼义而起法度。然则礼义法度者，是生于圣人之伪，非故生于人之性也。若夫目好色，耳好声，口好味，心好利，骨体肤理好愉佚，是皆生于人之情性者也，感而自然，不待事而后生之者也。夫感而不能然，必且待事而后然者，谓之生于伪。是性伪之所生，其不同之征也。故圣人化性而起伪，伪起而生礼义，礼义生而制法度。然则礼义法度者，是圣人之所生也。故圣人之所以同于众其不异于众者，性也；所以异而过众者，伪也。

这是说，礼义是圣人制定的①，并不是人生来就有的，圣人之所以不同于普通人，就在于他能约束本性，追求性情以外的事物，于是制定

①　在《荀子》中，“圣人”或称为“君子”，《王制》篇称：“天地者，生之始也；礼义者，治之始也；君子者，礼义之始也；为之，贯之，积重之，致好之者，君子之始也。故天地生君子，君子理天地；君子者，天地之参也，万物之总也，民之父母也。无君子，则天地不理，礼义无统，上无君师，下无父子，夫是之谓至乱。君臣、父子、兄弟、夫妇，始则终，终则始，与天地同理，与万世同久，夫是之谓大本。”

出礼义和法度。然而问题又来了：

问者曰："礼义积伪者，是人之性，故圣人能生之也。"应之曰：是不然！夫陶人埏埴而生瓦，然则瓦埴岂陶人之性也哉？工人斫木而生器，然则器木岂工人之性也哉？夫圣人之于礼义也，辟则陶埏而生之也，然则礼义积伪者，岂人之本性也哉?！凡人之性者，尧、舜之与桀、跖，其性一也；君子之与小人，其性一也。今将以礼义积伪为人之性邪？然则有曷贵尧、禹，曷贵君子矣哉？凡所贵尧、禹、君子者，能化性，能起伪，伪起而生礼义；然则圣人之于礼义积伪也，亦犹陶埏而生之也。用此观之，然则礼义积伪者，岂人之性也哉?！所贱于桀、跖、小人者，从其性，顺其情，安恣睢，以出乎贪利争夺。故人之性恶明矣，其善者伪也。

荀子强调，礼义是圣人制定的，但并非圣人的本性，这就如同瓦器是陶工造的，但不能说瓦器就是陶工的本性一样。如果人性本善，那就不会有夏桀之类的暴君，尧舜也就不可贵了。

应该说，荀子的能言善辩和孟子是有一比，可惜荀子生当孟子身后，两位大师未能当面展开交锋，就我个人而言，我是偏向孟子的"性善论"。荀子说"化性而起伪"的圣人制定了礼仪，但为什么与桀纣、与小人"其性一也"的"圣人之于礼义积伪"可以发生呢？他说是"积思虑，习伪故"，"人之所积而致也"，这似乎有点儿同义重复，并未有力地点出何以可能之根本原因与关键。性恶论为荀子的伦理政治思想奠定了理论基础，由此荀子认为人性、人情、人伦"甚不美"，包括同样由君子圣人制作编定而成的父母子女之间的孝道亲情，其实也不大咋地："尧问于舜曰：'人情何如?'舜对曰：'人情甚不美，又何问焉！妻子具而孝衰于亲，嗜欲得而信衰于友，爵禄盈而忠衰于君。人之情乎！人之情乎！甚不美，又何问焉！唯贤者为不然。'"这几句话真是太深刻了！我小时候便听我妈跟我开玩笑时常讲一句话，估计不会只是我们那的俗语吧，她说："小喜鹊，尾巴长，娶了媳妇忘了娘。"这不正是"妻子具而孝衰于亲"吗?！我记得前几年看到过一幅漫画，叫"一加一蹬(等)二"，青年男女结婚后抱在一起，却把两个老人蹬开了，也可以说是对当今"妻子具而孝衰于亲"现象的辛辣讽刺！军营歌手阿振有一首歌曲，就叫《娶了媳妇忘了娘》，对"妻子具而孝衰于亲"的那些人和事进行了如实地批评，并呼吁不要让这样的情况再发生，值得我们用心一听！

（二）“礼有三本”中的隆君重于孝父

荀子把孝道看作家庭伦理的一般道德，与孔子、孟子的看法不同。他说：

> 入孝出弟，人之小行也；上顺下笃，人之中行也；从道不从君，从义不从父，人之大行也。若夫志以礼安，言以类使，则儒道毕矣，虽尧舜不能加毫末于是矣。（《荀子·子道》）

在家孝敬父母，出外敬爱兄长，这是人的小德；对上顺从，对下厚道，这是人的中德；顺从正道而不顺从君主，顺从道义而不顺从父亲，这是人的大德。至于那志向根据礼义来安排，说话根据法度来措辞，那么儒家之道也就完备了，即使是舜也不能在这上面有丝毫的增益了。在荀子看来，“入孝出弟，人之小行也”，这和孔子“入则孝，出则弟，行有余力，则以学文”的认识有明显差别。荀子看重的是礼，“夫行也者，行礼之谓也。礼也者，贵者敬焉，老者孝焉，长者弟焉，幼者慈焉，贱者惠焉”（《荀子·大略》）。《荀子·王制》论述道：

> 水火有气而无生，草木有生而无知，禽兽有知而无义，人有气、有生、有知，亦且有义，故最为天下贵也。力不若牛，走不若马，而牛马为用，何也？曰：人能群，彼不能群也。人何以能群？曰：分；分何以能行？曰：义。故义以分则和，和则一，一则多力，多力则强，强则胜物，故宫室可得而居也。故序四时，裁万物，兼利天下，无它故焉，得之分义也。
>
> 故人生不能无群，群而无分则争，争则乱，乱则离，离则弱，弱则不能胜物，故宫室不可得而居也，不可少顷舍礼义之谓也。能以事亲谓之孝，能以事兄谓之弟，能以事上谓之顺，能以使下谓之君。君者，善群也。群道当则万物皆得其宜，六畜皆得其长，群生皆得其命。故养长时则六畜育，杀生时则草木殖，政令时则百姓一，贤良服。
>
> 圣王之制也，草木荣华滋硕之时，则斧斤不入山林，不夭其生，不绝其长也；鼋、鼍、鱼、鳖、鳅、鳝孕别之时，罔罟毒药不入泽，不夭其生，不绝其长也；春耕、夏耘、秋收、冬藏四者不失时，故五谷不绝而百姓有余食也；污池、渊沼、川泽谨其时禁，故鱼鳖优多而百姓有

余用也;斩伐、养长不失其时,故山林不童而百姓有余材也。

这里指出人类与水火、草木、禽兽之间的差别在于“人能群,彼不能群也”,人与人之间有相互依存的关系,治理百姓要依靠君子礼义,用礼义协调百姓,“不可少顷舍礼义”,“群道当则万物皆得其宜”,这关键要依靠推行“圣王之制”的“善群”的“君者”。在《荀子·君道》中,荀子更强调道:

请问为人君?曰:以礼分施,均遍而不偏。请问为人臣?曰:以礼侍君,忠顺而不懈。请问为人父?曰:宽惠而有礼。请问为人子?曰:敬爱而致文。请问为人兄?曰:慈爱而见友。请问为人弟?曰:敬诎而不苟。请问为人夫?曰:致功而不流,致临而有辨。请问为人妻?曰:夫有礼则柔从听侍,夫无礼则恐惧而自竦也。此道也偏立而乱,俱立而治,其足以稽矣。请问兼能之奈何?曰:审之礼也。

请问怎样做君主?回答说:要按照礼义去施舍,公平而不偏私。请问怎样做臣子?回答说:要按照礼义去侍奉君主,忠诚顺从而不懈怠。请问怎样做父亲?回答说:要宽厚仁爱而有礼节。请问怎样做儿子?回答说:要敬爱父母而有礼貌。请问怎样做哥哥?回答说:要仁慈地爱护弟弟而付出自己的友爱。请问怎样做弟弟?回答说:要恭敬顺服而一丝不苟。请问怎样做丈夫?回答说:要尽力取得功业而不放荡淫乱,尽力亲近妻子而又有一定的界限。请问怎样做妻子?回答说:丈夫遵行礼义就温柔顺从听命侍候他,丈夫不遵行礼义就诚惶诚恐而独自保持肃敬。这些原则只能部分地做到那么天下仍会混乱,全部确立了天下就会大治,它们足够用来作为楷模了。请问要全部做到这些该怎么办?回答说:必须弄清楚礼义。

荀子如此的重视礼,孝道已只是礼制、礼法中的一个内容而已,它并不是人性的自然发扬,而是践行礼义的结果,历史上孝子的典型都是君子圣人制定的礼义限制、教化而成[①];并且,按照礼的要求,家庭孝道

---

① 《荀子·性恶》:“天非私曾、骞、孝己而外众人也,然而曾、骞、孝己独厚于孝之实而全于孝之名者,何也?以綦于礼义故也。天非私齐鲁之民而外秦人也,然而于父子之义,夫妇之别,不如齐鲁之孝具敬父者,何也?以秦人之从情性,安恣睢,慢于礼义故也,岂其性异矣哉?!”

的亲子之情还要让位于政治伦理的君臣之义,隆君要重于孝父。这可以说和孔子、曾子、孟子根本有别了。在《荀子·礼论》中,荀子简明扼要的指出:“礼有三本:天地者,生之本也;先祖者,类之本也;君师者,治之本也。无天地,恶生?无先祖,恶出?无君师,恶治?三者偏亡焉无安人。故礼,上事天,下事地,尊先祖而隆君师,是礼之三本也。”礼有三个根本:天地是生存的根本,祖先是种族的根本,君长是政治的根本。没有天地,怎么生存?没有祖先,种族从哪里产生?没有君长,怎么能使天下太平?这三样即使部分地缺失了也不会有安宁的人民。所以礼,上事奉天,下事奉地,尊重祖先而推崇君长,这是礼的三个根本。在这里,后世供奉牌位时必备的内容“天地君亲师”,自荀子这里可以说已经明确指出来了,只不过君、亲的位置换了一下,而君、亲位置的这一换,不正和秦汉以后君主专制的巩固和加强相应吗?随后,《荀子·礼论》进一步指出:

君之丧所以取三年,何也?曰:君者,治辨之主也,文理之原也,情貌之尽也,相率而致隆之,不亦可乎?《诗》曰:“恺悌君子,民之父母。”彼君子者,固有为民父母之说焉。父能生之,不能养之;母能食之,不能教诲之;君者,已能食之矣,又善教诲之者也,三年毕矣哉?!乳母,饮食之者也,而三月;慈母,衣被之者也,而九月;君,曲备之者也,三年毕乎哉?!得之则治,失之则乱,文之至也;得之则安,失之则危,情之至也。两至者俱积焉,以三年事之犹未足也,直无由进之耳!故社,祭社也;稷,祭稷也;郊者,并百王于上天而祭祀之也。

君主的丧礼期限之所以要选取三年,为什么呢?回答说:君主是治理社会的主宰,是礼仪制度的本源,是忠诚的内情和恭敬的外貌所要侍奉的尽头,人们互相遵循而极其尊崇他,不也是可以的吗?《诗》云:“和乐平易的君子,就是人民的父母。”君主本来就有是民众父母的说法。父亲能生下自己,但不能喂养自己;母亲能喂养自己,又不能教诲自己;君主是既能养育自己,又善于教诲自己的人,为君主服丧三年就完毕了吗?!奶妈是喂养自己的人,因而为她服丧三个月;抚育自己的庶母,是为自己料理衣着被服的人,因而为她服丧九个月;君主是各方面都照顾自己的人,为他服丧三年就完毕了吗?!做到了这一点,国家就能治理好，做不到这一点，国家就会混乱，它是礼仪制度中最重要的礼节啊；做到了这一点，国家就安定，做不到这一点，国家就危险，它是忠诚之情的最高体现啊。这最重要的礼节与最高的情感体现都积聚在君主的丧礼上了，所以用三年时间来侍奉君主的神灵仍然是不够的，只是无法再将这丧期增加罢了！所以社祭只祭土地神；稷祭只祭谷神；郊祭就把各代帝王和上天合并在一起而祭祀他们。

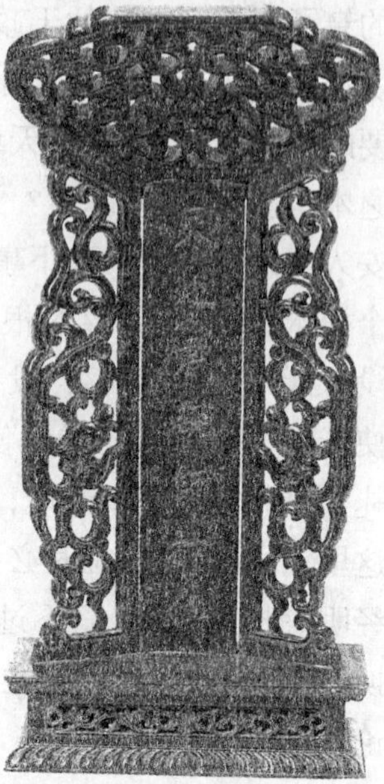

再明显不过了，荀子强调君恩要高于父母之恩，以三年之丧报之犹未可毕，这一君恩高于亲恩的说法，与孔子、曾子、孟子相去甚远，孔子、曾子、孟子只是讲由孝及忠、忠孝一本，但忠与孝还是有异的，血缘亲情是大于政治原则的，并未将君主置于父母之上；而荀子则明确地提出了隆君的唯一性与至上性："君者，国之隆也；父者，家之隆也。隆一而治，二而乱，自古及今，未有二隆争重而能长久者。"（《荀子·致士》）因此，讲求礼法的荀子的两个学生韩非、李斯，后来都成了法家代表人物，强调君主专制，从荀子君恩高于亲恩这里似乎也可以看出些内在理路来。① 康学伟先生指出，荀子君主重于父母的隆君思想，直接影响了韩非，更为后世执政者所喜，以孝道助成专制政治的最早的理论雏形即来自于荀子。康先生更深刻地说道：

对于荀子的君恩重于亲恩的思想，我在这里无意于给予道德评价，但要揭示出这样一个事实：这种观念的影响一直延续到了当

① 《荀子·王霸》："上莫不致爱其下，而制之以礼。上之于下，如保赤子，政令制度，所以接下之人百姓，有不理者如豪末，则虽孤独鳏寡必不加焉。故下之亲上，欢如父母，可杀而不可使不顺。君臣上下，贵贱长幼，至于庶人，莫不以是为隆正，然后皆内自省，以谨于分。是百王之所同也，而礼法之枢要也。"字里行间，俨然已有法家专制味道。

代社会，如前些年搞个人崇拜时有首歌说："爹亲娘亲不如毛主席亲"，近年又有首歌说："母亲只生下我的身，党的光辉照我心"，追根溯源，都可以找到荀子那里去。①

这两首歌今日都不难找，细细品味、抚今追昔，诚有些许感慨于其中也！

（三）"戒斗"中的"忘其身者也，忘其亲者也"

荀子对于孝道的阐发，站在今天的角度上看，有一条我认为是极具现实意义的，那就是"戒斗"。先来看一下《荀子·荣辱》中的论述：

斗者，忘其身者也，忘其亲者也，忘其君者也。行其少顷之怒，而丧终身之躯，然且为之，是忘其身也；家室立残，亲戚不免乎刑戮，然且为之，是忘其亲也；君上之所恶也，刑法之所大禁也，然且为之，是忘其君也。忧忘其身，内忘其亲，上忘其君，是刑法之所不舍也，圣王之所不畜也。乳彘触虎，乳狗不远游，不忘其亲也。人也，忧忘其身，内忘其亲，上忘其君，则是人也，而曾狗彘之不若也！

凡斗者，必自以为是，而以人为非也。己诚是也，人诚非也，则是己君子，而人小人也；以君子与小人相贼害也，忧以忘其身，内以忘其亲，上以忘其君，岂不过甚矣哉?！是人也，所谓以狐父之戈钃牛矢也。将以为智邪？则愚莫大焉；将以为利邪？则害莫大焉；将以为荣邪？则辱莫大焉；将以为安邪？则危莫大焉。人之有斗，何哉?！我欲属之狂惑疾病邪？则不可，圣王又诛之；我欲属之鸟鼠禽兽邪？则不可，其形体又人，而好恶多同。人之有斗，何哉?！我甚丑之！

翻译成白话是：斗殴的人，是忘记了自己身体的人，是忘记了自己亲人的人，是忘记了自己君主的人。发泄他一时的忿怒，将丧失终身的躯体，然而还是去斗殴，这便是忘记了自己的身体；家庭立刻会遭到摧残，亲戚也不免受刑被杀，然而还是去斗殴，这便是忘记了自己的亲人；斗殴是君主所厌恶的，是刑法所严格禁止的，然而还是去斗殴，这便是忘记了自己的君主。就可忧虑的事来说，是忘记了自身；从家庭内部来

① 《先秦孝道研究》，吉林人民出版社 2000 年版，第 183—184 页。

说，是忘记了亲人；对上来说，是忘记了君主；这种人是刑法所不能放过的，也是圣明的帝王所不容的。哺乳的野猪不去触犯老虎，喂奶的母狗不到远处游逛，这是因为它们没忘记自己的亲骨肉啊。作为一个人，就可忧虑的事来说，忘记了自身；从家庭内部来说，忘记了亲人；对上来说，忘记了君主；这种人啊，就连猪狗也不如了！

凡是斗殴的人，一定认为自己是对的而认为别人是错的。自己如果真是对的，别人如果真是错的，那么自己就是君子而别人就是小人了；以君子的身份去和小人互相残害，就可忧虑的事来说，是忘记了自身；从家庭内部来说，是忘记了自己的亲人；对上来说，是忘记了自己的君主；这难道不是错得太厉害了么?！这种人就是平常所说的用狐父出产的利戈来斩牛屎。要是看作聪明吧，其实没有比这更愚蠢的了；要是看作有利吧，其实没有比这更有害的了；要是看作光荣吧，其实没有比这更耻辱的了；要是看作安全吧，其实没有比这更危险的了。人们有斗殴的行为，到底为了什么呢?！我想把这种行为归属于疯狂、惑乱等精神病吧，但又不可以，因为圣明的帝王还是要处罚这种行为的；我想把他们归到鸟鼠禽兽中去吧，但也不可以，因为他们的形体还是人，而且爱憎也大多和别人相同。人们会发生斗殴，究竟是为了什么呢?！我认为这种行为是很丑恶的！

荀子的这番论证，真是形象有力，妙趣横生！联系我们今天的血气方刚、好勇斗狠的青少年，可以说尤其具有发人深省的思考。我们经常看到报道说，网吧里青少年一时口角，拔刀相向，几死几伤，事后后悔不迭，泪一把，鼻涕一把，父母又四处求奔、下跪求情，可是悔之晚矣！事实已经发生，没有后悔药。所以希望我们每一个人在决定一件事时候，一定要前思后想，三思而后行，不要冲动，不要莽撞，不要意气用事，不要一时热血沸腾，很简单的一个道理就是：你必须要为自己的行为负责，你能否有能力处理好接下来发生的结果，犯了事就跑那不是有责任感的人做的；况且，你犯下的过错造成的痛苦并非只是你一个人承担，还有自己的父母，他们的内心会因为你的过错感到痛心、难受，这同样不是做子女应该做的。所以，荀子的这番话，我们认为应该选入中学课本，哪怕是辅导材料也好，因为很多不幸都是在初高中的青少年中就发生了，所以一定要趁早提醒教育他们。我至今深刻地记得读初中时学校组织观看的电影《少年犯》，当时受到极大震动，直到现在那种感受还很清晰强烈。我在网上还下载到海南司法系统以《弟子规》等国学经典读物感动感化教育少年犯，他们组织了“高墙之声”艺术团表演失足少男少女们内心的悔恨、痛苦和觉醒，这和《少年犯》电影里那段镜头很像，其中有一男一女分别演唱的歌伴舞《妈妈，我错了》和《我要回家》。每次在课堂上播放时，坐在教室里的“天之骄子”们和我一样总不禁思绪澎湃、感慨万千、为之动容、眼角湿润。我到武汉市中小学讲国学的时候也运用过，效果亦不错。关注、关心、关爱青少年成长和教育的父母们、老师们不妨找来一看，相信绝对会触动你内心最柔软的部分为之一颤！

总之，孝道并不是荀子思想的主体，儒家孝道学说经过荀子的演绎后，血缘亲情色彩减退，与现实政治联系则加强。由于荀子认为人性恶，所以特别强调礼的作用，用礼来约束人的恶习，养成好的品行。在今天我们已经不讲礼治了，但是赡养父母在法律里面是有规定的，所以也算是起到一点礼的作用吧，只不过这种作用属于消极强制性的，也就是说如果你不做将会对你如何如何，而积极地教育我们如何如何孝敬父母的社会道德，可以说相对弱化一些。这一点，关键还是要靠孔子、孟子强调的内心道德教化和熏陶，才可以杜绝出现不孝子女不敬父母的恶劣现象。《荀子·非相》说：“人有三不祥：幼而不肯事长，贱而不肯事贵，不肖而不肯事贤，是人之三不祥也。”希望我们每一个人都能完善自己的道德修养，幼而肯事长，子而愿孝亲，让这“三不祥”永远远离我们！

至此，我们了解了先秦儒家四子孔子、曾子、孟子、荀子的有关孝道学说，可以毫不夸张的说，在先秦诸子百家中，儒家是最重视人伦亲情的，因此是最讲孝道的，作为一个学派，早期几位大师级的人物都对孝道给予了充分地重视和强调，这在其他诸子百家中也是看不到的。所以，随着历史的发展，当孝道理论学说被儒家学者系统整理、完整阐述时，一部简明而又明确的孝道经典也便顺理成章的出现在了儒家著作里面。这部著作，字数不到两千字，却成了儒家十三经之一，在秦汉以下的古代社会受到了政府、学者、民众的极大重视，它所强调的孝道精神更是融入到了中国文化中，成为了中国文化极其鲜明的一个特色。这究竟是一部怎样的书呢？请让我们一起走进第五讲《孝经》概论，走近《孝经》，解读《孝经》！

第五讲 《孝经》概论

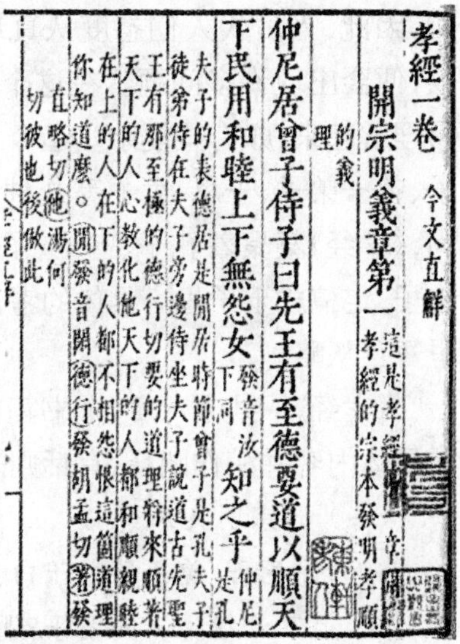
孝經一卷 今文直解
開宗明義章第一 這是孝經[illegible]章孝經的宗本發明孝順的義理
仲尼居曾子侍子曰先王有至德要道以順天
下民用和睦上下無怨女發音汝下同知之乎仲尼是孔
夫子的表德居是閒居時節曾子是孔夫子徒弟侍在夫子旁邊侍坐夫子說道古先聖
王有那至極的德行切要的道理將來順着天下的人心教化他天下的人都和順親睦
在上的人在下的人都不相怨恨這箇道理你知道麼。開發音開 德行發胡孟切 着發
在略切 他湯何切彼也後做此

在中国浩如烟海的古书中，大家都知道儒家有“十三经”，即十三部经典文献，而其中有一部篇幅最短小[①]、内容最集中、程度最易理解的，那就是《孝经》。全文不足两千字的《孝经》，也是十三经中唯一一部自始书名带“经”的经典文献[②]，它以简要通俗的文字，用孔子为他的弟子曾参讲述孝道的对话方式，阐述中国古人视为一切道德根本的孝道，古代学者将其称作儒家“六经”的总汇，并世代作为孩童启蒙教育的主要教材，是儒家经典中历代皇帝注释最多的，先后有魏文侯、晋元帝、晋孝武帝、梁武帝、梁简文帝、唐玄宗、清世祖、清圣祖、清世宗等君王和五百多位学者为该书作注释义，不但被历代执政者奉为治理天下的至德要道，同时也是普通老百姓做人的基本准则，在中国传统文化体系中占有极其重要的位置。

然而，历经两千年而不衰的《孝经》热，近百年来却已彻底冷却了，现在，很少有人对这部在历史上产生过深远影响、几乎任何一个受过教育的中国人都学习且常可记诵的书再作研究，《孝经》到底是怎样的书？对

① 清代学者钱泰吉《曝书杂记》中，计算“十三经”字数共 647560 字，《孝经》仅占 0.29%。

② 《诗经》、《易经》等原来只称《诗》、《易》，后世才加上“经”字。

于年轻的“80后”、“90后”来说,固已茫然无知,就是绝大多数中年人也已不甚了了。这就是传统文化经典教育在现行体制下缺失后所造成的结果罢。

一、内容

《孝经》的作者是谁呢?这是我们在接触《孝经》一开始便会想到的问题。由于先秦时期的书籍和作者都不署名,许多古籍非成于一时,又非出于一手,经过后人整理,甚至也有附益和增饰,这是早期古书的通例,因此,当后代人们态度认真地追查起某本书的作者究竟是谁的时候,便会出现许多问题。在这个问题上,《孝经》就又显得不简单、不容易理解起来,颇有些复杂。迄今为止,学术界至少有孔子、孔子门人、曾子、曾子弟子、子思、孟子等九种说法,众说纷纭,难以定论。我个人认为,《孝经》凝聚着孔子、曾子、子思的心血,其腹稿出于孔子,草稿出于曾子,定稿成于子思。具体的考论过程(包括今古文问题)较学术化,这里暂且从略。

《孝经》一共十八章,全书正文1799个字,接下来我们逐章看一下其具体内容并稍作阐释,有话则长、无话则短或者从略。

(一) 开宗明义章第一

仲尼居,曾子侍。子曰:“先王有至德要道,以顺天下,民用和睦,上下无怨。汝知之乎?”曾子避席曰:“参不敏,何足以知之?”子曰:“夫孝,德之本也,教之所由生也。复坐,吾语汝。身体发肤,受之父母,不敢毁伤,孝之始也;立身行道,扬名于后世,以显父母,孝之终也。夫孝,始于事亲,中于事君,终于立身。《大雅》云:‘无念尔祖,聿修厥德。’”

译文:孔子在家里闲坐,他的学生曾子侍坐在旁边。孔子说:“先代的帝王有一种至高无上的品行和至为重要的道德,用它可以使天下人心归顺,人民和睦相处,上上下下都没有怨恨不满。你知道这是什么吗?”曾子连忙起身离开席位回答说:“学生我不够聪敏,哪里会知道呢?”孔子说:“这就是孝。它是一切德行的根本,也是教化产生的根源。你回原来位置坐下,我告诉你。人的身体四肢、毛发皮肤,都是从父母那里得来的,不敢予以损毁伤残,这是孝的开始;人在世上要建功立业,遵守道义,显扬名声于后世,从而使父母显赫荣耀,这是孝的终极目标。

所谓孝，最初是从侍奉父母开始，中间的阶段是效力国君，最终建功立业，功成名就。《诗经·大雅·文王》篇中说：'怎么能不思念你的先祖呢？要称述修行先祖的美德啊！'"

这一章的确"开宗明义"，是全书的总纲，总述孝的宗旨和根本，阐明孝道是做人最高的道德，是治理天下最好的手段。在师生对话伊始，孔子即将孝道的重要性揭示出来，指出这是"先王有至德要道"，可"以顺天下，民用和睦，上下无怨"，它是"德之本也，教之所由生也"[①]，并言简意赅地说明了孝道的始终。这里除了孝治天下的历史渊源外，对我们个人而言，"身体发肤，受之父母，不敢毁伤，孝之始也。立身行道，扬名于后世，以显父母，孝之终也"，仍是今天、今后依然可以遵循的法则：前者讲爱身，不使父母忧惧，后者讲行道，使父母因我们的言行而受到彰显、尊敬，也就是俗话说的"光宗耀祖"，这一始一终，每个人都应该谨记心头、时刻感悟并践行着其中的孝道精义。[②]

---

① 从中国文字学来看，"教"左边是一个孝字，右边是攵，最初象形的写法是一只手拿着一根棍子，意思是要告诉你得孝顺、孝敬，林语堂即认为："'教'字，也是从孝演变而来。即'孝'字加一表示使役的偏旁'攵'，意思是'使……孝'。"（《中国人》）《说文解字》解释"攵"字为："矩也。家长率教者，从又举杖。""又"是手，因此，我觉得"教"字右边的"攵"，亦有可能就是以手举杖的"父"字。总之，"教"的本义一开始就是教你要孝，孝乃实际教育内容的核心。这也可见我们的祖先在造字之初是如何地高度重视孝道。所以，"《孝经》一个核心观念就是所有教都不过是亲情的扩展。君爱其父母，将此种情感扩之庶民便是要真正关心民之疾苦；子敬父，将此同样之敬扩之其君，便是忠。因此，转化和确保人类经验的教，就被自然化为孝向整个世界的扩充"（《生民之本——〈孝经〉的哲学诠释及英译》，第 91 页）。

② 西汉大史学家司马迁在其《史记·太史公自序》中说："且夫孝始于事亲，中于事君，终于立身，扬名于后世，以显父母，此孝之大者。"直接引用《孝经》之语。从"身体发肤，受之父母，不敢毁伤，孝之始也"的角度讲，身遭宫刑这一奇耻大辱的司马迁是已经有所亏损了，他之所以从悲愤欲死的消极哀伤中坚强起来"苟活"，正是因其尚未完成父亲临终前握着他的手所嘱咐的著史这一大业；事实证明，"扬名于后世，以显父母，此孝之大者"，司马迁最终实现了含泪答应父亲的诺言，使得司马氏世代史官在他的手上产生了一部"究天人之际，通古今之变，成一家之言"的千古不朽杰作，做到了继承遗志、光宗耀祖的大孝！极为相似的是同样有牢狱之祸、同样撰著不朽史书的东汉大史学家班固，其《汉书》也是在父亲撰写的基础上最终编纂成功，但因并未如司马迁那样强调父亲、交代父亲的业绩，故颇为后世学者诟病，亦可见古人对于孝道的极精微辨析。

（二）天子章第二

子曰："爱亲者，不敢恶于人；敬亲者，不敢慢于人。爱敬尽于事亲，而德教加于百姓，刑于四海，盖天子之孝也。《甫刑》云：'一人有庆，兆民赖之。'"

译文：孔子说："能够亲爱自己父母的人，就不会厌恶别人的父母；能够尊敬自己父母的人，也不会怠慢别人的父母。以亲爱恭敬的心情尽心尽力地侍奉双亲，而将德行教化施之于黎民百姓，成为天下人效法的典范，这就是天子的孝道。《尚书·甫刑》说：'天子一人有善行，万民都仰赖他。'"

从第二章到第六章，孔子分别论说了天子、诸侯、卿大夫、士、庶人这五种不同阶层者孝行的不同要求，统称为"五等之孝"。这一章，讲天子之孝，"爱敬尽于事亲，而德教加于百姓，刑于四海，盖天子之孝也"，也就是说天子的孝道不仅要体现于自己的父母身上，还要"老吾老，以及人之老"，将此孝道推广至普天之下黎民百姓，这样的天子、"一人"，才是老百姓赖以拥护的。《吕氏春秋·孝行览》正是在开篇即援引此章，并作出简要阐释：

凡为天下，治国家，必务本而后末。所谓本者，非耕耘种殖之谓，务其人也。务其人，非贫而富之，寡而众之，务其本也。务本莫贵于孝。人主孝，则名章荣，下服听，天下誉；人臣孝，则事君忠，处官廉，临难死；士民孝，则耕芸疾，守战固，不罢北。夫孝，三皇五帝之本务，而万事之纪也。

夫执一术而百善至，百邪去，天下从者，其惟孝也！故论人必先以所亲，而后及所疏；先本后末，先近后远。必先以所重，而后及所轻。今有人于此，行于亲重，而不简慢于轻疏，则是笃谨孝道。先王之所以治天下也，故爱其亲，不敢恶人；敬其亲，不敢慢人。爱敬尽于事亲，光耀加于百姓，究于四海，此天子之孝也。

这里所引《孝经》的"爱亲者，不敢恶于人；敬亲者，不敢慢于人"，除了执政者这个角度外，其实同样对我们今天每个人都适用，以"国骂"为例，当你在破口侮骂别人时，别人也在言辞上对你的父母报以羞辱，因此，尊敬别人及其父母，其实也就是在尊重并保护自己的父母，这个道理太简单不过了。

(三) 诸侯章第三

在上不骄,高而不危;制节谨度,满而不溢。高而不危,所以长守贵也;满而不溢,所以长守富也。富贵不离其身,然后能保其社稷,而和其民人,盖诸侯之孝也。《诗》云:“战战兢兢,如临深渊,如履薄冰。”

译文:在众人之上而不骄傲,其位置再高也不会有倾覆的危险;生活节俭、慎行法度,财富再充裕丰盈也不会损溢。居高位而没有倾覆的危险,所以能够长久保持自己的尊贵;财富充裕而不奢靡挥霍,所以能够长久地守住自己的财富。能够保持富有和尊贵,然后才能保住家国的安全,与其黎民百姓和睦相处,这就是诸侯的孝道。《诗经·小雅·小旻》篇中说:“战战兢兢,就像身临深水潭边,脚踩薄冰上面。”

(四) 卿大夫章第四

非先王之法服不敢服,非先王之法言不敢道,非先王之德行不敢行。是故非法不言,非道不行;口无择言,身无择行;言满天下无口过,行满天下无怨恶。三者备矣,然后能守其宗庙,盖卿大夫之孝也。《诗》云:“夙夜匪懈,以事一人。”

译文:不是先代圣明君王所制定的合乎礼法的衣服不敢穿戴,不是先代圣明君王所说的合乎礼法的言语不敢说,不是先代圣明君王实行的道德和行为不敢去做。所以不合乎礼法的话不说,不合乎道德的行为不做;开口说话不需选择就能合乎礼法,自己的行为不必着意考虑也不会越轨;所说的话传遍天下也不会有过失,所做的事传遍天下也不会遇到怨恨厌恶。衣饰、语言、行为这三点都能做到遵从先代圣明君王的礼法准则,然后才能守住自己的宗庙,这就是卿大夫的孝道。《诗经·大雅·烝民》里说:“从早到晚勤勉不懈,专心奉事天子。”

(五) 士章第五

资于事父以事母而爱同,资于事父以事君而敬同,故母取其爱,而君取其敬,兼之者父也。故以孝事君则忠,以敬事长则顺。忠顺不失,以事其上,然后能保其禄位,而守其祭祀,盖士之孝也。《诗》云:“夙兴夜寐,无忝尔所生。”

译文:用侍奉父亲的心情去侍奉母亲,爱心是相同的,用侍奉父亲的心情去侍奉国君,敬心是相同的。侍奉母亲是取亲爱之心,奉事国君取尊敬之心,爱心与敬心两者兼而有之的是侍奉父亲。因此用孝道来侍奉国君就忠诚,用尊敬之道侍奉上级则顺从。能做到忠诚顺从地侍奉国君和上级,然后即能保住自己的俸禄和职位,并能守住自己对祖先的祭祀,这就是士人的孝道。《诗经·小雅·小宛》里说:"早起晚睡,不要辱及生养你的父母。"

（六）庶人章第六

用天之道,分地之利,谨身节用,以养父母,此庶人之孝也。故自天子至于庶人,孝无终始,而患不及者,未之有也。

译文:利用自然的季节,认清土地的优劣,行为谨慎,节省俭约,以此来孝养父母,这是普通老百姓的孝道。所以上自天子,下至普通老百姓,孝道是无始无终、永恒存在的,有人担心自己做不到孝,那是没有的事情。

（七）三才章第七

曾子曰:"甚哉,孝之大也!"子曰:"夫孝,天之经也,地之义也,民之行也。天地之经,而民是则之,则天之明,因地之利,以顺天下,是以其教不肃而成,其政不严而治。先王见教之可以化民也,是故先之以博爱,而民莫遗其亲;陈之以德义,而民兴行;先之以敬让,而民不争;导之以礼乐,而民和睦;示之以好恶,而民知禁。《诗》云:'赫赫师尹,民具尔瞻。'"

译文:曾子说:"太伟大了,孝道是多么博大精深呀!"孔子说:"孝道犹如天上星辰的运行,地上万物的生长,是人类最为根本首要的品行。天地有其法则,人类从中领悟到实行孝道是自身的法则而遵循它,效法天上星辰的运行,地上万物的生长,以此治理天下,因此其教化不须严肃施为就可成功,其政治不须严厉推行就能治理。从前的贤明君主看到通过教育可以感化民众,所以他首先带头实行博爱,人民因此没有敢遗弃父母双亲的;向人民陈述道德礼义,人民就积极去遵行;率先以恭敬和谦让垂范于人民,人民就不争斗;用礼仪和音乐引导他们,人民就和睦相处;告诉人民什么是好的,什么是不好的,人民就知道禁令而违反。《诗经·小雅·节南山》篇中说:'威严而显赫的太师尹氏,人民都仰望着你。'"

这一章中三才是指天、地、人,孔子指出,孝是符合天地运行法则和人类本性的行为,是三才和合的体现。这里要注意“敬”字,美国学者罗思文、安乐哲指出,“在我们看来,‘敬’包含严肃(seriousness)和尊敬(respect)的意思。我们对敬这个概念理解的关键在于,要考虑如何‘教’之”,“也就是说,先王并不是通过下命令来教百姓‘敬’,而是通过尊敬自己家中的长者来为百姓做个表率,向百姓展示于此敬意中所获之乐而施教的。通过表率引导,让百姓自愿参与到自我规范的社会秩序中进而转化其观念是儒家的根本所在。运用强制手段使百姓顺服而自上而下的强权秩序是极少有效的,这与依靠百姓把社群当成家自下而上的参与秩序形成鲜明对比。这在《论语》中有所表述:道之以政,齐之以刑,民免而无耻;道之以德,齐之以礼,有耻且格。(《论语·为政》)该节给了我们儒家参与礼制社会‘无为’而治的例子。孔子甚至还有更强烈的表述:无为而治者,其舜也与!夫何为哉?恭己正南面而已矣。(《论语·卫灵公》)”当代西方的外国学者都可以认识及此,不得不令我们钦佩、叹服、反思!

(八)孝治章第八

子曰:“昔者明王之孝治天下也,不敢遗小国之臣,而况于公、侯、伯、子、男乎?故得万国之欢心,以事其先王。治国者,不敢侮于鳏寡,而况于士民乎?故得百姓之欢心,以事其先君。治家者,不敢失于臣妾,而况于妻子乎?故得人之欢心,以事其亲。夫然,故生则亲安之,祭则鬼享之。是以天下和平,灾害不生,祸乱不作,故明王之以孝治天下也如此。《诗》云:‘有觉德行,四国顺之。’”

译文:孔子说:“从前圣明的君王是以孝道治理天下的,对小国的臣属也不遗弃,何况公、侯、伯、子、男五等诸侯了?所以会得到各诸侯国的欢心,使他们来帮助天子奉祀先王。治理一个封国的诸侯,对失去妻子的男人和丧夫守寡的女人也不敢欺侮,何况士大夫和百姓?所以会得到百姓们的欢心,使他们来帮助诸侯祭祀祖先。治理自己采邑的卿大夫,对臣仆婢妾也不失礼,何况对其妻子和儿女了?所以会得到众人的欢心,使他们来帮助卿大夫奉事其双亲。这样,父母双亲在世时安乐地生活,去世后则成为鬼神享受祭奠。因此天下祥和太平,灾害不发生,祸乱不出现,所以圣明的君王以孝道治理天下就会这样。《诗经·

大雅·抑》篇中说:‘天子有伟大的德行,四方的国家都会归顺他。’”

这一章讲孝治天下。《孔子家语》卷一:“曾子问:‘敢问何谓七教?’孔子曰:‘上敬老则下益孝,上尊齿则下益悌,上乐施则下益宽,上亲贤则下择友,上好德则下不隐,上恶贪则下耻争,上廉让则下耻节,此之谓七教。七教者,治民之本也。”这里排在第一位、第二位的便是“上敬老则下益孝,上尊齿则下益悌”,又说进用贤良、退贬不肖、哀鳏寡、养孤独、恤贫穷、诱孝悌、选才能,“此七者修,则四海之内,无刑民矣。上之亲下也,如手足之于腹心;下之亲上也,如幼子之于慈母矣。上下相亲如此,故令则从,施则行,民怀其德,近者悦服,远者来附,政之致也”。这都可见孝治天下的内容与效应。《吕氏春秋·孝行》亦载:“曾子曰:先王之所以治天下者五:贵德,贵贵,贵老,敬长,慈幼。”而《大学》的修齐治平中:“古之欲明明德于天下者,先治其国;欲治其国者,先齐其家;欲齐其家者,先修其身;欲修其身者,先正其心;欲正其心者,先诚其意;欲诚其意者,先致其知。致知在格物。物格而后知致,知致而后意诚,意诚而后心正,心正而后身修,身修而后家齐,家齐而后国治,国治而后天下平。”“所谓治国必先齐其家者,其家不可教而能教人者,无之,故君子不出家而成教于国。孝者,所以事君也;弟者,所以事长也;慈者,所以使众也。”“所谓平天下在治其国者,上老老而民兴孝,上长长而民兴弟,上恤孤而民不倍,是以君子有絜矩之道也。”这对于齐家、治国、平天下中的孝治阐述得尤为条理清晰。孟子曰:“道在迩而求诸远,事在易而求之难,人人亲其亲长其长而天下平。”(《孟子·离娄上》)可以说更近乎“至德要道”的意味了。

(九)圣治章第九

曾子曰:“敢问圣人之德,无以加于孝乎?”子曰:“天地之性,人为贵;人之行,莫大于孝;孝莫大于严父;严父莫大于配天,则周公其人也。昔者,周公郊祀后稷以配天,宗祀文王于明堂,以配上帝,是以四海之内,各以其职来祭。夫圣人之德,又何以加于孝乎?!故亲生之膝下,以养父母日严,圣人因严以教敬,因亲以教爱,圣人之教,不肃而成,其政不严而治,其所因者本也。父子之道,天性也,君臣之义也。父母生之,续莫大焉,君亲临之,厚莫重焉。故不爱其亲而爱他人者,谓之悖德;不敬其亲而敬他人者,谓之悖礼。

以顺则逆，民无则焉；不在于善，而皆在于凶德，虽得之，君子不贵也。君子则不然，言思可道，行思可乐，德义可尊，作事可法，容止可观，进退可度，以临其民。是以其民畏而爱之，则而象之，故能成其德教，而行其政令。《诗》云：'淑人君子，其仪不忒。'"

译文：曾子说："我很冒昧地请问，圣人的德行，没有比孝道更大的了吗？"孔子说："天地万物之中，以人类最为尊贵；人类的行为，没有比孝道更为重大的了；在孝道之中，没有比敬重父亲更重大的了；敬重父亲，没有比在祭天的时候配祀天帝更为重大的了，周公做到了这一点。当初，周公在郊外以其始祖后稷配祀天帝，在明堂以父亲文王配祀上帝，所以全国各地诸侯能够克尽职守，前来协助他的祭祀活动。圣人的德行，又有甚么能超出孝道之上呢?！因此子女对父母的亲爱产生于相依父母膝下时，长大成人奉养父母则一天比一天懂得了对父母的尊敬，圣人就是依据子女对父母的尊敬，教导人们孝敬父母，根据子女对父母的亲爱，教导他们爱护父母，圣人的教化不必严厉就可以成功，对国家的管理不必严苛就可以治理，是因为因循的是孝道这一根本天性。父亲与儿子的关系是人类天生的本性，也体现了君主与臣属之间的义理关系。父母生下儿女以传宗接代，没有比此更为重大的了，父亲对于子女又犹如尊严的君王，没有比此更厚重的了。所以那种不敬爱自己的父母却去爱敬别人的行为，叫做违背道德；不尊敬自己的父母而尊敬别人的行为，叫做违背礼法。以此让人民顺从，则人民是非颠倒；不是在身行爱敬的善道上下功夫，相反凭藉违背道德礼法的恶道施为，即使一时得逞，君子不会赞赏。君子不是这样，其言谈必须考虑到使人们称道，其作为必须考虑到使人们欢乐，其立德行义可以使人们尊敬，其行为举止可以使人们效法，其容貌行止可以使人们称赞，其动静进退可以使人们遵守，以此亲近黎民百姓。所以民众敬畏而爱戴他，并学习模仿他，因此能够成就其德治教化，推行其政令。《诗经·曹风·鸤鸠》篇中说：'善人君子，其容貌举止丝毫不差。'"

这一章以周公为例，说明圣人是如何用孝道使天下得到治理的。其中的"不爱其亲而爱他人者，谓之悖德；不敬其亲而敬他人者，谓之悖礼"，体现出儒家孝道亲情伦理优先的主张。《韩诗外传》卷二："曾子曰：'君子有三言，可贯而佩之。一曰无内疏而外亲，二曰身不善而怨他人，三曰患至而后呼天。'子贡曰：'何也？'曾子曰：'内疏而外亲，不亦反乎？身不善而怨他人，不亦远乎？患至而后呼天，不亦晚乎？'"今天我们的官方媒体经常宣传表彰一些"道德模范"，其中多有不顾家人感受、对家人有所亏欠而无私地去照顾、帮助别人者，这其实属于"非常之举"，德行虽亦高尚，却不宜大力颂扬。我们认为，儒家的"老吾老，以及人之老；幼吾幼，以及人之幼"，乃是最符合、最切近每个人的情感与思想的，每个人都做好并都做到这一点，人类群体自然没有被遗弃者，若在"其亲"与"他人"间反而出现厚彼薄此、舍近求远，此种"悖德"、"悖礼"、"内疏而外亲"的行为是难以为绝大多数人接受的，其行为自然也是绝大多数人所不可能遵循的，这样的榜样、模范其教化影响意义又何在呢？盖亦仅存于世人之唏嘘感叹中而已。

（十）纪孝行章第十

子曰："孝子之事亲也，居则致其敬，养则致其乐，病则致其忧，丧则致其哀，祭则致其严。五者备矣，然后能事亲。事亲者，居上不骄，为下不乱，在丑不争。居上而骄则亡，为下而乱则刑，在丑而争则兵。三者不除，虽日用三牲之养，犹为不孝也。"

译文：孔子说："孝子侍奉父母亲，日常家居要竭尽恭敬，饮食供养要愉悦快乐，父母生病要表示忧虑，父母去世要充满哀痛，祭祀的时候要认真严肃，这五方面做得完备周到了，才算是能侍奉父母。侍奉父母亲，要身居高位而不骄傲蛮横，身居下层而不为非作乱，在民众中间不与人争斗。身居高位而骄傲蛮横者则灭亡，身居下层而为非作乱者则遭受刑法，在民众中间与人争斗则相互残杀，骄、乱、争三种行为不能去除，即便对父母天天用牛羊猪三牲的美味佳肴奉养，也还是不孝。"

这一章是纪录孝行的具体内容，论述什么是孝道的行为，提出孝子事亲有"五要三戒"，否则即使每天给父母吃得再好，也是不孝。比如唐人沈季诠，"少孤，事母孝，未尝与人争，皆以为怯。季诠曰：'吾怯乎？为人子者，可遗忧于亲乎哉！'贞观中，侍母度江，遇暴风，母溺死，季诠号呼投江中，少选，持母臂浮出水上。都督谢叔方具礼祭而葬之"（《新唐书·孝友传》）。救母而死的沈季诠貌似胆怯，实际不然，正如他所说"为人子者，可遗忧于亲乎哉"，他"未尝与人争"只是不想与人争斗而造成母亲不安罢了。再如晋人皇甫谧，出生后即丧生母，家道衰落，过继给叔父，自幼贪玩不习上进，跟村童编荆为盾，执杖为矛，分阵相刺，嬉游习兵。“年二十，不好学，游荡无度，或以为痴”(《晋书·皇甫谧传》)，年龄到了二十岁，不爱好读书学习，到处游荡，不守规矩，有人认为他憨痴不懂事。有一次他曾经弄到些瓜果，就进献给过继的叔母任氏。任氏说：“《孝经》云‘三牲之养，犹为不孝’。汝今年余二十，目不存教，心不入道，何以慰我！”因叹曰：“昔孟母三徙成仁，曾父烹豕从教，岂我居不卜邻，教有所阙，何尔鲁钝之甚也?！修身笃学，自汝得之，与我何有?！”因对之流涕。(《晋书·皇甫谧传》)《孝敬》上说：“只给父母牛、羊、猪的奉养，尚且不能算是孝。”你今年二十多了，眼里不看一点教化人的书，心思尚未进入正道，你没有什么能让我感到宽慰的啊！说到这里，任氏就又叹息道：“唉，从前孟子的母亲三次搬迁居处而成就了孟子的大仁，曾子的父亲兑现对小孩杀猪的诺言来教育他，难道是我居家没有选择好邻居，对你的教育有所疏漏，为什么你竟这样愚钝不开窍呢?！你修养自身，勤奋学习，是你自身的收获，与我有什么关系呢?！”说着说着就对着皇甫谧涕泣起来。皇甫谧于是被感动而振作起来，跟着同村人席坦读书接受教育，勤勉努力再不懈怠。由于居家贫寒，他亲自在田间播种与收获，带着经书而劳作，于是博览通晓各种典籍以及诸子百家之言。并且为人沈静，极少额外的欲望，开始有了高尚脱俗的思想，以写书作为自己的要务，自号玄晏先生。

皇甫谧的故事可谓本章内容的极好注脚。《晋书·皇甫谧传》说他：“后得风痹疾，犹手不辍卷。……平生之物，皆无自随，唯赍《孝经》一卷，示不忘孝道。”足见《孝经》孝道为动力之大。此外，本章“孝子之事亲也，居则致其敬，养则致其乐，病则致其忧，丧则致其哀，祭则致其严，五者备矣，然后能事亲”，这“五者”，显然在今日仍旧还是适用的。

皇甫谧像

(十一)五刑章第十一

子曰:“五刑之属三千,而罪莫大于不孝。要君者无上,非圣者无法,非孝者无亲,此大乱之道也。”

译文:孔子说:“墨、劓、刖、宫、大辟这五刑所属的犯罪条例有三千之多,没有比不孝的罪过更大的了。胁迫君主的人,是眼中没有君主;诽谤圣人的人,是眼中没有法纪;非议孝道的人,是眼中没有父母亲,这三种人的行径是天下大乱的根源。”

这一章中五刑是古代的五种刑法,历代对五种刑罚的说法不尽相同,一般指墨、劓、刖、宫、大辟这五刑。墨刑,又称黥刑,是在脸上刺字;劓刑,是割掉鼻子;刖刑,又称剕刑,是去掉膝盖骨;宫刑,是对男女生殖器的破坏;大辟,是斩首。上一章论什么是孝的行为,这一章则论对不孝行为的刑法处置。古代对不孝甚至杀其亲者惩罚极重,《周礼·秋官司寇·掌戮职》言:“凡杀其亲者,焚之!”后来历代王朝都将不孝定位大逆不道之罪,如汉代法律里就有“不孝者,斩首枭之”的律条,我们熟悉的“十恶不赦”,其中就有不孝这一条。《汉书·王尊传》载:“春正月,美阳女子告假子不孝,曰:‘儿常以我为妻,妒笞我。’尊闻之,遣吏收捕验问,辞服。尊曰:‘律无妻母之法,圣人所不忍书,此《经》所谓“造狱”者也。’尊于是出坐廷上,取不孝子县磔著树,使骑吏五人张弓射杀之,吏民惊骇。”“造狱”是“非常刑名,造杀戮之法”,虽然该女子告状在“春正月”,以古人惯例应该顺助天地生长化育,不宜行刑,但王尊认为这是泯乱母子之伦的“大不孝”,不能等到秋冬,于是命令立刻处死,行刑方式也比较残酷,乃把这个不孝子吊在树上,乱箭射死。此非常时期行非常之刑,可见对不孝之罪处置之严!

(十二)广要道章第十二

子曰:“教民亲爱,莫善于孝;教民礼顺,莫善于悌;移风易俗,莫善于乐;安上治民,莫善于礼。礼者,敬而已矣。故敬其父,则子悦;敬其兄,则弟悦;敬其君,则臣悦;敬一人,而千万人悦。所敬者寡,而悦者众,此之谓要道也。”

译文:孔子说:“教育人民亲近友爱,没有比孝敬父母更好的了;教育人民礼貌和顺,没有比友爱兄长更好的了;转移风气、改变习旧,没有比乐教更好的了；君主安心、人民驯服，没有比用礼教更好的了；所谓的礼，也就是尊敬而已。所以尊敬他的父亲，儿子就喜悦；尊敬他的兄长，弟弟就喜悦；尊敬他的君主，臣下就喜悦；敬爱一个人，而千万人喜悦。所尊敬的对象少，而喜悦的人多，这就是要道。”

这一章中广是推广、阐发的意思，第一章中孔子开宗明义说“先王有至德要道”，本章即对此进一步论述，说明为什么孝道为礼顺天下最根本最重要的道德。这里，我们再次不厌其烦地引用美国学者罗思文、安乐哲的睿识妙笔，来看一下连我们中国人自己都不感兴趣、都已无法深入体味的“礼”，希望看完之后，您可以有和我一样的由衷敬意与赞赏：

> 从形式方面看，礼是那些有助交流培养社群意识投注了意义的角色、关系、制度等等。其范围是宽泛的：所有形式上的行为——从餐桌礼仪到问候—告别模式，到毕业典礼、婚礼、葬礼；从表达敬意的姿势到祖先祭祀；重要的是，所有家庭角色诸如父亲、表亲、祖母——诸如此类都是礼。礼是给每个成员提供其在家庭社群和国家中一个确定的位置和地位的社会规范。礼作为意义储存库是一代又一代承传的生活形式，它让年轻人适应持久的价值，亦让他们适合自己的状况。
>
> 礼同儒家大多数事情一样，也始于家。……审慎阅读儒家文献会发现某种精心设计的生活方式，从适当的面部表情到身体动作，生活就像舞台表演需要极其注意细节。重要的是，这一由礼建构的表演始于这样的洞识：即个人的优雅有礼只能通过形式化角色与行为的训练才可能实现。缺乏创造性个人化的形式是强迫和非人的法则；而无形式的创造性个人表达说得好是随机应变，说坏了则只是恣意妄为。只有在形式和个人化适当结合的情况下，家庭与社群才会是自我规范、优雅的，而儒家的礼正是这样一种形式。
>
> 《孝经》洞察到礼之确保人类社会且提升想像空间的能力就在于它展现了个人在等级关系中表达适当的敬与传播这种敬的人从其中衍生的快乐之间的亲密关系。简单说，尊敬父亲会给儿子带来快乐。表达适当的敬意远非麻烦和压迫性的，而是我们汲取营

养的个人快乐之泉。在效仿那些激越我们的典范们的过程中我们经历着成长的快乐。将此种行为单单视为顺从，或更糟一点谄媚，就完全无法欣赏儒家感受性。①

（十三）广至德章第十三

子曰："君子之教以孝也，非家至而日见之也。教以孝，所以敬天下之为人父者也；教以悌，所以敬天下之为人兄者也；教以臣，所以敬天下之为人君者也。《诗》云：'恺悌君子，民之父母。'非至德，其孰能顺民如此其大者乎！"

译文：孔子说："君子以孝道教化人民，不是挨家挨户走到，天天当面教导。以孝道教化人民，是让天下做父亲的人都得到尊敬；以悌道教化人民，是让天下做兄长的人都得到尊敬；以臣道教化人民，是让天下做君主的都得到尊敬。《诗经·大雅·泂酌》篇里说：'和乐平易的君子，是民众的父母。'不是至高无上的德行，怎么能使天下民众如此顺从呢！"

（十四）广扬名章第十四

子曰："君子之事亲孝，故忠可移于君；事兄悌，故顺可移于长；居家理，故治可移于官。是以行成于内，而名立于后世矣。"

译文：孔子说："君子侍奉父母亲能尽孝，所以能把对父母的孝心移作对国君的忠心；侍奉兄长能顺从，所以能把这种顺从之心移作对前辈或上司的敬顺；在家里能处理好家务，所以会把理家的道理移于做官治理国家。因此在家中养成美好的品行，名声会显扬于后世。"

（十五）谏诤章第十五

曾子曰："若夫慈爱、恭敬、安亲、扬名，则闻命矣。敢问子从父之令，可谓孝乎？"子曰："是何言与，是何言与？！昔者，天子有争臣七人，虽无道，不失其天下；诸侯有争臣五人，虽无道，不失其国；大夫有争臣三人，虽无道，不失其家；士有争友，则身不离于令名；父有争子，则身不陷于不义。故当不义，则子不可以不争于父，臣不可以不争于君，故当不义则争之。从父之令，又焉得为

① 《生民之本——〈孝经〉的哲学诠释及英译》，第95—98页。

孝乎?!"

译文:曾子说:"像慈爱、恭敬、安亲、扬名这些孝道,已经听过了夫子的教诲。我想冒昧地问一下,儿子遵从父亲的命令,这可以说是孝吗?"孔子说:"这是什么话呢,这是什么话呢!? 从前,天子有七个直言相谏的诤臣,即使无道,不会失去其天下;诸侯有直言谏争的诤臣五人,即使无道,不会失去其诸侯国地盘;卿大夫有三位直言劝谏的臣属,即使无道,不会失去自己的封邑;士有直言劝谏的朋友,就不会丧失美好名声;父亲有直言劝谏的儿子,就不会陷身不义之中。因此遇到不义之事,做儿子的不可以不直言劝谏父亲,做臣子的不可以不直言劝谏君主,所以不义之事要直言劝谏。遵从父亲的命令,又怎么称得上是孝呢?!"

这一章中孔子与曾子探讨了一个很具体的问题:"子从父之令,可谓孝乎?"从孔子的回答来看,对此显然一再重申,连用了两句"这是什么话呢",好像很不耐烦、语调都提高了,进行了彻底的否定,也就是"当不义则争之。从父之令,又焉得为孝乎?"这一回答、这一主张不只是在《孝经》中仅见,《论语》中亦有相应材料。《论语·里仁》:"子曰:事父母几谏,见志不从,又敬不违,劳而不怨。"为父母者贤愚有别,其所行未必都合于义理,为人子者当父母有过时,应合理地婉转劝谏("几谏"即微言劝谏之意,《大戴礼记·曾子立孝》中曾子称为"微谏",《礼记·坊记》亦曰:"子云:从命不忿,微谏不倦,劳而不怨,可谓孝矣。"),而不应一味盲从,致陷父母于不义。孔子的意见和《礼记·内则》中"父母有过,下气怡色,柔声以谏,谏若不入,起敬起孝,悦则复谏。不悦,与其得罪于乡党州闾,宁孰谏"的说法是一致的,虽然要注重方式方法,但在关系到社会公论的大是大非问题面前,即使父母再不高兴也得极力劝阻。可以说,"几谏"的原则兼顾到了孝敬父母与社会群体利益这两个方面,"清楚表明忠顺之义次于个人应对更大的家庭、道德以及真正设定个人诸责任的精神语境所负的义务"①。

---

① 《生民之本——〈孝经〉的哲学诠释及英译》,第30页。

曾子对于孔子的这一教诲,是有领会与传承的。他也指出,如果父母有过错,对父母的言行不能盲从,应加以劝谏:“君子之孝也,以正致谏。”(《大戴礼记·曾子本孝》)不过,更值得注意的是,曾子为谏亲设立了一个界限:“父母有过,谏而不逆。”(《大戴礼记·曾子事父母》)按照曾子这样的逻辑,很容易陷入两难境地:父母有过,子女不劝谏是不孝行为,父母有过,劝谏无效后不循从父母,也是一种不孝行为,好难办呀。曾子论述道:

> 君子之孝也,忠爱以敬;反是,乱也。尽力而有礼,庄敬而安之,微谏不倦,听从而不怠,欢欣忠信,咎故不生,可谓孝矣。尽力无礼,则小人也;致敬而不忠,则不入也。是故礼以将其力,敬以入其忠;饮食移味,居处温愉,着心于此,济其志也。(《大戴礼记·曾子立孝》)

根据曾子的意见,其所谓“微谏”是以柔克刚,要从情感上加以认可,将外在伦理规范升华为内在心理愉悦。《大戴礼记·曾子事父母》中,有弟子单居离问曾子事父母之道,可谓直观地体现出曾子这一“孝子无私乐”、“父母所乐乐之”的为人子之道:

> 单居离问于曾子曰:“事父母有道乎?”曾子曰:“有,爱而敬。父母之行若中道,则从;若不中道,则谏;谏而不用,行之如由己。从而不谏,非孝也;谏而不从,亦非孝也。孝子之谏,达善而不敢争辨;争辨者,作乱之所由兴也。由己为无咎,则宁;由己为贤人,则乱。孝子无私乐,父母所忧忧之,父母所乐乐之。孝子唯巧变,故父母安之。若夫坐如尸,立如齐,弗讯不言,言必齐色,此成人之善者也,未得为人子之道也。”

明乎此,我们也就不难理解《韩诗外传》卷九说:“(曾子曰):‘君子有三乐,钟磬琴瑟不在其中。’子夏曰:‘敢问三乐。’曾子曰:‘有亲可畏,有君可事,有子可遗,此一乐也;有亲可谏,有君可去,有子可怒,此二乐也;有君可喻,有友可助,此三乐也。’”曾子把劝谏父母、使其改过迁善乃看作是人生一大乐事,这种认识应该说是对孔子谏诤思想的新发展。在孔子和曾子看来,谏诤对孝不是可有可无,而是不可分割的整体,谏是一种值得尊敬和践行的义务,会让家庭和国家正常运转。①

与此相同,荀子也认为从父命不一定就是孝,问题在于这种父命是否符合于礼义,也就是说,孝要服从于礼。因此,荀子特别看重明于礼义的"诤子"。《荀子·子道》说:

鲁哀公问于孔子曰:"子从父命,孝乎?臣从君命,贞乎?"三问,孔子不对。孔子趋出以语子贡曰:"乡者,君问丘也,曰:'子从父命,孝乎?臣从君命,贞乎?'三问而丘不对,赐以为何如?"子贡曰:"子从父命,孝矣;臣从君命,贞矣,夫子有奚对焉?!"孔子曰:"小人哉!赐不识也!昔万乘之国,有争臣四人,则封疆不削;千乘之国,有争臣三人,则社稷不危;百乘之家,有争臣二人,则宗庙不毁。父有争子,不行无礼;士有争友,不为不义。故子从父,奚子孝?臣从君,奚臣贞?审其所以从之之谓孝、之谓贞也。"

这段话与《孝经·谏诤章》内容很相似,从子贡"夫子有奚对焉"

---

① 罗思文、安乐哲对于此"谏",乃有精细辨析:"理解儒家社会批判性参与的一个主要观念,是要区分辨证论争和'谏'观念的重大不同;前者假定有两个独立排他的竞争视角,后者作为劝导的包容模式,假定是要共同致力于共同的目标。""论辩参与和劝诫参与这两种模式都试图改进和提升某种情况。前者更纯粹理性和决断,立基于某种允许争论双方保持自我尊严与其平等意识的外在关系感。后者更具修辞性、劝勉性,假定有诸内在关系限定着相互包容的家庭成员或其他团体成员,他们尽管有等级差别的关系,但都是为了维持家庭或社团共同的完整性,而非某一个体成员的完整性。《孝经》沿袭《论语》,在解决差异上也主张谏而非争作为最首要适宜的方法。家庭和政府中等级较低的成员不仅有谏的权利,而且还负有谏的责任,因为就像《谏诤章》所强调的,此种劝勉关涉到每个人的利益。谏的几种情况不容忽视。首先,公认的目标是要改变行为。为达到这一目的,就必需最机智最尊敬地表达关心——如果希望它们产生影响。过分坦率很容易被视为侮辱和冒犯,被视为一种盛气凌人而非尊度敬重。其次,劝诫中抱持的真诚是说服力的关键。真正共同怀有的关心与非难二者之间有极大差异。再次,谏不是一种选择,而是责任。谏的少就是没能完成某一严肃神圣的职责。顺与谏一前一后构成'忠'(或者更宽泛理解'尽忠'〔doing one's best〕)的实质。最后,谏有其限度,而且只能到此为止。到了某种程度谏者就必须和缓下来:进谏者绝不能就认定他们的判断比他们的父母或长者好。但再说一遍,儒家作为特殊主义者,是从来不会事先指定或抽象出哪一点上我们必须缓下来。"(《生民之本——〈孝经〉的哲学诠释及英译》,第90—91页)这一分析值得注意。

的回答来看，对此问题颇以为然的或不在少数，荀子在《子道》篇引述这个故事，显然是反映了荀子其与孔子相同的观点。《荀子·子道》还说：

> 孝子所不从命有三：从命则亲危，不从命则亲安，孝子不从命乃衷；从命则亲辱，不从命则亲荣，孝子不从命乃义；从命则禽兽，不从命则修饰，孝子不从命乃敬。故可以从命而不从，是不子也；未可以从而从，是不衷也；明于从不从之义，而能致恭敬，忠信、端悫以慎行之，则可谓大孝矣。传曰："从道不从君，从义不从父。"此之谓也。

这里，荀子给出了"孝子所不从命有三"的具体情况，可见事关父母安危、荣辱的关键时刻，做子女的尽孝道要十分注意，"明于从不从之义，而能致恭敬，忠信、端悫以慎行之，则可谓大孝矣"，这对做子女的来说，可谓是有相当要求，洵非易事。

总之，我们常说"孝顺"、"孝顺"，要尽孝道，"顺"是不可或缺的一个重要因素，但是不是绝对的、一味的、不管是非、毫无立场的"顺"呢？从《孝经·谏诤章》以及《荀子·子道》、《礼记·内则》等儒家文献来看，答案显然是否定的。（道家《庄子·天下》亦曰："孝子不谀其亲，忠臣不谄其君，臣、子之盛也。亲之所言而然，所行而善，则世俗谓之不肖子；君之所言而然，所行而善，则世俗谓之不肖臣。"）在这一点上，先秦儒家对于父母子女间孝道亲情的阐述，与君臣之间政治伦理的见解是相通的，所谓"君君，臣臣，父父，子子"，比较地对于父子、君臣彼此间的责任、义务有所规定①，异于后世儒家独尊、一统天下后渐渐生发出来的君臣、

① 对国君劝谏和对父母劝谏是不同的。《礼记·曲礼下》言："为人臣之礼，不显谏，三谏而不听，则逃之；子之事亲也，三谏而不听，则号泣而随之。"意谓人们可以离开国君，却不能离开自己的父母，这既可见君臣彼此间的责任、义务，也说明父母子女间孝道亲情与君臣之间政治伦理的区别。《论语·先进》："所谓大臣者，以道事君，不可则止。"《论语·颜渊》："子贡问友。子曰：忠告而善道之，不可则止，毋自辱焉。"君臣、朋友之间的"不可则止"，这显然和父母子女间孝道亲情有明确的界限和原则性差别。（《论语·里仁》中子游也讲过："事君数，斯辱矣；朋友数，斯疏矣。"）

父子伦理的简单化与极端化①,如美国学者罗思文、安乐哲所指出:“中国帝史纵容暴君,无人敢违抗他们的号令,大多为官的士人都被迫忽视儒家谏诤之教,而谨慎择取《孝经》或其他经典中强调忠君从父的章节。”②这就是历史本身的发展,类似的例子多得很,需要我们用历史的、发展的眼光来看待和分析这些问题。③

(十六)感应章第十六

子曰:“昔者,明王事父孝,故事天明;事母孝,故事地察;长幼顺,故上下治。天地明察,神明彰矣。故虽天子,必有尊也,言有父也;必有先也,言有兄也;宗庙致敬,不忘亲也;修身慎行,恐辱先也。宗庙致敬,鬼神著矣。孝悌之至,通于神明,光于四海,无所不通。《诗》云:‘自西自东,自南自北,无思不服。’”

译文:孔子说:“从前,贤明的帝王侍奉父亲孝顺,所以祭祀天帝时虔敬,天帝也能明了他的孝敬之心;侍奉母亲孝顺,所以社祭地神时虔敬,地神也能洞察他的孝敬之心;长幼秩序和顺,所以上下各层能够得

---

① 如明代人许仲琳写的《封神演义》,故事虽说是商周时的,里面的思想观念却是后人的。其中写周文王说了一段君臣忠孝的话,所反映的就是当时人的一种通常认识。他说:“天子乃万国之元首,纵有过,臣且不敢言,尚敢正君之过? 父有失,子亦不敢语,况敢正父之失? 所以‘君叫臣死,不敢不死;父叫子亡,不敢不亡。’为人臣子,先以忠孝为首,而敢以直忤君父哉?!”话虽看上去出自周文王之口,用以诠释明代人们的思想认识,却是切近实际的。

② 《生民之本——〈孝经〉的哲学诠释及英译》,第6—7页。罗思文、安乐哲还精辟地指出:“今天必须认真对待《孝经》的第三个原因在于:要坚决区分好理想与现实。也就是说,要将作为一种哲学和宗教信仰体系的儒家思想和被许多中国家庭践行以及被政府所征用的儒家实践区分开来;前者服务于文化,乃文化的一种灵感资源。中国历史上曾有过妄为的父母(尤其对女儿、媳妇),呆板的学究,腐败的官员,残暴的帝王等等。但这种种态度和行为从来都不为儒家著作所提倡;相反,正如我们试图要说明的那样,无一不受到坚定的谴责。”“必须区分理想和现实,与此同时也要认识到二者的适当功能。也就是说,我们必须把儒家热切的哲学宗教理想与许多中国家庭无数世纪种种社会政治坎坷实践区分开来。”(同书,第6、7、30页)这样的认识是十分可贵的,值得体味!

③ 有学者认为“这一章的内容,体现了早期儒家思想中的积极因素,是本书中最为闪光的部分”(汪受宽:《孝经译注》,上海古籍出版社2004年版,第71—72页),这是用现代人的眼光与感受去判断,似乎和近现代以来的革命、民主、自由相合,其实很平常,未必就比其他篇章“闪光”多少。

到治理。天地明察天子的孝行，神明就会彰现。所以即使是天子，必然有尊敬的人，就是指他有父亲；必然有先他出生的人，就是指他有兄长；宗庙祭祀恭敬，是不忘记自己的亲人；修身养心、谨慎行事，是怕侮辱先人。宗庙祭祀恭敬，神明就会出来享受。孝悌达到极至，通达神明，光照天下，任何地方都可以感应相通。《诗经·大雅·文王有声》篇中说：'从西到东，从南到北，没有人不想悦服的。'”

这一章讲孝道的感应，“孝悌之至，通于神明，光于四海，无所不通”，极具曾子孝道学说泛孝论的味道了，并已有将孝道神秘化的倾向。在我们今天看来，是不大相信的，但在古人眼里、心目中，对此基本上坚信不疑，我们在秦汉以后各历史时期的孝文化中，将会看到大量充满神奇、怪异的孝道故事，并被载入正史，追本溯源，《孝经》中泛孝论的孝道感应说应该是在其中起有不可忽略的重要作用。

（十七）事君章第十七

子曰：“君子之事上也，进思尽忠，退思补过，将顺其美，匡救其恶，故上下能相亲也。《诗》云：‘心乎爱矣，遐不谓矣，中心藏之，何日忘之？’”

译文：孔子说：“君子侍奉君上，从积极的好的方面要思考竭尽对君上的忠诚，从消极的不好的方面要思考补救君上的过错，对于君上好的方面，要顺应协助，对于君上的不好的方面，要匡正补救，所以君臣才能相互亲敬。《诗经·小雅·隰桑》篇中说：‘心中充溢着爱敬的情怀，相距太远不能倾诉，把它藏在心中，从不会有忘记的那一天。’”

（十八）丧亲章第十八

子曰：“孝子之丧亲也，哭不偯，礼无容，言不文，服美不安，闻乐不乐，食旨不甘，此哀戚之情也。三日而食，教民无以死伤生，毁不灭性，此圣人之政也；丧不过三年，示民有终也。为之棺、椁、衣、衾而举之，陈其簠、簋而哀戚之；擗踊哭泣，哀以送之；卜其宅兆，而安措之；为之宗庙，以鬼享之；春秋祭祀，以时思之。生事爱敬，死事哀戚，生民之本尽矣，死生之义备矣，孝子之事亲终矣。”

译文：孔子说：“孝子丧失了父母亲，哭声不能拖腔带调，举止行为失去了平时的仪态容貌，言语没有了条理文采，穿上华美的衣服不安，听到美妙的音乐不乐，吃美味的食物不甜，这是悲伤忧愁的感情。三天之后就要吃东西,教导人民不要因失去亲人而损伤生者健康,不要因哀毁而灭绝孝子性命,这是圣人的政教;守丧不超过三年,告诉人们是有终结的。要为去世的父母准备好内棺、外棺、衣裳、被褥等,将遗体安置进棺内,陈列簠、簋以寄托哀痛;捶胸顿足、嚎啕大哭地哀痛送葬;占卜墓穴宅地,妥善地加以安葬;兴建起宗庙,使亡灵享受祭祀;春秋两季祭祀,按时追思。父母亲在世时以爱敬之心来侍奉他们,去世后以悲哀之情料理丧事,人生在世的本分尽到了,养生送死的大义做到了,孝子侍奉父母亲结束了。"

这一章是《孝经》的最后一章,以"丧亲"而结束。儒家十分重视为亲人送终,在许多场合,丧事、丧礼都是被郑重其事地单独提出来的,《论语》里,孔子说到人生几件大事:"出则事公卿,入则事父兄,丧事不敢不勉。"丧事就单列为大事之一。《荀子·礼论》对此阐述更为充分:

> 礼者,谨于治生死者也。生,人之始也;死,人之终也;终始俱善,人道毕矣。故君子敬始而慎终,终始如一,是君子之道,礼义之文也。夫厚其生而薄其死,是敬其有知而慢其无知也,是奸人之道而倍叛之心也。君子以倍叛之心接臧谷,犹且羞之,而况以事其所隆亲乎?!故死之为道也,一而不可得再复也,臣之所以致重其君,子之所以致重其亲,于是尽矣。故事生不忠厚、不敬文谓之野,送死不忠厚、不敬文谓之瘠。君子贱野而羞瘠,故天子棺椁十重,诸侯五重,大夫三重,士再重,然后皆有衣衾多少厚薄之数,皆有翣菨文章之等以敬饰之,使生死终始若一,一足以为人愿,是先王之道,忠臣孝子之极也。

在本章,"哭不偯",是说哭声不能拖腔带调。古人哭丧因与死者的关系不同而有不同的等级,和丧服"五服"相应,根据《礼记·间传》有"若往而不返"、"若往而返"、"三曲而偯"、"哀容"等区别,孝子丧亲的哭声应该"若往而不返",好像去而不返回一样,也就是哭声最为悲痛,好像要随父母而去不愿再活着,不可以和其他亲人似地有一定的规定,如"三曲而偯",即哭声有抑扬顿挫的曲折,每三次曲折就一次长声,显得从容做作。《礼记·杂记下》载:"曾申问于曾子曰:'哭父母有常声乎?'曰:'中路婴儿失其母焉,何常声之有?!'"又载:"童子哭不偯,不踊,不杖,不菲,不庐。"是说小孩不知礼节,只知道放声直哭,不能辨知当偯不当偯，换句话说，小孩的哭是最为哀伤、最为真切的哭，没有人为的规矩，这和本章“哭不偯”的意思正相同。

“三日而食，教民无以死伤生，毁不灭性，此圣人之政也；丧不过三年，示民有终也。”这是“送死有已，复生有节”（《荀子·礼论》）。《礼记·杂记下》：

> 子贡问丧，子曰：“敬为上，哀次之，瘠为下。颜色称其情，戚容称其服。”
>
> 丧食虽恶必充饥，饥而废事，非礼也；饱而忘哀，亦非礼也。……孔子曰：“身有疡则浴，首有创则沐，病则饮酒食肉。毁瘠为病，君子弗为也。毁而死，君子谓之无子。”

讲的正是《孝经》此处的道理。按照这个要求，后世正史上不绝如缕的大量因守丧、服丧哀伤毁瘠、骨瘦如柴乃至殒命的孝子，虽然其孝心孝思盖有诚笃超人处，而从丧礼以及现实情况考量来看，则可谓过矣。如《南史》载庾子舆：

> 五岁读《孝经》，手不释卷。或曰：“此书文句不多，何用自苦？”答曰：“孝，德之本，何谓不多？”齐永明末，除州主簿。时父（庾录）在梁州遇疾，子舆奔侍医药，言泪恒并。长沙宣武王省疾见之，顾曰：“庾录事虽危殆，可忧更在子舆！”寻丁母忧，哀至辄呕血，父戒以灭性，乃禁其哭泣。
>
> 父出守巴西，子舆以蜀路险难，启求侍从，以孝养获许。父迁宁蜀，子舆亦相随。父于路感心疾，每痛至必叫，子舆亦闷绝。及父卒，哀恸将绝者再。奉丧还乡，秋水犹壮。巴东有淫预石，高出二十许丈，及秋至，则才如见焉。次有瞿塘大滩，行旅忌之，部伍至此，石犹不见。子舆抚心长叫，其夜五更水忽退减，安流南下。及度，水复旧，行人为之语曰：“淫预如袱本不通，瞿塘水退为庾公。”
>
> 初发蜀，有双鸠巢舟中，及至又栖庐侧，每闻哭泣之声，必飞翔檐宇，悲鸣激切。……居墓所以终丧，服阕，手足枯挛，待人而起。仍布衣蔬食，志守坟墓。

庾子舆从小就爱读《孝经》，并深入体会其中的要义，不但学孝，还贯彻到实际行动中去，这是极为可贵的，但是“丁母忧，哀至辄呕血”，“父卒，哀恸将绝者再”、“手足枯挛，待人而起”，则又与《孝经》最后这

“丧亲章”不合矣。

本章中“举之”、“哀戚之”、“送之”、“安措之”，这是丧葬的程序，较为复杂，在儒家经典《仪礼》、《礼记》中有着详细的规定，简单地说包括下述的内容：第一步是“复”，人才去世，生者要爬到屋顶上面向北方为逝者招魂，招唤逝者的灵魂回复到身体，复而不醒，然后办理丧事。第二步是“敛”，分小敛和大敛，小敛是给逝者沐浴，全身洗净，裹上衣衾，大敛是把逝者装进棺材，口里要放入米和玉等珠宝，叫做“饭含”。第三步是“殡”，也就是入殓后停柩待葬，这时生者要守灵，出殡即把灵柩送到埋葬的地方去，古人称为“葬”。葬的墓地要请堪舆者选择吉壤，也就是请风水先生看风水宝地。送葬的规矩是白衣执绋，绋是拉柩车的绳子，执绋的原意是亲友们帮助拉车，但通常只是作作样子，后来出殡，在送殡人的行列两旁拉两根带子，就是执绋的遗制。送葬时有人唱挽歌，要有陪葬品，陪葬品的多少显示着逝者生前身份的贵贱和贫富，富贵人家一般要在棺材外面置椁，椁是外棺，主要作用是保护棺材的，穷人通常置办不起。另外，根据生者与逝者关系的亲疏远近不同，所穿丧服和居丧时间也有区别，丧服分五个等级，叫做五服，涵盖了很宽泛的家族关系，后世直到今天所说的没出五服的亲戚、出了五服可以结婚等，就是指的这个范围之内。总之，古代的丧葬仪式，随着时代的发展和地域习惯的不同而有异，但其总的形式大致是差不多的，其中大部分一直延续到了今天，今天对逝者的洗身更衣、入殓送葬，乃至祭祀方面的灵堂、忌辰的纪念等活动形式，都是对传统仪式的承继和保留，虽然也正越来越简化、简单、简便。

“生事爱敬，死事哀戚，生民之本尽矣，死生之义备矣，孝子之事亲终矣”，最后这几句为全书十八章内容的总结。《礼记·祭统》：“孝子之事亲也，有三道焉：生则养，没则丧，丧毕则祭。养则观其顺也，丧则观其哀也，祭则观其敬而时也。尽此三道者，孝之行也。”[①]养、丧、祭这“三道”可以说贯穿一个孝子生命的始终，正与《孝经》本章相发明。

---

① 西汉扬雄《法言·孝至》亦强调：“孝子有祭乎？有齐乎？夫能存亡形，属荒绝者，惟齐也。故孝子之于齐，见父母之存也，是以祭不宾。人而不祭，豺獭乎！”

以上是《孝经》十八章的全部内容，可见《孝经》这部书是儒家关于孝道、孝行、孝治的专论，它把儒家学派谈孝的言论上升为理论，构成了比较系统完备的孝道学说，是儒家孝道思想的集成和总结。当代美国学者罗思文、安乐哲鉴于亲情一直处于儒家人伦思想演化的中心，试着立足《孝经》，并借助其他古典哲学著作，说明他们对儒家特有的思想——“角色伦理学”(role ethics)的认识，指出“亲情必被视为道德生活发展之基，此‘角色伦理学’既是其起点又是其动力”①，可见《孝经》的思想内容体系确实仍值得深入挖掘、梳理研究。

三、影响

《孝经》在历史上有着如何的影响呢？正像罗思文、安乐哲所说：“古典帝制时代的中国，任何对家庭价值重要性持根本怀疑态度的人只要读了这本小书便会狐疑顿消。”②下面我们再以执政者对它的推崇，约略地来谈一下。

西汉时，孝治天下成为历代皇帝的共识，这个在下一讲秦汉时期的孝文化中将有论述；东汉时，光武帝下令不仅儒生要读《孝经》，虎贲士(宫廷卫兵)也必须学习《孝经》，明帝也有类似的诏令。六朝时，《孝经》的注解、讲授成为显学，至为热闹，皇帝、皇太子听经、讲经、注经，成了宫廷的重要活动，诸王乃至群臣亦时时集会讨论《孝经》。梁武帝更是大倡《孝经》，创设《孝经》事务的专门官职——置制《孝经》助教，并亲撰《孝经义疏》十八卷，令师傅为昭明太子讲授，这时太子年仅三岁。陈文帝、宣帝、后主时，都曾诏令东宫讲《孝经》。北魏时，孝文帝还诏令把《孝经》翻译成本民族的语言，“教于国人，谓之《国语孝经》”(《隋书·经籍志》)。

唐朝从唐高祖李渊起，就大力提倡《孝经》，宣扬孝道，下诏称：“民禀五常，仁义斯重；士有百行，孝敬为先。”(《全唐文》卷一《旌表孝友诏》)唐高宗仪凤三年(678)，诏令以《道德经》和《孝经》为上经，唐玄宗更是亲注《孝经》，诏令“天下家藏《孝经》，精勤教习，学校之中，倍加传

①② 《生民之本——〈孝经〉的哲学诠释及英译》，第6页。

授，州县官长，申劝课焉”（《唐会要》卷七十五）。宋代时，宋太宗御书《孝经》赐给李至，说：“千文无足取，若有资于教化，莫《孝经》若也。”（《宋史·李至传》）宋真宗咸平二年(999)，诏令邢昺撰《孝经义疏》，大中祥符八年(1015)，宋真宗又亲撰《孝经》诗，命群臣赋和。南宋高宗除御书《孝经》赐给宰臣外，又颁御书《孝经》于天下州学，绍兴十四年(1144)，诏令各州以御书《孝经》刊石，赐见任官及系籍学生。

明朝，明太祖说《孝经》是“孔子明帝王治天下之大经大法，以垂万世”（《明会要》卷二十六）。清朝，顺治曾亲注《孝经》，康熙四十六年(1707)翻书处刊刻“满汉合璧”《孝经》，雍正五年(1727)，又刊行了《钦定翻译孝经》，雍正还将历代有关《孝经》的重要注解汇集成《孝经集注》行世。乾隆时，宫廷画家金廷标绘《孝经图》，乾隆亲自作题记，御书《孝经》全文与图相配。近代民国时期，北洋政府还将《孝经》列入中小学修身及国文教科书之内。

由于历代帝王的尊崇和提倡，学者们对《孝经》也极尽颂扬之词。西晋傅咸作《孝经诗二章》，扣住并提炼《孝经》核心内容，便于人们阅读和牢记《孝经》的主要内容。① 刘宋时慧琳《辨正论》说：“《孝经》者，自庶达帝，不易之典；从生暨死，终始具焉。……比重则五岳山轻，方深则四海流浅，风雨不能乱其波涛，处虚未足栖其令誉。”隋人苏威说：“《孝经》一卷，足可立身治国。”宋代邢昺说：“《孝经》者，百行之宗，五教之要。”据近人统计，从汉代到清末注解《孝经》的作品多达431种，平均下来可以说基本上每隔四五年就有一种出现，还出现了一些推衍、发明《孝经》旨意，借用《孝经》制定不同社会身份和职业的人的道德规范，如《新唐书·艺文志》载有张士儒《演孝经》十二卷、徐浩《广孝经》十卷。另外，还有《临戎孝经》、《大农孝经》、《道孝经》、《佛孝经》、《女孝经》等各种“《孝经》”。

《孝经》不仅在中国被奉为立身治国的圣经法典，在海外，特别是东亚日本、朝鲜等国，也有巨大的影响。《孝经》传入朝鲜，至迟在汉武帝

---

① 傅咸《孝经诗二章》：“立身行道，始于事亲。上下无怨，不恶于人。孝无终始，不离其身。三者备矣，以临其民。”“以孝事君，不离令名。进思尽忠，义则不争。匡救其恶，灾害不生。孝悌之至，通于神明。”

元封三年(前108),周世宗六年(959),高丽国王遣使进《别叙孝经》一卷、《越王孝经新义》八卷、《皇灵孝经》一卷、《孝经雌图》一卷,有如此之多的《孝经》类书籍在朝鲜流行,从侧面反映了《孝经》在当地的影响。《孝经》传入日本,可能在梁武帝时,此后,宪法中引用“上下和睦”之语,《学令》规定“凡学生治一经或二经,必兼通《孝经》、《论语》”,《考课令》规定“若《孝经》、《论语》皆不通者,皆不第”,诏曰“古者治民安国,必以孝理,百行之本莫先于兹,宜令天下家藏《孝经》一本,精勤诵习,倍加教授”(当唐肃宗时,与玄宗诏令很像,似可见大唐文化熏染之影子),皇太子行“御读书始”仪式,讲习《孝经》,降生时举行“汤殿始”仪式(一种洗礼),命人在一旁诵读《孝经》等汉籍,镰仓时代(1192—1333)幕府将军的“读书始”也讲习《孝经》。到德川时代(1604—1867),日本的汉学空前兴盛,《孝经》的研习、翻刻也出现了非常热闹的景象,各藩学校普遍采用《孝经》为教科书,学校的开学典礼即焚香俯伏再拜,齐声诵读《孝经》,十七世纪末叶,有些地方的名塾当时有学生被派往城外去为农家妇女讲解《孝经》。昭和十二年(1937),大阪的田结庄金治刊印了一部《家藏孝经类简明目录稿》,其家藏《孝经》及有关图书达483部,包括日文、汉文、朝鲜文、蒙文、西班牙文各种文版,还有翻刻的唐石经拓本、王羲之草书本、贺知章草书本,乃至《绘本孝经》、《孝经图解》、《孝经印谱》及各种影印善本,数量之多,品类之全,堪称世界之最。可以说,对于《孝经》的尊崇,日本人比起中国人来有过之而无不及。

总之,《孝经》的主张以尊老敬老、孝亲忠君为核心,以稳定家庭社会为目标,经过两千多年的提倡和传播,已经沉淀为我们民族道德观念和文化心理的重要内容,其巨大的影响实在不是笔墨所能尽书的。在建设现代物质文明的今天,精神文明的家园建设已经摆到了极为重要的位置。那么,我们应该如何看待《孝经》及其所提倡的孝道呢?

无庸讳言,多年来国人的道德水准有所下降,不孝父母、不敬老人的事也时有所闻。有人将道德下降的责任归咎于改革开放后西方文化的影响,但是如果看到所谓儒家文化圈的一些国家和地区(如韩国、日本以及同为中国香港、台湾地区),其经济虽很发达,文化也很开放,可家庭中尊老敬亲之风并未削弱,则前说就很难站住脚。看来,当今国人道德下降的根本原因,是五四新文化运动以来特别是

“文革”十年浩劫对传统文化的一概否定，由此造成的几代人文化素质低下、道德修养退步。这一教训反过来告诫我们，建设新道德不能脱离民族传统道德的土壤，因为传统的伦理道德，有不少是反映人类社会发展中一般和共同要求的东西，这些内容，在扬弃了其中的历史糟粕以后，就可以成为我们建设精神文明的重要组成部分。从主流来看，孝道便是我们中华民族的传统美德之一，其中有许多值得发扬的东西，因此应该有分析、有鉴别地予以继承，取其精华、去其糟粕，使孝道在传统伦理道德向现代道德规范的转变中继续发挥其应有的作用。《孝经》毕竟是倡导孝道孝行的一面旗帜，它肯定了尊老、敬老、养老、送老的原则与方式，这是人类社会发展中形成的后代人对前代人的义务与责任，在人类的文明史上具有毋容置疑的进步性，其中正如我们所指出的很多精神与内容都是具有永恒性的，在今日、日后恐怕仍将适用。因此，研究与普及国学中的传统文化，《孝经》这一经典文献及其义理值得我们每一个人用心去品读、去感悟，“它最起码会对中国文化之为中国文化提供部分解答；或许，推而论之，它亦会启发我们思索人之所以为人这样的问题”①。

从中国历史来看，经过了先秦诸子特别是儒家的孝道学说阐述之

① 《生民之本——〈孝经〉的哲学诠释及英译》，第 9 页。罗思文、安乐哲同时指出：“如果读之轻率，对该书知之甚少又不假思索一扫而过，《孝经》几乎必然被视为精英论、家长作风、男权中心而弃置一边，其教义也立刻被视为强诺压制。这自然对生活在 21 世纪家庭日渐萎顿而人口却越发拥簇的此世公民重新思考家庭价值毫无裨益。其实，很容易获得这种负面解读。”“《孝经》乍一看极可能会显得不仅简明扼要，且可能过分简单(甚至愚钝)，再加上其中一些主旨又似乎太神秘(mystical，通常是‘莫名其妙’〔unintelligible〕的同义词)，无可救药的乌托邦或更坏的极权主义等等，跟今天我们星球上任何地方现实世界的个人生活还是政治活动都关系不大或根本没有任何关系。这样的评价或许是正确的。但我们还是鼓励读者在得此结论之前对该书多咀嚼几次，就像绝大多数中国读者自该书于公元前几百年成书时所做的那样。该书已成经典且一直保持其经典地位……因此，我们应打消任何将该书鄙弃为毫无哲学内涵之作或将之扔进早已积尘如山的历史目录文献垃圾桶的想法。”(同书，第 6、10 页)外国人都有此虑及与认同，我们自己呢?

后，尤其是《孝经》系统、完整孝道理论的出现，中国孝文化的基本框架和内容，基本精神和特征，可以说已经大体成形了。在《孝经》之后，历朝历代的孝子孝行，政府与学者的崇扬，因为古代社会的稳定性、连续性的缘故，基本上都在《孝经》所阐述的要求和范围之内。当然，具体时代不同也有具体差异存在，但整体上是根本一致的。到底历朝历代的孝文化是怎样的一个情况呢，我们从下一讲开始穿越历史时空，进行连续转进的讨论，首先便是第六讲秦汉时期的孝文化。

第六讲　秦汉时期的孝文化

秦汉时期，是中国古代传统社会政治、经济、文化大一统的奠定时期，是两千年超稳定结构社会的开创时期。从中国孝文化的角度来看，这一时期的一些制度、举措，对此后的中国古代传统社会产生了重要影响。

一、“拿什么拯救你，我的国家”：从秦朝统一六国到汉代孝治天下

帝　皇　始　秦

呂氏春秋卷第一

孟春紀第一　本生　重己　貴公　去私

呂氏春秋訓解　高氏

一曰孟春之月日在營室昏參中旦尾中其日甲乙其帝太皞其神句芒其蟲鱗其音角律中太蔟其數八其味酸其臭羶其祀戶祭先脾

“秦王扫六合”，始皇帝统一六国、建立起一个君主专制的王朝后，虽然始皇帝与母后有过矛盾①，且大秦帝国二世而亡，但是先秦延续下

① 秦始皇的母亲乃丞相吕不韦早期爱妾，后献于始皇之父，生始 （转下页）

来的孝文化,还是有些分量的,除了丞相吕不韦召集门课为即将诞生的统一大帝国设计的政治蓝图、治国法典《吕氏春秋》(亦称《吕览》)中的重视外①,一个最为明显的例子是赵高谋害公子扶苏。秦始皇死后,赵高等人害怕扶苏即位执政,便伪造诏书,指责扶苏在边疆和将军蒙恬屯兵期间,“士卒多耗,无尺寸之功”、“上书直言诽谤”,“为人不孝”,乃逼其自杀,在这里,不孝成为赵高等诱逼扶苏自杀的一条理由,从反面印证了当时一般人对于孝道的重视程度。又,睡虎地秦墓楚简中所见《法律答问》规定:“免老告人以为不孝,谒杀,当三环之不?不当环,亟执勿失。”②意思是对不孝的子弟,不必经过三次原宥的手续,就可直接处置。这是先秦《管子》“不孝之罪,必诛之”的伦理观念和法令精神的保留与继承。但是反过来,子女如果状告父母,则官方予以劝解,若子女再告的话还可能获罪,这显然是对父母权力的维护。类似的法令及其精神,后世朝代中多有沿袭。

不过,无论如何不容忽视的是,秦朝比较而言,在官方意识形态的指导思想上,说实话确实无视礼义,西汉建立之后确立自己的执政思想是从总结秦亡的教训开始,秦王朝为何短命?人们感到一个极其重要

(接上页)皇帝,一般认为始皇为其母与吕不韦所生。始皇即位、吕不韦担任丞相后,其母仍不检束,吕不韦乃暗进嫪毐供其纵乐,后事发为始皇所不容,诛杀嫪毐,赐死吕不韦,并囚禁母后。齐人茅焦谒见始皇,劝说其与母后归好,始皇从其议。《战国策》卷六载秦始皇手下谋士顿弱见到秦始皇后说:“无其名又无其实者,王乃是也!已立为万乘,无孝之名,以千里养,无孝之实。”始皇悖然而怒,顿弱曰:“山东战国有六,威不掩于山东而掩于母,臣窃为大王不取也。”从而开始引出他的纵横说,但他说始皇“威不掩于山东而掩于母”,可见也对此有看法。

① 《吕氏春秋·劝学》称:“先王之教,莫荣于孝,莫显于忠。忠孝,人君人亲之所甚欲也;显荣,人子人臣之所甚愿也。然而人君人亲不得其所欲,人子人臣不得其所愿,此生于不知理义。不知义理,生于不学。学者师达而有材,吾未知其不为圣人。圣人之所在,则天下理焉。在右则右重,在左则左重,是故古之圣王未有不尊师者也。尊师则不论其贵贱贫富矣。若此则名号显矣,德行彰矣。故师之教也,不争轻重尊卑贫富,而争于道。其人苟可,其事无不可。所求尽得,所欲尽成,此生于得圣人。圣人生于疾学,不疾学而能为魁士名人者,未之尝有也。”惜夫吕不韦赍志以殁,蓝图终成画饼,未得于秦朝实际中指导并发挥之。

② 《睡虎地秦墓竹简·法律答问释文注释》,文物出版社 1990 年版,第 117 页。按,“免老”指六十岁以上的老人。

的原因就在于它反传统太过。汉初的政治家和思想家,几乎公认强秦覆亡的一个根本原因是“弃仁义”、“尚苛政”,因而都强调德治与教化对于维护和治理天下的不可或缺性。陆贾和贾谊是汉初力图复兴儒家“仁政德治”思想的代表。陆贾说“弃仁义必败”,“尚酷刑必亡”,“薄德者位危,去道者身亡”,将亡秦的教训归结为“用刑太极”和“不并仁义”。贾谊也认为,亡秦的教训在于“违礼义”、“弃伦理”、“灭四维”,并一语中的地将强秦的灭亡归结为“仁义不施,而攻守之势异也”。贾谊主张依据“仁义”来订立汉家的制度,用忠孝伦理来维护和巩固国家秩序,他说:“夫立君臣,等上下,使父子有礼,六亲有纪,此非天之所为也,人之所设也。”这里强调“父子有礼,六亲有纪”,表明有了亡秦的教训,时人再一次重视起儒家式的家庭血亲关系和孝道伦理了。经过一段时间的摸索和酝酿,西汉执政者终于选择了以儒家思想为主干同时兼采各家思想的适用部分以作为自己的治理思想,这其中,维护家族血缘关系的孝道伦理思想便是其重要的组成部分,而董仲舒的“三纲”学说,更可视为反映汉人对孝道伦理思想认识深化的代表性观点。本来,先秦法家韩非已经从政治的角度,把“臣事君,子事父,妻事夫”作为“天下之常道”,董仲舒发挥这一思想,并根据他阴阳五行学说中“阳尊阴卑”的理论,更明确地提出君为臣纲、父为子纲、夫为妻纲的“三纲说”,肯定了君臣、父子、夫妇之间的尊卑从属关系,并将这种关系说成是出于上天的、无所更改的。“三纲说”对后世影响深远,直到近代的五四新文化运动时期,才随着现代社会的转型而遭受今人的批判。

孝道伦理思想在西汉全面复兴的一个重要特征是“孝治天下”的治国实践与局面。《大学》曰:“所谓平天下在治国者,上老老而民兴孝,上长长而民兴弟,上恤孤而民不倍。”西汉的“孝治天下”可谓仿佛于此。从执政者层面来看,汉代帝王重视孝道无庸置疑,如西汉共历十三帝,除高祖及在位仅有

四年的第三代少帝恭和第四代少帝弘而外，其余十位皇帝的谥号，都冠有“孝”字，如孝惠帝、孝文帝、孝景帝、孝武帝等；东汉亦然，除光武帝及在位仅一年的第七代少帝懿之外，其余十一位皇帝的谥号也都冠有“孝”字。注《汉书》的颜师古说：“孝子善述父之志，故汉家之谥，自惠帝以下皆称孝也。”(《汉书·惠帝纪》)看来，汉代执政者是把孝道视作保证刘姓王朝长治久安的法宝，不仅皇帝本人要读《孝经》，还把《孝经》作为教育太子的必读之书，以深入体会孝道的思想实质，更好地继承和运用孝治天下的家传治国方法。这当中，通过养老活动及法律规定等措施，对于高龄的老人给予种种优待或特殊照顾，向全社会推行和强化孝道意识，最值得我们今日的政府用心学习、精心部署。1957 年和 1981 年，甘肃省武威县磨嘴子东汉墓中两次出土记载着优老、养老法令和案例的简册。有关的法令主要有：

1. 制诏御史：年七十以上，人所尊敬也，非首杀伤人，毋告劾也，毋所坐。年八十以上，生日久乎？年六十以上毋(无)子男为鲲，女子年六十以上毋(无)子男为寡，贾市毋租。

2. 制诏御史：年七十以上，杖王杖，比六百石，入官府不趋；吏民有敢殴辱者，逆不道，弃市。

3. 高皇帝以来至本始二年，朕甚哀怜耆老，高年赐王杖，上有鸠，使百姓望见之，比于节；吏民有敢骂詈殴辱者，逆不道；得出入官府节弟(廊第),行驰道中,列肆贾市,毋租。

4. 孤、独、盲、珠孺(侏儒),不属律(隶)人,吏毋得擅征召,狱讼毋得系。布告天下,使明知朕意。夫妻俱毋子男为独寡,田毋租,市毋赋。

上述诏令规定,在政治上,给老人赐给"王杖",顶端有鸠鸟的装饰,也称"鸠杖";享有六百石官吏的礼仪待遇;可以出入官府,不必行"趋走"之礼;可以在官家道路(驰道)上行走;官吏和百姓要尊敬老人,不得征召、指使或谩骂、殴辱;老人如有犯罪,不是为首杀人的话,可以免于起诉;吃官司可以不捆绑。在经济上,政府对老人免除劳役和租赋,允许他们从事商业经营活动,并免除赋税。在两份简册中,还记录了几个案例。一名叫吴赏的官吏,指使随从殴打了持有王杖的老人先,被判"弃市"处死。这些案例中共计有游击一人、亭长二人、乡啬夫二人、白衣民(平民)三人因违反尊老、优老的诏书令而被判处死刑。这种对老人加以保护和优待的律令,原则是积极的,应当予以肯定。

再者,孝治天下还有一个明显的标志,那就是汉代所首创并被后世朝代所沿用的孝廉制度。因为孝道品行突出、卓著,而被官方选拔、任用,这在古今中外的历史上,也应该算是比较有"中国特色"了吧。

二、孝廉:"中国特色"的选举制度

在正式了解孝廉制度之前,我们有必要借助已有学者们的研究先来认识一下中国式的人治,这对于更好地把握孝廉制度大有裨益:

尽管汉代已逐渐完善建立起详尽的刑法典,也建立了官僚机构对其加以巩固,但如果视其为中国文明已从人治(主要是礼)转向法治那就错了。家的喻意对理解中国所有社会——政治关系的作用再怎么说都不为夸大。用王德威类似语境下用的一个区分来说:理想的官员尤其是郡县一级,常常更多被视为争执的调停者(arbiter),而非法官(judge),因为他在这些情况下的任务是消除或至少减少两个或更多争端家庭的冲突,而非费尽心思确定手头的争端孰对孰错。后一审议方法的一个当代例子就是真理调解委员会(Truth and Reconciliation Commissions),如果首要目标是

> 真理，就要采取判决（adjudication），寻求惩戒（retributive）的正义；而如果强调的是调解，尽管仍要考虑到惩戒，但为能够复元（restorative）正义，就应关注调停（arbitration），安抚愤愤不平的双方，使他们能够彼此折中相处，将来不产生冲突。
>
> 政府不是亚里士多德那里减轻家庭（oikos）穷困的城邦（polis），而毋宁是个大家。正如我们所看到的，其主要作用，就是帮助各种小家（个体或全体）调控自身。①

如此看来，我们对于孔子的“亲亲互隐”以及后世相关法令的理解，又加深了一层，而孝廉制度，更可谓是政府以及官员作为一个孝道亲情“调停者”的适时产物。何谓孝廉制度？说白了，就是在整个社会中提倡孝道，褒奖孝悌，以孝道品行来选拔任用人才，并由其负责孝道亲情、民风民俗的调解与教化。据《汉书·高后纪》记载，高后元年，初置孝悌、力田各一人，禄二千石，这个“孝悌”当为新置的官名，以孝行素著者任之。《汉书·文帝纪》载文帝诏曰：“孝悌，天下之大顺也；力田，为生之本也；三老，民众之师也；廉吏，民之表也。朕甚嘉此二三大夫之行。”这表明汉文帝对孝道的提倡。汉代的国家政策浸透了孝的精神，褒奖孝悌之行成了国家和地方政府的常见日程，两汉时期，全国性的表彰孝悌就达几十次之多，地方性的褒奖更无从详计。② 这种对孝道的提倡，其目的当然是为了以孝化民，建立社会伦理秩序。孝廉制度就是在此大的背景下产生并形成的。

《汉书·武帝纪》载：“元光元年，冬十一月，初令郡国举孝廉各一人。”这是由郡守从所辖境内挑选孝悌清廉者推荐给中央政府，由中央政府任用授官，被推荐者便被称作“孝廉”。这种以孝道品行选拔任用人才并非一时的心血来潮，它是与孝治天下的基本国策相适应的。举孝廉之人在仕进前本已孝名在外，成为政府官员后自然极力推行孝治、孝化，所以宋人徐天麟说，汉代“得人之盛，则莫如孝廉，斯为后世所不能及”（《东汉会要·选举上》）。而行孝能够打开仕途这一事实本身，对

---

① 《生民之本——〈孝经〉的哲学诠释及英译》，第 35—36 页。

② 依据孙筱《汉代“孝”的观念的变化》（《孔子研究》1988 年第 3 期）一文所述。

于民众所产生的导向作用，更不是一般性的宣传所能起到的。比如虽然政府倡导举孝廉，但是起初各地对此似乎并没有下太大的工夫，执行不甚有力，汉武帝颇为不悦："今或至阖郡而不荐一人，是化不下究，而积行之君子雍于上闻也。二千石官长纪纲人伦，将何以佐朕烛幽隐，劝元元，厉蒸庶，崇乡党之训哉?!"（《汉书·武帝纪》）乃至于诏使"议不举者罪"，显然是把这一过失记在为政者的头上。后经有司奏议，免去不察廉之罚，但是"不举孝，不奉诏，当以不敬论"，对地方孝道孝行不进行举荐的，还是要处置。后来随着举孝廉逐步推行开来，渐有沽名钓誉、欺世盗名者，比如我们大家熟知的那句话："举秀才，不知书；举孝廉，父别居。"后半句就是讽刺这类人的，遂又对此加以限制："令郡国举孝廉，限年四十以上，诸生通章句，文吏能笺奏，乃得应选。"以后这种"举孝廉"之法乃成定制，如荀爽所说，"汉制，使天下皆诵《孝经》，选吏则举孝廉，以孝为务也"（《后汉书·荀爽传》），成了汉代重要的仕进途径之一。据《汉书》列传，孟喜、京房、王吉、师丹等著名人物，入仕之初均以举孝廉为郎。

那么孝廉具体的职责和工作是什么呢？简单来说，就是以其为人称道的孝道品行示范百姓，引导百姓践行孝道，并调解家庭亲情矛盾、教化不孝逆子。毕竟家庭是讲情理的地方，能不动用法律便不动用，将矛盾尽量消化在礼制之内。《后汉书·仇览传》注引中记载了一个故事，很可为我们说明孝廉平时是如何调解家庭亲情矛盾、教化不孝逆子的。仇览即使在家自居，他也一定用礼法严格要求自己，妻子儿女有过失，他就脱帽（表示犯过失）自责，妻子儿女在院中道歉，等到仇览戴上帽子，才敢走进房屋。家人没有谁见过他因喜怒在说话声音和脸色上表现出的不同。有个叫陈远的人，与母亲居住，可是他的母亲到仇览处控告陈元不孝。仇览吃惊地说："我近日经过你们家，看到房屋很整齐，田地按时耕耘，这个人不是恶人，应当是有教育感化没有做到罢了，你作为母亲守寡养育孤儿，自己受苦接近年老，怎么能因一时发泄愤怒，把不讲孝道之名送给儿子呢?"这位母亲听了很感动、很后悔，流着泪离开了。仇览就亲自到陈元家，和他们母子饮酒，乘机向陈元讲述子女孝敬父母的人伦道德行为，用祸福之类的话使他领会，陈元终于在他的感悟下成为孝子。有个人叫王涣，政事崇尚严厉，听到仇览用道德感化人，委任仇览当主簿，他对仇览说："你听到陈元的过错，不治罪而感化他，莫非缺少鹰鹯一样的威猛心志吧?!"仇览说:"我以为鹰鹯虽威猛,但不如鸾凤美好。"王涣致谢并在送走他时说:"棕树荆棘不是鸾凤栖息之处,百里之路哪里是你这样的大贤人走的呢?(意为其前程远大)现在太学中那些人拖着长长的衣襟,名誉飞扬,都在你之后罢了,我拿一个月的俸禄作为奖励,勉励你最终成就崇高的品德!"像仇览这样的调解亲情矛盾、感化不孝子女的事例,历朝历代正史上都不乏其人,充分体现出孝廉或者说官方孝治天下名目下礼顺家庭与社会的意义之所在。

总之,汉代创始的孝廉制度为后世所继承,虽在隋唐时曾一度废止,但至宋、明又复其旧,清代则改称"孝廉方正",足见这一"中国特色"选举制度影响之深远。

三、避讳:"中国特色"的孝敬心理

"驾鹤西去"什么意思?"遽归道山"什么意思?其实都是说"离开了我们","到另一个世界去了",也就是人人所不愿谈的"死"而已。对于这样的不愿谈及的词汇,用其他的表述方法传达,这其实就是一种避讳的文化现象。

中国人对于避讳特别地有讲究,避讳的内容和方式多种多样:有因不吉利、不愿谈及而避讳的,"驾鹤西去"、"遽归道山"即是典型;也有因尊敬长辈、君上而避讳的,这后一种,便反映了"中国特色"的孝敬心理。我们都知道,与西方国家不同,中国人从不直呼父母长辈的名字,古时如此,今天依然。中国人对父母长辈的称谓,要么径呼爸、妈、叔、姨,要么姓氏加称谓,叫刘叔叔、孙阿姨、许老师,单位里也是如此,年纪大些的称其张师傅,年纪轻的可以喊小张,却不可以喊比自己年长的为老张。凡此种种,其实都是中国孝文化潜在的影响。《白虎通义·姓名》说"臣子不言其君父之名",因为父母长辈以及君上老师都是尊者、贵者,应尊敬之,体现在名字称谓上,便要避开、讳谈,不能直接称呼。中国古代(直到近代)人的名字严格来说是由"名"和"字"共同组成的,名是出生后父母所起,为父母长辈和自己称呼所用,字是成人之后所起,供别人称呼自己所用,名和字往往意思相对应,如诸葛亮,字孔明,"亮"和"明"同义。所以,按照古代礼法,只有父母长辈可以直呼其名,一般平辈的人只能敬称其字。比如《论语》中孔子称其爱徒颜回为"回",这是颜回的名,颜回字渊,所以别人则称他颜渊。这一套讲究,今天显然已不存在,但是当我们了解中国孝文化时,对此还是要给予相应的注意。

比如"正月",我们今天都读作"正(zhēng)月",可是除此之外,"正"都读 zhèng 呀,正反、正面、正史、正事、正式、正是、正常等等,为什么"正月"就读成 zhēng 了呢？这就和秦始皇"赢政"有关系了。从秦始皇开始,规定了"朕"为皇帝专用自称,以前普通人皆可使用"朕"字自称的时代从此一去不返;与此相关的还有很多方面,而对于皇帝名字的避讳,便是其中之一,不仅要避开皇帝名字的那个字,就是读音相同也最好要避开。秦始皇名字叫"赢政","政"和"正月"的"正"同读 zhèng,对始皇来说极为不悦,故而下令"正月"的"正"不得读为 zhèng,改读 zhēng。从那时到现在便已经约定俗成,今天再要我们读成"正(zhèng)月"的话,反倒还有些拗口不顺呢!

再比如说嫦娥。这位美丽仙者原不叫嫦娥,而是姮(héng)娥,她的改名,则与汉文帝有关。汉文帝名叫刘恒,"姮"与"恒"同音,因此便改作嫦娥,取常与恒(长久)近义,这是用近义词替换的避讳法。这一方法比较常用,如西汉淮南王刘安父亲叫刘长,淮南王刘安在组织编写《淮南子》时引用《老子》"长短相形",乃改作"短修相形",修就是长的意思,如身材修长等等,这样一改换,便避开了家讳。汉高祖叫刘邦,汉代典籍里便常把"邦"改为"国",邦就是国、国就是邦,我们现在还说"治国安邦",可见其意思是对应的。类似的避讳现象从古到今(晚清),各朝各代都有,甚至形成了文献整理与研究中的"避讳学",在很多情况下还有助于某些学术问题的探讨和解决。①

四、"杀父之仇,不共戴天":"中国特色"的礼法冲突

"杀父之仇,不共戴天",这是中国人非常熟悉的一句话,在中国古代社会,由此而造成的血亲复仇比比皆是,从而也形成了"中国特色"的

① 最容易理解的,比如传世或者出土的某本典籍其作者与写作时代不甚明确,只知大概历史时期,此时根据其中避讳的字句(特别是涉及皇帝名字的"国讳"),往往可以将写作时间进一步具体化至某位皇帝时期,这对于典籍文献的内容、思想等学术问题的研究甚有帮助。

礼法冲突。《太平御览》卷四百八十一《仇雠上》载：

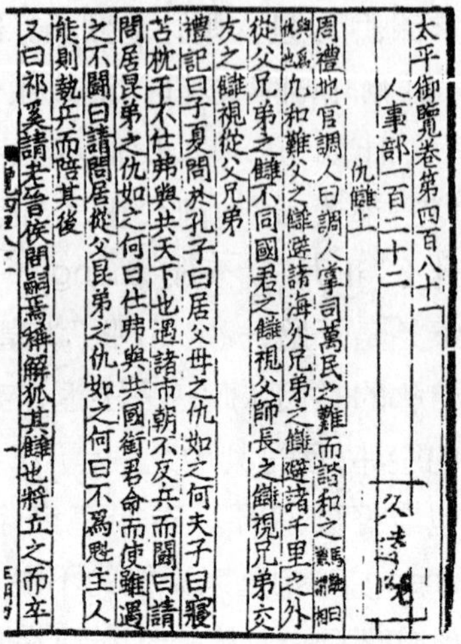

太平御覽卷第四百八十一
人事部一百二十二
仇讎上
周禮地官調人曰調人掌司萬民之難而諧和之（馬融曰難相與為仇讎也）九和難父之讎避諸海外兄弟之讎避諸千里之外從父兄弟之讎不同國君之讎視父師長之讎視兄弟交友之讎視從父兄弟
禮記曰子夏問於孔子曰居父母之仇如之何夫子曰寢苫枕干不仕弗與共天下也遇諸市朝不反兵而鬭曰請問居昆弟之仇如之何曰仕弗與共國銜君命而使雖遇之不鬭曰請問居從父昆弟之仇如之何曰不為魁主人能則執兵而陪其後
又曰祁奚請老晉侯問嗣焉稱解狐其讎也將立之而卒

《周礼·地官·调人》曰：调人，掌司万民之难而谐和之。（马融曰：难，谓相与为仇也。）凡和难：父之雠，避诸海外；兄弟之雠，避诸千里之外；从父兄弟之雠，不同国；君之雠视父，师长之雠视兄弟，交友之雠视从父兄弟。

《礼记》曰：子夏问于孔子曰："居父母之雠，如之何？"夫子曰："寝苫，枕干，不仕，弗与共天下也。遇诸市朝，不反兵而斗。"曰："请问居昆弟之仇如之何？"曰："仕，弗与共国。衔君命而使，虽遇之不斗。"曰："请问居从父昆弟之仇，如之何？"曰："不为魁。主人能，则执兵而陪其后。"

两处内容大同小异，都反映出父之仇、兄弟之仇等的报复原则，特别是父之仇"遇诸市朝，不反兵而斗"，更明显地体现出必须的坚定性。《太平御览》卷四百八十二《仇雠下》载：

《淮南子》曰：鲁人有为其父报雠于齐者，刳其腹而见其心，坐而拭冠，起而更衣，徐出门，上车而步，颜色不变。其御欲驱，抚而止之曰："为父报雠以出死，非为生也。今事已成矣，有何去之?!"追者曰："此有节行之士，不可杀也！"解围而去之。

师觉授《孝子传》曰：仲子崔者，仲由之子也。初，子路仕卫，赴蒯聩之乱。卫人狐黡，时守门，杀子路。子崔既长，告孔子，欲报父雠。夫子曰："行矣！"子崔即行。黡知之，于城西决战。其日，黡持蒲弓木戟与子崔战而死。

这是春秋时期两个孝子复仇的记录，前者描写生动，从容不迫；后者为子路之子，从内容上看且得到孔子的许可，亦说明为亲复仇似乎确为孝子所必须。至于秦女休为宗族复仇，自然也属于这一范畴。曹魏诗人左延年首创的乐府诗题《秦女休行》中，叙说了一个烈妇秦女休为父族复仇之事：

始出上西门，遥望秦氏庐。秦氏有好女，自名为女休。休年十四五，为宗行报仇。左执白杨刃，右据宛鲁矛。仇家便东南，仆僵秦女休。女休西上山，上山四五里。关吏呵问女休，女休前置辞："生为燕王妇，于今为诏狱囚。平生衣参差，当今无领襦。明知杀人当死，兄言怏怏，弟言无道忧。女休坚词为宗报仇，死不疑！"杀人都市中，徼我都巷西。丞卿罗列东向坐，女休凄凄曳梏前。两徒夹我持刀，刀五尺余。刀未下，朣胧击鼓赦书下。

这是一首歌行体乐府诗，形式比较自由，以五、七、杂言相兼而成。关于此诗主旨，郭茂倩《乐府诗集》卷六十一于诗前题辞云："大略言女休为燕王妇，为宗报仇，杀人都市，虽被囚系，终以赦宥，得宽刑戮也。"因此，从内容上来看，这是一首描述一位女子豪雄事迹的叙事诗。该诗可谓戏剧性的变化收束结尾，在五尺余长的屠刀即将砍下的千钧一发之际，伴随着"朣胧"击鼓之声而下达的"赦书"何等及时！这是在绝望中顿生希望，于昏暗时突现光明，既含蓄灵动，又点明了崇善辟恶的主题。后来唐代大诗人李白由此亦赋诗一首《秦女休行》：

西门秦氏女，秀色如琼花。手挥白杨刀，清昼杀仇家。罗袖洒赤血，英气凌紫霞。直上西山去，关吏相邀遮。婿为燕国王，身被诏狱加。犯刑若履虎，不畏落爪牙。素颈未及断，摧眉伏泥沙。金鸡忽放赦，大辟得宽赊。何惭聂政姊，万古共惊嗟！（《李太白文集》卷四）

到了汉代，这样的"秦女休"、"聂政姊"续有其人，那就是《后汉书·烈女传》中的"女侠客"赵娥。[①] 赵娥的父亲赵君安被禄福县豪强李寿

---

① 《后汉书·烈女传》中有"二娥"——曹娥与赵娥。曹娥的孝行为："孝女曹娥者，会稽上虞人也。父盱，能弦歌，为巫祝。汉安二年五月五日，于县江溯涛婆娑迎神，溺死，不得尸骸。娥年十四，乃沿江号哭，昼夜不绝声，旬有七日，遂投江而死。至元嘉元年，县长度尚改葬娥于江南道傍，为立碑焉。"汉代孝女投江寻尸的事例很多，以曹娥的影响为最大，今日的浙江曹娥江即因其孝行而命名。它如四川的叔先雄，史载："孝女叔先雄者，犍为人也。父泥和，永建初为县功曹。县长遣泥和拜檄谒巴郡太守，乘船堕湍水物故，尸丧不归。雄感念怨痛，号泣昼夜，心不图存，常有自沉之计。所生男女二人，并数岁，雄乃各作囊，盛珠环以系儿，数为诀别之辞。家人每防闲之，经百许日后稍懈，雄因乘小船，于父堕处恸哭，遂自投水死。弟贤，其夕梦雄告之：'却后六日，当共父同出。'至期伺之，果与父相持，浮于江上。郡县表言，为雄立碑，图象其形焉。"（《后汉书·烈女传》，并见（转下页）

杀害,三个弟弟都立志为其父报仇雪恨,不料却相继死于瘟疫。李寿与同宗族人庆贺,对众人说:"赵家强壮绝尽,只有女弱,何足复仇?!"赵娥儿子把听到的狂言告诉了母亲。素有报仇之心的赵娥,听到了李寿的狂言,愤怒地说:"李寿,你不要高兴的太早,我决不让你继续为非作歹,我总有一天会杀了你,雪洗赵家门户的羞辱!"她暗怀愤恨,身藏利刃,昼夜哀叹,准备报仇。李寿得知之后,心中畏惧,不由得严加提防。

邻居徐氏妇人担心赵娥杀不了李寿,反被李寿所害,多次劝解她:"李寿本来就很凶恶,如今又常骑马带刀,你虽有强烈报仇雪恨的志气,只怕强弱悬殊不能敌,反遭门户破灭之祸,悲残和屈辱更会加重,望你慎重举动,要为赵家门户着想。"赵娥说:"父仇不报,人活着有什么意义?今虽三个弟弟早死,门户无人顶立,但我还在,难道依靠别人去报仇?!若以卿心况我,则李寿不可得杀;论我之心,李寿必为我所杀!"看着常常夜间磨刀、扼腕切齿、悲涕长叹的赵娥,家人及乡里都窃笑她。她对周围的人说:"你们都笑话我女弱,无力杀李寿,到时候,我定将李寿的头取来,血染此刀刃,让你们看看!"赵娥从此放弃家事,乘车伺机等候李寿出现。

灵帝光和二年(179)二月上旬的一天早晨,赵娥终于在都亭前与李寿相遇,她立即跳下车牵住李寿的马,叱责李寿。李寿惊愕,回马欲走,赵娥奋力挥刀砍去,马受伤而惊,将李寿摔在道旁沟里,赵娥找到李寿,就地砍去,却砍在了沟旁一棵树上,因用力过猛,刀刃、树干都折断。李寿受伤,赵娥随即挺身奋起左手抵住他的额头,右手卡住他的喉咙,反复周旋,最终李寿气闭,顺手而倒。赵娥遂拔出李寿的刀,割下头来,拿

(接上页)于《搜神记》卷十一)叔先雄的父亲叔先泥和在东汉永建初年担任县里的功曹。一次,县令派叔先泥和去拜见巴郡太守,进呈文书,却在湍急的护城河中落水而死,尸体也被冲走了。叔先雄悲痛得号啕大哭,连性命也不想要了。当时叔先雄有两个儿子,她就给他们每人做了一个绣花的香袋,拿黄金珠宝饰品装在里面,预先给两个儿子挂上。数次要去投水,家里人都防备着她。过了一百多天,家人的看护稍稍松懈了,叔先雄就乘了一条小船,在父亲落水的地方跳下去了。当晚,她弟弟叔先贤梦见姐姐托梦说:"再过六天,我和父亲一起出来。"到了那一天,叔先雄果然与父亲一起浮在了河面上。郡守知道此事,就为叔先雄立了碑,把她的形象画在碑上,让人们知道她的事迹。

到都亭尊长面前，认罪服法，缓缓步入监狱，辞别时脸色不变。当时禄福长尹嘉，不忍心给赵娥判罪，便解了印绶，辞去官职，驰法纵之。赵娥说："仇不报，怨气能把人憋死。依法论罪，是君子常有的典范，我怎么敢贪生怕死，以枉官法?!"同乡人听到这件事，都向城里跑来，为赵娥的烈义行为悲喜、慷慨、感叹。守尉不敢公开释放赵娥，便暗里让赵娥走去自匿，赵娥高声抗争说："枉法逃死，不是我的本意，如今仇人已杀，犯了死罪，请求你们依法收我入狱，以保国法的执行，即使再有万死，对我来说也很满意!"守尉不听劝告，赵娥又说："我虽然渺小，但还懂法律，杀人之罪，国法难容，如今既然犯罪，无理可逃，请求论罪惩处，用我的尸首在街市上示众，肃明国法，这就是我的愿望!"表情严厉，毫无惧色。守尉知道赵娥很难顺从，就强迫她回家，赵娥仍坚持已见，毫不服从。守尉无奈，只得收她入狱。后来，遇到大赦，赵娥获释，被送回。凉州刺史周洪、酒泉太守刘班等人，共同上表朝廷，禀奏赵娥的烈义行为，刻石立碑显其赵家门户。太常宏农张奂等显贵登门看望，赠予二十段束帛，以此勉励。各地听到赵娥大义的人，都纷纷赞美她的高尚、伟大。黄门侍郎还著书追述赵娥的事迹，为其作传，西晋政治家傅玄亦为其作《秦女休行》诗，加以赞美：

庞氏有烈妇，义声驰雍凉。父母家有重怨，仇人暴且强。虽有男兄弟，志弱不能当。烈女念此痛，丹心为寸伤。外若无意者，内潜思无方。白日入都市，怨家如平常。匿剑藏白刃，一奋寻身僵。身首为之异处，伏尸列肆旁。肉与土合成泥，洒血溅飞梁。猛气上干云霓，仇党失守为披攘。一市称烈义，观者收泪并慨慷："百男何当益，不如一女良!"烈女直造县门，云："父不幸遭祸殃。今

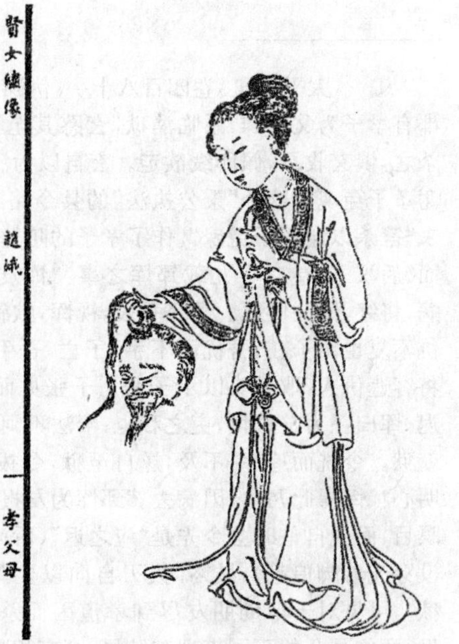

仇身以分裂，虽死情益扬。杀人当伏法，义不苟活隳旧章！”县令解印绶：“令我伤心不忍听！”刑部垂头塞耳：“令我吏举不能成！”烈著希代之绩，义立无穷之名。夫家同受其祚，子子孙孙咸享其荣。今我弦歌咏高风，激扬壮发悲且清！（《乐府诗集》卷六十一）

总之，不报仇的话，为人子者不孝，但是一而再、再而三地复仇，又导致杀伤不止，与王法规定不合。那么，当面对这一情形时，当事人与政府各是怎样的态度呢？大量的史料证明，当面对这一情形时，受害人子女往往会竭尽全力为父母报仇，作为子女，绝对不能允许杀害父母的人活在世上，要么杀死仇人，要么被仇人杀死，能否报父母之仇，是孝与不孝的试金石，复仇者大多深得民众同情与赞赏；而政府从维护社会治安角度讲，显然不鼓励这样的举动，可是迫于民情舆论压力，特别是这个问题涉及孝道亲情伦理的维系，官方往往对复仇者不予惩罚、追究，更甚者还有的进行旌表。①《后汉书》中赵娥复仇的这个故事便极具代表性。再如《后汉书》卷五十三所载父亲去世后哀伤异常、十多年时间里不喝酒吃肉的申屠蟠，其同县女子缑玉为父亲报仇杀了人，县令梁配想要判罪处死缑玉。申屠蟠当时十五岁，是县学的一名学生，向县令进言规劝说：“缑玉的节操和义行，足够用来感动和激励那些不知廉耻甘

① 《太平御览》卷四百八十一《仇雠上》引谢承《后汉书》曰：“桥玄迁齐国相。郡有孝子为父报雠，系临淄狱，玄愍其至孝，欲上谳减罪。县令路芝酷烈苛暴，因杀之，惧玄收录，佩印绶欲走。玄自以为深负孝子，捕得芝，束缚藉械以还，笞杀以谢孝子冤魂。”这个“秉公执法”的县令路芝竟被“自以为深负孝子”的桥玄抓了回来“笞杀以谢孝子冤魂”，作了孝子的陪葬“垫背”，真可谓此类事情的极端案例了！而《后汉书》卷二十九载郅恽之事：“恽友人董子张者，父先为乡人所害。及子张病，将终，恽往候之。子张垂殁，视恽，歔欷不能言。恽曰：‘吾知子不悲天命，而痛仇不复也。子在，吾忧而不手；子亡，吾手而不忧也。’子张但目击而已。恽即起，将客遮仇人，取其头以示子张。子张见而气绝。恽因而诣县，以状自首。令应之迟，恽曰：‘为友报仇，吏之私也；奉法不阿，君之义也。亏君以生，非臣节也。’趋出就狱。令跣而追恽，不及，遂自至狱，令拔刃自向以要恽曰：‘子不从我出，敢以死明心！’恽得此乃出，因病去。”郅恽为友报仇，是因为朋友董子张“痛仇不复”、死不瞑目，而他自首时县令先是“应之迟”（看来他对此不想过问），继而“跣而追”（鞋都没穿光着脚追赶），最终“拔刃自向以要”（拔出刀来向自己比划要挟郅恽跟他出狱），可见对于帮助朋友尽到孝道因而杀人复仇者，亦在可敬可恕范围内。在这里，两位县令的不同表现和结局，真有相映见趣之妙。

受羞辱的后辈，即使不能碰上政治清明的时代，也应当在她的坟墓上立上牌坊来表彰她的行为，何况在耳聪善听、从谏如流的时代，反而不加以怜悯同情了呢?!”县令梁配认为他的话很好，于是替缑氏女子重新审判定罪，使她得以减免死罪，同乡人都称赞申屠蟠的义行。这里面反映出的官方、民众态度都足以说明这一问题。通过此类案例，我们意识到，这种孝道与国法的难以明晰、左右为难的现象，始终是传统社会较长时间内一直存在的症结，尤其是在中下层的群体当中。这是传统社会无法自我解决的孝道问题之一。

五、“二十四孝”故事中的帝王与平民

（一）文帝亲尝汤药

《二十四孝》中文帝亲尝汤药的故事为：

> 前汉文帝，名恒，高祖第四子，初封代王。生母薄太后，帝奉养无怠。母常病，三年，帝目不交睫，衣不解带，汤药非口亲尝弗进。仁孝闻天下。诗曰：仁孝临天下，巍巍冠百王。莫庭事贤母，汤药必亲尝。

汉文帝即位之后，没有一点骄慢之气，侍奉生母薄太后非常殷勤体贴。薄太后有一次生病，一病三年不起，文帝尽心尽力在床前照顾，几乎没有很好地睡过一觉。有时连衣服也不解开，以备母亲随时召唤。每当汤药煎好了，给母亲喝之前，文帝都要自己先尝一尝，然后才送给母亲服用。[①] 薄太后看在眼里，暖在心里，很感动，也很心疼自己的儿子，就说：“宫里这么多人，都可以照顾我，你不要这么辛苦操劳了，而我

① 有说这是体味药的火候是不是适中，会不会太苦，或者是太烫；有说这是因为古代中医发展过程中，处于摸索总结阶段，为防止中药因误差或者比例程度不同而造成中毒等不良反应，做子女的要先尝一下，以尽孝心。盖以后一种说法为是。

的病又不是三两天就能好的。以后叫宫女们服侍我就可以了。”文帝跪下来对母亲说：“如果孩儿不能在您有生之年，亲自替您做点事，那要什么时候才有机会报答您的养育之恩呢？！”躬行仁孝的文帝，其孝道孝行传遍了四方，感化了官员和百姓，虽贵为天子，却成为久病床前的孝子。他的耐心、他的柔和、他的勤劳、他的体贴，真正做到《弟子规》中所说的“亲有疾，药先尝，昼夜侍，不离床”。为政不在多言，《论语·子路》中说“其身正，不令而行；其身不正，虽令不从”，当时天下大治，中国历史上有名的“文景之治”正是说的文帝开创、其子景帝承继的这一历史时期，原因固然是多方面的，谁又能说这其中可以忽略文帝孝道孝行、“孝治天下”的影响呢？！

（二）江革巨孝、蔡顺拾葚、郭巨埋儿、董永卖身葬父、黄香扇枕温席、丁兰刻木事亲、姜诗涌泉跃鲤

汉代，除了“亲尝汤药”的文帝外，还有七人的故事被编入《二十四孝》中，他们的孝道孝行故事被后世广为流传，在中国历史上产生过重要影响。

1. 江革巨孝

江革是汉末山东临淄人，早年丧父，奉母至孝。为避战乱，背着年迈的母亲逃难。路遇强盗，欲杀江革，江革哭告，有老母无人奉养，强盗感其孝，放其生还，江革背着母亲最后在下邳定居下来。为了生活，他到一家人家当佣人，供养老母。后来他又背着母亲回到老家临淄。母亲有事外出，他必定亲自驾车缓缓前行。江革背母、行佣供母、拉车侍母的孝行很快在天下流传开来，人称其“江巨孝”。

2. 蔡顺拾葚

汉代的时候，有个平民叫蔡顺，父亲早去世了，他奉侍母亲非常孝顺。当时，天下大乱，又逢年岁饥荒，收成不好，缺乏粮食，蔡顺只好到野外采些桑葚果给母亲吃。采桑葚时，他总是带着两个篮子来分装。

有一次正在采桑葚时，遇到强盗。强盗好奇地问他："你采的果子为什么用两个篮子分装？这样子不是很麻烦吗？为什不装在一起呢？"蔡顺回答说："黑色的桑葚已经成熟了，比较甜，是给母亲吃的；红色的还没有熟透，比较酸，是留给我自己吃的。所以要分装两个篮子。"强盗听了之后很感动，也很同情蔡顺，不但没有抢劫他，还送他三斗白米和一些肉，但蔡顺没有接受，婉然谢绝了。《后汉书》卷三十九《周磐传》附载其事更详，几乎集曾子"啮指痛心"、王裒"闻雷泣墓"的事迹于一身：

蔡顺，字君仲，亦以至孝称。顺少孤，养母。尝出求薪，有客卒至，母望顺不还，乃噬其指，顺即心动，弃薪驰归，跪问其故。母曰："有急客来，吾噬指以悟汝耳。"母年九十，以寿终。未及得葬，里中灾，火将逼其舍，顺抱伏棺柩，号哭叫天，火遂越烧它室，顺独得免。太守韩崇召为东阁祭酒。母平生畏雷，自亡后，每有雷震，顺辄圜冢泣，曰："顺在此！"崇闻之，每雷辄为差车马到墓所。后太守鲍众举孝廉，顺不能远离坟墓，遂不就。年八十，终于家。

蔡顺孝敬母亲的心行，虽遇饥荒之年而分毫不改，有些人在顺境之中，能孝敬父母，在逆境中、在困难当中就不行了，我们看到蔡顺的故事，或许当会惭愧和反省吧。特别是蔡顺把桑葚区分为熟的味甜的和生的味酸的，尤其让我们动心，无论何时何地，在吃好的、穿好的、用好的同时，能够把父母时刻放在心上，设身处地的替他们着想，有此孝心，大概父母即使只是吃生的味酸的桑葚，其实心里也是熟的味甜的感受！套用到今天，我们在买水果、做饭菜时，是不是只挑选自己爱吃的水果、只注重自己爱吃的咸淡呢？每一个人其实都可以平心想想。另外，在这个故事中，我们也看到孝是人之善性，它最能感化人，强盗本是要抢劫东西的，可是遇到奉行孝为立身之本的孝子蔡顺，他们不仅不抢劫，还生恭敬心，主动献出东西，由此，可以体会到《孝经》所说的："夫孝，德之本也，教之所由生也。"

3. 郭巨埋儿

汉朝有个大孝子叫郭巨，为人老实正直，但是家境却非常贫穷，一家四口只挤在一间破茅草屋里。但他仍然很孝顺，诚心诚意的侍奉自己的老母亲。妻子受他的影响，对待婆婆也是一片真心。夫妻两个人就这样天天节衣缩食地让老母亲吃饱穿暖，自己却舍不得乱花一分钱。他们有一个三岁的儿子叫郭启明，每天都和大人吃的一样简单，郭巨的老母亲看后不忍心，每次有好吃的时候都要从自己的碗里拨出一部分给小孙孙吃，小家伙三两口便将奶奶给自己的东西吃光了，老母亲的碗里却是空了。郭巨看到这情景连忙把儿子赶下饭桌，妻子看见这心痛的一幕，也连忙安慰儿子说："下回奶奶再给你东西，你就说你吃饱了。"小孩嘴里答应好好的，可是每次奶奶给吃的时候，他还是照吃不误。郭巨看到后就对自己的妻子说："家里太穷了，本来就没有好吃的供养老母亲，可是这孩子不懂事情，还要分吃母亲的食品，长此下去，母亲怎能支持得住呢？我想，咱们将儿子埋掉吧，就没人分吃母亲的食物了，这样老人家兴许能多活几年。"面对郭巨这出人意料的想法，悲伤的妻子说什么都不答应，郭巨说："你我都年轻，日子好了以后还可以再生，母亲万一有个三长两短的，如何是好?!"最终，妻子执拗不过他，无奈之下答应把儿子郭启明埋掉。这天，夫妻俩人给孩子做了一顿好吃的，这次是真真切切的给儿子做的一顿好吃的饱饭，然后就抱着儿子往门外走。一路上夫妻俩看着天真可爱、童真无邪的儿子，涕泪涟涟，心如刀割，可是为了孝敬母亲，不把儿子埋掉不行啊！很快，他们来到了一片树林，郭巨找到了一块空地，挥舞着锄头就去挖坑，他要把自己的亲生儿子埋在此地，那每一榔头刨下去，都像刨在自己的心头上般疼痛难忍！谁知，当他挖到一米多深的地方，突然"咣当"一声，挖出了一个陶罐，他上前打开一看，里面装满了沉甸甸的发着金黄光芒的金元宝。元宝上面还刻有几个字："天赐孝子郭巨，官不得取，民不得夺。"即是说苍天被你郭巨的孝顺之情所感动,此元宝专赐郭巨,官不可取,民不可夺。郭巨大喜过望,没想到自己的一片孝心居然感动了上天,夫妻俩由悲转喜,抱起儿子、拿着陶罐回家了。从此郭巨和妻子对母亲更加孝顺,并决心用赤诚的孝心和恭敬的行为来感谢老天的恩赐。而郭巨的孝名更是传遍了天下,当时,郭巨为感念天恩,曾在挖出金子的地方修建了座"慈仁寺",后人又在此建了一座"郭巨塔",以示纪念。

这个故事在今人的眼里看来,实在是不合理,有人就说郭巨的母亲如果知道此事,肯定不愿再吃那好吃的食物,她无论如何也不会接受孙儿被埋的做法,这样的话,又怎么算得上是孝呢?!鲁迅在《二十四孝图》一文中谈到郭巨埋儿的故事时,回忆自己儿时读《二十四孝》时的感受,并以其极具个人特色的文笔写道:

> 至于玩着"摇咕咚"的郭巨的儿子,却实在值得同情。他被抱在他母亲的臂膊上,高高兴兴地笑着;他的父亲却正在掘窟窿,要将他埋掉了。……我最初实在替这孩子捏一把汗,待到掘出黄金一釜,这才觉得轻松。然而我已经不但自己不敢再想做孝子,并且怕我父亲去做孝子了。家境正在坏下去,常听到父母愁柴米;祖母又老了,倘使我的父亲竟学了郭巨,那么,该埋的不正是我么?如果一丝不走样,也掘出一釜黄金来,那自然是如天之福,但是,那时我虽然年纪小,似乎也明白天下未必有这样的巧事。
>
> ……彼时我委实有点害怕:掘好深坑,不见黄金,连"摇咕咚"一同埋下去,盖上土,踏得实实的,又有什么法子可想呢。我想,事情虽然未必实现,但我从此总怕听到我的父母愁穷,怕看见我的白发的祖母,总觉得她是和我不两立,至少,也是一个和我的生命有些妨碍的人。后来这印象日见其淡了,但总有一些留遗,一直到她去世——这大概是送给《二十四孝图》的儒者所万料不到的罢。[①]

---

① 《鲁迅全集》第二卷《朝花夕拾》,人民文学出版社 2005 年版,第 262—264 页。

读来不禁令人哑然，却也确实让人深思。①

4. 董永卖身葬父

董永原本是山东高宛县人，东汉末年，地方割据，盗贼四起，董永看到山东不太平，就带着年迈的父亲，到湖北德安避难。没过多久，董父得了重病，请医吃药毫无效果，离开了人世。董永悲痛不已，因为自己为避难漂泊之身，哪里有钱买棺埋葬父亲呢？实在无计可施。当地有位姓裴的员外，闻而怜之，就借钱给他，让他买棺安葬了父亲，而董永则从此卖身为奴，进了裴家。一天，董永奉主人之命，外出办事。在办完事回来的路上，遇到一个丰姿美貌的少妇。少妇流露真情地说："你没有娶妻，还是一个光棍；我是个被丈夫离弃的少妇，能否给你做妻子？"董永是个老实人，在当时社会来讲是个忠仆。他回答这位少妇说："这件事，我自己不敢作主，须禀告主人。"董永便带着这个少妇，一同返回裴家。裴翁欣然为他们婚姻作主配成夫妻，但要让他们在一百天内，织出三百匹绢布赎身，做自由的农人。从这天起，少妇日夜纺织绢布，快速异常，非常人可及。在一百天的前一天，将三百匹绢布交给裴翁，裴翁按照他自己说的诺言，把董永的卖身契退还给他。从此，董永成了自由的农人。没想到董永刚脱离奴籍，少妇忽然向董永告别，说她马上要走了。董永哭着说："你为我赎身的恩德，我还没有来得及报答，你怎么就抛下我走呢?!"

① 《宋书·孝义传》："郭世道，会稽永兴人也。生而失母，父更娶，世道事父及后母，孝道淳备。年十四，又丧父，居丧过礼，殆不胜丧。家贫，无产业，佣力以养继母。妇生一男，夫妻共议曰：'勤身供养，力犹不足，若养此儿，则所费者大。'乃垂泣瘗之。母亡，负土成坟，亲戚咸共赙助，微有所受。葬毕，佣赁倍还先直。服除后，哀戚思慕，终身如丧者，以为追远之思，无时去心，故未尝释衣帽。仁厚之风，行于乡党，邻村小大，莫有呼其名者。"郭世道因"家贫，无产业"，为了奉养继母，也坑埋了自己的儿子，真有点儿郭巨的嫡传后人味道，可惜的是他没有郭巨及其子那般幸运，非国人所喜之大团圆美好结局。(《南史》中则记为郭世通)

少妇答道:“你我夫妻一场,我也舍不得你。但是,我是银河旁的织女,天帝念董郎孝心,令我下凡相助,今百日缘满,当回去向天帝缴旨。”少妇说完便不见了。

到这里,可能大家都意识到了:这不就是《天仙配》的故事吗?!这些流传于民间的原始情节,与后来《天仙配》中的情节虽有所不同,但都是崇孝的神话传说,《天仙配》其实便是按照这个原始神话传说夸张加工而成。每个中国人都知道这个故事,代代以此激励为人要讲孝道,要尊老、敬老、孝老,世界上很多国家的人看过中国的《天仙配》,都说这是中国五千年文明历史的体现。这个故事流传很广,早在三国魏曹植的诗里,就有“天灵感至德,神女为秉机”(《灵芝篇》)的描写,而现在湖北省的孝感县,原来是在南朝宋时划出安陆县的一部分建立的孝昌县,名称即取自董永卖身葬父的孝心孝行昌明感动天帝的故事,至五代后唐,因避讳皇帝名字改名为孝感,这一改,越发符合了《孝经》中所说孝可感应神灵的说法。在中国,因为当地孝子孝道孝行而命名的地方还有一个众所周知的,那就是今天浙江的小商品批发城义乌。《太平御览》卷一百七十一引《异苑》称:“东阳颜乌,以淳孝著闻。群乌助衔土块为坟,乌口皆伤。一境以为至孝所致,因以县名乌伤。”后来为了纪念这个孝子颜乌,就将此地叫做乌伤。到汉代王莽时,曾改为乌孝,到了唐朝,确定为今日的义乌一名。

5. 黄香扇枕温席

汉末有个人,姓黄名香,湖北江夏人,在他九岁的时候,母亲便病故了。他每天都非常想念去世的母亲,常潸然泪下,不思饮食而骨瘦如柴,乡里的人看到这情景,都称赞他是个孝子。失去了母亲的黄香,更把全部的孝心都倾注于父亲,家中大大小小的事情,都亲自动手去做,一心一意服侍父亲。三伏盛夏,酷热难当,每天只要吃过晚餐,就可以看到邻居们搬出椅子,坐在屋外乘凉聊天,小孩子这时总是会趁机要求大人们说故事,要不就是追逐着在夜幕下玩耍,但是在这么多人中,却永远找不到黄香的影子。原来细心的小黄香,担心劳累一天的父亲因天太热,睡不好觉,正拿着扇子在床边扇枕席。左手扇累了,换右手,右手酸了,再换左手。就这样一下又一下的扇着,一直扇到席子已经暑气全消,黄香才会去请父亲上床睡觉。一夜、两夜、三夜……整整一个夏天都这样。过了秋天,隆冬来临,每到晚上整个屋子就冷得像冰窑一般,但是孝顺的黄香,仍然有办法让父亲每天晚上睡得舒舒服服。只要天一黑,黄香就会钻进父亲冰冷的被窝里,用自己弱小的身体,把被子弄得暖烘烘的,然后再请父亲去睡,这样父亲就可以免去寒冷之苦了。日复一日,年复一年,黄香的孝行传遍了左邻右舍,传遍了全县,也传遍了全国。当时京师号称"天下无双,江夏黄香"。汉和帝听说了他的孝名后,厚加封赐,因此他不仅声誉远扬,而且得到了官位俸禄。

小黄香为父扇枕温席,事情虽然很小,但他能悉心尽力侍奉父亲,毫不造作,寓意深刻!这些都是孩童纯挚天真的孝性,全是出自于一片赤子之心,所以后来被编入影响后世极为深远的启蒙读物《三字经》中:"香九龄,能温席。孝于亲,所当执。融四岁,能让梨。悌于长,宜先知。"现今科技发达,物质生活富裕了,我们不需要再像黄香那样扇席、暖床了,有空调、有暖气嘛,但是黄香孝敬父母、处处替父母考虑的精神是永远值得我们学习的。比如父母年纪大了,我们对其平时生活中的用气用电等方面便可以细心观察,为他们把安全因素设置到最保险。前几年,我有一次到连襟家,吃过午饭后,大家都午睡去了,连襟母亲收拾好饭桌碗筷,也进自己房间了。我一个人在看电视,一会儿后隐约听到"扑、扑、扑哧"的声音,循声找去,只见厨房里烧着的水壶盖子在热水气的冲击下跳动着,沸腾出来的水一股一股地流下,遂使煤气火苗忽闪忽闪着并发出"扑、扑、扑哧"的声音。我连忙将煤气关掉,把水倒上。当我又回客厅看电视时,连襟母亲从房间里出来,似乎想起来了,快步走向厨房,我站起来过去跟她说了一下,原来她进房间在床上靠一下,却不想迷糊睡过去了。连襟起来后,我又跟他说,建议他换一个鸣笛水壶,防止类似的危险。等下次我再去时,一把新的鸣笛水壶取代了原来的那把"扑哧帝"。类似这样的例子,我想我们用心观察父母的起居住行,定有不少。比如我看到有人写过文章,说他的一个朋友,每次给家中老母打电话时,总是打两次才接听。久而久之，引起了他的怀疑，问其原因，才知内情。原来他的母亲脚腿不大灵便，每听到电话铃响就急急忙忙地接电话，为了防止老母因急而摔倒，做儿子的便和母亲约定，每次打电话总是先打一下再挂断，待会儿再打过来，以留足够时间给母亲做准备。这同样也是生活中的一件小事，却也反映出了一个孝子的赤诚之心呵。

6. 丁兰刻木事亲

丁兰，相传为东汉时期河内（今河南黄河北）人，幼年父母双亡，长大后的他经常思念父母的养育之恩，于是用木头刻成双亲的雕像，事之如生，凡事均和木像商议，每日三餐敬过双亲后自己方才食用，出门前一定禀告，回家后一定面见，从不懈怠。久而久之，其妻对木像便不太恭敬了，有一次竟好奇地用针刺木像的手指。丁兰回家见木像眼中垂泪，手指居然有血流出，问知实情之后，遂将妻子休弃。诗曰：“刻木为父母，形容在日身。寄言诸子女，及早孝双亲。”这个故事亦具奇异色

彩，有的更记载为“兰妻夜火灼母面，母面发疮。经二日，妻头发自落，如刀锯截，然后谢过”（《法苑珠林》卷六十二《忠孝篇》），但对于不敬公婆的媳妇来说，是有警示意义的。《太平御览》卷四百八十二引《搜神记》：“丁兰，河内野王人。年十五丧母，乃刻木作母事之，供养如生。邻人有所借，木母颜和则与，不和不与。后邻人忿兰，盗斫木母，应刀血出。兰乃殡殓报仇。汉宣帝嘉之，拜中大夫。”故事的配角则由其妻变为邻人，意义也从媳妇孝敬转为人子复仇。

《南史》卷六十二载南朝宋人张敷：

> 生而母没。年数岁，问母所在，家人告以死生之分，敷虽童蒙，便有思慕之色。年十许岁，求母遗物，而散施已尽，唯得一画扇，乃缄录之，每至感思，辄开笥流涕。见从母，常悲感哽咽。……父在吴兴亡，报以疾笃，敷往奔省，自发都至吴兴成服，凡十余日，始进水浆。葬毕，不进盐菜，遂毁瘠成疾。世父茂度每止譬之，辄更感

恸，绝而复续。茂度曰："我冀譬汝有益，但更甚耳。"自是不复往。未期而卒，时年四十一。

张敷生下来后母亲就去世了。五六岁时，询问他人，知道了这件事，虽然还是个孩子，就有感伤思念的样子。到了十几岁时，寻求母亲的遗物，都已施送散失，只得到一把扇子，于是将扇子封藏。每到感伤思念时，就打开盒子对着扇子流泪。看到姨母，就悲伤抽泣。后父亲在吴兴亡故，服丧后共有十多天，他才喝一些水，丧葬事办完，他仍然不吃有盐的菜，于是伤损瘦瘠而得病。伯父张茂度每次晓论劝止，张敷就更为悲痛，哭得死去活来。张茂度说："我本想劝你节哀，可是你更加悲痛。"从此不再去劝他。不到一年，张敷就去世了，时年四十一岁。张敷十几岁时珍爱母亲遗物如此，即爱屋及乌、睹物思人，可见其对母亲深厚的孝思之情，这和丁兰一样难得；但后来居父丧"毁瘠成疾"乃至"未期而卒"就不好了，虽然皇帝下诏称其"居哀毁灭，孝道淳至"，是旌表他的孝道，但从全生的角度来讲是不可取的。

7. 姜诗涌泉跃鲤

姜诗是东汉四川广汉人，娶庞氏为妻。夫妻孝顺，其家距长江六七里之遥，庞氏常到江边取婆婆喜喝的长江水。婆婆爱吃鱼，夫妻就常做鱼给她吃，婆婆不愿意独自吃，他们又请来邻居老婆婆一起吃。一次因为风大，庞氏到长江边取水晚归，姜诗怀疑她怠慢母亲，便将她逐出家门。庞氏寄居在邻居家中，昼夜辛勤纺纱织布，将积蓄所得托邻居送回家中孝敬婆婆。其后，婆婆知道了庞氏被逐之事，令姜诗将其请回。庞氏回家这天，院中忽然喷涌出泉水，口味与长江水相同，每天还有两条鲤鱼跃出。从此，庞氏便用这些供奉婆婆，不必再远走江边了。和丁兰刻木事亲不同，丁兰之妻是不敬公婆的反面例子，姜诗之妻庞氏则是孝敬公婆的正面典型，所以虽然同被休弃，后者却因其孝道孝心孝行被请回，并涌泉跃鲤有一个积极的圆满的结局。大概，汉代的时候中国人的婆媳矛盾便已有之

吧，所以这两个故事便从一好一坏、一正一反两个侧面透露出国人对于此问题的心理倾向。

总之，上述七个《二十四孝》中的故事，都具有神话色彩，这和古人对于泛孝论的孝道感应崇信有关①，具体情节及其真实性不必细究，但必定是有故事中主人公及其孝道孝行的基本事实，而且颇有影响，所以才被人们传诵、赞扬。我们在看《二十四孝》及其他史书中的故事时，都应本此理解；对今人来说，显然不存在具体情节的认可与学习，重要的是要从中汲取主人公那种孝敬父母、照顾父母的孝道孝心孝行，将此精神与今日之生活与时俱进地结合起来，这才是真正意义之所在。

以上就是秦汉时期孝文化的一些情况。秦汉时期孝文化经过官方"孝治天下"的倡导，特别是汉武帝"罢黜百家，独尊儒术"之后，儒家成为中国文化别无二家的指导思想，包括孝道在内的儒家学说自然越来越深入人心，成为一种民族的道德观点和文化心理，嵌入历史进程中。② 对于"至矣乎！一言而该，圣人不加焉"（扬雄《法言·孝至》）的孝道伦理，不再有先秦诸子百家式的理论探讨，剩下的只是遵从和践行而已。就此而论，同其他制度、文化一样，秦汉时期的孝文化奠定了中国孝文化的基本格局，影响后世极为深远。③ 当历史步入汉末三国，迎来魏晋南北朝时期，虽然所谓"魏晋玄风"一时较盛，佛、道二教也迅速发展，但是儒家及其孝道伦理的坚固地位已然是不可撼动了。那么，魏晋南北朝时期的孝文化是怎样的情况呢？让我们一起进入第七讲魏晋南北朝时期的孝文化。

---

① 不只是平民百姓高度听信，可以说是当时全社会整体认识水平所致。《后汉书·独行传》记载一个叫向栩的人，黄巾军起事后，他主张不必出兵镇压，"但遣将于河上，北向读《孝经》，贼自当消灭"，这算是把《孝经》孝道当作法宝，一读即灵、立竿见影。

② 边远少数民族地区情况或有不同，如《汉书·匈奴传》记载当时匈奴之俗说："壮者食肥美，老者饮食其余，贵壮健，贱老弱。"这固因中原文明与其交融影响尚浅，盖亦与其游牧、射猎的生产生活方式有关。

③ 又如大儒马融仿效《孝经》，作《忠经》十八章，从此后忠孝皆有经书传世，对于历朝历代的忠臣孝子们均产生重要影响。书中"孝者忠之原，忠者孝之推"、"孝不可弛于家，忠不可废于国"等语句与思想，在今天也还有其意义。

第七讲　魏晋南北朝时期的孝文化

“天下合久必分，分久必合”，经过西汉、东汉长期的统一、稳定，东汉末年乃鼎分三国，之后曹魏代汉，司马氏篡权，历史上的魏晋南北朝时期就此拉开帷幕。这一时期民众纷纷以行孝为荣，成为一种风气，孝文化丰富多彩，既有以往的延续，如避讳，如复仇，如执政者对《孝经》孝道的重视（晋孝武帝、梁武帝、梁简文帝等皇帝参与研究《孝经》，北魏孝文帝命人将《孝经》翻译为鲜卑文）等等，也有当时的一些新情况，如忠孝先后（君父轻重）问题。

一、忠孝难以两全：论孝不论忠（君轻父重）

“自古忠孝难以两全”，这是中国人经常念叨的一句话，它反映了某些情况下，忠孝二者难以兼顾的两难。孟子曾和他的学生探讨过舜帝父亲瞽叟杀人，舜帝该如何面对的命题，那是以假设的情况展开的对忠孝问题的思考，而实际上现实当中并不缺乏这样的真实案例，春秋战国时期可以说是第一次这种忠孝矛盾的并发症。

历史发展到魏晋南北朝时期，这一问题因为统治者自身的诟病更产生了新的意味。《三国志》卷十一《邴原传》裴松之注引《原别传》记载：“邴原少孤，数岁时，过书舍而泣。师曰：‘童子何泣？’原曰：‘孤者易伤，贫者易感。夫书者，凡得学者，有亲也。一则羡其不孤，二则羡其得学，中心感伤，故泣耳。’师恻然曰：‘欲书可耳！’原曰：‘无钱资。’师曰：‘童子苟有志，吾徒相教，不求资也。’于是遂就书。一冬之间，诵《孝经》、《论语》。”这个叫邴原的人幼时丧父，几岁时，从书塾经过，听见书声琅琅忍不住哭了，书塾的老师问他说：“小孩子为啥哭泣？”邴原答道：“孤儿容易悲哀，穷人容易感伤。那些读书的，凡是能够学习的人，必然都是些有父母的孩子。我一来羡慕他们不孤单，二来羡慕他们能够上学，内心感伤，因此而哭泣。”老师怜悯地说：“你想读书就来吧！”邴原进了学堂，学习异常努力，一个冬天，就读熟了《孝经》和《论语》。就是这个少孤泣学、“一冬之间，诵《孝经》、《论语》”的邴原曾遭遇了一次忠孝两难的棘手问答。当时尚为太子的曹丕，在一次宴会当中，假设了一个让与会宾客针对忠孝取舍的两难问题加以讨论：“君父各有笃疾，有药一丸，可救一人，当救君邪？父邪？”“众人纷纭，或父或君”，有的说先救父亲，有的说先救君主。邴原也在场，但他却对此一言不发，“不与此论”。其实曹丕在提问这个问题之前，心中已预设了理想的答案，以曹丕当时为储君身分推想，他自然希望臣子的答案都能够以忠为先、以孝为后，以君为先、以父为后，以国为先、以家为后，以此表现对王室的忠诚，因此他明知邴原是一名大孝子，立场一定会以父为尊，却还是故意试探着询问他，曹丕所冀盼的无非是希望能够听到孝子也以事君为主的答案。然而没想到邴原确实坚持着自己的立场，“悖然对曰：父也！”掷地有声、毫不客气地抛给了心有所盼的曹丕，而“太子亦不复难之”。[①] 从曹丕前后的态度可以了解，“忠孝难以两全”的矛盾不仅是为人臣者感到困难，当政者面对这样的冲突，也不好明确分辨。[②]

魏志卷一
晉著作郎巴西中正安漢陳　壽撰
宋太中大夫國子博士聞喜裴松之注
武帝操
太祖武皇帝沛國譙人也姓曹諱操字孟德漢相國參之後太祖一名吉利小字阿瞞王沈魏書曰其先出於黃帝當高陽世陸終之子曰安是為曹姓周武王克殷存先世之後封曹俠於邾春秋之世與於盟會逮至戰國為楚所滅子孫分流或家於沛漢高祖之起曹參以功封平陽侯世襲爵土絕而復紹至今適嗣國於容城桓帝世曹騰為中常侍大長秋封費亭侯司馬彪續漢書曰騰父節字元偉素以仁厚稱鄰人有亡豕者與節豕相類詣門認之節不與爭後所亡豕自還其主人大慙送所認豕并辭謝節節笑而受之由是鄉黨貴歎焉

① 这一故事的情景与《韩诗外传》卷七所载齐宣王与田过的对话颇相似：“齐宣王谓田过曰：‘吾闻：儒者亲丧三年，君丧三年。君与父孰重？’过对曰：‘殆不如父重。’王忿然曰：‘曷为士去亲而事君？！’对曰：‘非君之土地，无以处吾亲；非君之禄，无以养吾亲；非君之爵，无以尊显吾亲；受之于君，致之于亲，凡事君，以为亲也。’宣王悒然，无以应之。”

② 《三国志·张昭传》记载了一个故事，和曹丕“药丸”之事可以说异曲同工。当时孙权问严畯记不记得小时候念过的书，严畯便从头开始背起《孝经》“仲尼居，曾子侍，子曰”来，不料却被张昭打断，骂他是“鄙生”，说道：“臣请为陛下诵之！”他一张嘴，诵的是：“君子之事上也，进思尽忠，进思补过，将顺其美，匡救其恶，故上下能相亲也。”在场的大臣们，“咸以昭为知所诵”。张昭所诵，即是《孝经》“事君章第十七”，在场的大臣们两相比较，都认为张昭才是会背，其实也正心照不宣地说明了君臣在面对忠孝问题时，各自是如何考量的。

不过,在晋之前,“忠孝先后”还容许有选择的自由,晋以后便不同了。由于汉末门阀制度的确立,家族联系极为密切,社会上遂对孝道有着严格的要求与热心的鼓励,并“促使孝道的实践在社会上具有更大的经济上与政治上的作用,因此亲先于君,孝先于忠的观念在晋以后得以形成。同时,现实的政治也加强了,并且也发展了这种观点”。我们知道,建立晋室的司马氏是河内的儒学大族,可是,“其夺取政权却与儒家的传统道德不符,在‘忠’的方面已无从谈起,只能提倡孝道以掩饰己身的行为,而孝道的提倡也正是所有的大族为了维护本身利益所必需的”。从国、家两方面讲,儒家的“名教之本应该是忠孝二事,而忠君之义在晋初一方面统治者自己说不出口,另一方面他们正要扫除忠于魏室的人,在这里很自然的只有提倡孝道,以之掩护自身在儒家伦理上的缺点”。于是,“当时孝行在伦理上的地位可以笼盖一切,掩护了一切缺点乃至丑行”①。

非常著名的一个例子是李密《陈情表》。李密年幼时父亲就去世了,母亲改嫁他人,他是由祖母刘氏抚养成人的。李密原是蜀汉后主刘禅的郎官,公元 263 年,司马昭灭蜀汉,他成了亡国之臣,仕途已失,便在家供养祖母刘氏。公元 265 年,晋武帝请李密出来做太子的侍从官。李密不想马上出来做官,而晋武帝方面却催逼得很紧。轻慢皇帝、违抗皇命是要杀头的,为了摆脱这个困境,达到不出来做官的目的,李密就在“孝”字上大做文章,把自己的行为纳入晋武帝宣称的价值观念中去。李密是蜀汉旧臣,古人讲“一仆不事二主”、“忠臣不事二君”,如果李密不出来做官,就有“不事二君”的嫌疑,不事二君就意味着对晋武帝不满,这就极其危险了,所以李密说自己“少事伪朝”、“岂敢盘桓,有所希冀”,我不出来做官完全是为了供养祖母刘氏,是为了“孝”。但是这里又产生了一个问题:事父为孝,事君为忠,李密供养祖母是孝,但不听从君主的诏令,不出来做官,就是不忠。如何开脱忠孝两难的这个困局呢?李密乃以巧妙的抒情方式与文笔词句来打动晋武帝。他大肆渲染,并且造成一个感人至深的情境,即“臣无祖母,无以至今日;祖母无

---

① 本段所引,多据唐长孺先生之考核论证,详参其《魏晋南朝的君父先后论》一文,见《魏晋南北朝史论拾遗》,中华书局 1983 年版。

臣，无以终余年”。从这样一种情境出发，他先以简洁精练的语言写自己的孤苦，然后反复强调祖母的病，如“日薄西山，气息奄奄，人命危浅，朝不虑夕”，这样，李密的孝情就不同于一般的母孙之情，而是在特定情境中的特殊孝情，从而很巧妙地解决了忠孝两难的矛盾，即先尽孝，后尽忠，这样晋武帝也就无话可说了。

其实，李密《陈情表》固然情真意切、才华出众，以致晋武帝读后感叹道：“士之有名，不虚然哉！”并没有因其推辞而怪罪他，成全了他的终养祖母之志，唐朝修《晋书》时开设“孝友传”，李密是入传的第一人，《陈情表》亦被载入史籍，遂使后人永得教益；但若无这一历史时期忠孝升降的伦理背景，恐怕事情没这么容易。而自晋之后，虽王朝更改既多，士大夫安身立命的途径一仍“大体上孝的实践远重于忠节”，因现实政治发生的忠孝问题，“在开始时二者的轻重还没有决定，但因现实社会及政治的发展，孝逐渐超越了忠”。“后世往往不满于五朝士大夫那种对于王室兴亡漠不关心的态度，其实在门阀制度下培养起来的士大夫可以从家族方面获得他所需要的一切，而与王室的恩典无关，加上自晋以来所提倡的孝行足以掩护其行为，因此他们对于王朝兴废的漠视是必然的，而且是心安理得的。”①周予同先生亦尝指出，“南北朝重孝，不讲忠”②，因此，反正忠孝是不分家的，“夫人孝于其亲者，岂不亦忠于君乎！”（《三国志·魏书·武帝纪》曹操语）君臣都不好大谈特谈“忠”的时候，巩固一下“孝”也是个不错的选择，毕竟，这对于每个人、对于整个社会来说，都是个很好的修身齐家、治国安邦方策。

二、《颜氏家训》中的家教与孝道

《颜氏家训》是我国历史上第一部内容丰富、体系宏大的家训，阐述立身治家的方法，其内容涉及许多领域，强调教育体系应与儒学为核心，尤其注重对孩子的早期教育，并对儒学、文学、佛学、历史、文字、民俗、社会、伦理等方面提出了自己独到的见解。作为中国传统社会的典范教材，《颜氏家训》直接开后世“家训”的先河，被宋代学者陈振孙誉为

---

① 唐长孺：《魏晋南北朝史论拾遗》，中华书局 1983 年版，第 245—247 页。

② 周予同：《中国经学史讲义》，上海文艺出版社 1999 年版，第 115 页。

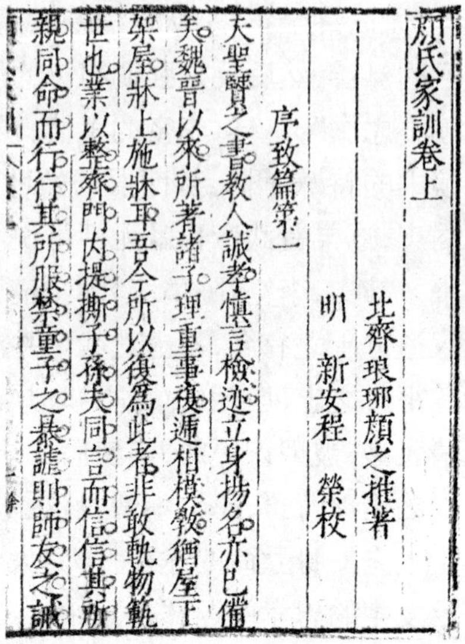
顏氏家訓卷上
北齊琅琊顏之推著
明 新安程 榮校
序致篇第一
夫聖賢之書教人誠孝慎言檢迹立身揚名亦已備
矣魏晉以來所著諸子理重事複遞相模效猶屋下
架屋牀上施牀耳吾今所以復爲此者非敢軌物範
世也業以整齊門內提撕子孫夫同言而信信其所
親同命而行行其所服禁童子之暴謔則師友之誡

“古今家训之祖”，历代学者对该书推崇备至，视之为垂训子孙以及家庭教育的典范。其文章内容切实，语言流畅，具有一种独特的朴实风格，对后世的影响颇为深远，既是我国古代家庭教育理论宝库中的一份珍贵遗产，也是中国文化史上的一部重要典籍。

《颜氏家训》是南北朝时期著名学者颜之推的传世代表作。颜之推一生历仕四朝，“三为亡国之人”，饱尝离乱之苦，深怀忐忑之虑，曾写了一篇《观我生赋》，对于自己身经亡国丧家的变故以及“予一生而三化”的无可奈何情状，作了痛苦流涕的陈述。他是当时最博通、最有思想的学者，经历南北两朝，深知南北政治、俗尚的弊病，洞悉南学北学的短长，当时所有大小学问，他几乎都钻研过，并且提出自己的见解。他结合自己的人生经历、处世哲学，写成《颜氏家训》一书告诫子孙，是他对自己一生有关立身、处世、为学经验的总结，其理论和实践对于后人颇有影响。颜之推并无赫赫之功，也未列显官之位，却因这一部《颜氏家训》而享千秋盛名，可见其家训的影响深远。

颜之推承袭了孔孟以孝悌仁义等道德规范为主要内容的传统，十分注意对子女道德的教育。他认为士大夫子弟的教育应该“德艺周厚”，以德育为根本。因此，颜之推对子女的道德教育是以孝悌等人伦道德教育为基础，以树立仁义的信念为主要任务，以实践仁义为最终目的。他教育子女为实践仁义道德的准则，应不惜任何代价，以至牺牲生命。他还指出立志尤为重要，士大夫子弟只有确立远大的志向、理想，才经得起任何磨难，坚持不懈，成就大业。他说：“有志尚者，遂能磨砺，以就素业。”他教育子女以实行尧舜的政治思想为志向，继承世代的家业，注重气节的培养，不以依附权贵、屈节求官为生活目标。

颜之推指出，“夫圣贤之书，教人诚孝”①（《颜氏家训·序致》），对于孝道伦理极为看重。《颜氏家训》中可供我们参考研究的孝文化内容有以下几方面：

（一）“父母威严而有慈，则子女畏慎而生孝”的早教意义

《颜氏家训·教子》载：

上智不教而成，下愚虽教无益，中庸之人，不教不知也。古者，圣王有胎教之法：怀子三月，出居别宫，目不邪视，耳不妄听，音声滋味，以礼节之。书之玉版，藏诸金匮。子生咳提，师保固明孝仁礼义，导习之矣。凡庶纵不能尔，当及婴稚，识人颜色，知人喜怒，便加教诲，使为则为，使止则止。比及数岁，可省笞罚。父母威严而有慈，则子女畏慎而生孝矣。吾见世间，无教而有爱，每不能然；饮食运为，恣其所欲，宜诫翻奖，应诃反笑，至有识知，谓法当尔。骄慢已习，方复制之，捶挞至死而无威，忿怒日隆而增怨，逮于成长，终为败德。孔子云“少成若天性，习惯如自然”是也。俗谚曰：“教妇初来，教儿婴孩。”诚哉斯语！

凡人不能教子女者，亦非欲陷其罪恶；但重于诃怒。伤其颜色，不忍楚挞惨其肌肤耳。当以疾病为谕，安得不用汤药针艾救之哉？又宜思勤督训者，可愿苛虐于骨肉乎？诚不得已也。

父子之严，不可以狎；骨肉之爱，不可以简。简则慈孝不接，狎则怠慢生焉。由命士以上，父子异宫，此不狎之道也；抑搔痒痛，悬衾箧枕，此不简之教也。或问曰：“陈亢喜闻君子之远其子，何谓也?”对曰：“有是也。盖君子之不亲教其子也，诗有讽刺之辞，礼有嫌疑之诫，书有悖乱之事，春秋有邪僻之讥，易有备物之象：皆非父子之可通言，故不亲授耳。”

齐朝有一士大夫，尝谓吾曰：“我有一儿，年已十七，颇晓书疏，

① 《颜氏家训·勉学》载：“齐孝昭帝侍娄太后疾，容色憔悴服膳减损。徐之才为灸两穴，帝握拳代痛，爪入掌心，血流满手。后既痊愈，帝寻疾崩，遗诏恨不见太后山陵之事。其天性至孝如彼，不识忌讳如此，良由无学所为。若见古人之讥欲母早死而悲哭之，则不发此言也。孝为百行之首，犹须学以修饰之，况余事乎?!”颜之推用齐孝昭帝“天性至孝如彼，不识忌讳如此，良由无学所为”这个有点儿好笑的例子，是想说明“孝为百行之首，犹须学以修饰之，况余事乎?!”

教其鲜卑语及弹琵琶，稍欲通解，以此伏事公卿，无不宠爱，亦要事也。”吾时俛而不答。异哉，此人之教子也！若由此业，自致卿相，亦不愿汝曹为之！

颜之推指出家庭教育要及早进行，有条件的还应在儿童未出生时就实行胎教。儿童出生之后，便应以明白孝仁礼义的人“导习之”。稍长，看他“识人颜色，知人喜怒”之时，就该加意“教诲”，该做的事就引导他去做，不该做的就不让他做。如此教育下去，到9岁以后，自可“少成若天性，习惯如自然”。

颜之推认为早期教育之所以重要，至少有两条原因：其一，幼童时期学习效果较好，得益较大。他说：“人生小幼，精神专利。长成已后，思虑散逸，固须早教，勿失机也。”（《颜氏家训·勉学》）他根据幼童阶段与成年以后的不同心理特征，说明幼年时期受外界干扰少，精神专注，记忆力旺盛，能保持长久的记忆；而成年人则思想复杂，精神不易集中，记忆力逐渐衰退。其二，人在年幼时期，心理纯净，各种思想观念和行为习惯尚未形成，可塑性很大。颜之推认为这个时期，儿童受到的好的教育与环境影响，抑或坏的教育与环境影响，都会在儿童心灵上打上很深的烙印，长大以后也难以改变。因此，颜之推强调家庭教育应当及早、从严入手，严与慈相结合，不能因为儿童细小而一味溺爱和放任，父母在子女面前要严肃庄重，有一定威信。他说：“父母威严而有慈，则子女畏慎而生孝矣。”（《颜氏家训·教子》）他指出善于教育子女的父母，能把对子女的爱护和教育结合起来，便会收到良好的效果；相反，如果没有处理好两者关系，“无教而有爱”，让孩子任性放纵，必将铸成大错！而今我在教育儿子并与其玩耍过程中，结合自身体会以及生活中的人与事来看，深感颜之推上述阐述可谓字字珠玑！我之所以在研究、讲授、普及中国孝文化的同时日益迫切地觉得《颜氏家训》与中国家训学之研究、开讲亦刻不容缓，即在于此，真心地希望所有为人父母者认真用心地捧读《颜氏家训》与中国家训学典籍并感悟、践行之！

（二）“兄弟相顾，当如形之与影，声之与响”的友悌亲情

《颜氏家训·兄弟》载：

夫有人民而后有夫妇，有夫妇而后有父子，有父子而后有兄弟：一家之亲，此三而已矣。自兹以往，至于九族，皆本于三亲焉，

故于人伦为重者也,不可不笃。兄弟者,分形连气之人也,方其幼也,父母左提右挈,前襟后裾,食则同案,衣则传服,学则连业,游则共方,虽有悖乱之人,不能不相爱也;及其壮也,各妻其妻,各子其子,虽有笃厚之人,不能不少衰也。娣姒之比兄弟,则疏薄矣;今使疏薄之人,而节量亲厚之恩,犹方底而圆盖,必不合矣。惟友悌深至,不为旁人之所移者,免夫!

二亲既殁,兄弟相顾,当如形之与影,声之与响;爱先人之遗体,惜己身之分气,非兄弟何念哉?兄弟之际,异于他人,望深则易怨,地亲则易弭。譬犹居室,一穴则塞之,一隙则涂之,则无颓毁之虑;如雀鼠之不恤,风雨之不防,壁陷楹沦,无可救矣。仆妾之为雀鼠,妻子之为风雨,甚哉!

兄弟不睦,则子侄不爱;子侄不爱,则群从疏薄;群从疏薄,则僮仆为雠敌矣。如此,则行路皆踖其面而蹈其心,谁救之哉?!人或交天下之士,皆有欢爱,而失敬于兄者,何其能多而不能少也?!人或将数万之师,得其死力,而失恩于弟者,何其能疏而不能亲也?!

先秦儒家曾子已指出,凡父母所生如兄弟姐妹者,均应敬爱,所谓"本是同根生",这是父母最希望看到的。颜之推也指出,"兄弟者,分形连气之人也",从小一起依偎于父母左右生活、学习、玩耍,"不能不相爱也";然而"及其壮也,各妻其妻,各子其子,虽有笃厚之人,不能不少衰也",兄弟双方各自成家之后,感情会有所淡薄,这也是情理之中自然而然无可奈何的事,但是"二亲既殁,兄弟相顾,当如形之与影,声之与响;爱先人之遗体,惜己身之分气",毕竟兄弟情同手足,不可"不睦"、疏怨。这种兄弟友悌既是家族团结发展的必须,也是孝道伦理亲情的应有之义,然而纵观古今当代,因分家等相争相煎、大打出手反目为仇者何其多也,实在是令人读罢沉思、千年万叹!

(三) 后娶与治家中的骨肉儿女

《颜氏家训》中在谈及后娶与治家时,有关于骨肉儿女的一些论述,盖古今有相通之理,今天读来依旧心有触然。《颜氏家训·后娶》载:

吉甫,贤父也,伯奇,孝子也,以贤父御孝子,合得终于天性,而后妻间之,伯奇遂放。曾参妇死,谓其子曰:"吾不及吉甫,汝不及伯奇。"王骏丧妻,亦谓人曰:"我不及曾参,子不如华、元。"并终身不娶,此等足以为诫。其后,假继惨虐孤遗,离间骨肉,伤心断肠者,何可胜数。慎之哉!慎之哉!

这说的是继母虐子之事,虽不绝对,但是如舜帝、闵子骞、王祥等孝子孝行均与此有关,亦说明古今此类情况乃是家庭关系中较引人注目的一项内容。《颜氏家训·治家》载:

天生蒸民,先人传体,其如之何?世人多不举女,贼行骨肉,岂当如此,而望福于天乎?吾有疏亲,家饶妓媵,诞育将及,便遣阍竖守之。体有不安,窥窗倚户,若生女者,辄持将去;母随号泣,莫敢救之,使人不忍闻也!

这说的是世人重男轻女的意识与行为,虽然寥寥数笔,却将"母随号泣,使人不忍闻也"的状况描述的令人心颤!其实无论是后妻继母虐子,还是亲生父母弃女,主要过错都是在父母长辈这一方,正如颜之推所指出:"夫风化者,自上而行于下者也,自先而施于后者也。是以父不慈则子不孝,兄不友则弟不恭,夫不义则妇不顺矣。父慈而子逆,兄友而弟傲,夫义而妇陵,则天之凶民,乃刑戮之所摄,非训导之所移也。"(《颜氏家训·治家》)这种"自上而行于下者也,自先而施于后者也"对于父母长辈的要求,在南北朝时期颜之推的认识中阐发而出,足可见其开明宽厚的学识与心底,甚为珍贵、难得!

三、"二十四孝"故事中的感动与感应

《二十四孝》中收录魏晋南北朝时期孝子人数亦较多,占了几三分之一,这也从侧面反映了这一时期孝道孝文化的景况,并让我们从中读到感动、感应。

(一)陆绩怀橘遗亲

陆绩是三国时期吴国吴县华亭(今上海市松江区)人,小时聪明伶俐,人称"神童",成年后博学多识,通晓天文、

历算，曾作《浑天图》，注《易经》，撰写《太玄经注》。在六岁时，陆绩随父亲陆康到九江谒见袁术（袁绍之弟），对袁术的提问，应答如流。袁术破例给他赐坐，又摸着他的头对他父亲说："这孩子秀外慧中，冰雪聪明，日后一定会有成就！"随后让人端来一盘柑橘。陆绩吃了一个后，感觉味道鲜美，想到母亲平时喜爱吃柑橘，就悄悄地拿了几个揣在怀里。起身告辞时，他与父亲向袁术作揖告别，不料怀中的柑橘一个个"咕噜噜地"掉在地上。袁术不悦的取笑说："小儿郎是我家贵客，怎么还偷东西啊?!"小陆绩不慌不忙地说："我母亲平日爱吃柑橘，我见你家柑橘味道特别甜美，就带几个回家给母亲尝。"袁术及周围的人听了，见他小小年纪就懂得孝顺母亲，十分惊奇，都很感动。后人因而以诗赞曰："当年柑橘入怀日，正是天真烂漫时。纯孝性成忘小节，英雄从古类如斯。"①

三个橘子，在一般家长眼里也不是什么了不起的东西，然而一个六岁的小孩——陆绩，在别人家里做客，却能想到父母，特别是吃到了母亲平日喜欢吃的橘子，就想带一些回家让母亲也尝尝，可见他时时刻刻都把父母放在心上，这就是一种难得的孝心。当然将橘子悄悄地藏在

---

①　与陆绩机敏较相似的是诸葛恪，他与他的叔父诸葛亮一般聪明，《三国志·吴书·诸葛恪传》："诸葛恪字元逊，瑾长子也。恪父瑾面长似驴。翌日，孙权大会群臣，使人牵一驴入，长检其面，题曰：诸葛子瑜。恪跪曰：'乞请笔益两字。'因听与笔。恪续其下曰：'之驴。'举座欢笑。权乃以驴赐恪。"诸葛恪是诸葛亮的哥哥诸葛瑾（字子瑜）的长子。诸葛恪的父亲诸葛瑾面孔狭长像驴脸。一天，孙权召集大臣们，差人牵一头驴来，在驴的脸上挂一个长标签，上写：诸葛子瑜。诸葛恪跪下来说："乞求给我一只笔增加两个字。"于是给了他笔。诸葛恪接下去写了"的驴"两个字。在场的人都笑了。于是孙权就把这头驴赐给了诸葛恪。在举座欢乐之时，既要解除父亲的窘困，又不能扫众臣们的兴，更要不得罪君王孙权，这是一个十分棘手的难题。诸葛恪请求后补上了"之驴"二字，不但解决了难题，还使全场增添了欢乐气氛，并获得了赐驴的奖励，这既表现了诸葛恪对父亲的孝敬之心，也显示了他思维敏捷、智力超群。再如有一次，孙权见到诸葛恪，问他："你的父亲和你的叔父（指诸葛亮）谁更优秀?"诸葛恪应声回答："我的父亲更优秀。"孙权问他原因，诸葛恪说："我的父亲知道应该服侍谁，而叔父不知，所以我的父亲更优秀。"孙权听罢大笑。用今天的话来讲确实"会说话"。然而"遭母忧，居丧至孝，事继母恭谨，甚得人子之道"的诸葛瑾却曾叹息说："恪不大兴吾家，将大赤吾族也！"诸葛恪不会使家族兴旺，反而会使家族遭受灾祸啊！后来诸葛恪乃被孙峻联合吴主孙亮设计杀害，夷灭三族，又可谓孝道之大失矣！

怀中的做法是不妥当，可以大胆地向主人提出，正大光明地要一些回去，这样会更好一些；可是作为一个小孩，不可能想得那么周到，我们也不能苛求，关键是看其思想趋向。平时我们无法了解孩子有无孝心，但从吃食物方面看，他肯顾念父母，这就是好的苗子，渐渐地推展到其他方面，便是孝了。因此，小陆绩怀橘遗母还是被作为一种孝的典范而广泛传颂。《南史》卷五十九载王僧孺："幼聪慧，年五岁便机警，初读《孝经》，问授者曰：'此书何所述？'曰：'论忠、孝二事。'僧孺曰：'若尔，愿常读之。'又有馈其父冬李，先以一与之，僧孺不受，曰：'大人未见，不容先尝！'七岁能读十万言，及长，笃爱坟籍。家贫，常佣书以养母，写毕讽诵亦了。"王僧孺孩童时习学《孝经》，学以致用，不先尝别人送给父亲的冬李，为世人称尚，这不仅是治学之道，也是孝亲之道。以小见大，他长大以后，"家贫，常佣书以养母"，亦势所必然也。

同样是小孩子，现在的孩子有多少能够在吃着好吃的东西时，自觉地先让爸妈尝一尝的呢？！别说是尝了，就是假装尝一下，有的孩子都会大哭大闹，唯恐你抢走半点儿。① 与陆绩、王僧孺形成鲜明对比的是这么一则当代故事：儿子要吃香蕉，母亲买了 6 根，拿在手上。儿子一根接一根连吃了 4 根，这中间他没有问过一次：妈妈，你要不要吃香蕉？终于看着儿子吃不下了，母亲想：总该让我吃了吧？！儿子却对妈妈说："妈你先拿着，等一会儿我还要吃！"母亲当时就流下了眼泪，伤心地自问："为什么我用无私的爱养出了自私的他呢？！"②

有的人可能会说：小孩子还小，长大了他就懂了。恐怕没有这么简

---

① 有一次，我遇见一个同事，她带着自己的女儿，她见到我，便对女儿说"把好东西给叔叔尝一个"。我假装咬了一口，然后说不要了，给你吃吧。同事对我说，她给你，你就真拿着，这段时间我发现女儿已经习惯了别人的假装客气，要是真的接受了，她就不舍得，要闹，看来平时还是不能"推辞"，免得她习惯了别人的"推辞"而变得小气、吝啬。同事的话提醒了我，看来，如何在日常生活中细微地观察并教育好我们的孩子，真的是"处处留心皆学问"哦！

② 鲁迅谈《二十四孝》说："'陆绩怀橘'也并不难，只要有阔人请我吃饭。'鲁迅先生作宾客而怀橘乎？'我便跪答云，'吾母性之所爱，欲归以遗母。'阔人大佩服，于是孝子就做稳了，也非常省事。"（《鲁迅全集》第二卷《朝花夕拾》，第 261 页）这是鲁迅民国时期那种环境下的视角与笔法，若在今日中国，像上面吃香蕉的小孩这般，鲁迅怕也会另生感慨了！

单！因为在我们今天,有相当多的大人看上去都还没有懂,还不如六岁的陆绩。举个例子:有一位八十多岁的老人,算得上高寿了。老人有两个儿子,一个女儿。按照农村的规矩,老人由两个儿子赡养,轮流在两家吃饭,五天一轮,吃了好几年。几年来,老人总觉得,在任何一家吃饭,伙食都非常差,除了逢年过节,从没吃过肉。开始,他觉得那也没啥,因为当地贫穷,大家的日子过得并不很好。可是,久而久之,经过一番观察,他发现,一旦他在一家吃饭,另一家必买肉吃。他心里很不是滋味,感到自己受到了虐待,觉得自己辛苦一辈子,把儿子们拉扯大,儿子们居然敢这样对待自己。于是,他等待时机,非得吃一次肉不可。这一天,是个赶集的日子,他虽然不在大儿子家吃饭,可他看到大儿子家里买了肉,就想开开荤,尝一片肉。吃饭时,他就径直走到大儿子家,拿起碗就盛饭,拿起筷子就夹肉。筷子刚到碗边,儿媳用筷子把他给挡住了,说:"你今天本来不在这里吃,要吃肉,就去另一家吧!"老人傻了眼,看着儿子。令他失望的是,儿子竟一言不发。老人感到一阵心酸,放下筷子,不吃了,走了。可是,到了晚饭时,也没见他回家。一家人这才急了,到处找。直到第二天,才有人在山上看到他的尸体,尸体旁边还放着一个农药瓶子。原来,他是服毒自杀了。可怜的老人辛苦一辈子,竟这样结束了他的生命!

我们不知道,老人养大自己的两个儿子,曾经多少次节衣缩食,提供给孩子好吃的好穿的,也应该会有多少次把舍不得吃的肉夹到孩子的碗里;然而,当老人到晚年的时候,含辛茹苦的养育,却换不来哪怕是一顿饭的一片肉！只是一片肉哦,一片肉被儿媳冷冰冰地挡了下来,一片肉被儿子沉默地收了回去,他们挡下的只是一片肉,推走的却是一颗已经快要死去的心;他们收回的也只是一片肉,拒绝的却是老人的一条命！不知道这对夫妻俩,今后还会不会买肉,还能不能吃得下肉……

同样是关于肉的故事,同样是发生在父母与孩子之间,早在春秋时期,我们的古人却已经默默地为我们做出了榜样。这位先贤名字叫做颍考叔。在我们认识颍考叔之前,首先为大家介绍一下当时这个故事的背景。春秋初期,郑国国君郑庄公出生时是"逆生",也就是和头先出来的顺生不一样,郑庄公出生时是脚先出来,这对于母亲和婴儿都是很危险的。因为这痛苦的"逆生",郑庄公母亲姜氏从一生下他来就不喜欢这个儿子，所以郑庄公与母亲的关系一直不太好，母亲后来偏袒小儿子共叔段，也就是郑庄公的弟弟，并帮助其叛乱篡权，由此郑庄公对母亲又非常怨恨。果然，弟弟共叔段在母亲的唆使下，发动了叛乱，郑庄公在平定了共叔段的叛乱之后，就把母亲安置在城颍，并且发誓道："不及黄泉，无相见也！"意思是说，除非死了之后母子二人在地下黄泉相见，否则不再见她。但是不久，郑庄公又后悔起来，由于自己一时冲动而立下了这个誓言，即使再想去见母亲，也不好去了，君主无戏言呀，怎么可以随意改口把母亲接回来呢?! 此时，我们的主人公大孝子颍考叔便出场了。颍考叔知道这件事后，很为郑庄公难过，他虽然为官不高，但是为人至孝并且以助人为乐，于是他打算帮一下郑庄公。他找机会献给郑庄公一些东西，郑庄公于是赏赐他吃饭，在吃饭的时候，他把肉放在一边不吃。郑庄公觉得很奇怪，问他为什么，颍考叔说："小人有母亲，小人的食物她都已尝过，但没有尝过君王的肉羹，请允许让我带回去给母亲吃。"郑庄公听了，非常感动，同时又想起自己的母亲，不禁心中一阵难过，说："唉，你还有母亲可送，我却偏偏没有！"颍考叔说："您这是什么意思呢?"郑庄公就对他说明了发誓不到黄泉不见母亲的原因，言谈之中，他告诉了颍考叔自己的后悔。颍考叔听了之后说："大王您有什么可以担心的？如果掘地见到泉水，打通一条隧道，您母子二人在隧道中相见，这就是'黄泉'见面呀，有谁会说不对呢？又有谁能说君子食言了呢?!"郑庄公听了之后大喜，于是便按照颍考叔的说法，命人打通地道，最终与母亲相见，母子二人又和好如初。当时的人们都说："颍考叔真是一个纯孝的人啊，爱自己的母亲，又扩大而及于庄公。"意思是说，他不但自己孝顺，而且通过自己的努力，帮助郑庄公与母亲和好，使别人也实现自己的孝顺。

这是一个感人的故事。颍考叔用自己孝敬母亲的行为感化郑庄公，并在唤起郑庄公的孝心之后，利用自己的智慧帮助郑庄公摆脱"誓言"的困境，使郑庄公与母亲姜氏在"黄泉"中相见，从而化解了因宫廷斗争而产生的骨肉之间的相互矛盾与仇恨，也把自己所信奉的孝道推己及人，弘扬于世。他的这种借母悟君、行孝劝孝的行为，显现着中华传统孝道的美德之光。这个故事后来便成了一个著名的典故，叫做"舍肉怀归"，也就是颂扬颍考叔的一颗孝心、爱心，并形容人们对父母的孝敬之情。宋朝千古名臣文天祥的老师欧阳守道，“少孤贫，无师，自力于学。里人聘为子弟师，主人瞷其每食舍肉，密归遗母，为设二器驰送，乃肯肉食，邻媪儿无不叹息感动”（《宋史》卷四百一十一《欧阳守道传》）。欧阳守道幼年就失去了父亲，家境穷苦，没有老师，自己努力地学习。乡人聘请他给年轻子弟做老师，主人看见他每次吃饭时从不吃肉，而是暗地送回家给母亲，主人马上准备两碗送到欧阳守道家去，他这才肯吃肉，邻居的妇女和孩子没有不叹息感动的。《宋史·欧阳守道传》又载：

> 里有张某丧其父，小祥，而舅氏讼以事，系之狱，使不得祭，邀其售己地以葬。守道闻之，叹曰：“吾惟痛斯子之不得一哭其父也，且其痛奈何？”明日告之邑令曰：“此非人心，滨祭而薄之，挠葬而夺之，舅如此，是自食其肉也。请任斯子出，祭而复狱。”令亟出之。其舅丑诬守道，守道亦不自辨。

乡里张某父亲去世，小祥祭祀时，舅父抓住了一件事告他，张某被关进监狱，不能祭奠，舅父强求他卖地来安葬父亲。欧阳守道听说后，叹道：“我痛心这儿子不能够哭他的父亲，对这痛怎么办？”第二天告诉县令说：“这不是人心，临祭逼迫他，阻挠安葬，像这样的舅父，是自己吃他的肉。请放这个儿子出来，祭奠之后再入狱。”县令马上放了他。张某的舅父毁谤欧阳守道，欧阳守道也不解释。同样的“舍肉怀归”，同样的助人尽孝，颍考叔和欧阳守道真是无愧于“纯孝”的称号呀！

（二）孟宗哭竹生笋

晋朝的江夏（今湖北孝昌）人孟宗幼年丧父，生活虽然很困苦，但他的寡母尽力设法让他念诗书，学礼仪，以便将来出人头地。孟宗对母亲非常孝顺，他感到欠母亲的地方太多了，因为母亲费了很大苦心，才把他教育成人。一年冬天，母亲突然病倒，病了许多天，什么食物都不想吃。一天早上，她忽然对孟宗说：“孩子，真奇怪，我现在就想喝点笋尖汤！”孟宗听说母亲想喝点笋尖汤，心中十分高兴，因为她几天没吃东西，身体已越来越衰弱了。不过他又想，现在正是严冬时分，而竹子要到春天才发芽，我到什么地方去找竹笋呢？可是母亲要喝笋尖汤，他必须出去找寻竹笋。于是他扛着铲子、斧头，冒着风雪向山中走去。他在风雪中辛苦挣扎，走了半天，才到了一个竹林。当他看到白雪像地毯似的厚厚铺了一地，令他更加心凉。但一想到母亲正在病床上苦苦等待这笋尖汤，就鼓足勇气，用力地一铲一铲挖下去，土硬得像铁一般，累得他筋疲力尽，仍然看不到半点笋尖。孟宗既挖不出竹笋，又想着病床上的母亲，不由得对着土坑哭了起来，他越哭越伤心，忘了自己，也忘了附近的一切，这样哭着哭着，哭了好一阵子。当他睁开泪眼往地上一看时，不禁吃了一惊！原来，他面前的冰融化了，竹根四周的冰土都化成了软泥，软泥中居然有几个绿笋尖冒了出来！他连忙挖出土坑中的笋尖，赶回家去作笋汤，母亲看见儿子拿了竹笋回来也惊讶不已，心中高兴，病好像已好了一半，等喝了笋汤之后，病果然痊愈了。有诗颂曰："泪滴朔风寒，萧萧竹数竿。须臾冬笋出，天意报平安。"①

（三）王祥卧冰求鲤

晋朝时期，有个叫王祥的，是今天的山东临沂人，心地善良，对长辈极为孝顺。他幼年时失去了母亲，后来继母朱氏对他很不好，时常在他父亲面前说三道四，搬弄是非，因此王祥很快失去了父爱，父亲对他逐渐冷淡，经常让他做

① 晋代刘殷的故事也是很突出的类此例子。刘殷七岁丧父，服丧三年，不曾言笑过。曾祖母王氏在冬天想吃一种叫堇的野菜，知道没地方能弄到，没有说出来，但有十多天不愿吃饭了。刘殷很奇怪，问曾祖母是怎么了，王氏只好告诉了他。当时刘殷年仅九岁，听了曾祖母的诉说，就跑到滩地里对天恸哭，祈求皇天哀怜。哀哭了半天，忽然隐隐听到好像有声音让他不要哭了，收泪看时，地里竟长出了堇菜。他收采了一筐回家，竟然食之不尽，直到来年地里堇菜生出，筐中的堇菜才没有了。他还梦见有人告诉他："西篱下有粟。"醒来去掘地探寻，果然得到粟米，上面还有文字写着："七年粟以赐孝子刘殷。"结果还真的吃了整整七年。

家中又累又重的活。但王祥对继母并不怨恨，而且侍奉的更周到。父母有病，他彻夜不睡，衣不解带地守候一旁，每次父母吃药之前，他必须亲自先尝。有一年的冬天，天气很冷，冰冻三尺，继母想吃鲜鲤鱼。王祥为了满足继母的口味，得到鲤鱼，赤身卧在冰上，浑身冻得通红，祷告祈求鲤鱼。这时，他右边的冰突然融化开裂，王祥喜出望外，正当准备跳入河中捉鱼时，忽从冰缝中自动跳出两条活蹦乱跳的鲤鱼。王祥高兴极了，就把两条鲤鱼带回家做给了继母吃。[①] 他的举动，在十里乡村

---

① 《晋书》卷三十三《王祥传》称："祥性至孝。早丧亲，继母朱氏不慈，数谮之，由是失爱于父。每使扫除牛下，祥愈恭谨。父母有疾，衣不解带，汤药必亲尝。母常欲生鱼，时天寒冰冻，祥解衣将剖冰求之，冰忽自解，双鲤跃出，持之而归。母又思黄雀炙，复有黄雀数十飞入其幕，复以供母。乡里惊叹，以为孝感所致焉。有丹柰结实，母命守之，每风雨，祥辄抱树而泣。其笃孝纯至如此。汉末遭乱，扶母携弟览避地庐江，隐居三十余年，不应州郡之命。母终，居丧毁瘁，杖而后起。"《世说新语·德行》载："王祥事后母朱夫人甚谨。家有一李树，结子殊好，母恒使守之。时风雨忽至，祥抱树而泣。祥尝在别床眠，母自往暗斫之。值祥私起，空斫得被。既还，知母憾之不已，因跪前请死，母于是感悟，爱之如己子。"《晋书》、《世说新语》所载都有些夸张。相比于继母的苛刻，王祥的同父异母弟王览倒很爱护他，《晋书》卷三十三《王览传》称："览字玄通。母朱，遇祥无道。览年数岁，见祥被楚挞，辄涕泣抱持。至于成童，每谏其母，其母少止凶虐。朱屡以非理使祥，览辄与祥俱；又虐使祥妻，览妻亦趋而共之。朱患之，乃止。祥丧父之后，渐有时誉，朱深疾之，密使鸩祥，览知之，径起取酒。祥疑其有毒，争而不与。朱遽夺反之。自后朱赐祥馔，览辄先尝，朱惧览致毙，遂止。览孝友恭恪，名亚于祥。"王览小时候才几岁的时候，看到哥哥王祥被母亲朱氏鞭打，就抱着哥哥哭泣。长大以后，王览时常劝母亲朱氏不要虐待哥哥。母亲朱氏对王祥做不合理的要求，王览也自愿跟着哥哥一起吃苦；母亲朱氏虐待王祥的妻子，王览的妻子也自愿比照办理。王祥丧父之后，名声渐渐大起来，后母朱氏忌恨，便用毒酒要毒王祥，但是王览知道，急着取来要喝，王祥疑酒有毒，就和王览抢着喝，朱氏自知事泄，干脆自己把酒抢下来了。后来每次母亲朱氏给哥哥王祥食物时，王览都要先吃，朱氏怕毒死自己亲生儿子，就不再下毒了。王览通过自己的孝心，使母亲免于大不仁、使兄得以受爱护，宜哉其"孝友恭恪，名亚于祥"也！唐朝韦嗣立有异母弟韦承庆，"母王氏，遇承庆甚严，每有杖罚，嗣立必解衣请代，母不听，辄私自杖，母察知之，渐加恩贷，议者比晋人王祥、王览。……会承庆自凤阁舍人以疾去职，则天召嗣立谓曰：'卿父往日尝谓朕曰"臣有两男忠孝，堪事陛下"。自卿兄弟效职，如卿父言。今授卿凤阁舍人，令卿兄弟自相替代。'即日迁凤阁舍人"(《旧唐书》卷八十八《韦嗣立传》)。韦嗣立、韦承庆可谓"唐代版"的王祥、王览，二人因此为武则天所欣赏。

传为佳话,人们都称赞王祥是人间少有的孝子,认为这是王祥的孝心感动神灵的缘故。有诗颂曰:“继母人间有,王祥天下无。至今河水上,留得卧冰模。”《搜神记》卷十一也载一事:“楚僚早失母,事后母至孝。母患痈肿,形容日悴,僚自徐徐吮之,血出,迨夜即得安寝。乃梦一小儿语母曰:‘若得鲤鱼食之,其病即差,可以延寿。不然,不久死矣。’母觉而告僚。时十二月冰冻,僚乃仰天叹泣,脱衣上冰卧之。有一童子,决僚卧处,冰忽自开,一双鲤鱼跃出。僚将归奉其母,病即愈,寿至一百三十三岁。盖至孝感天神,昭应如此。此与王祥、王延事同。”看来此事发生在王祥之后。

孟宗哭竹生笋和王祥卧冰求鲤很有些相似:一个是哭竹,一个是卧冰;一个生笋,一个求鲤,都是在寒冬腊月之时于不可能中因孝生灵,都具泛孝论的孝道感应,鲁迅《二十四孝图》说:“‘哭竹生笋’就很可疑,怕我的精诚未必会这样感动上帝。”至于“留得卧冰模”的王祥,其事显然也有些夸大宣传,人的体温才多少,恐怕冰不融化,自身已经成了冰块了。《元史·孝友传》载,王荐“性孝而好义。父尝疾甚,荐夜祷于天,愿减己年益父寿。父绝而复苏,告其友曰:‘适有神人,黄衣红帕首,恍惚语我曰:“汝子孝,上帝命锡汝十二龄。”’疾遂愈,后果十二年而卒。母沈氏病渴,语荐曰:‘得瓜以啖我,渴可止。’时冬月,求于乡不得,行至深奥岭,值大雪,荐避雪树下,思母病,仰天而哭。忽见岩石间青蔓离披,有二瓜焉,因摘归奉母。母食之,渴顿止”。又载,汤霖“早丧父,事母至孝。母尝病热,更数医,弗能效。母不肯饮药,曰:‘惟得冰,我疾乃可愈。’尔时天气甚燠,霖求冰不得,累日号哭于池上。忽闻池中戛戛有声,拭泪视之,乃冰澌也。亟取以奉母,其疾果愈”。这俩人可谓“元朝版”的孟宗“哭竹生笋”、王祥“卧冰求鲤”,只不过一个是哭雪生瓜,一个则是哭池结冰,而后者和王祥卧冰求鲤更有异曲同工之妙。

其实,上述孝子的孝道精神,我们在今天还是可以觅得影子的。记得看过一期和晶主持的《实话实说》,采访过江苏一位叫刘绍安的老人,他和战友在抗美援朝时生死相约,谁能够平安归国谁就承担起赡养对方老妈妈的义务。后来他幸运生还,归国后便从山东老家到了江苏淮安,做了上门女婿,履行对战友的生死诺言,照顾起战友的老妈妈。老妈妈去世前患重病,有一天想吃嫩黄瓜,这可难坏了他这个孝子,因为那同样也是在大冬天，而且是上世纪八十年代，还不像今天这般生鲜果蔬反季易得。怎么办呢？刘绍安突然想起镇江的腌菜，那里有腌黄瓜之类，于是他骑着自行车往返上百里买回腌黄瓜，用水浸泡掉盐分，终于满足了老妈妈在离世前想吃嫩黄瓜的愿望。我当时在看到这个节目时，脑子里便浮现出孟宗哭竹生笋的故事，那一刻，我觉得多了许多亲切的理解！

再比如王祥“卧冰求鲤”，其实涉及的即是家庭亲情中的忍让问题。忍让是一种谦卑、恭敬，是一种修养、美德。在我们人与人的交往过程中，适当地忍让，是建立良好人际关系、塑造良好品质形象的必须。在今天注重自我、张扬个性的时代，上自国家领导人，下至平民老百姓，忍让仍然是事业上、工作中、生活里必不可少的润滑剂。具体到家庭亲情来说，忍让更是自古到今维系家庭亲情、和谐家庭关系的重要法宝。我们常说“天下无不是的父母”，这是从总的大的方面来说，事实上现实中很多家庭的父母在养育、教育自己的子女过程中，难免会有一些不足的地方，譬如对于家庭的责任，对于子女学习与情感的关心，以及日常生活中亲情沟通时的态度、方式等等。那么，面对这些情况，作为子女的我们应该如何面对呢？在“二十四孝”故事中，我觉得我们可以寻找到一种启示。面对不幸的家庭，面对不称职的父母，能够以自己的一颗忍让之心、孝子之情感化父母兄弟，维系和谐家庭亲情的舜帝、闵子骞、王祥，给我们做了榜样。我们可以发现，在家庭生活中，自古以来就有父母虐待子女的现象，而继父母虐待非亲生子女的尤为多见(特别是继母虐待前妻之子，形成颇有“中国特色”的后妈现象)。子女对待这种事情往往有两种态度：一是以牙还牙，与父母针锋相对，其结果是闹得家庭不和，甚至四分五裂；二是以德报怨，用自己的善孝之心，促使父母的悔改，使家庭和睦安宁。中国传统文化历来倡导后一种做法，《仪礼·丧服》：“传曰：继母何以如母？继母之配父与因母同，故孝子不敢殊也。”舜帝、闵子骞、王祥就是这后一种做法的典型代表。在我们今天，当然不是要求大家去一味地忍受、忍让，古人没有家庭暴力的概念和说法，今天我们面对极为出格的涉及犯罪的家长，可以通过法律维护自己的权益；这么说，是不是舜帝、闵子骞、王祥的孝道就一点儿现实意义都没有了呢？当然不是的。今天的中国，已经由过去的父权核心制转变为子女轴心制，当我们在为子女们迎来民主、自由、独立、个性的大好时期感到欣慰时，也为父母亲与子女日以平等的交往中所受到的顶撞、冷漠、叛逆、反抗而感到不安！

举个例子：有一条与压岁钱有关的新闻说，有一个家庭条件很优越，七岁的独生儿子从小到大没受过一点儿委屈。今年春节，儿子又收到了三千余元压岁钱，家里人怕他弄丢，要替他保管，但儿子说什么都要自己拿着。一天早上，妈妈急着用钱，就拿了儿子的压岁钱，并将一些白纸装进了儿子的小口袋。儿子发现钱不见了，坐在地上大哭大闹。妈妈回来后立即解释，说很快会还给他，这才终于止住了儿子的哭闹。可是谁曾想，过了一会儿，这个小孩拿着一根烧得通红的铁钎子刺向妈妈的腿，嘴里还说："看你以后还敢不敢骗我！"结果妈妈的右腿被烧得通红的铁钎子烫伤。

这是一条让人看了之后心里颇不是滋味的新闻。有一位作者就此写了这么一篇文章——《从卧冰求鲤到"铁钎烫母"》，作者并不是说要回到卧冰求鲤的做法上去，而是认为，现在几岁的孩子唯我独尊，颐指气使，稍有不满就跟大人发脾气，甚至给大人"动刑"，放眼古往今来，如此巨大的反差能被我们接受吗?！一个眼中没有家长，对生母大施"刑罚"的七岁孩童，他的心中会有多少成分是敬老、爱幼的？他长大以后，面对社会生活，会有多大程度容忍自己的挫折，又有多少爱心去帮助别人呢？很多家长感叹，独生子女的蛮横无礼、唯我独尊已经成了共性的问题，稍有不满，他们就不顾一切地爆发，让家长手足无措。这确实令人担忧，也令人深思。当然，母亲的做法也有不当之处，平时对孩子溺爱、纵容，养成了孩子唯我独尊的品性，容忍孩子保管与其年龄不相符的"巨款"，还用白纸替代压岁钱欺骗孩子。一个时时以自我为中心的孩子情急之下做出超越常情的举动，也就具有了爆发的可能。所以作者指出，平时溺爱是"因"，"铁钎烫母"则是"果"。

再举一例：某年的冬天特别冷，即使穿着厚厚的棉衣走在路上都直打哆嗦。一天，一位出租车司机刘师傅看到一位七十多岁、身材瘦小的老太太穿着单衣、拖鞋坐在路边哭泣。从老人的衣着和外貌看并不像流浪乞讨的人，好心的刘师傅赶紧上前询问老人，是生病了还是迷路了，并让她坐到车里。在车上，老人告诉刘师傅，自己和年轻的小儿子一起居住。这几天儿子出差了，儿媳妇因为一点小事就把她撵了出来。她想去女儿家，可身上没有钱也说不清女儿的具体住址。刘师傅一边安慰老人，一边按她说的大概地址帮忙寻找。经过一个多小时的查找，刘师傅将老人送到了女儿居住的小区，然后又请小区保安帮忙查询找到了老人女儿的家，老人的女儿拿出 100 元钱想酬谢刘师傅，被他婉言拒绝了。他说："只要你们能对老人好一些，别再让她大冷天的坐在路边淌眼泪就行了！"

刘师傅说，看了老人的遭遇自己非常痛心，也非常气愤，甚至想去找她的儿媳理论一下，谁都有父母，二十多岁的年轻人怎么能这样对待老人，实在是太过分了！我们不清楚老人和他的儿媳之间到底发生了怎样的一件小事，无论如何，因为一时不满，便将老人撵出家门，这种残忍的态度、言行，实在是缺少一种对父母忍让的孝道美德。闵子骞大冬天的穿着芦花棉衣发抖，这位老人则在寒冷中穿着一件单衣、拖鞋哭泣，相同的画面，却有着不同的内涵，这里面到底是缺失了什么呢?!

当然了，上述两个例子，我想我们一般人是不会遭遇的，但这并不等于孝敬父母时的忍让，在我们身上就不存在问题了，相反，从小到大，我们的问题太多了！最主要、最经常、最需要我们反思的，便是我们与父母交谈时的言行举止。稍有点儿不顺心，我们便把耷拉着的脸活生生地呈现在父母面前；稍有点儿不耐烦，我们便把生硬的话响当当地抛在父母耳边，零下一百多度冷得吓人的脸色和杀伤力超过一百分贝难听刺人的狠话，是我们最熟练最常用的针对父母的"软暴力"。我的一位女学生，在交给我的"中国孝文化"课程作业中，谈到了给家里打电话时的一次悔恨：打电话向家里要生活费，爸爸接的电话，爸爸在电话那头小心地向她解释，说今年没找到什么钱，没有挣到钱，希望她花钱节约一点儿。这位女同学当时很不满，冷冰冰地对爸爸说"供不起就不要供了"，说完就啪地挂掉了电话。事后，这位女同学很后悔，责怪自己怎么那么冲动。是啊，我们有什么权利要求父母"小心地"向我们解释呢？他们用尽全力，想让我们生活得好一些，实际上当家中经济条件不宽裕的时候，爸爸妈妈的心中是不好受的，他们往往会自责，觉得尽管尽了全力，可是能力有限，没有让我们吃得最好、穿得最好、用得最好，而在这个时候，不满的我们冲动的言行，岂不是又在父母的小心翼翼的心口上划着一道道的伤痕吗?!

有一首歌唱道"我最深爱的人伤我却是最深",面对父母,实际上也可以说"最爱我的人却被我伤得最深"!在谈朋友时,我们是那么地注意自己的一言一行,小到发型的一根发丝,皮鞋上的一点儿尘土,就想把自己最美好的一面呈现给对方;在单位工作,我们也是见什么人说什么话,总想让领导、同事都对自己说一个"好"字,然而面对最在乎、最爱我们的父母,为什么我们不能做到尽力拿出自己最好的方面,去博得父母的欢心呢?!父母是最爱我们的人,是最关心、最呵护我们的人,人无完人,父母也是凡人,他们在为这个家日夜辛苦奔波、操劳的同时,也有劳累、疲倦、焦虑、委屈的时候。他们总想尽最大的努力,换回最好的一切赠送给我们,在这个过程中,可能会有一些令人不满意的地方,无论是他们提供给我们的物质条件,还是展现给我们的精神情感,我们应该从大的总的方面着眼,用心去体谅父母、体贴父母、体恤父母。在他们劳累的时候,力所能及地分担一些家务,在他们疲倦的时候,力所能及地承担一些责任;在他们焦虑的时候,陪他们说说话,泡上一杯清茶,沉静彼此的情绪;在他们委屈的时候,陪他们散散步,听上一段音乐,抚慰彼此的心灵。从小到大,我们在父母的宠爱中长大,已经习惯了将最不顺心、最不喜欢的烦恼丢给父母,并且附带着抱怨、赌气,父母在承受工作、家庭压力的同时,还要随时接受来自我们做儿女的不太好看的脸色、不太好听的语言。诸如此类的情况下,诸如此类的日常中,我们——作为父母心上肉、掌上宝的子女,难道不可以注意一下忍让吗?不可以强化一下恭敬吗?我们忍让的不是仇人对手,是渴望获得我们敬爱的父母;我们强化的也不是奴性卑贱,而是捧给爸妈的温暖的孝心!

（四）杨香扼虎救父

杨香,晋朝人,一个十四岁的女孩。有一天她随父亲到田间割稻子,忽然从树林里跑来一只猛虎来,把父亲扑倒叼去。当时杨香手无寸铁,在这危急的关头,为救父亲,急忙跳上前去,用尽全身气力扼住猛虎的头颈。惊吓之下的猛虎终于放下杨香的父亲跑掉了，由此父女二人得以幸免遇难。这是"二十四孝"中入选的第一个孝女。通过这个故事我们可以看出，杨香的父亲被老虎叼去，摆在杨香面前的只有两条路：一条是不管父亲，自己拔腿逃命；另一条就是赤手空拳地与老虎搏斗，设法救下父亲。对于年仅十四岁的小女孩来说，选择后者显然是凶多吉少，但是杨香当时"惟知有父而不知有身"，一心只牵挂父亲的安危而全然忘记了自身，奋力"扼持虎颈"，竟然出现了奇迹，将老虎卡得逃走。这不仅使人想到汉朝名将李广射箭的故事：一次李广外出打猎，看见草里的一块石头，以为是老虎，一箭射去，射中石头，整个箭头都射了进去；后来得知是石头，重新再射，却再也射不进去。可见一个人在情急之下会产生出奇的威力，难怪十四岁的小女孩一见父亲遭难，便奋不顾身，在救父心切的驱使下，竟然将老虎撵走。这也可以说是孝心使然。一个只有平日里时刻牵挂父母的一切、把父母亲看得极重的人，才能如此忘我地去做。世人为了颂扬杨香的孝心，作诗以赞颂她说："深山逢白额，努力搏腥风。父子俱无恙，脱身虎口中。"[①]《后汉书·独行列传》载彭修："年十五时，父为郡吏，得休，与修俱归，道为盗所劫。修困迫，乃拔佩刀前持盗帅曰：'父辱子死，卿不顾死邪?!'盗相谓曰：'此童子义士也，不宜逼之。'遂辞谢而去。乡党称其名。"这和杨香的表现是一样的，虽然一个面对猛虎，一个面对强盗。而在史书中，后者也就是面对盗贼时奋不顾身救护父母的事例尤其多。如河内郡温县人司马芝，到荆州去躲避战乱，在鲁阳山里遇到强盗。同行的人们都丢下年老体弱的人逃走了，只有司马芝一个人坐在那里守护老母亲。强盗来到后，用刀逼着司马芝。司马芝叩头说道："我的母亲年纪很大了，她的养老送终问题就拜托诸位了！"强盗们说："这是个孝子啊！杀他是不义的。"司马芝于是免于被杀，用小车把母亲推走了，在南方住了十几年，

---

① 《旧唐书·孝友传》载："豫州人许坦，年十岁余，父入山采药，为猛兽所噬，即号叫以杖击之，兽遂奔走，父以得全。太宗闻而谓侍臣曰：'坦虽幼童，遂能致命救亲，至孝自中，深可嘉尚！'授文林郎，赐帛五十段。"《元史·列女传》载："建德王氏女，父出耘舍傍，遇豹，为所噬，曳之升山。父大呼，女识父声，惊趋救，以父所弃锄击豹脑，杀之，父乃得生。"许坦、王氏女可谓是"唐朝版"、"元朝版"的杨香。

亲自耕种,恪守礼义节操。与司马芝相似的是潘综,晋代浙江吴兴人。当时匪兵攻破村邑,潘综有一个年老的父亲,已是七十多岁的高龄,难于行动,他就背负着父亲,逃避匪祸,走得很慢,有给匪兵追上的危险。他的父亲潘骠对他说:“我年已衰老,不能行动,无法逃走,你年纪轻,独自一个人逃,还可来得及避去匪祸,如果带著我走,走得很慢,势必给匪兵追上,那么我们父子二人都要遇难。希望你不要管我,自己一个人逃,可以保全你的生命。”潘综听了父亲这一番话,虽觉很有道理,但还不肯舍弃年老的父亲,结果终于给匪兵追上。潘综向匪兵叩头说:“我的父亲已是七十多岁的高龄,求求你们饶恕他,保全他的老命吧!”他父亲潘骠也向匪兵请求说:“我的儿子年龄轻,本来可以走避,为了不肯舍弃我,所以没有走。但我年已老,死也没有关系,只求保全我儿子的生命!”有一个匪兵正要举刀砍杀年老的潘骠,老人家吓得魂不附体,潘综急忙把老父抱在腹下,匪兵就举刀转砍潘综,皮破血流,顿时昏晕过去。忽然另一匪兵跑过来,对其余的匪兵说:“这一青年以死救父,是难能可贵的孝子,怎么可杀他呢?!杀孝子是不祥的事,万万不可杀!”其余匪兵听了,急忙把潘综救活过来,护送他们父子二人安全回家。后来太守王韶之临郡,察举孝廉曰:“孝廉之选,必审其人,虽四科难该,文质寡备,必能孝义迈俗,拔萃著闻者,便足以显应明扬,允将符旨。乌程潘综守死孝道,全亲济难。”(《宋书》卷九十一《潘综传》)足见世人对其“守死孝道,全亲济难”的肯定与赞赏。而《三国志·魏书》裴松之注中的鲍出,更可以说是令人印象深刻的在危难关头“老吾老,以及人之老”的楷模!

鲍出少年时即游侠乡里,大乱年间,他与老母和兄弟五人家居本县。当时家中饥饿,所以鲍出弟兄留老母守屋,一同出去采摘莲蓬,采得了数升莲子之后,哥哥鲍初、鲍雅及四弟鲍成拿着莲子回家为母亲煮食,鲍出则与小弟在后继续采摘。鲍初、鲍成到家时,正赶上百十个吃人贼掳走母亲。鲍初等人怖恐无比,不敢追逐。过了一会儿,鲍出回来,知道母亲蒙难,立即便去追赶。其他兄弟都劝说他道:“贼人势众,怎么办才好?”鲍出怒发如狂,大声斥骂道:“母亲被贼人掳去,即将要被煮食,这还有什么好说的?活着又干啥呢?!”于是单枪匹马,独自追击。行走数里后赶上了贼寇,断后的贼寇发现了他,于是列阵等待。鲍出冲到后与贼人作战，连杀四五人，迫使贼人四散逃走，但之后又合聚包围了他，结果鲍出奋起神勇，越出重围，又杀十余人。当时掳走鲍母的贼寇已经去远，断后的贼人被鲍出打败后便逃跑，与前人会合，鲍出继续追击，见到母亲和邻家老妇同被绑在一起，于是倍加努力地发起进攻。领头的贼寇无奈，于是问鲍出说："你到底想要怎么样？"鲍出就指着自己的母亲说："她是我母亲，你放了她，否则与你绝不善罢甘休！"贼人无奈放还了鲍出得母亲。但这还不算完，由于贼人没有放还邻家老妇，老妇远远望着鲍出哀求，于是鲍出再度挺身杀贼，又杀死数人，贼人对鲍出哀求道："我们已放还了你母亲，为何还不停止？！"鲍出指着邻家老妇道："这是我嫂子，你把她也放了！"贼人不敢不从，鲍出这才背负娘亲，拉着老妇回家。虽然击退了贼寇，但鉴于关中的混乱，鲍出带领全家迁居荆州，一直到建安五年(200)才北归返乡。当时母亲已经七十多岁，兄弟们商议着雇车回家。鲍出认为车马历山险危，不如背负着安稳，所以就用背笼装着老母，跋涉数百里，独自背回家来。乡里士大夫对鲍出的孝烈和武勇甚为嘉奖，想要举荐他去州郡当官，但被他以"田民不堪冠带"为理由拒绝，从此在家中安居。后来鲍母活了一百多岁，寿终正寝，当时鲍出七十多岁，仍然行丧如礼。

通观《三国志》，像鲍出这样以一己之力向数十贼兵挑战，屡屡击败和杀死他们，迫使贼寇放还生母的事例，真是绝无仅有！鲍出或许不通军略，但他的刚勇和武艺实在令人惊叹，裴松之注《三国志》，将鲍出的事迹与许褚、典伟、庞德等魏国著名勇将合为一传，原因或即在此，并且赞曰："鲍出不染礼教，心痛意发，起于自然，迹虽在编户，与笃烈君子何以异乎？！"史书里记载他虽然已经八九十岁，但看上去仍然只有五十多岁的模样，看来还是一个颇通养生之道的人。

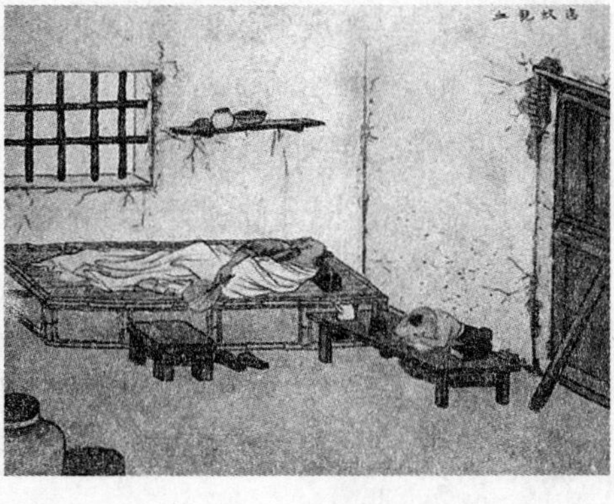

（五）吴猛恣蚊饱血

吴猛，晋朝人，八岁时就懂得孝敬父母。家里贫穷，没有蚊帐，蚊虫叮咬使父亲不能安睡，每到夏夜，吴猛总是赤身坐在父亲床前，小孩子家细皮嫩肉的，蚊子都集聚在他身上，且越聚越多，吴猛任蚊虫叮咬而不驱赶，因为他担心蚊虫离开自己去叮咬父亲。认为蚊子吸饱了自己身上的血，便不会去叮咬父母，八岁孩童的这种想法有些可笑，却又让人笑不出来！其法虽然不可取，但只有对父母爱到极点，才会有此"痴傻"的行为，这是一颗多么纯净的童心啊！吴猛后来成为一名传奇道士，《搜神记》载曰："吴猛，濮阳人。性至孝。遇至人丁义，授以神方；又得秘法神符，道术大行。尝见大风，书符掷屋上，有青乌衔去，风即止。或问其故，曰：'南湖有舟，遇此风，道士求救。'验之果然。西安令于庆死，已三日，猛曰：'数未尽，当诉之于天。'遂卧尸旁，数日，与令俱起。后将弟子回豫章，江水大急，人不得渡；猛乃以手中白羽扇画江水，横流，遂成陆路，徐行而过，过讫，水复。观者骇异。尝守浔阳，参军周家有狂风暴起，猛即书符掷屋上，须臾风静。"这便更为神异了。

（六）庾黔娄尝粪忧心

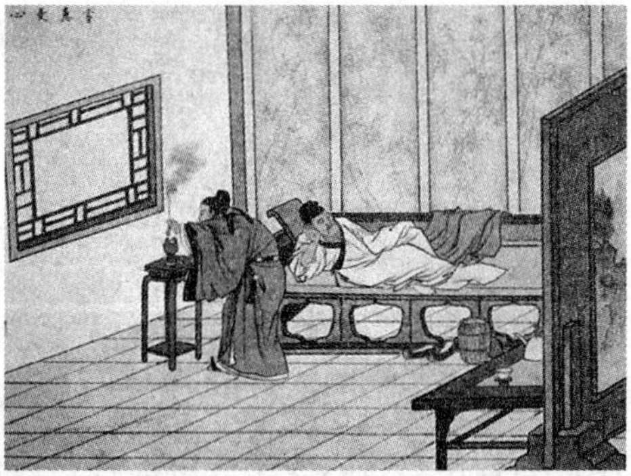

庾黔娄，南朝梁时高士。曾赴外任县令，不满十天，一日忽觉心惊流汗、坐立不安，预感家中有事，当即辞官返乡。庾黔娄回到家中，见父亲已病重在床两日，情况危殆，十分担忧。医生嘱咐说："要知道病情吉凶，只要尝一尝病人粪便的味道，味苦就好，味甜则不治。"庾黔娄立即就去尝父亲的粪便，发现味甜，于是夜里跪拜北斗星，焚香祈祷，乞求以身代父去死。忽闻空中有人语曰："汝诚孝心可嘉，无奈汝父寿命已尽，不复可延。"几天后父亲去世，庾黔娄安葬了父亲，并守制三年。虽然天不遂愿，但其孝名却远近传播，作为孝行的典范事例列入了正史列传。（见《梁书·孝友传》）与庾黔娄相仿佛的是元人杜佑与尹莘。杜佑"父成病于家，佑忽心惊，举体沾汗，即弃职归。父病始三日，遂祷神求代，且尝粪以验疾。父卒，庐墓尽哀，有驯兔之瑞"（《元史·孝友传》）。尹莘"游学于京师，忽梦母疾，心怪之。驰归，母已亡。居庐蔬食，哀毁骨立。每鸡鸣而起，手治祭馔，诣墓所哭奠之，风雪不废。父辅臣尝病疫，莘侍奉汤药，衣不解带，尝其粪以验差剧，夜则祷于天曰：'荸母亡不能见，父病不能治，为人子若此，何以自立于世，愿死以代父命！'数日愈，乡里嗟异之"(《元史·孝友传》)。其"孝感"比庾黔娄、杜佑要幸运。

又如北朝周人柳遐，《北史》称："遐有至行。初为州主簿，其父卒于扬州，遐自襄阳奔赴，六日而至，哀感行路，毁悴不可识。后奉丧西归。中流风起，舟中人相顾失色。遐抱棺号恸，诉天求哀，俄顷风止浪息。其母尝乳间发疽，医云：'此疾无可救理，唯得人吮脓，或望微止其痛。'遐应声即吮，旬日遂瘳。咸以为孝感所致。"隋人田翼，"不知何许人也。性至孝，养母以孝闻。其后母卧疾岁余，翼亲易燥湿，母食则食，母不食则不食。母患暴痢，翼谓中毒，遂亲尝恶。及母终，翼一恸而绝，其妻亦不胜哀而死，乡人厚共葬之"(《隋书·孝义传》)。元人张恭，"河南偃师人。以兵部符署鹰房府案牍，亲老，辞归侍养，垦理先墓，身负水灌松柏。父丧，过哀。侍母冯氏尤谨。岁凶，恭夫妇采野菜为食，而营奉甘旨无乏。母有疾，恭手除溷秽，喂哺饮食，且尝粪以验疾势。天历初，西兵至河南，居民悉窜。恭守视母病，项中一剑，不去。母惊悸而殁，恭居丧尽礼，人称孝焉。有诏旌其闾"(《元史·孝友传》)。都是此类孝行彰著者。今天，如鲁迅所说，"医学发达了，也不必尝秽"①，庾黔娄等古代孝子的"尝秽"举动自然无人效仿，然而照顾父母衣食起居，特别是在他们上了年纪或者瘫痪而大小便失禁等情况下，不可避免地要处理一些污秽之物，如何去做，如何心平气和、恭敬孝敬的去做，这个问题恐怕依旧存在。网络上不是上传有一个感动无数人的安徽孝顺女孩故事吗？年幼的她在母亲出走后，担负起照顾奶奶和父亲的重担，每天为重病卧床的父亲翻身、擦洗、喂饭，然后急匆匆地赶往学校教室认真听课学习。拍摄的网友问她"累不累，抱怨不？"她沉默着摇摇头。"为什么呢？""有父亲在，就总算是还有一个家……"看着那画面，听着这心语，作为成年人的为人父母的养儿方知父母恩的我们，当做何感想？！巧得很，正在我敲打键盘书写此处这段文字时，两岁的儿子跑过来说"爸爸我要拉粑粑"，我随即抱起儿子奔向卫生间，其实父母从小为孩子可以说随时随

① 《我们现在怎样做父亲》，《鲁迅全集》第一卷《坟》，人民文学出版社 2005 年版，第 144 页。

地随机地端屎端尿擦屁股不知多少回，面对可爱调皮的孩子又何曾抱怨、恼恨过？那么，当父母老了、我们大了，我们在他们需要的时候为他们做力所能及的照顾，应该还是不应该呢？不是很正常吗？

此外，魏晋南北朝时期入选《二十四孝》的，还有一个王裒“闻泪泣墓”，我们在前面已经了解过。从总体上来看，这一历史时期的孝文化、孝道故事，给我们的既有寻常的孝心感动，也有奇异的孝道感应。正像东晋元帝《孝德传序》中说的那样：“天经地义，圣人不加；原始要终，莫逾孝道。能使甘泉自涌，邻火不焚，地出黄金，天降神女，感通之至，良有可称。”(《金楼子》卷五)“甘泉自涌”说的是姜诗涌泉跃鲤，“地出黄金”是郭巨埋儿，“天降神女”是董永孝感，“邻火不焚”是蔡顺伏棺，而“感通之至，良有可称”，上述魏晋南北朝时期的孟宗“哭竹生笋”、王祥“卧冰求鲤”，又何尝不是如此？至于前者，寻常的孝心感动，除了忍让之外，便是牵挂，对父母一切的牵挂。这种孝道中的牵挂，是吃到山珍海味时，能够想起家中的爹妈，是危难关头时，能够与父母生死与共，是照顾父母时，能够设身处地的无微不至，是身处异乡时，能够把父母的叮咛时刻牢记。小时候，我们是父母的心上肉、掌上宝，父母为我们挡风遮雨，为我们日夜操劳；长大了，我们是父母的依靠、父母的棉袄，我们应该把他们放在我们的心坎上、爱心里，牵挂他们的吃和穿，牵挂他们的喜和忧，让父母在我们的牵挂中安享晚年，让父母在我们的牵挂中远离饥寒，让父母和我们一起生活得和和美美、团团圆圆！

总之，魏晋南北朝时期，中国孝文化继续发展，上自皇帝，下至平民，都有许多惊天地、泣鬼神的孝道故事，也正因此，后来唐朝在修《晋书》的时候，便开始在正史中单独编列孝友传、忠义传，以示褒奖和宣扬，成为魏晋南北朝时期孝文化发展的时代体现和全面记录。最早的孝友传、忠义传是从魏晋南北朝时期开始，这绝不是偶然的，乃是一个具有划时代意义的标志，自此以后，历代正史多仿照此例，给孝子立传以表彰其孝行，使这些具有榜样作用的人物品行得到传播，对社会起激励作用，我们要了解中国历史上的著名孝道人物，大多数可以在这些正史孝义传中找到。值得注意的是，随着道教、佛教两家的逐渐发展，孝道伦理在宗教领域也被世人关注、讨论，比如范缜作《神灭论》，驳难者就用《孝经》中"为之宗庙，以鬼享之"的话，作为有鬼存在的根据，范缜反驳时也只能说："圣人之教然也，所以弭孝子之心而厉偷薄之意，神而明之，此之谓矣。"(《梁书》卷四十八《范缜传》)南北朝时佛、道论战，道教徒亦援引《孝经》攻击佛教，这种把孝道、《孝经》作为具有威慑力量的武器来使用的论战，可以说更是代表了反佛者对于佛教外来文化的一致立场，直到唐朝三教并立，佛教才在本土化、华化进程中持久反击，逐渐立足。那么，我们的大唐盛世的孝文化是如何的呢，是不是也呈现出一种与盛世大唐相呼应的气象呢？对此，第八讲隋唐时期的孝文化将会为大家作简明的介绍。

第八讲　隋唐时期的孝文化

秦汉之后，隋唐时期又是一个被中国人引以为傲的所谓盛世，特别是在政治、经济、军事、文化等诸方面均居“国际”先进水平并强力辐射同处亚洲的日本、朝鲜半岛等国的大唐，说它的实力在那时相当于今天的美国，大概不为过。这样灿烂的一个历史时期，其孝文化必当有其丰富的内容，而事实也正如此。

这一时期，避讳仍是中国孝文化的一贯延续，然而却发生了一起著名的事件，促使一代儒宗韩愈撰文力辩。唐代著名诗人号称“诗鬼”的李贺，因为他的父亲名晋肃，在他准备参加进士科考试时竟遭到了非议（“晋”、“进”同音，时人认为应避父亲的名讳而不能参加进士科考），终于不能如当时其他读书人那样取得功名。韩愈曾鼓励李贺应进士试，也被人指责。当时皇甫湜说：“若不明白，子与贺且得罪！”如果不辩明这件事，您和李贺都会因此获罪。面对这种陈腐的时尚与攻击，韩愈十分愤慨，《讳辩》一文即是为这件事而写的。韩愈尖锐地指出，“父名晋肃，子不得举进士，若父名‘仁’，子不得为人乎？！”“凡事父母得如曾参，可以无讥矣；作人得如周公、孔子，亦可以止矣。今世之士，不务行曾参、周公、孔子之行，而讳亲之名，则务胜于曾参、周公、孔子，亦见其惑也！”[①]父名晋肃，儿子不可以考进士，那么倘若父亲名仁，儿子就不能做人了吗？！大凡服侍父母能像曾参那样，可以免遭非议了；做人能像周公、孔子，也可以达到顶点了。而现在的读书人，不努力学周公、孔子的行事，却要在避讳亲人的名字上，去超越周公、孔子，真是太糊涂了！韩愈巧妙地引用经典，找出矛盾，从而鲜明地表达了他反对将“避讳”搞

① 《韩昌黎文集校注》卷一，上海古籍出版社 1986 年版，第 61、63 页。

得太泛滥的主张。

一、隋文帝、隋炀帝与唐太宗、唐玄宗：夺位退位中的皇家孝道

隋文帝建国伊始，就接受纳言苏威的意见，“唯读《孝经》一卷，足可立身治国”（《隋书·儒林传》），将《孝经》立于国学，颁行天下，要求官民诵读，并袒护孝义之子。① 遗憾的是，能治国的他却不能齐家，最终使王业二世而亡，历史的相似简直就和秦汉时期的秦朝同出一辙。中国历史上前有秦汉，后有隋唐，隋朝和秦朝皆二世而亡，却都为接替者汉、唐准备了政治、经济、文化上的制度与基础，汉、唐均有盛世出现，和这是有关系的。

隋朝的第二个皇帝隋炀帝杨广，是隋文帝杨坚的次子，原先他的哥哥杨勇是太子，杨广却靠玩弄各种手段赢得了父亲的欢心。他本来极好声色，却在自己的住所把乐器的弦弄断，让上面布满尘土，隋文帝见了，以为他不好声妓、志向远大而十分赞赏；他原本喜欢游玩享乐，但有一次他出去狩猎，遇上下雨，随从的人拿雨衣给他披，他说：“士兵们都淋湿了，我能一个人披这个么?!”让把雨衣拿走，以此又得到了属下的赞扬。靠这些狡猾的手法，杨广取得了隋文帝的信任，最终杨坚废掉太子杨勇，立他为太子。后来他为了早一天登基，乘隋文帝病重，等不及其去世，就派心腹把父亲杀了，接着，他又杀了哥哥杨勇。古时候称臣

---

① 《北史·孝行传》、《隋书·孝义传》皆载孝子王颁，父亲为陈武帝所杀，在隋朝开国之初，他率兵伐陈。等到陈灭亡后，因陈武帝早已死，王颁不能手刃仇人以泄愤，遂密召士兵在夜里掘开陈武帝的墓，开棺焚尸，自己把烧出的骨灰用水冲着喝了。事后他自缚请罪，隋文帝杨坚说：“王颁所为，亦孝义之道也，朕何忍罪之?”乃舍而不问。

杀君、子杀父为“弑”，隋炀帝杨广实际上就是一个弑父杀兄的逆子，和杀兄篡位的胡亥都可以说是真正的不孝！暴虐荒淫的他居然也曾下诏说：“孝悌有闻，人伦之本；德行敦厚，立身之基。”（《隋书·炀帝纪》）真是莫大的虚伪和讽刺！为了权力私欲连父亲也忍心杀害的隋炀帝，其成为中国历史上臭名昭著的暴君、昏君，怠慢国家与百姓，奢侈腐败，激起民变使隋王朝迅速灭亡，这一切实际上都在情理必然之中了。只是值得一提的是，这样一个不孝不仁的暴君、昏君，却有一个惹人疼爱的孝子，即赵王杨杲。《隋书》谓其：“性至孝，常见帝风动不进膳，杲亦终日不食。又萧后当灸，杲先请试炷，后不许之，杲泣请曰：‘后所服药，皆蒙尝之。今灸，愿听尝炷！’悲咽不已。后竟为其停灸，由是尤爱之。后遇化及反，杲在帝侧，号恸不已。裴虔通使贼斩之于帝前，血湔御服。时年十二。”杨杲是隋炀帝的小儿子，少小聪颖，年仅七岁就被封为赵王。在隋炀帝巡游江南的过程中，杨杲一直陪侍左右，可见对其宠爱之深。小小年纪的杨杲生长在帝王之家，正是撒娇惯养之时，然而他十分孝顺，敬爱父母，亲尝汤药，特别是眼见父皇受到威胁侮辱时，他以号哭（小孩唯一能有效保护自己的武器）进行护卫，结果和父亲一起死于裴虔通之手，年仅十二岁，令人痛惜！不孝不仁的暴君、昏君隋炀帝临终见宠儿斩之于前、血湔御服，历史对其的惩罚大概也无过于此了吧?!

隋朝之后的大唐，必然要说到贞观之治与开元盛世，而谈到这一时期的孝文化，也不得不探讨一下唐太宗与唐玄宗，一个是在兄弟火拼中夺位，一个是在儿媳柔情中退位，这里面都涉及孝道伦理的辨析问题。

因“贞观之治”而流芳千古的唐太宗，其登上皇位的过程，同样充满了血腥气味，而且，这鲜血乃是来自他的哥哥和弟弟。以前，传统学者对玄武门之变兄弟相残、逼父退位的唐太宗是颇有微词的，宋代学者范祖禹称：“建成虽无功，太子也；太宗虽有功，藩王也。太子君之贰，父之统也，而杀之，是无君无父也。”（《唐鉴》卷二）朱子亦称其“杀兄劫父代位”(《朱子语类》卷一百三十七)。因此,固然唐太宗“贞观之治”为后世史家盛赞,但其家庭伦理、孝道亲情方面却极不体面,这一点确实毋庸讳言;不过,清官难断家务事,何况皇家权力纷争、是非难辨,更不好一概而论,其实对于孝道伦理,唐太宗还是甚有感触、感悟的。《旧唐书》卷二十四《礼仪志》载:

> 贞观十四年三月丁丑,太宗幸国子学,亲观释奠。祭酒孔颖达讲《孝经》,太宗问颖达曰:“夫子门人,曾、闵俱称大孝,而今独为曾说,不为闵说,何耶?”对曰:“曾孝而全,独为曾能达也。”制旨驳之曰:“朕闻《家语》云:曾皙使曾参锄瓜,而误断其本,皙怒,援大杖以击其背,手仆地,绝而复苏。孔子闻之,告门人曰:‘参来勿内。’既而曾子请焉,孔子曰:‘舜之事父母也,使之,常在侧;欲杀之,乃不得。小棰则受,大杖则走。今参于父,委身以待暴怒,陷父于不义,不孝莫大焉!’由斯而言,孰愈于闵子骞也?”颖达不能对。太宗又谓侍臣:“诸儒各生异意,皆非圣人论孝之本旨也。孝者,善事父母,自家刑国,忠于其君,战陈勇,朋友信,扬名显亲,此之谓孝。具在经典,而论者多离其文,迥出事外,以此为教,劳而非法,何谓孝之道耶?!”

看来唐太宗对于孝道伦理还是有自己的思考的。

唐太宗“贞观之治”之后,乃有唐玄宗“开元盛世”。在中国孝文化史上,唐玄宗更占有一席之地,就是因为他的御注《孝经》。唐玄宗并不是中国历史上第一个给《孝经》作注释的皇帝,但却是最为著名的,也是最为有影响的一个,清朝学者阮元在编选“十三经”的版本时,比较多种注释之后,挑选了唐玄宗注的《孝经》,可谓对其学术成就的肯定。其序曰:“子曰:‘吾志在《春秋》,行在《孝经》。’是知孝者德之本欤!《经》曰:‘昔者明王之以孝理天下也,不敢遗小国之臣,而况于公侯伯子男乎。’朕尝三复斯言,景行先哲。虽无德教加于百姓,庶几广爱刑于四海。"既交代了"孝者德之本"的重要性,也道出了自己作为天子"景行先哲"、"广爱刑于四海"的自觉与责任。唐玄宗曾下诏书:"自今以后,令天下家藏《孝经》一本,精勤诵习。乡学之中,倍增教授,郡县官吏,明申劝课。百姓间有孝行过人、乡闾钦伏者,所由长官具见以名荐,其有父母见在,别籍异居,亏败名教,莫斯为甚,特宜禁绝,勿使更然,并亲殁之后,亦不得令有分析。郡县切勒,令在惟行。自今以后,如有不友不恭、伤财破产者,宜配碛西,用清风教。"(孙逖《亲祭九宫坛大赦天下制》,《唐大诏令集》卷七十四)"自今以后,令天下家藏《孝经》一本,精勤诵习",这充分说明唐玄宗对《孝经》的重视程度。这之外,唐玄宗还曾特地颁布《孝悌力田举人不令考试词策敕》:

> 孝悌力田,风化之本,苟有其实,未必求名。比来将此同举人考试词策,便与及第,以为常科,是开侥幸之门,殊乖敦劝之意。自今已后,不得更然。其有孝弟闻于郡邑,力田推于郡里,两事兼著,状迹殊尤者,委所由长官,特以名荐,朕当别有处分。更不须随考试例申送。(《唐大诏令集》卷一百六)

从唐玄宗的这份诏书中,不难看出,在唐朝这样一个高度重视词赋考试的时代,皇帝对孝廉、力田的考试方式颇为不满,认为这样不利于宣讲孝道,不利于孝道孝行卓著的孝子脱颖而出。套用我们现在这个时代的话讲:真是要考核选拔学子、人才,何必非得在毕业、考研、考博、求职等方面限以英语四六级呢?特别是文史哲等中国传统学术文化诸科,与其死板地要求洋文,反不如督促其古文为是,用玄宗的诏谕来说,"殊乖敦劝之意"也。后来唐代宗时,朝廷采纳了苏州"遭父丧,孝闻乡里"的归崇敬涉及礼部考试法的建议,规定了孝行在科举中的重要性,参加科举考试的考生若有孝道孝行者,可以放宽录取标准。这大有今日高考加分的意味,只不过它是体现在孝道伦理方面,而不是我们今天的什么奥数、体育艺术考级等等。古今两相对比,或有令人欲言而无语之感!

然而,也就是这个如此重视《孝经》、孝道的唐明皇,乃占有美色儿媳杨贵妃,殊为不慈;这一"此恨绵绵无绝期"的"长恨歌",最终酿成杨氏之乱及后来的安史之乱,老夫少妻仓皇逃离,其子李亨遂自立即位,是为唐肃宗，而遥尊玄宗为太上皇，范祖禹评价此为“太子叛父”，是“不孝”。这当中，有父夺子媳、有子夺父位，从孝道伦理上讲，确又为不伦。

李唐皇室中，“以孝闻”的李皋其孝心孝行大概是最值得我们今人品味的。《旧唐书》卷一百三十一《李皋传》载曰：

> 皋行县，见一媪垂白而泣，哀而问之，对曰：“李氏之妇，有二子钧、锷。宦游二十年不归，贫无以自给！”时钧为殿中侍御史，锷为京兆府法曹，俱以文艺登科，名重于时。皋曰：“‘入则孝，出则悌，行有余力，然后可以学文。’若二子者，岂可备于列位？！”由是举奏，并除名勿齿。

李皋到属县巡视时，看见一位头发花白的老妇在路旁哭泣，李皋十分同情地温言询问，老妇哭诉道：“本人是李氏妇人，有两个儿子，一个叫李钧，一个叫李锷。在外做官二十年不曾回家一次，老妇穷得活不下去了！”当时钧任职殿中诸御史，锷任职京兆府法曹，都是以文章考取高科，很有名望。李皋慨叹道：“‘入则孝，出则悌，行有余力然后可以学文。’像他们两个这样为人岂能置身于列卿之间？！”因此上奏章弹劾，两人一并被除名永不录用。这是李皋对于不孝之子的揭发检举，如此深恶不孝之人的他，起初曾犯案被御史审查时，唯恐母亲担忧，便从府中出来时穿平民服饰，回府以后仍穿官服，言谈笑貌一如平日，降调潮州则谎称升迁，母亲竟一无所知。当时杨炎清楚地知道李皋的情况，等到杨炎当了宰相，就重新任命他官复原职了，他这才哭泣着告诉母亲以往的经过，并且说道，不是很重大的事，孩儿不敢禀告，恐母亲挂念不安。

一个人在人生的道路上难免会遇到挫折，而这些很容易影响到父母的喜怒哀乐。李皋感到家中老母惊吓不起，为了不让母亲担惊受怕，他的装作、哄骗可谓用心良苦，令人感叹。这里涉及的实际上是对于不好的消息是否要真言相告老人的问题。一般来说，老人在安度晚年期间是很难经受意外打击的，作为孝顺的子女，应该采用“报喜不报忧”的办法或多一点报喜、少一点报忧，以使老人能过着平静安乐的日子。反之，老人听了不好的消息，既无力救助，又徒增烦恼，作为子女又于心何忍呢？！

除了隋唐皇室本身孝道内容外，唐朝几位皇帝在如何处理孝子复仇上也有值得注意处。[1]《旧唐书》卷一百八十八《王君操传》载：

王君操，莱州即墨人也。其父隋大业中与乡人李君则斗竞，因被殴杀。君操时年六岁，其母刘氏告县收捕，君则弃家亡命，追访数年弗获。贞观初，君则自以世代迁革，不虑国刑，又见君操孤微，谓其无复雠之志，遂诣州府自首。而君操密袖白刃刺杀之，刳腹取其心肝，啖食立尽，诣刺史具自陈告。州司以其擅杀戮，问曰："杀人偿死，律有明文，何方自理，以求生路？"对曰："亡父被杀，二十余载。闻诸典礼，父雠不可同天。早愿图之，久而未遂，常惧亡灭，不展冤情。今大耻既雪，甘从刑宪！"州司据法处死，列上其状，太宗特诏原免。

这是唐太宗对孝子王君操的"特诏原免"。不过，这起案例属于没有什么异议的，接下来这两例便不同了，它们都在朝廷上引起争议，其实质乃是孝子复仇的伦理道德与法律条文如何权衡的老话题。先看第一个，《旧唐书》卷一百八十八《张琇传》载：

张琇者，蒲州解人也。父审素，为嶲州都督，在边累载。俄有纠其军中赃罪，敕监察御史杨汪驰传就军按之。汪在路，为审素党与所劫，对汪杀告事者，胁汪令奏雪审素之罪。俄而州人翻杀审素之党，汪始得还。至益州，奏称审素谋反，因深按审素，构成其罪。斩之，籍没其家。琇与兄瑝，以年幼坐徙岭外。寻各逃归，累年隐匿。汪后累转殿中侍御史，改名万顷。

开元二十三年，瑝、琇候万顷于都城，挺刃杀之。瑝虽年长，其发谋及手刃，皆琇为之。既杀万顷，系表于斧刃，自言报仇之状。

---

[1] 《隋书·孝友传》载："郎方贵，淮南人也。少有志尚，与从父弟双贵同居。开皇中，方贵尝因出行遇雨，淮水泛长，于津所寄渡，船人怒之，挝方贵臂折。至家，其弟双贵惊问所由，方贵具言之。双贵恚恨，遂向津殴击船人致死。守津者执送之县官，案问其状，以方贵为首，当死，双贵从坐，当流。兄弟二人争为首坐，县司不能断，送诣州。兄弟各引咎，州不能定，二人争欲赴水而死。州状以闻，上闻而异之，特原其罪，表其门闾，赐物百段，后为州主簿。"这是兄弟之间的孝悌情义，在今日看来简直是"目无王法"，而在隋朝却"上闻而异之，特原其罪，表其门闾，赐物百段，后为州主簿"，这种今日看来不可思议的事情，正体现了隋朝时对于血亲复仇的一种官方态度。

便逃奔，将就江外，杀与万顷同谋构父罪者。行至汜水，为捕者所获。时都城士女，皆矜琇等幼稚孝烈，能复父仇，多言其合矜恕者。中书令张九龄又欲活之。

裴耀卿、李林甫固言："国法不可纵报仇。"上以为然，因谓九龄等曰："复仇虽礼法所许，杀人亦格律具存。孝子之情，义不顾命，国家设法，焉得容此?！杀之成复仇之志，赦之亏律格之条。然道路喧议，故须告示。"乃下敕曰："张瑝等兄弟同杀，推问款承。律有正条，俱各至死。近闻士庶，颇有喧词，矜其为父复仇，或言本罪冤滥。但国家设法，事在经久，盖以济人，期于止杀。各申为子之志，谁非徇孝之夫？展转相继，相杀何限?！咎由作士，法在必行；曾参杀人，亦不可恕。不能加以刑戮，肆诸市朝，宜付河南府告示决杀。"瑝、琇既死，士庶咸伤愍之，为作哀诔，榜于衢路。市人敛钱，于死所造义井，并葬瑝、琇于北邙。又恐万顷家人发之，并作疑冢数所。其为时人所伤如此。①

张琇兄弟二人为父复仇之事，是唐朝几起著名的孝子复仇案例中较为复杂的一个了。极为重视孝道的唐玄宗关注了此事，且朝廷上张九龄、李林甫等又意见不一，分为两派，就此经过反复讨论，最终唐玄宗还是下诏杀掉了张琇兄弟。但是民间的反应显然是和朝廷不同的，唐玄宗诏令中说"近闻士庶，颇有谊词"，亦可见人们的强烈意见，唐玄宗强调"国家设法，事在经久，盖以济人，期于止杀。各申为子之志，谁非徇孝之夫？展转相继，相杀何限"，不能说没有道理，然而"士庶咸伤愍之，为作哀诔，榜于衢路"、"其为时人所伤如此"，却很显然体现了世人对于张琇兄弟之死的同情态度。

第二个案例是陈子昂、柳宗元论辩的徐元庆案。《新唐书》卷一百九十五《张琇传》载：

---

① 《新唐书》卷一百九十五《张琇传》记为："中书令张九龄等皆称其孝烈，宜贷死，侍中裴耀卿等陈不可，帝亦谓然，谓九龄曰：'孝子者，义不顾命。杀之可成其志，赦之则亏律。凡为子，孰不愿孝？转相仇杀，遂无已时。'卒用耀卿议，议者以为冤。帝下诏申谕，乃杀之。临刑赐食，瑝不能进，琇色自如，曰：'下见先人，复何恨！'人莫不闵之，为诔揭于道，敛钱为葬北邙，尚恐仇人发之，作疑冢，使不知其处。"

武后时，下邽人徐元庆父爽为县尉赵师韫所杀，元庆变姓名为驿家保。久之，师韫以御史舍亭下，元庆手杀之，自囚诣官。后欲赦死，左拾遗陈子昂议曰：先王立礼以进人，明罚以齐政。枕干仇敌，人子义也；诛罪禁乱，王政纲也。然无义不可训人，乱纲不可明法。圣人修礼治内，饬法防外，使守法者不以礼废刑，居礼者不以法伤义，然后暴乱销，廉耻兴，天下所以直道而行也。元庆报父仇，束身归罪，虽古烈士何以加？然杀人者死，画一之制也，法不可二，元庆宜伏辜。《传》曰："父仇不同天。"劝人之教也。教之不苟，元庆宜赦。臣闻刑所以生，遏乱也；仁所以利，崇德也。今报父之仇，非乱也；行子之道，仁也。仁而无利，与同乱诛，是曰能刑，未可以训。然则邪由正生，治必乱作，故礼防不胜，先王以制刑也。今义元庆之节，则废刑也。迹元庆所以能义动天下，以其忘生而及于德也。若释罪以利其生，是夺其德，亏其义，非所谓杀身成仁、全死忘生之节。臣谓宜正国之典，寘之以刑，然后旌闾墓可也。

时韪其言。后礼部员外郎柳宗元驳曰：礼之大本，以防乱也。若曰：无为贼虐，凡为子者杀无赦。刑之大本，亦以防乱也。若曰：无为贼虐，凡为治者杀无赦。其本则合，其用则异。旌与诛，不得并也。诛其可旌，兹谓滥，黩刑甚矣；旌其可诛，兹谓僭，坏礼甚矣。若师韫独以私怨，奋吏气，虐非辜，州牧不知罪，刑官不知问，上下蒙冒，吁号不闻。而元庆能处心积虑以冲仇人之胸，介然自克，即死无憾，是守礼而行义也。执事者宜有惭色，将谢之不暇，而又何诛焉？！其或父不免于罪，师韫之诛，不愆于法，是非死于吏也，是死于法也。法其可仇乎？仇天子之法，而戕奉法之吏，是悖骜而凌上也。执而诛之，所以正邦典，而又何旌焉？礼之所谓仇者，冤抑沈痛而号无告也，非谓抵罪触法，陷于大戮，而曰彼杀之我乃杀之，不议曲直，暴寡胁弱而已。《春秋传》曰："父不受诛，子复仇可也；父受诛，子复仇，此推刃之道。复仇不除害。"今若取此以断两下相杀，则合于礼矣。且夫不忘仇，孝也；不爱死，义也。元庆能不越于礼，服孝死义，是必达理而闻道者也。夫达理闻道之人，岂其以王法为敌仇者哉！议者反以为戮，黩刑坏礼，其不可以为典明矣。请下臣议附于令，有断斯狱者，不宜以前议从事。

陈子昂的意思是，“宜正国之典，寘之以刑，然后旌闾墓可也”，也就是徐元庆当杀，处死之后朝廷再表彰其孝行。陈子昂的主张和言论遭到了柳宗元正反两方面的反驳，柳宗元认为要么就是杀，要么就是表彰，不存在既杀又表彰，从根本上讲，柳宗元最终的目的是希望朝廷推翻前议，赦免徐元庆。

上述的案例皆表明，关于孝子复仇的孝道伦理与法律责任，朝臣讨论的意见是判然不一的，到底该如何解决这一矛盾的困境呢？又是大学者韩愈专门撰文给出了自己的看法。《新唐书·孝友传》：“富平人梁悦父为秦果所杀，悦杀仇，诣县请罪。诏曰：‘在《礼》父仇不同天，而法杀人必死。礼、法，王教大端也，二说异焉。下尚书省议。’”韩愈上奏《复仇状》认为，朝廷应该就此能拿出一个具体的法律条文出来，以便于操作，之所以在处理复仇之事时结果不一，就是源于在法律上没有具体的规定。韩愈提出了一个临时性的方法，就是在现行法律中没有规定对复仇的处理条文时，当有孝子复仇杀人时，应由他自己具状交给尚书省，再由尚书省集议，最后将讨论的意见呈交给皇帝，由皇帝定夺。这就是韩愈的建议，实质上仍然是无法根本性的解决此类问题，只不过变事后议定为事前酌定而已，实际上显然仍难以确保此类事例的秉公划一，这乃是中国古代社会始终不可能摆脱出的魔咒圈。

二、《女孝经》与《女论语》：唐朝的女性孝道

唐朝女性的所谓相对“开放”、“自由”是一般人所较熟悉的，这之外，唐朝女性在孝道方面其实也值得我们关注，在唐玄宗御注《孝经》等孝治政策影响下，唐朝出现了两部女性训诫之类的作品并完整地流传到今天，这就是侯莫陈邈妻郑氏的《女孝经》和宋若莘、宋若昭姊妹的《女论语》。

“侯莫陈”是三字复姓，侯莫陈邈的妻子郑氏在《女孝经》中说要以曹大家(gū,通“姑”)为榜样，这个曹大家就是东汉大史学家《汉书》作者班固的妹妹班昭，因嫁曹世叔，汉和帝时屡受召入宫，为皇后及诸贵人教师，号曰“大家”。原来，班昭曾著有《女诫》一篇，包括卑弱、夫妇、敬慎、妇行、专心、曲从、叔妹共七章，这是中国历史上最早的女学之类的书，其中的“曲从”章第六，即是教导妇女要善事男方的父母，逆来顺受，一切以谦顺为主，凡事应多加忍耐，以至于曲意顺从的地步：“舅姑之心，岂当可失哉？物有以恩自离者，亦有以义自破者也。夫虽云爱，舅姑云非，此所谓以义自破者也。然则舅姑之心奈何？固莫尚于曲从矣。姑云不尔而是，固宜从令；姑云尔而非，犹宜顺命。勿得违戾是非，争分曲直。此则所谓曲从矣。”公婆的心是不可以失掉的。事物有因为恩惠而自我离弃的，也有因为道义而自我毁坏的。丈夫对你虽然怜爱，可公婆却不一定喜欢你，这就是所谓的因道义而对夫妻关系的深重伤害。但公婆的心意就是如此，你奈何不了，所以只能选择逆来顺受。婆婆不说你的好，你最好听从；婆婆说你的不好，你更要顺着，千万不要争辩对错，争强好胜。这就是曲从。其中的道理看似浅显，实则颇耐人寻味，不知现在解放了的 21 世纪女性们做何感想？

侯莫陈邈妻郑氏在《进女孝经表》开端亦曰：“仁义礼智信者，是谓五常。五常之教，其来远矣。总而为主，实在孝乎？夫孝者，感鬼神，动天地，精神至贯，无所不达。”“上至皇后，下及庶人，不行孝而成名者，未之闻也。”《女孝经》秉承“曹大家”班昭的伦理精神，从形式上、内容上都是仿照《孝经》所作，从各章的标题对照中即可明显看出，并设计成“曹大家”班昭为诸女讲孝道的模式，不过在规范女性孝道品性时，则自然男女有别。

宋若莘、宋若昭姊妹的《女论语》，分立身章、学作章、学礼章、早起章、事父母章、事舅姑章、事夫章、训男女章、管家章、待客章、和柔章、守

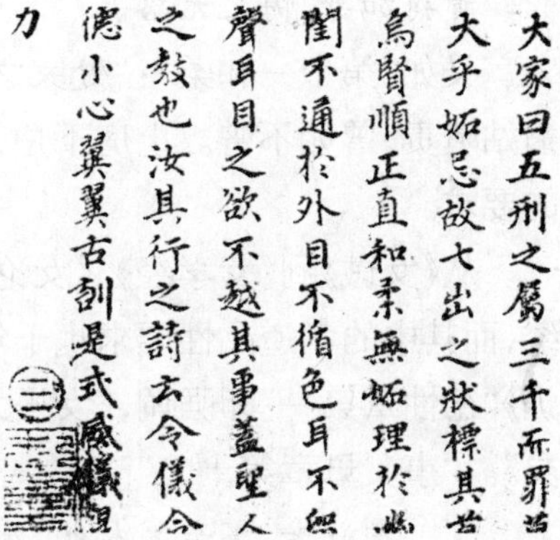
大家曰五刑之屬三千所罪莫
大乎妬忌故七出之狀標其首
爲賢順正直和柔無妬理於幽
閨不通於外目不循色耳不傾
聲耳目之欲不越其事蓋聖人
之敎也汝其行之詩云令儀令
德小心翼翼古訓是式威儀是
力

节章共十二章，每一章都详细规定古代女子的言行举止和持家处世事理，并包含着三个方面的内容：一是直接陈述正面规范，告诉女性应该做什么，如何行为才是符合礼教要求的；二是明确禁止的规范，告戒女性不应该做什么；三是列出违背规范的后果及惩罚，体现为责骂、谴告、报应等。三方面内容逐次递进，清晰明了，作为礼教训典，其较之此前女训更加清晰、具体、完备，它的指导性和可操作性更强。比如，其中的"第五事父母"内容为：

女子在堂，敬重爹娘。每朝早起，先问安康。寒则烘火，热则扇凉。饥则进食，渴则进汤。父母检责，不得慌忙。近前听取，早夜思量。若有不是，改过从长。父母言语，莫作寻常。遵依教训，不可强梁。若有不谙，细问无妨。父母年老，朝夕忧惶，补联鞋袜，做造衣裳。四时八节，孝养相当。父母有疾，身莫离床。衣不解带，汤药亲尝。祷告神祇，保佑安康。设有不幸，大数身亡。痛入骨髓，哭断肝肠。劬劳罔极，恩德难忘。衣裳装殓，持服居丧。安理设祭，礼拜家堂。逢周遇忌，血泪汪汪。莫学忤道，不敬爹娘。绝出一语，使气昂昂，需索陪送，争竞衣装。父母不幸，说短论长。搜求财帛，不顾哀丧。如此妇人，狗彘豺狼。

"第六事舅姑"内容为：

阿翁阿姑，夫家之主。既入他门，合称新妇。供承看养，如同父母。敬事阿翁，形容不睹。不敢随行，不敢对语。如有使令，听其嘱咐。姑坐则立，使令便去。早起开门，莫令惊忤。洒扫庭堂，洗濯巾布。齿药肥皂，温凉得所。退步阶前，待其浣洗。万福一声，即时退步。整办茶盘，安排匙箸。香洁茶汤，小心敬递。饭则软蒸，肉则熟煮。自古老人，齿牙疏蛀。茶水羹汤，莫教虚度。夜晚更深，将归睡处。安置相辞，方回房户。日日一般，朝朝相似。传教庭帏，人称贤妇。莫学他人，跳梁可恶。咆哮尊长，说辛道苦。呼唤不来，饥寒不顾。如此之人，号为恶妇。天地不容，雷霆震怒。

责罚加身,悔之无路。

又如“第十一和柔”:“处家之法,妇女须能。以和为贵,孝顺为尊。翁姑嗔责,曾如不曾。上房下户,子侄宜亲。”都可见其对女性孝道品行的要求。

从《女诫》到《女孝经》、《女论语》,自此而下的女性训诫蒙书不绝如缕,而其中的孝道品性要求也千年而一贯。如明成祖的徐皇后所撰《内训》“德性章第一”即强调,“女子之德性也,孝敬仁明,慈和柔顺,德性备矣”。“事父母章第十二”曰:

孝敬者,事亲之本也,养非难也,敬为难,以饮食供奉为孝,斯末矣。孔子曰:“孝者,人道之至德,夫通于神明,感于四海,孝之致也。”昔者虞舜善事其亲,终身而慕;文王善事其亲,色忧满容。或曰:此圣人之孝也,非妇人之所宜也。是不然。孝弟,天性也,岂有间于男女乎?!事亲者以圣人为至,若夫以声音笑貌为乐者,不善事其亲者也,诚孝爱敬无所违者,斯善事其亲者也。

“事舅姑章第十四”曰:

妇人既嫁,致孝于舅姑。舅姑者,亲同于父母,尊拟于天地。善事者在致敬,致敬则严;在致爱,致爱则顺。专心竭诚,毋敢有怠,此孝之大节也,衣服饮食其次矣。故极甘旨之奉而毫发有不尽焉,犹未尝养也;尽劳勩之力而顷刻有不恭焉,犹未尝事也。舅姑所爱,妇亦爱之;舅姑所敬,妇亦欲之;乐其心,顺其志,有所行不敢专,有所命不敢缓,此孝事舅姑之要也。

明朝王相之母刘氏《女范捷录》,其“孝行第四”曰:“男女虽异,劬劳则均。子媳虽殊,孝敬则一。夫孝者,百行之源,而犹为女德之首也。是故杨香扼虎,知有父而不知有身;缇萦赎亲,则生男而不如生女。”明朝还有本《女儿经》,强调“烧茶汤,敬双亲”,“出嫁后,公姑敬”,“妯娌们,要孝顺”,“亲戚来,把茶烹。尊长至,要亲敬。粗细茶,要鲜明。公婆言,莫记恨”,“事公姑,如捧盈”,“公姑病,当殷勤。丈夫病,要温存”,“爷娘病,时时问”,“夫无嗣,劝娶妾。继宗祀,最为切”,有的版本为“父母跟前要孝顺,姊妹伙里莫相争。父母教训切休强,姊妹吃穿心要松”,“父母使唤休强嘴,姊妹言语要和平”,“奉姑存殁皆尽孝”,“打公骂婆人人恨,搅家不良有丑名”。这些女性训诫蒙书,字句长短多少不一,但都对于女性侍奉父母、公婆的孝道品性规定极为细致，在提升古代女性伦理道德修养、维护家庭和睦方面起到了潜移默化的积极作用。以唐代为例，见诸《新唐书·列女传》中记载的孝女、孝妇比比皆是，如：

> 郑义宗妻卢者，范阳士族也。涉书史，事舅姑恭顺。夜有盗持兵劫其家，人皆匿窜，惟姑不能去，卢冒刃立姑侧，为贼捽捶几死。贼去，人问何为不惧，答曰："人所以异鸟兽者，以其有仁义也。今邻里急难尚相赴，况姑可委弃邪?！若百有一危，我不得独生。"姑曰："岁寒然后知松柏后凋，吾乃今见妇之心！"

而最为有名的，则当属《二十四孝》故事中的第二十二则"乳姑不怠"了："唐崔山南，曾祖母长孙夫人，年高无齿。祖母唐夫人，每日栉洗，升堂，乳其姑。姑不粒食，数年而康。一日病笃，长少咸集，乃宣言曰：'无以报新妇恩，愿汝孙妇，亦如新妇之孝敬。'诗曰：孝敬崔家妇，乳姑晨盥梳。此恩无以报，愿得子孙如。"唐朝崔山南的曾祖母长孙夫人，年事已高，牙齿脱落。其祖母唐夫人，每天盥洗后，都上堂用自己的乳汁喂养婆婆，数年下来，婆婆没有进食，身体却依然康健。一天，长孙夫人生病，召唤家中的老老少少，说："我多年来没法报答新妇之恩，希望子孙能像新妇一样孝敬她就够了。"在《二十四孝》中，讲述女性之孝的实不多，而内容则集中在两个方面，一是孝女对父母的孝敬，如杨香，一是媳妇对婆婆的孝顺，唐夫人即是代表，显然婆媳关系这一主题在古人大概也是比较令人头疼、比较受人注目的。南宋一代名臣文天祥在给其同乡、庐陵罗融斋母亲所写的《封孺人罗母墓志铭》中，便以唐夫人为例举对象："昔唐夫人之为崔母兮，逮事长孙皇姑兮，姑年高齿落以枯兮，升堂乳之劬劬兮。姑曰妇恩之不可孤兮，愿世世子孙之不渝兮。"《新唐书·列女传叙》曰："女子之行，于亲也孝，妇也节，母也义而慈，止矣。中古以前，书所载后、妃、夫人事，天下化之。后彤史职废，妇训、姆则不及于家，故贤女可纪者千载间寥寥相望。唐兴，风化陶淬且数百年，而闻家令姓窈窕淑

女，至临大难，守礼节，白刃不能移，与哲人烈士争不朽名，寒如霜雪，亦可贵矣。今采获尤显行者著之篇，以绪正父父、子子、夫夫、妇妇之懿云。”这虽然是要引出唐代的列女们，但是却也道出了为何历代正史要专门开设《列女传》的缘由。

三、数世同居：张公艺“百忍义门”

《旧唐书·孝友传叙》曰：“善父母为孝，善兄弟为友。夫善于父母，必能隐身锡类，仁惠逮于胤嗣矣；善于兄弟，必能因心广济，德信被于宗族矣。推而言之，可以移于君，施于有政，承上而顺下，令终而善始，虽蛮貊犹行焉，虽窘迫犹亨焉。自昔立身扬名，未有不偕孝友而成者也。”在隋唐时期，除了上述女性孝道值得关注外①，另一点比较突出的孝文化现象便是“善兄弟为友”②、“德信被于宗族”的数世同居。中国人不是总讲“四世同堂”天伦之乐吗，可以说从隋唐时期开始，这一方面便渐有突出呈现，比如很有意思的一个故事是刘君良休妻。《旧唐书·孝友传》载：

---

① 和此前孝文化一样的内容也多有之，如《旧唐书·孝友传》载，张志宽“隋末丧父，哀毁骨立，为州里所称。贼帅王君廓屡为寇掠，闻其名，独不犯其闾，邻里赖之而免者百余家。后为里正，诣县称母疾，急求归。县令问其状，对曰：‘母尝有所苦，志宽亦有所苦。向患心痛，知母有疾！’令怒曰：‘妖妄之辞也！’系之于狱。驰验其母，竟如所言。令异之，慰喻遣去。及丁母忧，负土成坟，庐于墓侧，手植松柏千余株。高祖闻之，遣使就吊，授员外散骑常侍，赐物四十段，表其门闾”。这个在县令看来是“妖妄之辞也”的张志宽可以算是“唐代版”的曾子。

② 《旧唐书·孝友传》载，李知本“父孝端，隋获嘉丞。初，孝端与族弟太冲，俱有世阀，而太冲官宦最高，孝端方之为劣。乡族为之语，曰：‘太冲无兄，孝端无弟。’知本颇涉经史，事亲至孝，与弟知隐甚称雍睦。子孙百余口，财物僮仆，纤毫无间。隋末，盗贼过其闾而不入，因相让曰：‘无犯义门。’同时避难者五百余家，皆赖而获免”。《旧唐书·忠义传》载，张楚金“少有志行，事亲以孝闻。初，与兄越石同预乡贡进士，州司将罢越石而荐楚金，辞曰：‘以顺则越石长，以才则楚金不如。’固请俱退。时李勣为都督，叹曰：‘贡士本求才行，相推如此，何嫌双居也。’乃俱荐擢第”。李知本的父亲辈兄弟之间不甚融洽，到他这一代却和弟弟“甚称雍睦”，从而使得“隋末，盗贼过其闾而不入”，“同时避难者五百余家，皆赖而获免”；张楚金则因其孝友品性而使得兄弟二人“俱荐擢第”，两人都可谓“善兄弟为友”的一种典范。

刘君良，瀛州饶阳人也。累代义居，兄弟虽至四从，皆如同气，尺布斗粟，人无私焉。大业末，天下饥馑，君良妻劝其分析，乃窃取庭树上鸟刍，交置诸巢中，令群鸟斗竞。举家怪之，其妻曰："方今天下大乱，争斗之秋，禽鸟尚不能相容，况于人乎?!"君良从之。分别后月余，方知其计，中夜遂揽妻发大呼曰："此即破家贼耳!"召诸昆弟，哭以告之。是夜弃其妻，更与诸兄弟同居处，情契如初。属盗起，闾里依之为堡者数百家，因名为义成堡。武德七年，深州别驾杨弘业造其第，见有六院，唯一饲，子弟数十人，皆有礼节，咨嗟而去。贞观六年，诏加旌表。

刘君良，是唐朝瀛州饶阳县人。刘家几代人都遵循孝义同住在一起，兄弟之间虽已到了四代，但还如同亲兄弟一般，无论是一尺布，还是一斗米，每人都没有私心。有一年闹饥荒，刘君良的妻子被私欲所诱惑，想劝刘君良分家，于是便偷偷把院落中树上鸟巢里的幼鸟，互换交叉放在别的鸟巢内，以此让群鸟争斗。刘家人不知真相，都很奇怪。刘君良的妻子借此劝说："现在天下大乱，在这争斗之年，连禽鸟都不能相容，何况人呢?!"刘君良听信了她的话，便分了家。一个月之后，刘君良方才识破自己妻子的诡计，半夜里揪着妻子的头发大叫道："就是这个败家贼搞的鬼!"他立即把兄弟亲人们召集来，哭着向他们说明了事情的内情。当天晚上刘君良便休掉了妻子，又同兄弟们一起居住了，情谊同原来一样。后来遇到盗贼作乱，乡里有数百家人都依傍刘家来修筑土城，人称"义成堡"，因为刘君良一家人重孝义、无私心的德行操守，连盗贼都十分钦佩，不敢去骚扰刘家。有一次，深州别驾杨弘业到刘君良家中去，发现刘家有六个院子，却只有一个吃饭的地方，有子弟数十人，人人都很有礼节，杨弘业为此赞叹不已而离开。贞观六年，唐太宗乃下诏加以表彰。

刘君良分家休妻的事例并非他首创，早在东汉的时候，就已经有这样的事情发生。《后汉书·独行列传》载：

李充字大逊，陈留人也。家贫，兄弟六人同食递衣。妻窃谓充曰："今贫居如此，难以久安。妾有私财，愿思分异。"充伪酬之曰："如欲别居，当酝酒具会，请呼乡里内外，共议其事。"妇从充置酒宴客。充于坐中前跪白母曰："此妇无状，而教充离间母兄，罪合遣斥!"便呵叱其妇,逐令出门,妇衔涕而去。坐中惊肃,因遂罢散。充后遭母丧,行服墓次,人有盗其墓树者,充手自杀之。

缪肜字豫公,汝南召陵人也。少孤,兄弟四人,皆同财业。及各娶妻,诸妇遂求分异,又数有斗争之言。肜深怀愤叹,乃掩户自挝曰:"缪肜,汝修身谨行,学圣人之法,将以齐整风俗,奈何不能正其家乎?!"弟及诸妇闻之,悉叩头谢罪,遂更为敦睦之行。

东汉的李充、缪肜,一个是用"伪酬之"的出其不意"呵叱其妇,逐令出门",一个是"深怀愤叹,乃掩户自挝"的自虐式"正其家",都和刘君良一样,是因为妻子鼓动分家而发生的事情。看来,重视兄弟亲情高于夫妻爱情是中国古代由来已久的一种孝文化现象;而在今天,分家乃至因老婆"枕边风"唆使与父母分家的情况早已经在中国男人群体性"妻管严"的大风气下被一些媳妇们运用得轻车熟路、游刃有余,是否对兄弟手足之情、亲子慈孝之恩有伤害呢?不用我说,其实你和我都懂的!

唐朝数世同居最为后人称道的,当属张公艺"百忍义门"了。《旧唐书·孝友传》载:

郓州寿张人张公艺,九代同居。北齐时,东安王高永乐诣宅慰抚旌表焉。隋开皇中,大使、邵阳公梁子恭亦亲慰抚,重表其门。贞观中,特敕吏加旌表。麟德中,高宗有事泰山,路过郓州,亲幸其宅,问其义由。其人请纸笔,但书百余"忍"字。高宗为之流涕,赐以缣帛。

张公艺自幼即有成德之望,正德修身,礼让齐家,立义和广堂,制典则、设条教以戒子侄,是以父慈子孝,兄友弟和,夫正妇顺,姑婉媳听,九代同居,合家九百人,每日鸣鼓会食;养犬百只,也和家人一样,缺一不食。① 麟德二年(665)冬十月,唐高宗偕同皇后武则天,带领文武百官离京去泰山封禅,归来路经寿张县访贤,当时张公艺已88岁高龄,他向

---

① 我们知道,"独"这个字从犬旁,即是说狗性较为单独,两只狗便会因一块骨头争食而斗,所以我们很少看到狗可以成群,不像羊,性喜群体,因而"群"字从羊旁。这是古人在造中国文字时留心观察的精义所在。人们描述这一景象,乃证明足见张公艺治家有方,连属性单独的狗居然都一百只同食,跟家中的人一样团结合群,其意在此。

唐高宗介绍了一些情况说:“我们九世同居,全家有九百多人口共享餐饮,每到吃饭时间以击鼓为令,群坐餐厅,男女分别入席,老人在上,晚辈在下,儿童另设桌凳,谦恭礼让,上下仁和,雍睦熏蒸。”据说唐高宗想考验一下张公艺治家的本领,便取来俩梨,看张公艺如何处理。张公艺接过,遂让家人用石臼粉碎,入缸注水,鸣鼓集合全家,每人用小匙饮汁一口,这样便使全家人都可以尝到了。当唐高宗问张公艺治家的方法时,张公艺并不言语,一连写了一百个“忍”字,并详细说明了“百忍”的具体内容:父子不忍失慈孝,兄弟不忍外人欺,妯娌不忍闹分居,婆媳不忍失孝心……①最后在尾部写了“忍人仁人任人刃,任人刃人任仁人”。唐高宗听后审视良久,竟忍不住流下了眼泪,倍受感动,他拉着张公艺的手说:“天下一家,只有寡人才最能理解你的心啊!”张公艺也流着泪说:“是啊,百口之家尚且如此,何况陛下治理一个偌大的国家呢?就更不容易啊!”唐高宗当即封张公艺为醉乡侯,封张公艺的长子张希达为司仪大夫,并亲书“百忍义门”四个大字,敕修百忍义门。张公艺去世后,后人为纪念这位“忍、孝”治家的贤人,乃为他修建了“百忍堂”,永志纪念。

张公艺可以说是我国历史上治家有方的典范,九辈同居,阖家九百人团聚一起,和睦相处,千年以来深受人民尊敬,传为美谈。一个家庭中,夫妻之间,亲子之间,婆媳之间,兄弟之间,叔嫂之间,姑嫂之间,妯娌之间……久居一处,总难免有勺子碰锅沿的时候,然而,张公艺一家却靠一个凝聚家庭灵魂的“忍”字,连续九世不分家,堪称楷模。在今天,一个九世同居的大家庭早已不复存在,三代同堂都已成不大可能的“奢望”,然而,即使是一个小到两口人或三口人的小家庭,这个“忍”字不能不说也是家庭和睦的灵魂。这里所说的“忍”,它包括忍耐、谦让、大度、豁达、谅解、仁慈、善良等内容。我们每个人除了工作和事业外,最重要的便是家庭,家庭是社会的基础细胞,是人们温馨的港湾,更是人们生儿育女、繁衍后代的窝巢。因此,人的生活离不开家庭。一个人一辈子要经过幼年、青年、中年、老年的人生历程,男人要承担为人子、

---

① 司马光《家范》即谓:“其意以为宗族所以不协,由尊长衣食或有不均,卑幼礼节或有不备,更相责望,遂成乖争。苟能相与忍之,则常雍睦矣。”

为人夫、为人父的责任，女人要承担为人女、为人妻、为人母的责任。父母健康、夫妻恩爱、子女孝顺、婆媳和睦，这就是幸福的家庭，而维护这个家庭幸福和睦的关键就是忍让。试想，如果家庭不和睦，三天一小吵，五天一大闹，哪里还有心思去干自己的事业呢？哪里还会依恋在这个家庭里生活呢?！所以，当发生口角、矛盾和纠纷时，就要学会忍让，学会制怒。常言道："忍一忍风平浪静，让一让海阔天空"，"忍得一时气，免得百日忧"。善忍则能息事宁人，则能使家庭和睦，家合则万事兴，而过于挑剔或不能容忍对方弱点或缺点的人，都将给家庭制造出一些意想不到的麻烦，把家庭变成火药味极浓的"窝里斗战场"，甚至会使家庭走向崩溃。举个例子：有一个四口之家，婆媳一直不和，后因点鸡毛蒜皮的小事，婆媳俩闹翻了，母亲哭着闹着要喝敌敌畏，妻子蹦着叫着砸玻璃要跳楼。男人劝母亲消消气，母亲骂他娶了媳妇忘了娘；求妻子消消火，妻子吵他眼里只有老妈。折腾了大半夜，第二天一早，母亲离家出走，男人一气之下，狠揍了媳妇一顿，又赶她出门，不久，两人也离了婚了，孩子判给了女方。后来男人跑遍了各处寻找母亲，却一无所获，一个原本完整的四口之家，就这样支离破碎，不欢而散了，留下的是无尽的凄凉和悲伤！

我们常讲，换个角色看对方，就是要设身处地的多为对方着想。当婆媳不和，出矛盾、闹纠纷时，做媳妇的如果把面前的婆婆当作自己的亲生母亲那样敬爱，那还会有这么多的不顺眼吗?！同样，做婆婆的如果把眼前的儿媳妇当作自己的亲生女儿那样关爱，那还会产生这么多的怨气吗？手心手背都是肉，几乎所有的人都渴望从家庭成员那里得到安慰、抚爱，一个微笑，一句问候，一个眼神，一种姿态……令人感到都是莫大的欣慰。我常说，丈母娘看女婿越看越顺眼，而婆媳矛盾却至今仍是一个令人头疼的"老大难"，难道它真的就反映出女人之间的难以相处?！我觉得，当你觉得自己的老公还不错、还值得你爱并跟随的话，那么，无论婆婆如何难以相处，请这样来想吧：她毕竟是老公的亲生母亲，她毕竟生下并抚养了一个世上我爱的人、我嫁的人，就从这个角度来讲，便应该感谢她，因为她给了你一个最好的"大礼包"——你的老公。而"孩子总是自己的好，眼里总有别人的妻"的老公，想想这世上茫茫人海数十亿人，只有她选择并嫁给了你，那就好好疼爱自己的老婆、做好老婆和老妈之间的“润滑转轴”吧！我个人至今认为，家庭关系中如婆媳矛盾等问题，做儿子、做丈夫的我们男人，乃是最关键的因素：如何坚定不移地奉行“一个家庭，两对爸妈”的和谐路线，如何绝对不使老婆窥探到一丁点儿孝道松懈、不敬爸妈发生的可能性，如何使老妈多看到老婆的好处、使老婆可以向自己倾诉老妈意见的难处，做儿子、做丈夫的男人们真的要把它作为一门爱的艺术（爱老妈、爱老婆）好好地用心把握。近几年，中国的离婚率不断攀升，组合家庭愈来愈多，实际上从敬爱老人、爱护儿女的角度讲，夫妻之间的宽容、忍让，共同用心经营好一个温暖的家，这也是上对老、下对少应有的孝道伦理之义。

《旧唐书·孝友传》载：

宋兴贵者，雍州万年人。累世同居，躬耕致养，至兴贵已四从矣。高祖闻而嘉之，武德二年，诏曰：人禀五常，仁义为重；士有百行，孝敬为先。自古哲王，经邦致治，设教垂范，皆尚于斯。叔世浇讹，人多伪薄，修身克己，事资诱劝。朕恭膺灵命，抚临四海，愍兹弊俗，方思迁导。宋兴贵立操雍和，志情友穆，同居合爨，累代积年，务本力农，崇谦履顺。弘长名教，敦励风俗，宜加褒显，以劝将来。可表其门闾，蠲免课役。布告天下，使明知之。

这里，正如唐高祖嘉奖宋兴贵的诏书所云：“人禀五常，仁义为重；士有百行，孝敬为先。”唐朝数世同居的孝子们之所以被官方高度赞赏，就是因为可以“弘长名教，敦励风俗，宜加褒显，以劝将来”；自此之后，像宋朝，这样数世同居的孝义现象继续发展，成为了中国孝文化史上一道绵延亮丽的风景线。

四、滴骨验亲与割股疗疾

在古代法医鉴定工作中，亲子鉴定是比较复杂并且困难的一项工作。我国古代解决亲子问题的方法很有趣的像西汉黄霸，当时颍川地方有弟兄未分家同住在一个院子里，两人的妻子都已怀孕，但嫂嫂胎伤而不言，见弟媳分娩的是男孩，便抱为已有。双方争吵三年而未得解决。官司打到郡里，郡守黄霸命人抱着小儿立于庭院，让妯娌二人竞相去抱小儿，谁抱到就归谁。嫂嫂抱到小儿，用力拉扯甚猛，而弟媳却怕伤了小儿，情甚凄怆。于是黄霸斥责嫂嫂道：“你难道为了贪得家财，连

伤了孩子也不顾么?!"遂将小儿判归弟媳。《魏书》卷六十六《李崇传》载:

> 寿春县人苟泰有子三岁,遇贼亡失,数年不知所在。后见在同县人赵奉伯家,泰以状告。各言己子,并有邻证。郡县不能断。崇曰:"此易知耳。"令二父与儿各在别处,禁经数旬,然后遣人告之曰:"君儿遇患,向已暴死,有教解禁,可出奔哀也。"苟泰闻既号啕,悲不自胜;奉伯咨嗟而已,殊无痛意。崇察知之,乃以儿还泰,诘奉伯诈状。奉伯乃款引云:"先亡一子,故妄认之。"

北魏时李崇在扬州做判吏,寿春县人苟泰有个三岁的儿子,遇强盗时丢失了,数年不知道孩子的下落。后来发现孩子在同县人赵奉伯家里,苟泰以此状告赵奉伯。苟泰与赵奉伯都申言那是自己的儿子,并都有邻居作证。郡、县官员不能决断。李崇说:"这容易弄清楚。"令二人与那孩子隔离,拘禁过了几十天,然后派人分别告诉他二人说:"你儿患病,不久前突然死亡,官府解除监禁,可出去办理后事。"苟泰听后放声大哭,悲痛不已;赵奉伯只是叹息,没有特别悲痛之意。李崇分析了解到的情况,就把孩子判给苟泰,追究赵奉伯诈骗罪。赵奉伯于是如实招供:"我以前丢失了一个儿子,因此便冒认这个孩子。"

上述这两个例子都是设法观察父母对孩子的真情,从而使问题获得合乎情理的解决,而到了后来,古人似乎发现了一种比察情法更有价值的方法——滴骨验亲法。滴骨验亲法,是以生者的血滴在死人的骨骸上,看血是否渗透入骨而判定是否具有血统关系。若渗透入骨,即具有父母、子女、兄弟等血统关系,不入则否,开创了客观地用血液作为鉴别亲子的方法,成为用血型鉴别亲子的先导,在法医学史上具有特殊的价值,中外法医学者和血型学家也特别予以重视。早在1929年,日本法医学和血型学权威人士就指出,中国知道以血型鉴定亲子要比欧美早约一千四百余年。

早在三国时代,就有了滴骨验亲法的实例。据记载,当时陈业之兄渡海丧命,同时遇难者有五六十人,待发现尸体时,尸体已高度腐败,不可辨认。陈业心想,听说是亲者一定有所不同,于是便割臂流血滴在骨上,果然有一骸骨上血液浸入,其余骸骨则血液不入。

父子间的滴骨验亲至晚起自南朝,据《宋书》卷九十一《孙法宗传》

记载："孙法宗，吴兴人也。父遇乱被害，尸骸不收，母兄并饿死。法宗年小流迸，至年十六，方得还。单身勤苦，霜行草宿，营办棺椁，造立冢墓，葬送母兄，俭而有礼。以父丧不测，于部境之内，寻求枯骨，刺血以灌之，如此者十余年不获，乃缞绖。"孙法宗的父亲就是孙恩、卢循起义中的孙恩，孙法宗听说父亲死于海，便操刀沿海找寻，见枯骨就刻骨灌血，这样找了十余年，虽然割得臂腿已无完肤，仍然未能找到。同时代的记载中，还有这样的例子：梁武帝的第三个儿子豫章王萧综，其母淑瑗曾在前朝齐的东昏宫中得幸于齐高祖，齐亡后，又幸于武帝，七个月而生综，因此宫人都怀疑萧综不是梁武帝之子。萧综长到十四岁时，其母让他知道实情，并告诫他不要与其他王子比。萧综听说后不信，就私自发掘了齐东昏墓，取出骸骨，洒臂血试之，果然渗入；他仍不死心，居然把一个儿子杀死埋葬，随后发掘取其尸骨，洒血试之，又得到证明，这才终于相信自已乃是齐高祖的后人。可以说，为了"验明正身"，这个萧综真是无所不用其极。(《梁书》卷五十五《萧综传》)

在唐朝，也有一起滴骨验亲的孝子孝行。据《旧唐书·孝友传》记载：

> 博州聊城人王少玄者，父隋末于郡西为乱兵所害。少玄遗腹生，年十余岁，问父所在。其母告之，因哀泣，便欲求尸以葬。时白骨蔽野，无由可辨。或曰："以子血沾父骨，即渗入焉。"少玄乃刺其体以试之。凡经旬日，竟获父骸以葬。尽体病疮，历年方愈。

博州聊城人王少玄，他的父亲在隋朝末年时被乱兵所杀。王少玄是一个遗腹子，十岁的时候，他突然向母亲问起父亲的所在。他的母亲就将他父亲死的经过告诉了他，王少玄听说后大哭了一场，就打算寻找父亲的尸骨埋葬。当时的野外是白骨遍野，无法辨认。于是，就有人告诉王少玄说："用你的血滴到父亲的尸骨上，便会渗入。"王少玄就拿了锥子，每见到一具尸骨，就用锥子刺一下，将自己的血涂在尸骨上，看自己的血是否能够渗透到尸骨中。经过十几天的努力，王少玄终于找到父亲的尸骨，带回家埋葬。而他因这次找寻父亲的尸骨，是历经沧桑、遍体鳞伤，过了一年才恢复。

滴骨验亲外，唐朝还有一类与此接近的孝道方式，便是颇为后人诟病的刲股疗疾，也就是做儿女的从自己的大腿上割块肉做成肉汤和药疗治父母的疾病。《旧唐书》卷一百九十二《王友贞传》载:“友贞弱冠时,母病笃,医言唯啖人肉乃差。友贞独念无可求治,乃割股肉以饴亲,母病寻差。则天闻之,令就其家验问,特加旌表。”王友贞母亲病得很厉害,医生说只有吃人肉才能治好,王友贞便从自己的大腿上割肉以进,母亲的病不久便好了,武则天听说后派人到他家验问,并特加旌表。《新唐书·孝友传叙》载:“唐时陈藏器注《本草拾遗》,谓人肉治羸疾。自是民间以父母疾,多刲股肉而进。……或给帛,或旌表门闾,皆名在国史。善乎韩愈之论也,曰:‘父母疾,亨药饵,以是为孝,未闻毁支体者也。苟不伤义,则圣贤先众而为之。是不幸因而且死,则毁伤灭绝之罪有归矣,安可旌其门以表异之?’”唐时陈藏器注《本草拾遗》,说人肉可以治病,从此民间有父母生病的,多有割肉以进的,看来陈藏器对此起了推波助澜的作用,而“或给帛,或旌表门闾”,则和上面武则天特加旌表王友贞一样,官方对此是赞赏的。然而韩愈对此则有个人的看法,他在《鄠人对》中论述称:

鄠有以孝为旌门者,乃本其自于鄠人曰:“彼自剔股以奉母,疾瘳,大夫以闻其令尹,令尹以闻其上,上俾聚土以旌其门,使勿输赋,以为后劝。”鄠大夫常曰:“他邑有是人乎?”愈曰:母疾,则止于烹粉药石以为是,未闻毁伤支体以为养,在教未闻有如此者。苟不伤于义,则圣贤当先众而为之也。是不幸因而致死,则毁伤灭绝之罪有归矣。其为不孝,得无甚乎?!苟有合孝之道,又不当旌门。盖生人之所宜为,曷足为异乎?既以一家为孝,是辨一邑里皆无孝矣;以一身为孝,是辨其祖父皆无孝矣。然或陷于危难,能固其忠孝,而不苟生之逆乱,以是而死者,乃旌表门闾,爵禄其子孙,斯为为劝已,矧非是而希免输者乎?曾不以毁伤为罪,灭绝为忧;不腰于市,而已黩于政,况复旌其门?①

可见,韩愈对割股疗亲的所谓孝行是持否定态度的。韩愈认为,父母生病,和药医治是对的,没听说毁伤肢体这种尽孝方式,如果割股是孝,圣贤早就带头做了,再说“身体发肤,受之父母,不敢毁伤,孝之始

---

① 《韩昌黎文集校注·文外集》卷上,上海古籍出版社 1986 年版,第 680—681 页。

也”，如果不幸割出个三长两短，甚或因而致死，就是“毁伤灭绝之罪”，就是不孝，岂不太过了吗?！假使合乎孝道，也不当旌表，因为生人都应

该做，有什么卓异的呢？你以这一家为孝，这不是说其他人家都不孝吗？你以这一个人为孝，这不是说他的祖父、父亲都不孝吗？

然而，尽管史家如欧阳修称“善乎韩愈之论也”①，《东雅堂昌黎外集注》外集卷四《鄠人对》题下注称“公之此论，有益于时俗多矣”，可是由于朝廷旌表的官方认可、孝子孝妇的孝心驱动以及大量看上去“有效”的事例，唐以后类似的孝子孝行前赴后继。《宋史·列女传》：“朱云孙妻刘氏，姑病，云孙刲股肉作糜以进而愈。姑复病，刘亦刲股以进，又愈。尚书谢谔为赋《孝妇诗》。”朱云孙的母亲生病，他割股肉以进，母亲病愈，后来母亲又生病了，妻子刘氏也割股肉以进，母亲的病又好了，尚书谢谔特意为此赋写一首《孝妇诗》。这样的例子不胜枚举，而追根溯源，大约唐朝这一时期即是一个不容忽视的开始形成阶段。

---

① 《新唐书·孝友传》中在引述韩愈的言论之后说：“虽然，委巷之陋，非有学术礼义之资，能忘身以及其亲，出于诚心，亦足称者。故列十七八焉。”看来欧阳修虽然赞成韩愈的意见，而从“能忘身以及其亲，出于诚心，亦足称者”的精神上考虑，作为史书似乎又应为其列传加以表彰。

五、唐诗中的孝道亲情

唐诗宋词，是中国文化史上星光璀璨的文学符号。唐诗是唐朝最显著的文学遗产，每一个中国人对此都不会感到陌生；这里面，从中国孝文化的角度来看，有大量的亲情诗值得关注①，它带给我们的感动，因其句式工整、抑扬顿挫，无论是文学美感还是孝道情感，都比《诗经》那三篇孝子之思要简洁明了、心有灵犀。

如陈子昂《座右铭》曰："事父尽孝敬，事君端忠贞，兄弟敦和睦，朋友笃信诚。"奉父母要尽力孝敬，事奉国君贵在正直忠贞，兄弟之间要崇尚和睦，朋友之间要注重诚信。白居易则写下讴歌抒情的《慈乌夜啼》与赞美孝妇的《蜀路石妇》，《慈乌夜啼》曰：

慈乌失其母，哑哑吐哀音。昼夜不飞去，经年守故林。
夜夜夜半啼，闻者为沾襟。声中如告诉，未尽反哺心。
百鸟岂无母，尔独哀怨深。应是母慈重，使尔悲不任。
昔有吴起者，母殁丧不临。嗟哉斯徒辈，其心不如禽。
慈乌复慈乌，鸟中之曾参。

译文：

慈乌失去了它的母亲，哀伤的一直哑哑啼哭，早晚守着旧树林，整年都不肯飞离。

每天半夜都哀哀啼哭，听到的人也忍不住泪湿衣襟，慈乌的啼哭声仿佛在哀诉着自己未能及时尽到反哺孝养之心。

其他各种鸟类难道没有母亲，为什么只有慈乌你特别哀怨？想必是母恩深重使你承受不住吧！

以前有个叫吴起的人，母亲去世

① 唐代传奇小说中，也有不少孝道孝文化素材，像李公佐的《谢小娥传》，便是根据真人真事编成，内容很精彩，限于篇幅，兹从略。

竟不奔丧。哀叹这类的人，他们的心真是禽兽不如啊！

慈乌啊慈乌，你真是鸟类中的曾参啊！

《蜀路石妇》则歌咏了一位蜀地的孝女：

道傍一石妇，无记复无铭。传是此乡女，为妇孝且贞。
十五嫁邑人，十六夫征行。夫行二十载，妇独守孤茕。
其夫有父母，老病不安宁。其妇执妇道，一一如礼经。
晨昏问起居，恭顺发心诚。药饵自调节，膳羞必甘馨。
夫行竟不归，妇德转光明。后人高其节，刻石像妇形。
俨然整衣巾，若立在闺庭。似见舅姑礼，如闻环珮声。
至今为妇者，见此孝心生。不比山头石，空有望夫名。

诗中所咏，乃作者在去蜀之道上见到一座孝妇的石雕，随即颂赞了她“为妇孝且贞”的事迹，由诗中“传是此乡女”可知，此孝女也是源自生活真实的。

再如，诗仙李白《静夜思》“举头望明月，低头思故乡”，这一“望明月”、“思故乡”在举头、低头俯仰之间，已有多少内容无需言表！而另一位“事母崔氏以孝闻。与弟缙俱有俊才，博学多艺亦齐名，闺门友悌，多士推之”，“居母丧，柴毁骨立，殆不胜丧”（《旧唐书》卷一百九十下《王维传》）的王维，其《九月九日忆山东兄弟》：“独在异乡为异客，每逢佳节倍思亲。遥知兄弟登高处,遍插茱萸少一人。”这首诗是王维因重阳节思念家乡的亲人而作,其中“每逢佳节倍思亲”一句,更是至今每逢佳节便为人念叨的千古名句。王维家居蒲州(今山西永济),在华山之东,所以题称“忆山东兄弟”。写这首诗时他大概正在长安谋取功名,繁华的帝都对当时热衷仕进的年轻士子虽有很大吸引力,但对一个少年游子来说,毕竟是举目无亲的“异乡”,而且越是繁华热闹,在茫茫人海中的游子就越显得孤孑无亲。当代音乐人王樽窗的《妈妈,儿远在天涯》歌词中唱到:“噢妈妈,外面的世界好大好大,可只有寓所,从没有家;噢妈妈,天下的母亲好多好多,可看见她们,更想念妈妈!”大概即可以反映出这样的一种异乡游子思亲之情。当代歌手刘和刚的《牵挂》也唱道:

每当过年过节时,我就很想家,打个电话问候家,免得您牵挂;
每当花好月圆时,我也很想家,身在他乡的我,在悄悄望天涯。
每当收获喜庆时,最先想到家,打个电话给爸妈,分享喜讯话;
每当心有不顺时,我也想到家,身在他乡的我,找谁诉说心里话?
不是我不懂情与爱,不是我不念故乡春和秋;
不是我不懂相思苦,不是我不知他乡风雨大。
如今我长大了,立志闯天下,
我的亲人我的爸妈,儿行千里常把你们牵挂!”

这首歌的歌词,我想是可以和王维彼时“每逢佳节倍思亲”的情景相衬的。

最后,我们一起来看一下唐诗中颂唱母爱而无人不晓的《游子吟》:“慈母手中线,游子身上衣。临行密密缝,意恐迟迟归。谁言寸草心,报得三春晖!”这首诗是唐代诗人孟郊最为脍炙人口的诗作。全诗共六句三十字,通过回忆一个看似平常的临行前缝衣的场景,凸显并歌颂了母爱的伟大与无私,表达了诗人对母爱的感激以及对母亲深深的爱恋与尊敬。开头两句“慈母手中线，游子身上衣”，实为两个词组，而不是两个句子，这样写就从人到物，突出了两件最普通的东西，写出了母子相依为命的骨肉之情。紧接两句写出人的动作和意态，把笔墨集中在慈母上。行前的此时此刻，老母一针一线，针针线线都是这样的细密，是怕儿子迟迟难归，故而要把衣衫缝制得更为结实一点儿吧。其实，老人的内心何尝不是切盼儿子早些平安归来呢?！慈母的一片深笃之情，正是在日常生活中最细微的地方流露出来，朴素自然，亲切感人！这里既没有言语，也没有眼泪，然而一片爱的纯情从这普通常见的场景中充溢而出，拨动了每一个读者的心弦，催人泪下，唤起普天下儿女们亲切的联想和深挚的忆念！我想，请允许我再次用刘和刚的一首《儿行千里》来与大家共享这彼时彼诗、此情此景：

衣裳再添几件，饭菜多吃几口，
出门在外没有，妈熬的小米粥。
一会儿看看脸，一会儿摸摸手，
一会儿又把嘱咐的话，装进儿的兜。
如今要到了离开家的时候，
才理解儿行千里母担忧。
千里的路啊，我还一步没走，
就看见泪水在妈妈眼里，妈妈眼里流！……

替儿再擦擦鞋，为儿再缝缝扣，
儿行千里揪着，妈妈的心头肉。
一会儿忙忙前，一会儿忙忙后，
一会儿又把想起的事，塞进儿的兜。
如今要到了离开家的时候，
才理解儿行千里母担忧。
千里的路啊，我还一步没走，
就看见泪水在妈妈眼里，妈妈眼里流！……

看到这里，即使您没有听过这首歌，我想您也可以感动了吧？也许“泪水在你眼里，在你眼里流”了吧？儿行千里，“为儿再缝缝扣”，说这首歌是当代的“游子吟”，我敢说一点儿都不过分。而安琥的《早去早回》，也称得上是此类歌曲中的杰作：

秋云几重一挥手，儿行千里母担忧，
笑开口，泪倒流，谁是谁的心头肉？
坦坦荡荡一路走，千思万念在身后，
时光流，剃刀瘦，春花腊梅白发绣。
早去早回，早去早回，有梦就追倦了就睡；
早去早回，早去早回，男儿不退知错不悔；
早去早回，早去早回，知恩图报不论是非；
早去早回，早去早回，儿疼娘心娘盼儿归！
那放在风里的牵挂，那停在眉头怎么也放不下，
那一年一天一点落雪的白发，她还在那里盼儿回家……

《游子吟》最后两句，以当事者的直觉，又翻出进一层的深意。“谁言寸草心，报得三春晖！”诗人出以反问，意味尤为深长。这两句是前四句的升华，通俗形象的比兴，加以悬绝的对比，寄托了赤子炽烈的情意：对于春天阳光般厚博的母爱，小小的花草表达的孝心怎么报答得了呢?！真有“欲报之德，昊天罔极”之意，感情是那样淳厚真挚。可以说，这是一首母爱的颂歌，“诗从肺腑出，出辄愁肺腑”（苏轼《读孟郊诗》）。这首诗，虽无藻绘与雕饰，然而清新流畅，淳朴素淡中正见其诗味的浓郁醇美。全诗最后更是用一语双关，写出了儿子对母亲的无限深情！此诗写在溧阳，到了清代，又有溧阳人吟出“向来多少泪，都染手缝衣”（彭桂《建初弟来都省亲喜极有感》）这样的诗句。而“以母老客游四方，觅升斗为养”（《清史稿》卷四百八十五《黄景仁传》）的清代孝子诗人黄景仁，其在《别老母》中曰：“搴帏拜母河梁去，白发愁看泪眼枯。惨惨柴门风雪夜，此时有子不如无。”①又使我们不禁想到了彭丽媛老师的《白发亲娘》。凡此种种，均可见《游子吟》留给人们的深刻印象，是历久而不衰的。

总之，隋唐时期特别是唐朝的孝文化，由于唐玄宗的大力提倡与支

① 《两当轩集》卷三，上海古籍出版社1983年版，第68页。

持，加之佛教、道教的宗教式宣扬，有了长足全面的发展，如数世同居这一点，更是逐渐成为中国人一般家庭中儿女孝顺、长幼和谐的一个幸福美满的重要标准，这一个标准在后来的宋代继续得到重视和强化。宋代之后，中国古代社会迎来了第一个少数民族政权元朝，那么，传统的中国孝文化在这一时期是不是会有新的变化呢？是不是元朝少数民族政权就不重视中原地区的孝文化了呢？让我们一起进入第九讲宋元时期的孝文化一探究竟。

第九讲 宋元时期的孝文化

中国古代史上，前有秦汉，后有隋唐，两个时期的起承转合发展颇有相似之处，而之后的宋元时期与明清时期亦相仿佛，都是先后为少数民族政权推翻。其中，元朝政权是中国古代史上第一个全面统一、入主中原乃至驰骋欧亚的少数民族政权，在孝文化这一点上，元朝和宋元时期的辽、西夏、金等少数民族政权，都可以说是“拜倒”在《孝经》之下，无不以提倡孝道作为治国之本。

如西夏帝元昊以亲自创制的西夏文字翻译《孝经》，供国人阅读；金朝有女真文翻译的《国语孝经》，国学刊刻唐玄宗注《孝经》，颁发各级学校；金章宗说：“孝义之人，素行已备，虽有希觊，犹不失为行善。”（《金史·孝友传叙》）认为不必计较孝子的其他品行缺陷。元朝建立后，元世祖至元二十四年(1287)，定国子学制，凡读书必先读《孝经》；元武宗时，命人以蒙古文翻译《孝经》，并下诏曰：“此乃孔子之微言，自王公达于庶民，皆当由是而行。其命中书省刻板模印，诸王而下皆赐之。”（《元史·武宗纪》）元人陈高在《思亲词》中写道：“泪滴东瓯水，思亲欲见难。水流终有尽，儿泪几时干！”（《不系舟渔集》卷八）父母已经过世，儿女空流千行万滴眼泪，也不能再见父母一面，可谓情真意切，字字血泪，触发天下儿女对父母的哀思悼念，令人泫然欲涕。《元史·孝友传叙》说：“元有天下，其教化未必古若也，而民以孝义闻者，盖不乏焉。岂非天理民彝之存于人心者，终不可泯欤?！上之人苟能因其所不泯者，复加劝奖而兴起之，则三代之治，亦可以渐复矣。”这即可见元朝“民以孝义闻者，盖不乏焉”，孝子孝行也很多，在修史的史官看来，乃是“天理民彝之存于人心者，终不可泯”，并且认为如果借助这人心中孝道良知加以劝勉奖励，那么像夏商周三代那样的盛世之治也是可以逐渐恢复的。这自然反映了学者们良好的一种愿景。

一、宋史宋儒宋学中的孝道伦理

宋元时期的孝文化，在历史继承基础上，许多方面被学者们称为“登峰造极”，虽未必尽然，却也可证这一时期孝文化的连贯性、强化性。比如官方对于亲情复仇者的宽恕乃至褒奖，开国的宋太祖在征战倥偬之中，诏见太原孝子刘孝忠，予以慰谕；有的孝子为父母报仇而杀人，朝廷竟“壮而释之”；有的子女割股挖肝掬眼为父母治病，“咸见褒赏”；有的家族数百千余口人同居，朝廷为之免去徭役。有个叫沈起的人，“闻父病，委官归侍，以丧免，有司劾其擅去”，也就是有点儿擅离职守，而宋仁宗则说：“观过知仁。今由父疾而致罪，何以厚风教而劝天下之为人子者？”（《宋史》卷三百三十四《沈起传》）乃特迁之，可见执政者对此孝道的一种认识。“天性孝友，雅志冲淡，亲没无意仕进”的赵景纬，“至郡，以化民成俗为先务”，“取《孝经·庶人章》为四言咏赞其义，使朝夕歌之，至有为之感涕者。举遗逸车若水、林正心于朝。旌孝行，作《训孝文》以励其俗”（《宋史》卷四百二十五《赵景纬传》），这种做法与宋仁宗的想法是一致的，都是注重孝道的教化功能。

宋朝的避讳也可谓达到了古代高峰①，如宋高宗一人的名讳多达53字，到了光宗时，需要避讳的文字达到298个，一时间，文人吟诗作赋不得不谨慎小心，唯恐触犯了国讳而引来大祸。在中国，人人皆知的“只许州官放火，不许百姓点灯”典故，就出自宋朝。宋代陆游《老学庵笔记》卷五载，北宋时，有个州的太守名叫田登，为人专制蛮横，因为他名“登”，所以不许州内的百姓在谈话时说到任何一个与“登”字同音的字。于是，只要是与“登”字同音的，都要用其他字来代替。谁要是触犯了他这个忌讳，便要被加上“侮辱地方长官”的罪名，重则判刑，轻则挨板子，不少吏卒因为说到与“登”同音的字，都遭到鞭打。当一年一度的元宵佳节即将到来，依照以往的惯例，州城里都要放三天焰火、点三天

---

①　五代时的冯道，他一生经历过五朝，而且在每个朝代里都当大官，拜相二十余年，被称为官场“不倒翁”。一天他的门客给他讲老子的《道德经》，可是第一句就是“道，可道，非常道”，一句话中竟有三处犯他的名讳。为了避讳，门客灵机一动，将这句话改为“不敢说，可不敢说，非常不敢说”，令人啼笑皆非。（宋代曾慥《类说》卷四十九引《籍川笑林》）

花灯表示庆祝。州府衙门要提前贴出告示，让老百姓到时候前来观灯。可是这次，却让出告示的官员感到左右为难。怎么写呢？用上“灯”字，要触犯太守；不用“灯”字，意思又表达不明白。想了好久，写告示的小官员只能把“灯”字改成“火”字，这样，告示上就写成了“本州照例放火三日”。告示贴出后，老百姓看了都惊吵喧闹起来，尤其是一些外地来的客人，更是丈二和尚摸不着头脑，还真的以为官府要在城里放三天火呢！大家纷纷收拾行李，争着离开这是非之地。当地的老百姓平时对于田登的专制蛮横无理已经是非常不满，这次看了官府贴出的这张告示，更是气愤万分，都忿忿地说：“只许州官放火，不许百姓点灯，这是什么世道?!”

在孝文化避讳方面，有个叫刘温叟的人不得不说。《宋史·刘温叟传》记载：“温叟事继母以孝闻，虽盛暑非冠带不敢见。五代以来，言执礼者惟温叟焉。”宋人文莹《玉壶野史》卷二中说他“以父名岳，终身不听乐，大朝会有乐，亦以事辞之。客有犯其讳，则恸哭急起，与客遂绝。太宗闻之，嘉叹益久”。因为自己的父亲名字叫岳，他终身不听音乐，且受到宋太宗嘉叹。而有个“养亲以孝著”的徐积，也堪称一绝。《宋史·徐积传》谓其：“孝行出于天禀。三岁父死，旦旦求之甚哀，母使读《孝经》，辄泪落不能止。事母至孝，朝夕冠带定省。”“应举入都，不忍舍其亲，徒载而西。”“以父名‘石’，终身不用石器，行遇石则避而不践，或问之，积曰：‘吾遇之则怵然伤吾心，思吾亲，故不忍加足其上尔。’母亡，水浆不入口者七日，悲恸呕血。庐墓三年，卧苫枕块，衰绖不去体，雪夜伏墓侧，哭不绝音。翰林学士吕溱过其庐适闻之，为泣下曰：‘使鬼神有知，亦垂涕也！’甘露岁降兆域，杏两枝合为干。既终丧，不彻筵几，起居馈献如平生。”

徐积三岁时候父亲就去世了，母亲教他读《孝经》，小徐积一面读着书，一面想起了父亲，竟泪流满面。徐积服侍母亲是非常孝顺的，凡事皆亲力亲为，从不要别人代替。就是到京城去赶考，他也要把母亲载了同去，并每日照常早晚请安、嘘寒问暖。因为父亲名字里有个“石”字，徐积便从来不使用石头做的器具，遇到石子铺的路，他也避开了不走。有人对他说：“你大可不必如此避讳的，连走路都避讳，是很难做到的呀!”徐积却回答说：“我并非有意避讳，只是我一遇着石子路，就会凄然地想起自己的父亲来，所以哪里还忍心在上面踩踏?!”母亲去世后，他不吃不喝的长达七天，悲恸得吐血。并且在母亲墓前守孝三年，寒冬雪夜也伏在墓侧，哭得伤心欲绝。翰林学士吕溱经过时正好听到，也被他感动得哭着说：“要是鬼神有感知的话，也会流泪的呀!”后来天空中竟降下了甘露，而旁边的两棵杏树合成了一根树干。守丧结束之后，他也不撤掉案桌，平时起居敬献父母就跟生前一样。徐积的避讳以及孝心，真是极为卓异了。①

最后，我们要提一下宋儒宋学中的孝道伦理。宋代是中国古代儒学发展史上的一个重要历程，在吸收佛、道两家的基础上，融会贯通，开创出儒学的新境遇，被称为“新儒学”，后来近代史上一批保守主义学者秉承儒家立场，对应西方基督教文化挑战，出入古今、融贯中西，被称为“新儒家”，正是同样的道理。在宋代的“新儒学”或者简单来说“宋学”中，宋儒对于孝道伦理有精深阐发，值得注意研习。比如袁甫《忠孝诗》辨析忠孝合一这个命题，认为“忠由孝出非外假”，“忠孝从来只一原，此道于今识者寡”，“报国即是报亲恩，忠孝断断非二得”；朱子《童蒙须知》属于启蒙读物性质，其中即强调“忠信、孝友、恭俭、正直出于天性”；司马光的《家范》则为历代推崇的家教范本，被视为家庭必备之教育课本，它系统地阐述了古代家庭的伦理关系、治家原则，以及修身养性和为人处世之道。书中节录《大学》、《孝经》等许多儒家经典中的修身、治家格言，还收集了大量历代治家有方的实例和典范，为后人树立楷模，其间亦夹有作者自论，对我们今天的有点失败的中国式家教颇有启发。司马光认为，治家“莫如礼”，齐家的规范应是：为人祖者要“以义训其子，以礼法齐其家”；为人父者要“爱子教之以义”；为人母者“不患不慈，患

① 宋朝孝文化现象中，还有的以《孝经》陪葬，如《宋史·王嗣宗传》称其“尤睦宗族，抚诸侄如己子，著遗戒以训子孙勿得析居，又令以《孝经》、弓剑、笔砚置圹中”。而关于厚葬薄葬的看法，宋人庄绰《鸡肋编》卷上载：“世云张耆侍中、晏殊丞相墓皆被盗。张以所得甚厚，故不伤其尸，而晏以徒劳，遂破其头颅而去。此乃俭葬之害，是也不幸，非常理可论也。”这段记载甚为有趣，好像墓葬之厚薄，还有应付日后盗墓者的功用，为保尸全，看来得丰厚敛葬以“贿赂”盗墓者，不致其因一无所获而恼羞成怒，将一股恶气发泄在墓主遗体上，这与慎终追远、寄托哀思的丧葬本意可谓风牛马不相及了，难怪作者要喟叹“是也不幸，非常理可论也”了。

于知爱而不知教也”；为人子者则应以孝为天经地义，为行动之准则。全书节目备具，简明扼要，切于实用，为研究古代家庭教育的指导思想及具体方式、方法提供了宝贵的原始材料。并且，司马光本人为人正直，为官清廉，居处得法，举止有礼，忠信仁孝，治家有方，以身作则，为后人树立了做人和治家的榜样，所以他的《家范》更有实际意义。《宋史》称刘安世“忠孝正直，皆则象司马光”，可见“忠孝正直”正是司马光为人处事的标志所在，这样的人写的《家范》，自然值得今天我们这些不够“忠孝正直”的人用心去拜读品味。

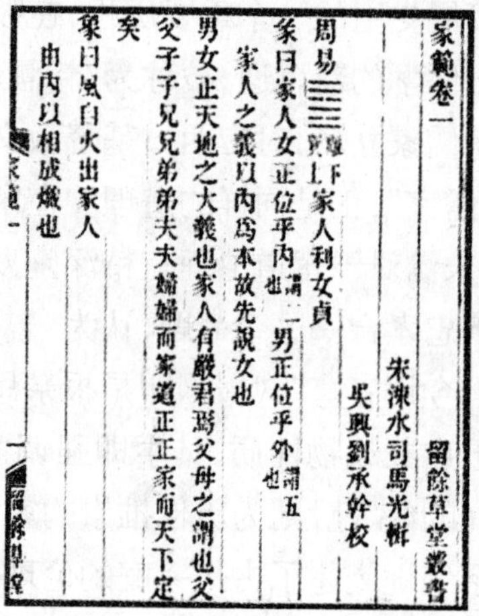
家範卷一　留餘草堂叢書

宋涑水司馬光撰

吳興劉承幹校

周易☰☲巽上離下家人利女貞

彖曰家人女正位乎內謂二男正位乎外謂五

家人之義以內爲本故先說女也

男女正天地之大義也家人有嚴君焉父母之謂也父父子子兄兄弟弟夫夫婦婦而家道正正家而天下定矣

象曰風自火出家人

由內以相成熾也

家範一　留餘草堂

特别要说到的是宋儒邵雍，他的《孝父母》和《训世孝弟诗》等就是专门讨论孝的。《孝父母》三十二章是按照时间顺序来写的，从小孩出生一直写到父母去世，把每个阶段孩子的成长、父母的付出都表述得非常清楚：“如何容易得三年，受怕担惊有万千。儿若病时心更病，何曾一刻得安然。可叹爹娘手内贫，要穿要用懒求人。劝君六饭三茶外，还要供亲几许钱。”从中可以看出它是非常通俗易懂的，体现了理学家们关注人民日常生活，用老少咸宜、雅俗共赏的方式宣讲孝道、劝勉孝行。这里给大家附上邵雍

的《训世孝弟诗》十首，每一首都是以“子孝亲兮弟敬哥”开头、结尾，朗朗上口，明白易懂，不用过多解释，相信每个人读了之后都会有所感悟的(限于篇幅，其他宋儒宋学中的孝道伦理只能从略)：

子孝亲兮弟敬哥，丈夫休听室人唆。
眼前金帛毋嫌少，膝下儿孙不厌多。
但得家和贫也好，若教不义富如何。
王韩孝友垂青史，子孝亲兮弟敬哥。

子孝亲兮弟敬哥，休伤和气忿争多。
偏生嫉妒偏艰窘，暗积私房暗折磨。
不孝自然生忤逆，无仁实是出妖魔。
但闻孝弟传千古，子孝亲兮弟敬哥。

子孝亲兮弟敬哥，吁嗟分析听搬唆。
囊中财物他嫌少，祖上田园你要多。
夫妇眼前虽快乐，儿孙日后恐消磨。
何如孝弟亲乡党，子孝亲兮弟敬哥。

子孝亲兮弟敬哥，莫因微利遽伤和。
黄金柜内休嫌少，阴德冥中要积多。
私曲岂知公直在，刚强无奈善柔何。
古今简籍多名誉，子孝亲兮弟敬哥。

子孝亲兮弟敬哥，休残骨肉起风波。
劬劳恩重须当报，手足情深要取和。
公艺同居今古罕，田真共处子孙多。
如斯遐迩皆称美，子孝亲兮弟敬哥。

子孝亲兮弟敬哥，怡声下气与谦和。
难兄难弟名偏重，孝子贤孙贵自多。
负米尚难为薄养，读书宁不擢高科。
仲由陈纪皆如此，子孝亲兮弟敬哥。

子孝亲兮弟敬哥，训贤妯娌事翁婆。

好遵孟母三迁教，须读张公百忍歌。
孝友睦姻兼任恤，智仁圣义与中和。
当时曾子同杨博，子孝亲兮弟敬哥。

子孝亲兮弟敬哥，光阴掷过疾如梭，
庭闱乐处儿孙乐，兄弟和时妯娌和。
孝弟传家名不朽，金银满柜富如何。
要知美誉传今古，子孝亲兮弟敬哥。

子孝亲兮弟敬哥，天时地利与人和。
莫言世事常如此，堪叹人生有几何。
满眼繁华何足贵，一家安乐值钱多。
奇哉让梨并怀橘，子孝亲兮弟敬哥。

子孝亲兮弟敬哥，晨昏定省莫蹉跎。
一门孝友真难得，百岁光阴最易过。
和乐且耽宜自翕，彝伦攸叙在谦和，
班衣舞罢埙篪奏，子孝亲兮弟敬哥。

二、《二十四孝》以及最后入选的两位“道德模范”事迹：黄庭坚亲涤溺器、朱寿昌弃官寻母

说起宋元时期的孝文化，老少咸闻、妇孺皆知的，莫过于《二十四孝》了。就整体上来说，《二十四孝》是宋元时期劝孝通俗性读物中的一本而已，然而它却影响最大。《二十四孝》由元代的郭居敬辑撰，由于后来的印本大都配以图画，故又称《二十四孝图》，在传统的木雕、砖雕、刺绣和陶瓷上，常见这类题材的图案。2010 年，我参加湖北国学论坛，所在酒店走廊的墙壁上，即有连绵的“二十四孝图”，显然该酒店企业对此孝道文化是有认同感的。《二十四孝》总共收录了舜帝、老莱子、郯(tán)子、子路、曾子、闵子骞、汉文帝、蔡顺、郭巨、董永、丁兰、姜诗、陆绩、黄香、江革、杨香、王裒、孟宗、王祥、吴猛、庾黔娄、唐夫人、黄庭坚、朱寿昌等二十四人的故事，“序而诗之，以训童蒙”。实际上，《二十四孝》虽最终成型于元朝，而其所辑故事，却源自先秦自宋各朝，并早已在

世间流传，甚至自汉以后，不仅有故事流传，而且有形象的石刻、壁画等。此书编成后，有关孝道的通俗读物出现的更多、更频繁了，而且很多是围绕二十四孝故事进行增减和改编。

在前面的几讲中，我们已经结合每个历史时期，将《二十四孝》中的相关故事给大家做了介绍，不过并未全部提到，比如郯子“鹿乳奉亲”和老莱子“戏彩娱亲”。“鹿乳奉亲”故事说：“周郯子，性至孝。父母年老，俱患双眼，思食鹿乳。郯子乃衣鹿皮，去深山，入鹿群之中，取鹿乳供亲。猎者见而欲射之，郯子具以情告，以免。诗曰：亲老思鹿乳，身挂褐毛衣。若不高声语，山中带箭归。”郯子，春秋时期人。父母年老，患眼疾，需饮鹿乳疗治。他便披鹿皮进入深山，钻进鹿群中，挤取鹿乳，供奉双亲。一次取乳时，猎人看到了他以为是麋鹿，想射杀他，郯子急忙掀起鹿皮现身走出，将挤取鹿乳为双亲医病的实情告知猎人，免除了被误杀的危险。

“戏彩娱亲”故事说：“周老莱子，至孝，奉二亲，极其甘脆，行年七十，言不称老。常着五色斑斓之衣，为婴儿戏于亲侧。又尝取水上堂，诈跌卧地，作婴儿啼，以娱亲意。诗曰：戏舞学娇痴，春风动彩衣。双亲开口笑，喜色满庭闹。”老莱子，春秋（东周）时期楚国隐士，为躲避世乱，自耕于蒙山南麓。他孝顺父母，尽拣美味供奉双亲，七十岁尚不言老，以免父母伤心，常穿着五色彩衣，手持拨浪鼓如小孩子般戏耍，以博父母开怀。有一次为双亲送水，假装摔倒，躺在地上学小孩子哭，二老大笑。

鲁迅在谈其小时候读《二十四孝图》的感觉时，曾对老莱子这个故事点评道：

其中最使我不解，甚至于发生反感的，是“老莱娱亲”和

“郭巨埋儿”两件事。

我至今还记得，一个躺在父母跟前的老头子，一个抱在母亲手上的小孩子，是怎样地使我发生不同的感想呵。他们一手都拿着“摇咕咚”。这玩意儿确是可爱的……然而这东西是不该拿在老莱子手里的，他应该扶一枝拐杖。现在这模样，简直是装佯，侮辱了孩子。我没有再看第二回，一到这一叶，便急速地翻过去了。

……而招我反感的便是“诈跌”。无论忤逆，无论孝顺，小孩子多不愿意“诈”作，听故事也不喜欢是谣言，这是凡有稍稍留心儿童心理的都知道的。

然而在较古的书上一查，却还不至于如此虚伪。师觉授《孝子传》云，“老莱子……常著斑斓之衣，为亲取饮，上堂脚跌，恐伤父母之心，僵仆为婴儿啼。”(《太平御览》四百十三引)较之今说，似稍近于人情。不知怎地，后之君子却一定要改得他“诈”起来，心里才能舒服。邓伯道弃子救侄，想来也不过“弃”而已矣，昏妄人也必须说他将儿子捆在树上，使他追不上来才肯歇手。正如将“肉麻当作有趣”一般，以不情为伦纪，诬蔑了古人，教坏了后人。老莱子即是一例，道学先生以为他白璧无瑕时，他却已在孩子的心中死掉了。

鲁迅从自已儿时读《二十四孝图》的幼童心理、孩子眼光出发，并对比了古今故事的演变，认为“以不情为伦纪，诬蔑了古人，教坏了后人”，点出了故事流传过程中变异的这样一个特点，特别是当这样的“人为”教化有些过的时候，往往会适得其反，这点特别值得我们在研究、普及传统文化以及教育孩子、学生时注意。

最后，我们一起来看一下《二十四孝》中最后入选的两位“道德模范”事迹，那就是宋朝的黄庭坚“亲涤溺器”和朱寿昌“弃官寻母”。黄庭坚是大家熟知的宋朝大诗人，他自幼孝顺父母，对于奉事父母之事，无论大小，都会认真努力做好，从来没有推辞拒绝过。做官时，公务十分繁忙，虽然家里也有仆人，而他却不辞劳苦，依旧亲自来照顾母亲的生活点滴，从不懈怠。每天忙完公事回来，他一定会亲自陪在母亲的身边，以便时时感受母亲各方面的身心需要，并且亲力亲为地精心侍候着母亲，事事都力争达到母亲的欢喜满意。母亲有特别爱卫生的习惯，因为那时候的房子里没有“抽水马桶”卫生间，所以为了夜里方便如厕，通

常都准备一个应急的便桶。黄庭坚坚持每天亲自为母亲刷洗便桶，数十年如一日，从不间断。他的做法曾引起了一些人的好奇和不理解。有一次，有人问黄庭坚："您身为高贵的朝廷命官，又有那么多的仆人，为什么要亲自来做这些杂细的事务，甚至还亲手做刷洗母亲便桶这样卑贱的事情呢?"黄庭坚回答说："孝顺父母是我的本分事，同自己的身份地位没有任何关系，怎能让仆人去代劳呢？再说孝敬父母的事情，是出自一个人对父母至诚感恩的天性，又怎么会有高贵与卑贱的分别呢?!"

自古以来，上至国家君王，下到平民百姓，都是以孝敬父母为修身立德的根本，汉文帝"亲尝汤药"和黄庭坚的"亲涤溺器"，两个"亲"字折射出他们心中对父母"亲"的孝道亲情！今天，随着客观物质环境的发展变化，人们往往因为所谓的繁忙，而过多依赖自己所拥有的外在物质条件设施，进而取代自己为人子女应尽的本分，甚至将孝道"代理"出去，有的把老迈的父母放到养老院，有的则雇人哭丧，像赵本山主演的《马大帅》里，他就曾做过一回这样的差事；如今台湾地区也有以哭丧为业的"孝女"。其实扪心自问，当我们用大把的钞票或佣人取代我们孝敬父母的本分时，可曾想到：倘若父母在我们小的时候，也用钞票和佣人来把对我们的那份慈爱与呵护代理出去，今天的我们还会不会有如此健全的身心呢?！忆古思今，黄庭坚能够效法古圣先贤的德行，不受外界环境影响，做到恪尽子道，至诚孝事父母，今天的我们，在物质各方面都比黄庭坚那时方便充裕得不知要多多少，难道不能践行孝道、亲力亲为，给父母一个舒心贴心、安康幸福的晚年吗？所以说，孝敬父母之事不分大小，只要出自本心的恭敬去做，都值得每一个儿女去努力！

关于朱寿昌"弃官寻母"之事，据《宋史》卷四百五十六《朱寿昌传》载：

寿昌母刘氏，巽妾也。巽守京兆，刘氏方娠而出。寿昌生数岁始归父家，母子不相闻五十年。行四方求之，不置饮食，罕御酒肉，言辄流涕。用浮屠法灼背烧顶，刺血书佛经，力所可致，无不为者。熙宁初，与家人辞诀，弃官入秦，曰："不见母，吾不反矣！"遂得之于同州。刘时年七十余矣，嫁党氏有数子，悉迎以归。京兆钱明逸以其事闻，诏还就官，由是以孝闻天下。自王安石、苏颂、苏轼以下，士大夫争为诗美之。寿昌以养母故，求通判河中府。数岁母卒，寿昌居丧几丧明。既葬，有白乌集墓上。拊同母弟妹益笃。

宋朝的朱寿昌，亲生母亲刘氏，因为是父亲后娶的偏房，她虽然很贤慧，但朱寿昌的嫡母却很嫉妒刘氏，在他父亲的面前时常挑拨是非，弄得家庭失和，不得安宁，朱寿昌的父亲受不了嫡母的怂恿，终于在刘氏怀孕的时候，把她休掉了。朱寿昌生下来后过了几年才被送回父亲家，从此母子五十年再没见面。为了找到母亲，朱寿昌用佛教的方法"灼背烧顶，刺血书佛经，力所可致，无不为者"，仍然一直没有找到。后来朱寿昌已经取得功名，在朝廷里做了大官，也娶妻生子，一切都过得不错，但是，他心中一直忘不了从小就与他分开的母亲，并时时派人打听他母亲的下落。在一个偶然的机会，朱寿昌得知亲生母亲在陕西一带，于是，他毅然地向朝廷辞去了官位，到陕西一带去寻找他的母亲。当他临走时，对家里的人说："我辞去官位，为了要寻找我亲生母亲，哪怕是千里、万里，就是吃再多的苦，我也要把母亲接回来！倘若是找不到，我这辈子将永远找下去！"于是，他带了简单的行李，开始出发去找他母亲。一路上翻山涉水的，忍受风吹雨打，不知吃了多少苦，可是他一点都不在乎。他到处打听，真是苍天不负有心人，朱寿昌终于在山西省的同州这个偏远的地方，找到了分别五十多年未见面的亲生母亲！朱寿昌的亲娘，此时已是白发苍苍的七十多岁的老人了，母子相见真是悲喜交集，恍如梦中！朱寿昌的母亲听了自己儿子为了找寻自己，历尽那么多的苦难，感慨地说："我已七十多岁了，你却五十多了，没想到我们母子俩还能见面，这都是你的孝心所至，感动了神明，才能够使我们母子团圆！"朱寿昌把

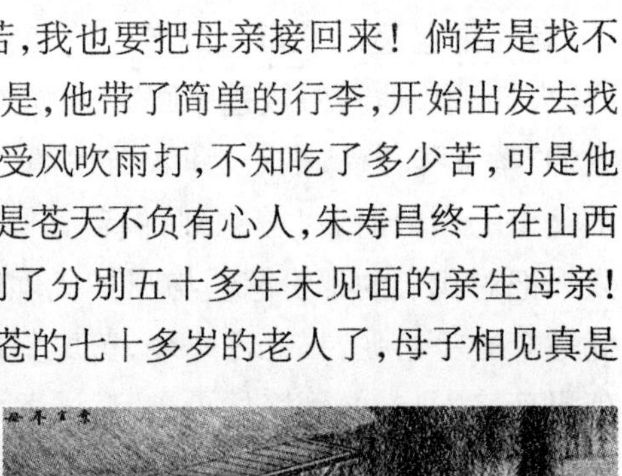

母亲和另外所生的那几个兄弟接回家中，与妻儿欢聚一堂，让母亲过着安祥、愉快、舒适的晚年，这才了却他一生的愿望。苏轼作诗云："嗟君七岁知念母，怜君壮大心愈苦。……感君离合我酸辛，此事今无古或闻。"王安石作诗云："彩衣东笑上归船，莱氏欢娱在晚年。嗟我白头生意尽，看君今日尽凄然。"(《临川文集》卷三十一)都表达了他们对朱寿昌弃官寻母所表露出的孝心孝行的钦佩和赞赏。

朱寿昌"弃官寻母"这样的事例，后来明朝杨成章的故事和它很像。杨成章是明朝道州(今湖南道县)人，父亲杨泰，娶何氏为妻，由于不能生育，又纳小妾丁氏，不久生下杨成章。四岁时，父亲去世，本来对女儿当初嫁给杨泰做小妾就十分反对的姥爷丁老汉，便把外甥杨成章交给了何氏，硬逼着自己的女儿丁氏改嫁。在离别时，丁氏将一块银钱分作两半，一半给何氏，另一半自己留着。又过了六年，何氏在临终前将半个银钱交给了杨成章，并讲述了这半个银钱的来历，杨成章听了何母讲述这半块银钱的来历后，心里顿时产生了思母之情，由于年纪太小，只好把它放在心里，但寻母的念头一刻也没有停止。

杨成章长大以后，娶妻刚过一个月，就跟媳妇讲了自己的经历和要寻找生母的想法，原以为媳妇会极力反对，与他大吵大闹，可媳妇却非常支持他。再说他的亲生母亲丁氏与儿子分手后，就改嫁到了东阳，丈夫姓郭，婚后生子，取名郭珉。虽然过得比较舒心，但儿子杨成章始终在她心里牵挂着。在明孝宗弘治十一年(1498)，东阳典史李绍裔来丁氏家与郭珉谈事情。当丁氏听说李典史是道州人时，就叫儿子郭珉打听杨成章是否还住在那里，现在情况如何？儿子满口答应。事后郭珉向李典史打听到杨成章不仅还住在道州，而且现已是秀才，他把此事告诉了母亲。于是，母亲拿出了珍藏多年的半块银钱交给儿子，让他去找兄长杨成章。这时杨成章也正根据线索前来寻找生母，说来也巧，郭珉与杨成章在客船上同住一舱，无意间两人都发现对方挂在胸前的半块银钱。杨成章说起了他的来历，郭珉听了十分感动，他们不约而同地取下半枚银钱一对，丝毫不差，确信无疑后，兄弟俩紧紧拥抱在一起，随后郭珉把兄长杨成章领到自己家里与丁氏相聚。此后，杨成章曾多次前去迎接母亲，但母亲总是割舍不下自己现在的家。杨成章无奈，只好放弃做秀才每月可以享受的银子和粮食，到东阳专门侍奉生母。母亲去世后，他守完三年之丧才回家乡。嘉靖年间，杨成章和郭珉都到京城办事，郭珉便把杨成章寻母的事情讲了出去，并上报吏部，请求给杨成章进一官。“部臣言：‘成章孝行，两地已勘实，登之朝覲宪纲，珉言非谬。昔朱寿昌弃官寻母，宋神宗诏令就官。今所司知而不能荐，臣等又拘例而不请旌，真有愧于古谊！请量授成章国子学录，赐珉花红羊酒。’制曰：‘可。’”(《明史》卷二百九十七《杨成章传》)可见，在明朝吏部大臣们看来，杨成章寻母一事跟朱寿昌弃官寻母同出一辙，所以，也应该予以授官旌表，皇帝制曰“可”显然也是恩准了这一孝道孝行以及授官旌表的建议。

到此为止，《二十四孝》中的二十四个孝子故事，我们便给大家介绍完了。在本书十讲快要结束的时候，我想有必要说明一下如何看待《二十四孝》及其精神。依然以鲁迅《二十四孝图》一文中的意见为例：

我所收得的最先的画图本子，是一位长辈的赠品：《二十四孝图》。这虽然不过薄薄的一本书，但是下图上说，鬼少人多，又为我一人所独有，使我高兴极了。那里面的故事，似乎是谁都知道的；便是不识字的人，例如阿长，也只要一看图画便能够滔滔地讲出这一段的事迹。但是，我于高兴之余，接着就是扫兴，因为我请人讲完了二十四个故事之后，才知道“孝”有如此之难，对于先前痴心妄想，想做孝子的计划，完全绝望了。

……我还依稀记得，我幼小时候实未尝蓄意忤逆，对于父母，倒是极愿意孝顺的。不过年幼无知，只用了私见来解释“孝顺”的做法，以为无非是“听话”，“从命”，以及长大之后，给年老的父母好好地吃饭罢了。自从得了这一本孝子的教科书以后，才知道并不然，而且还要难到几十几百倍。其中自然也有可以勉力仿效的，如“子路负米”，“黄香扇枕”之类的。……“哭竹生笋”就可疑，怕我的精诚未必会这样感动天地。但是哭不出笋来，还不过抛脸而已，一到“卧冰求鲤”，可就有性命之虞了。我乡的天气是温和的，严冬中，水面也只结一层薄冰，即使孩子的重量怎样小，躺上去，也一定哗喇一声，冰破落水，鲤鱼还不及游过来。自然，必须不顾性命，这才孝感神明，会有出乎意料之外的奇迹，但那时我还小，实在不明白这些。

鲁迅说"那里面的故事，似乎是谁都知道的；便是不识字的人，例如阿长，也只要一看图画便能够滔滔地讲出这一段的事迹"，这表明《二十四孝》古往今来在中国社会广泛的流行程度。而在今天，假若不是通过"中国孝文化"课，敢问在座诸君又有多少人知道这些故事呢？包括我在研究、宣讲《孝经》与中国孝文化之前，可以说是闻所未闻。这说明什么？看来，百余年来对传统文化的"运动"、"革命"、打倒破坏、扫荡批判，已然发生了巨大效应，使得"似乎是谁都知道的；便是不识字的人，例如阿长，也只要一看图画便能够滔滔地讲出这一段的事迹"来的一本通俗得不能再通俗的、流行得不能再流行的劝孝小册子读物，被彻底从中国人的心目中移除了。其实，《二十四孝》的这样一个境遇，正与其所代表的传统孝道孝文化的命运是"一样一样的"，正是因为传统孝道孝文化的价值已不为世人所重，所以，承载传统孝道孝文化的典籍与读物自然也就无人学习、无人理会、无人知晓了。这是问题的第一个方面。

第二个方面，鲁迅说："我于高兴之余，接着就是扫兴，因为我请人讲完了二十四个故事之后，才知道'孝'有如此之难，对于先前痴心妄想，想做孝子的计划，完全绝望了。"这是鲁迅回忆自己当年儿时读《二十四孝》的印象，之所以令鲁迅感到"扫兴"、"如此之难"、"完全绝望"，正如他在文中所说，便是埋儿、哭笋、卧冰一个个故事中一些所谓的"孝感"，对一个小孩来说，产生这样的感触也是可能的。而在今天，我之所以要逐一地把这二十四个孝子故事讲给大家，一是因为这在以前"是谁都知道的；便是不识字的人，例如阿长，也只要一看图画便能够滔滔地讲出这一段的事迹"，作为中国孝文化史上的一个重要内容，不容得我们继续无知下去；更主要地是，我基本上在每个故事的前后都会讲的，我们要汲取其中的孝道精神，结合当今社会、结合自身进行反思，像鲁迅所指出的糟粕固然已经无需再去为其辩解，而精华呢？这里面的孝道精神原则呢？不能说它就一点儿价值都没有了吧？是耶非耶，我已经作出了一些诠释，各位看后，想必也有自己的看法，就留给我们每一个人去用心判断感悟吧！

三、劝孝歌、教孝曲的流行

宋元时期的孝文化，除了《二十四孝》最为后人熟知外，乃有大量的通俗性劝孝读物，这是这一个时期在中国孝文化史上的显著特点。就中国孝文化史整体来看，这样的劝孝通俗内容在宋元之前即已出现，只不过是融入其中而未单独标题、集中阐发，如大家熟知的南北朝梁武帝时期，命周兴嗣所编的《千字文》，在这无一字重复的“千字文”中，便讲到：“盖此身发，四大五常。恭惟鞠养，岂敢毁伤。”“资父事君，曰严与敬。孝当竭力，忠则尽命。临深履薄，夙兴温凊。”“上和下睦，夫唱妇随。外受傅训，入奉母仪。诸姑伯叔，犹子比儿。孔怀兄弟，同气连枝。”“亲戚故旧，老少异粮。”显然都是和孝道孝文化有关。再比如唐初白话诗僧王梵志，有五男二女，但子女不孝，使他晚年生活无着，成了“身无一物”的“硬穷汉”，甚至衣不蔽体，食不饱腹，被迫沿门乞讨。穷困悲惨的生活迫使他五十多岁皈依佛门，信仰佛教，以寻求解脱。他的诗歌以说理为主，重视惩恶劝善的社会功能，某些诗篇具有讽刺世态人情的积极意义，如：“造作庄田犹未已，堂上哭声身已死。哭人尽是分钱人，口哭元来心里喜。”①诗的风格浅显平易而时带诙趣，往往寓生活哲理于嘲戏谐谑之中，寄嘻笑怒骂于琐事常谈之内，开创了以俗语俚词入诗的通俗诗派。深知“生儿不用多，了事一个足”的王梵志在其诗作中必然少不了对于孝道伦理的一番精辟点化，比如：

吾富有钱时，妇儿看我好。吾若脱衣裳，与吾叠袍袄。
吾出经求去，送吾即上道。将钱入舍来，见吾满面笑。
绕吾白鸽旋，恰似鹦鹉鸟。邂逅暂时贫，看吾即貌哨。
人有七贫时，七富还相报。图财不顾人，且看来时道。②

这是一首慨叹父母子女(媳妇)间亲情冷暖的诗作。乍读起来，全篇既没有精彩的警句，也很少环境氛围的艺术描绘，似乎是平平淡淡、语不惊人，实际上它以“直说”见长，指事状物，浅切形象；信口信手，率然成章；言近旨远，发人深省，别具一种淡而有味的诗趣！全诗结构紧凑，层次分明，步步围绕主题，写得颇有情致。首段六句，作者以概述的笔调，指出妻室儿女态度好坏的关键在于一个“钱”字，拥有钱财时，一切都好，妻室儿女也显得十分殷勤，假如要脱衣服，很快就会有人把脱

① 《王梵志诗校注》卷六，上海古籍出版社 1991 年版，第 749 页。
② 《王梵志诗校注》卷一，上海古籍出版社 1991 年版，第 14 页。

下的袍袄折叠得整整齐齐；假如离家出外经商，还要一直送到大路旁边。诗人在这里选取习见的生活现象，以凝炼的笔触，不加修饰地叙写出各种场景，给人以平凡而生动的感觉。

接着，作者用贴切的比喻，进一步刻画出金钱引起的种种媚态："将钱入舍来，见吾满面笑。绕吾白鸽旋，恰似鹦鹉鸟。"当携带金钱回到家中时，一个个笑脸相迎，象白鸽那样盘旋在你的周围，又好似学舌的鹦鹉在你耳边喋喋不休。人们向来把鸽子当成嫌贫爱富的鸟类，而鹦鹉则被视作多嘴饶舌、献媚逢迎的形象，因此诗人用"白鸽"、"鹦鹉"来形容见钱眼开的贪财者。

最后六句，概括全篇主旨，也是王梵志对亲情险薄的愤激之语。句中的"邂逅"，不期而至的意思；"貌哨"，指脸色难看；皆为唐人口语。这几句诗说的是：当我偶然陷入贫穷之时，你们的脸色为何变得这样的难看?！要知道人在最穷的时候，也可能会有极富的机会。他直率地警告那些庸俗的贪财者，如果只为贪图钱财，而毫不顾及人的情义，那就看看来世的报应吧！这里，诗人率直地写下了他的愤激之情。

这首诗在艺术表现上明显的特点是：以锐敏的观察力捕捉生活中某些不大为人重视的动作和事理，运用通俗凝炼的语言，设想奇巧的对比描写，着墨不多，无意于渲染，但是那种贪钱者的丑态便跃然纸上。与此同时，诗人的不平之气也豁然而出。作者利用比较娴熟的驾驭民间语言的能力，出语自然，质直素朴，言近旨远，从而开创唐代以俗语俚词入诗的通俗诗派，为唐诗的发展作出了重要贡献。为了一飨读者，我这里把收集到的与孝道伦理有关的王梵志的诗给大家附在下面，王梵志说："纵使大德讲说，不及读此善文。逆子定省翻成孝，懒妇晨夕事姑嫜。"(《王梵志诗集序》)希望一些人看了以后，真的可以"逆子定省翻成孝，懒妇晨夕事姑嫜"：

你若是好儿

你若是好儿，孝心看父母。五更床前立，即问安稳不。

天明汝好心，钱财横入户。王祥敬母恩，冬竹抽笋与。

孝是韩伯瑜，董永孤养母。你孝我亦孝，不绝孝门户。

只见母怜儿

只见母怜儿,不见儿怜母。长大取得妻,却嫌父母丑。
耶娘不采括,专心听妇语。生时不恭养,死后祭泥土。
如此倒见贼,打煞无人护。

孝是前身缘

孝是前身缘,不由相放习。儿行不忆母,母恒行坐泣。
儿行母亦征,项牐连脑急。闻道贼出来,母愁空有骨。
儿回见母面,颜色肥没忽。

耶娘绝年迈

耶娘绝年迈,不得离傍边。晓夜专看侍,仍须省睡眠。

欲得儿孙孝

欲得儿孙孝,无过教及身。一朝千度打,有罪更须嗔。

养儿从小打

养儿从小打,莫道怜不笞。长大欺父母,后悔定无疑。

贫亲须拯济

贫亲须拯济,富眷不烦饶。情知苏蜜味,何用更添膏。①

唐朝还有一个叫王中书的人,他写有《劝孝歌》,算是比较专门的劝孝诗篇了。全文如下:

孝为百行首,诗书不胜录。富贵与贫贱,俱何追芳躅。
若不尽孝道,何以分人畜?我今述俚言,为汝效忠告。
百骸未成人,十月怀母腹。渴饮母之血,饥食母之肉。
儿身将欲生,母身如在狱。惟恐生产时,身为鬼眷属。
一旦见儿面,母命喜再续。一种诚求心,日夜勤抚鞠。
母卧湿草席,儿眠干蓐茵。儿睡正安稳,母不敢伸缩。
儿秽不嫌臭,儿病甘心赎。横簪与倒冠,不暇思沐浴。
儿若能步履,举步虑颠覆。儿若能饮食,省口恣所欲。
乳哺经三年,汗血耗千斛。劬劳辛苦尽,儿至十五六。

① 以上七首诗依次见《王梵志诗校注》卷四,上海古籍出版社 1991 年版,第168、171、176、468、485、516 页。

性气渐刚强，行止难拘束。衣食父经营，礼义父教育。
专望子成人，延师课诵读。慧敏恐疲劳，愚怠忧碌碌。
有善先表暴，有过常掩护。子出未归来，倚门继以烛。
儿行十里程，亲心千里逐。儿长欲成婚，为访闺中淑。
媒妁费金钱，钗钏捐布粟。一日媳入门，孝思遂衰薄。
父母面如土，妻子颜如玉。亲责反睁眸，妻詈不为辱。
母披旧衫裙，妻着新罗绸。父母或鳏寡，为儿守孤独。
父虑后母虐，鸾胶不再续。母虑孤儿苦，孀帏忍寂寞。
身长不知恩，糕饵先儿属。健不祝哽噎，病不如伸缩。
衣裳或单寒，衾绸失温燠。风烛忽垂危，兄弟分财谷。
不思创业艰，惟道遗资薄。忘却本与源，不念风与木。
烝尝亦虚文，宅兆何时卜？人不孝其亲，不如禽与畜。
慈乌尚反哺，羔羊犹跪足。人不孝其亲，不如草与木。
孝竹体寒暑，慈枝顾本末。劝尔为人子，《孝经》须勤读。
王祥卧寒冰，孟宗哭枯竹。蔡顺拾桑椹，贼为奉母粟。
杨香搤父危，虎不敢肆毒。伯俞常泣杖，平仲身自鬻。
江革甘行佣，丁兰悲刻木。如何今世人，不效古风俗。
何不思此身，形体谁养育？何不思此身，德行谁式穀？
何不思此身，家业谁给足？父母即天地，罔极难报复。
亲恩说不尽，略举粗与俗。闻歌憬然悟，省得悲莪蓼。
勿以不孝首，枉戴人间屋。勿以不孝身，枉着人间服。
勿以不孝口，枉食人间谷。天地虽广大，难容忤逆族。
及早悔前非，莫待天诛戮。万善孝为先，信奉添福禄。①

《劝孝歌》以“孝为百行首”开篇，描述父母生儿养女的艰难、教育儿女的辛苦，“儿秽不嫌臭，儿病甘心赎”、“子出未归来，倚门继以烛。儿行十里程，亲心千里逐”等诗句催人泪下；“慈乌尚反哺，羔羊犹跪足。人不孝其亲，不如草与木”、“勿以不孝身，枉着人间服。勿以不孝口，枉食人间谷”等诗句更是意味深长！《劝孝歌》最后以“及早悔前非，莫待

① 骆承烈编：《中国古代孝道资料选编》，山东大学出版社 2003 年版，第 110—113 页。

天诛戮。万善孝为先,信奉添福禄”结尾,收到警醒世人的功效。

宋元时期,这样的通俗性读物继续大量涌现,比如福建人林同《孝诗》,把宋代以前的孝子几乎写了个遍,这里面既有好人,也有坏人,但在孝道孝行方面基本上都有表现,所以四库馆臣们在为此书写的提要中说:“大旨主于敦饬人伦,感发天性,未可以其词旨陈腐弃之。况其人始以孝著,终以忠闻,虽零篇断什,犹当珍惜,是固不仅以文章论矣。”(《四库全书总目》卷一百六十四)我们大家强调读书的重要性时都经常说“万般皆下品,唯有读书高”,祝贺别人新婚大喜、考上大学便说“人生四喜”:“久旱逢甘雨,他乡遇故知。洞房花烛夜,金榜挂名时。”这些名句便出自宋代汪洙《神童诗》,其中也不乏孝道伦理精辟语句,如“一举登科目,双亲未老时。锦衣归故里,端的是男儿”,“慷慨丈夫志,生当忠孝门。为官须作相,及第必争先”。而直到今天仍为中国人所感兴趣的宋人王应麟所编童蒙读物《三字经》,就更是处处可见对于孩童孝道伦理的要求:

养不教,父之过。教不严,师之惰。
子不学,非所宜。幼不学,老何为?!
玉不琢,不成器。人不学,不知义。
为人子,方少时。亲师友,习礼仪。
香九龄,能温席。孝于亲,所当执。
融四岁,能让梨。悌于长,宜先知。
首孝悌,次见闻。知某数,识某文。
……
三纲者,君臣义。父子亲,夫妇顺。
……
高曾祖,父而身。身而子,子而孙。
自子孙,至玄曾。乃九族,人之伦。
父子恩,夫妇从。兄则友,弟则恭。
长幼序,友与朋。君则敬,臣则忠。
此十义,人所同。当顺叙,勿违背。
斩齐衰,大小功。至缌麻,五服终。
……

《孝经》通，四书熟。如六经，始可读。

……

幼而学，壮而行。上致君，下泽民。

扬名声，显父母。光于前，裕于后。

人遗子，金满籯。我教子，惟一经。

勤有功，戏无益。戒之哉，宜勉力。

我的儿子许艺文今年才两岁半多，从他出生后我就经常在他旁边给他朗读并讲解专门买来的幼儿版《论语》、《三字经》、《增广贤文》，当他奶声奶气地嬉笑着依偎在我身边随着说“养不教，父之过。教不严，师之惰”，“玉不琢，不成器。人不学，不知义”时，我想在父母言传身教的感染下，在这些童蒙经典的熏染中，他的身心品性应是可以朝着令我欣慰、期望的方向发展吧。在这方面，传统文化大量的童蒙读物中，有太多需要我们去开掘、汲取的资源，下一步我的《颜氏家训》与中国家训学的研究、普及，愿意在这方面和大家一起来做一些身体力行、力所能及的工作。

在品读上述劝孝通俗性读物之后，我们当会发现，其说教手法以及目的就在于使儿女将心比心，使做儿女的感受感动于父母养育我们的天下父母心，从而发现、唤醒并捧出自己的饱含温情与敬意的良心爱心孝心。其实每个人都会老，父母比我们先老，我们要用角色互换的心情去照料他们，这样才会有耐心、才不会有怨言。当父母不能照顾自己的时候，为人子女要警觉，他们可能会大小便失禁、可能会很多事都做不好。如果房间有异味，可能他们自己也闻不到，请不要嫌脏嫌臭，耐心帮他们清理，并注意维护他们的“自尊心”。当他们不再爱洗澡时，请抽空定期帮他们擦洗身体，因为纵使他们自己洗也可能洗不干净。当我们在享受食物的时候，请替他们准备份量适当、容易咀嚼的一份，因为他们并不是不爱吃，可能是牙齿咬不动了。从我们出生开始，父母喂奶换尿布、儿女生病时不眠不休照料、教我们生活基本能力、供给读书与吃喝玩乐，能够给的关心和行动永远都不停歇。如果有一天，他们真的风烛残年动不了了，角色互换不也是应该的吗?！好像是在电影《千里走单骑》首映式上，旁白诵读父亲给儿子的一封信，我每次在课堂上播放给同学们听，心潮澎湃的师生可谓同感动、共沾襟！兹将其附录于下，感兴趣的朋友可以在网上搜一下配乐音频，朗诵者的沧桑音色效果更好：

我的儿子，哪天当你看到我日渐老去，身体也渐渐不行，
请耐着性子，试着了解我，
如果我吃的脏兮兮，甚至已不会穿衣服，
耐心一点儿，你记得我曾经花了多少时间教你这些事吗？

当我一再重复，说着同样的事情，
请你不要打断我，听我说，
你小时候，我必须一遍又一遍地读着同样的故事，
直到你静静睡着……

当我不想洗澡，不要羞辱我，也不要责骂我，
你记得小时候，我曾经编出多少理由，只为了哄你洗澡；
当你看到我对新科技一无所知，给我一点时间，不要嘲笑我，
我曾经教会了你多少事情啊！
如何好好地吃，好好的穿，如何面对你的生命。

如果交谈中，我忽然失忆，不知道该说什么了，
给我一些时间想想，
如果我还是无能为力，
不要紧张，对我而言，重要的不是说话，
而是能跟你在一起……

当我的腿不听使唤，扶我一把，
就像我当初扶着你，踏出你人生的第一步，
当哪天我告诉你，我不想再活下去了，
不要生气，总有一天你会了解，
了解我已风烛残年，来日可数……

有一天你会发现，即使我有许多过错，

我总是尽我所能，给你最好的，
当我靠近你时，不要觉得感伤，生气，或埋怨，
你要紧挨着我，如同当初我帮着你展开人生一样地，
了解我，帮我，扶我一把，用爱和耐心，帮我走完人生！
我将用微笑，和我始终不变的爱，来回报你……

我爱你！我的孩子！……

总之，宋元时期中国的孝文化依然继续发展，其中并没有因为元朝少数民族政权入主中原而中辍，由此也可以看出，在孝道伦理、孝治天下上，执政者是有着基本一致的看法。这对于中国孝文化的发展是极为重要的。宋元之后，接下来便是中国古代史上的最后一个时期明清了。从政权更迭上来看，这一时期很像宋元时期，那么，清朝是不是也会像元朝那样重视孝道伦理呢？作为中国古代历史文化的结尾，这一时期的孝文化又呈现出怎样的特征呢？请让我们一起走进第十讲明清时期的孝文化。

第十讲　明清时期的孝文化

明清时期是中国古代史上最后一个时期,无论政治、经济、文化,都走到了它的古典型态最后一个阶段。孝文化也是如此,新的因素基本上难以再有突破,所以,我们也只就其延续传统孝文化的几个大点稍作介绍,这当中,承继宋元以来通俗性读物的家训、家规方面,应为此一时期孝文化的主要内容所在了。

一、明清那些孝

现在流行谈论明清那些事儿,我们也不妨套用一下,来看看明清那些孝。比如避讳,搞笑的明武宗既姓朱,又属猪,所以他在正德十四年(1519)下旨禁止民间养猪,几年之后全国的猪几近绝种,连节日祭祀天地祖庙的猪都很难找到,后来在大臣的劝诫下取消了禁令。就此而言,明武宗思维逻辑真有点儿接近猪的程度了。徐珂编撰的《清稗类钞》是关于清代掌故遗闻的汇编,《孝友类》"丁季渊母丧不脱衰"条谓"丁季渊居继母张夫人丧,三年不脱衰。以亲染风疾,终身不言'风'"。这也有点儿不简单。亦有孝行如前代者,都显得颇为奇异,如《明史·孝义传》:

谢定住,大同广昌人。年十二,家失牛,母抱幼子追逐,定住随母后。虎跃出噬其母,定住奋前击之,虎逸去,取弟抱之,扶母行。虎复追啮母颈,定住再击之,虎复去。行数武,虎还啮母足,定住复取石击,虎乃舍去,母子三人并全。永乐十二年,帝召见嘉奖,赐米十石、钞二百锭,旌其门。先是,洪武中,有包实夫者,进贤人。授徒数十里外,途遇虎,衔衣入林中,释而蹲。实夫拜请曰:"吾被食,命也,如父母失养何?!"虎即舍去。后人名其地为拜虎冈。其后,嘉靖中,筠连诸生苏奎章,从父入山,猝遇虎。奎章仓皇泣告,愿舍边扫边骂，余音绕梁呢，崔鉴一言不发、二话不说，上去拔刀就刺向其左肋，娼妓立马儿倒地而亡。崔鉴随后把刀藏在窗户下，跑出了数里之后，忽然一想："父亲不知道是我杀的那娼，必定会连累我母亲！"急忙又返回来，果然他的父亲上诉了官方，将要把他母亲抓走。崔鉴到家后跟捕快说："这是我干的，不是我母亲杀的！"大家看他年幼，都不相信，崔鉴说："你们要是不信，请问凶器在什么地方？你们找到了吗？"然后从窗户下拿出刀展示给众人看，大家这才把他母亲放了，把他抓进了监牢。这事情后来越传越大，竟然要礼部讨论，尚书闻渊等人议定后认为崔鉴是为了救母亲，并且年少，值得同情，不能按常律来处理，皇帝最后也免其罪。

十三岁的崔鉴为了一报母亲受辱之仇，杀了父亲的"小三"，最终免罪，这当中除了他年少这一条因素外，最主要的乃是"志在救母"。而清朝的任骑马则是为父复仇，竟被曾国藩旌表为"孝义刚烈"①，《清史稿》卷四百九十八《任骑马传》载：

> 任骑马，直隶新城人。父为仇所戕，死以四月八日，方赛神，被二十八创。骑马时方幼，至七岁，问母，得父死状，恸愤，以爪刺胸，血出。悲至，辄如是，以为常。其仇姓马，因自名骑马。长，虑仇且疑，乃字伯超，诡自况马超也。母欲与议婚，力拒。母死，治葬，且营祭田。年十九，四月八日复赛神，骑马度仇必至，怀刃待于路。

---

① 《清稗类钞·孝友类》"朱孝子为愚孝"条载曾国藩与另一个孝子的故事："宝应界首镇有朱孝子者，以理发为业。性至孝，其事父母也，晨夕必问安，进食有定则，肴馔果饵必请于父母而始购之。及父母相继殁，日至墓供奉如生时，风雨无阻。母生时惧雷，每雷雨时辄至墓旁，大呼曰：'儿在此，勿惧也！'同治丙寅，清水潭坝倒，狂流急注，一片汪洋，乃于墓旁立木桩，以绳之一端系桩，一端束己腰，而呼曰：'儿在此，长伴父母，大水虽来，亦不能冲儿去矣！'水至，距墓前不远，四面皆壁立，如城然。堤岸救水之官民望见之，大惊异，询其人，乃咸知为朱孝子也。墓之四周，田约九百余亩，未遭水害，后收获极佳。李文忠公奏请为建坊，并以表旌之。然朱习旧业如故。曾文正督两江时，闻其名，召之至，赐坐，令改业，朱曰：'此为吾祖业，历代相承，不敢改也。'曾闻其语，称之为愚忠愚孝。"这个朱孝子既有王裒闻雷泣墓之风，而"大水虽来，亦不能冲儿去矣"，又有义和团之勇。李鸿章奏请建坊表彰之，他仍操理发旧业，曾国藩让他改业，他说这是祖业历代相承，不敢改，曾国藩听了他的话后"称之为愚忠愚孝"。

仇至,与漫语,指其笠问值,骑马左手脱笠授仇,蔽其目,右手出刃急刺,洞仇胸,亦二十八创乃止。仇妻子至,怖甚,骑马曰:"吾杀父仇,于汝母子何与?!"乃诣县自首。知县欲生之,曰:"彼杀汝,汝夺刃杀之耶?!"骑马对曰:"民痛父十余年,乃今得报之,若幸脱死,谓彼非吾仇,民不愿也。"因袒,出爪痕殷然,见者皆流涕。狱具,得缓决。

在狱十余年,知县尝使出祭墓,辞,怪而问之,曰:"仇亦有子,假使效我而斫我,我死,分也,奈何以累公?"新城人皆贤之,请于县,筑室狱傍,为娶妻生子。久之,赦出。知县后至者欲见之,辄辞。闻其习形家言,以相宅召,又谢不往,曰:"官宅不同于民,若言不利,且兴役,是以吾言扰民也。"既卒,总督曾国藩旌其庐曰"孝义刚烈"。

这个父亲"四月八日,方赛神,被二十八创"的任骑马,十年后在路上"左手脱笠授仇,蔽其目,右手出刃急刺,洞仇胸",像我们看到的武侠片里暗杀镜头一般,使仇敌和他的父亲一样也在"四月八日,方赛神,被二十八创",仇敌的妻与子赶到后很惊怕,他说:"我杀我父亲的仇人,和你们母子俩有什么关系呢?!"随后从容自首。知县更有意思,想要使他活命,故意问他说:"他杀你,你夺了刀杀的他吧?!"没想到任骑马如实禀告乃是为父报仇,认为如果按照知县的意思说那人不是仇敌,这样幸免不死的话,民众是不会原谅的。最终他被判死缓。此人还善于看风水,后来的知县们常找他去看官府风水,以便升官发财,他总是谢绝不去,说:"官宅不同于民宅,要是说它不好,肯定换场地大兴土木,这将会因为我的话而扰民。"他去世后,曾国藩旌表其"孝义刚烈",应该说还是名副其实的。

明清时期孝文化还有一个现象,便是明亡清兴、明清政权交替之际,许多明朝臣民可歌可泣的忠孝义举,如"留发不留头,留头不留发"中的忠孝悲歌,又如顾炎武、黄宗羲,一个秉承母命并入清不仕,一个报复父仇并反清复明,这样的例子很多,暂付阙如,待日后再行补充。《清稗类钞·孝友类》"洪承畴母责子以孝"条载:

洪承畴母某氏,志节凛然。承畴既降,随大兵入都,乃遣人迎其母于闽。母至,见承畴,大怒,操杖击之,且责以不死之罪,曰:

“汝迎我来，将使我为旗下老婢耶?！我打汝死，为天下除害！汝不忠若此，即不孝也，汝当思所以孝我者！”承畴疾走而免，母即买舟南还。

顺治四年(1647)，明朝降将洪承畴这时从江南总督任上奉召回京后，派人奉迎老母北上，说是要好好尽一番孝。及至奉派迎接的人到达福建南安，洪母居然束装就道，一副真准备去接受儿子奉养的架势。乡里乡亲无不诧异：以洪母之为人，何以会一改素节？哪知洪老太太到京一下车，看见跪迎的儿子，抡起枣木拐杖，劈头盖脸就打，口中骂道：“你这个不孝的畜生！我七十多岁了，你教我到满人旗下来当老妈子吗?！我打死你，替天下人除害！你投降不忠，就是不孝，你好好想想怎么样孝敬我吧！”原来，洪老太太千里迢迢不辞跋涉辛苦，乃是想借题发挥，是要为前明遗民出一口恶气。这是关于洪承畴的一个反面教材，却也可见那时世人对于忠孝关系的看法。《清稗类钞·孝友类》还有一个“王秀娥为父报仇”故事：

王秀娥，平湖之乍浦人，父名英。道光壬寅，鸦片之役起，英从戎，充队长。英兵犯乍浦，英战死，时秀娥年十七，痛不欲生，欲以身殉，既而曰：“人孰无死，死固不足惜，我父为国而死，死有荣也！我第报父仇可耳！”越数日，乍浦失守，秀娥策马突入英军，挥刀奋斫，纵横跳荡，杀数十人。俄有自后斫之者，臂中伤，坠马，然犹强起，杀二英兵而死。

这是晚清鸦片战争进入近代史之际了，面对英兵，孝女王秀娥既为国而死尽忠，又为父报仇尽孝，亦可谓忠孝烈女之英雄了！这种国与家、忠与孝的合一体现，鸦片战争以后像林则徐等这样的官员、将士和民众数不胜数。

总之，明清时期的孝道伦理，在上自帝王将相下至民众百姓的共同维系下，整体上为古代中国孝文化画上了个圆满句号。当然，任何时期，不孝子女、媳妇都是不珍稀、不缺乏的，明清时期虽是古代中国孝文化的最后一个阶段，这样的情况也不例外。蒲松龄在《贺文学宋公德佩彩堂孝妇序》中说：

夫孝非奇德，乃日用之常行也，然自古迄今，人如恒河沙数，而以孝闻者，曾无几人。是温凊定省之节，在伟男子犹难之，而况门内之雌伏者乎?!吾见夫世之为妇者矣:姑妇悖谿,习不为怪也,甚则厌其老丑,摈不与共食,食已,始以恶草具杂掷之;诃谴诟,不以齿人数焉。每里妇三五杂坐时,各诉若翁,诅若姑,诩其能抵牾,津津自豪,因为哗笑,有赞羡者。狎于不顺而莫知其非,人头而畜鸣者,比比皆是矣!苟能自作家养儿女,胭脂虎不吼,堂上二人,亦相安无越思耳。今闺闼中其有曾、闵乎?!是犹五浊界内,膻腥习处,有仙人乘彩云而下,则反惊为异而诧怪之,如识者一为宣扬,则蠢蠢者五体投地矣。

这段序文中,蒲松龄指出孝道并不是什么很奇特的品德,是日常生活中的基本品行,然而从古到今,人多的像恒河里面的沙子,而以孝道闻名者却没有几个人。他说:"温凊定省之节,在伟男子犹难之,而况门内之雌伏者乎?!"日常起居问候父母的礼节,大丈夫都难做到尽善尽美,何况屋里的妇女呢?!这话有点儿偏激,正如前面谈到过的,孝女孝妇历代是层出不穷的,这方面好像没有什么男重女轻吧?这是蒲松龄彼时的意见,不过,蒲松龄紧接着说的那些不孝媳妇们的情态:讨厌公婆老丑,不愿和老人一起吃饭,吃完了,才用粗陋的器具随便弄点儿"掷"给老人、扔给老人,平时三五成群的凑到一起闲聊天,互相讲自己的婆婆、骂自己的婆婆,自夸敢跟婆婆顶嘴叫板,自鸣得意并大声哗笑,有的似乎还很羡慕她这本事呢!这些情景,城里的人因为串门聚坐机会不多,我来自农村,乃是有所眼见耳闻,请问各位,你们觉得这些情景熟悉不?!蒲松龄说:"狎于不顺而莫知其非,人头而畜鸣者,比比皆是矣!"放肆于不孝顺而不知道自己的过失,长着人头却像畜生一样叫唤,比比皆是、到处可见呀!这话说得也很重,"人头而畜鸣",颇有荀子所说猪狗不如的味道,倘若现实中聚坐哗笑、不孝不敬这一情况是事实的话,那么平心而论,我认为还并不过分呢![①]《清稗类钞·孝友类》里面

---

① 《清史稿》卷四百九十七载:"夏士友,湖北江夏人。事母孝,佣力以养,不足,则减己食食母。邻或邀食,必先为母具食,然后往。寒,语母勿早起,自执炊置食床前,又丁宁属母善自护,乃出,如是以为常。年四十未娶,或愍之,助其娶妇。居半载,士友自外归,妇与姑诟于室,流涕责妇,即日出之。或曰:'出妇,如无后何?'士友曰:'有妇,欲其孝;有子孙,亦欲其孝。苟不孝,安用妇?安用(转下页)

记有两个不孝不弟的故事，一个是“陆某感牛而爱弟”：

浙人陆某性横恣，时与弟相尤。某畜牝牛产犊，贩之邻，弟转鬻之，继又产一犊，某自饲焉。后弟之犊在牧场随某所畜犊归，宿某之牛圈中，弟力挽之不得出。翌日，某之犊亦随弟所畜犊归，宿弟之牛圈中，自是日同牧，夜同宿，若自知其为同母生者。陆于是涕泣语弟曰：“我过矣，我过矣！兽犹如此，可以人而不如兽乎?!”自是遂和好。

一个是“殷雪雪感犬而孝”：

殷雪雪，庐陵西鄙人也。父母具存，无兄弟，家贫甚，绹索织草履。不读书，父教之绹，母教之织，皆不应，酣然而嬉。常命之入市，鬻索卖履，得值，不奉其亲，悉数易酒肉饱口腹焉。偶呵之，则恶言厉色以抗，偶扶之，则应手挥拳以报，如是者有年。

家畜一犬，雪雪爱之，故得食必分之犬，犬固驯，能习雪雪颐指。后犬生子，子长而母犬老矣，犬子得骨肉辄先献其母。未几，犬母病，毛脱皮烂，犬子辄为母舐伤处。越三日，犬母死，犬子狂号，其声如哭，不食亦不饮，号一日夜亦死。雪雪见之，忽大感悔，引手自搰其面曰：“予过矣，予过矣！犬，畜类耳，其孝也如此；予，

(接上页)子孙?’年余，士友疾卒，母哭之恸，邻有张某感士友孝而不得终事母，月供薪米，终其身。”夏士友是湖北江夏人，侍奉母亲极为孝顺，做雇工孝养母亲，不够吃的，便把自己的饭菜减少些给母亲，邻居有邀请他吃饭的，一定先给母亲把饭菜弄好，然后才去。天冷了，他告诉母亲不要早起，自己做饭并把它端到床前给母亲，经常叮咛母亲要好好注意自己照顾自己，然后才外出，这样的数十年如一日的孝顺侍奉母亲，在他已经习以为常了。夏士友四十岁了还没娶媳妇，有人同情他，帮助他娶了个媳妇。过了半年，夏士友有一次从外面回家，见媳妇与婆婆俩人在家里互相辱骂，他流着泪责备妻子，并当天休了妻子。有人说：“休了老婆，你没有后代呀怎么办?”夏士友说：“有老婆，是希望她孝敬；有子孙，也是希望他孝敬。如果不孝敬，要老婆干什么呢？要儿孙干什么呢?”一年多后，夏士友生病去世，母亲哭得极为悲恸，邻居张某感到夏士友孝顺却不能继续侍奉母亲、为母送终，便每月给他的母亲供奉柴米，一直到老人家去世。“事母孝”的夏士友“自外归，妇与姑诟于室”，觉得妻子不孝敬母亲，当天便休了妻子，这在今日我们看来或有点儿过，但是他说“有妇，欲其孝；有子孙，亦欲其孝。苟不孝，安用妇？安用子孙?”这句话对于不孝的媳妇、儿孙还是有反面警示作用的。

人也，今乃不犬若耶?!”乃疾趋至父母前，拜泣不能起，叩额有声，仰而哀曰：“阿爷，阿娘，儿知罪矣，今不敢复尔矣!”其父母睹状，殊骇异，则曰：“起，起！谁教汝者?!”雪雪曰：“儿观犬子犹能以身殉其母也。”父母叱之起，曰：“汝能孝，予无忧矣!”自是而后，雪雪起敬起孝，能以力养，终日绹且织，积三日一出售，以钱易米，负而归，炊以奉父母，父母既饱，食其余。既而更樵于山，渔于水，所入较丰，乃得以甘旨养父母。雪雪年三十一始有室，室人不德，动违翁姑意，出之，再娶，举二子。父年至七十一，母年至七十五，父先卒，母越二年逝。雪雪发斑矣，犹作孺子啼曰：“予十八年前，苟即能孝养，则可多博父母十年之欢。今日思之，大有憾矣!”未几，竟抑郁以终，乡人咸称之为殷孝子。

浙江人陆某与弟弟不合，所养母牛生下牛犊后卖给邻居，邻居又转手卖给他的弟弟，后来母牛又产下一牛犊，陆某便自己饲养。一次，弟弟所养的牛犊从牧场随哥哥陆某的牛犊回来，并夜宿于哥哥陆某家的牛圈中，弟弟用力拉也拉不出。第二天，哥哥陆某的牛犊又随弟弟所养的牛犊回来，并夜宿于弟弟家的牛圈中，从此白天在一起吃草，晚上在一起夜宿，好像知道它们是同一个母亲生的一样。陆某于是哭着对弟弟说：“我错了，我错了！禽兽都这样知道手足之情，人难道可以还不如禽兽吗?!”从此与弟弟和好。

江西的殷雪雪更令人嗟叹，良心没有发现之前对父母“恶言厉色以抗”，“应手挥拳以报”，看来这个不孝子不但动口还动手；家里养了一条狗，他倒很宠爱，有啥好吃的他都惦念着给狗分一份。后来老狗生小狗，小狗得到骨肉总是先献给老狗吃。不久，老狗生病，毛脱皮烂，小狗经常给母狗舔伤口处。三天后，母狗死，小狗狂叫，那声音就像哭一样，不吃也不喝，嚎啕了一天一夜也死去。殷雪雪看到后，忽然大彻大悟、感动懊悔，用手自己打自己耳光说：“我错了，我错了！狗不过是畜生，都能这么孝顺，我是人呐，我现在难道还不如狗吗?!”于是他快步走到父母面前，跪拜不起，磕头磕得砰砰响，仰脸哀泣道：“爹，娘，不孝儿知道罪过了，今后再也不敢这样啦!”他的父母看到这个情状，感到特别惊讶，说：“起来，起来，这是谁教育你的呀?!”殷雪雪说：“我看到小狗都能以身殉其母，我这才醒悟的。”父母喊他起来，说：“你能孝顺，我们就没有什么担忧的了！”从此以后的殷雪雪，真的是脱胎换骨、换了一个人似的，孝敬孝养父母，三十一岁才有家室，妻子不孝顺、不贤惠，动辄违抗婆婆心意，殷雪雪便休了她而另娶一个。最感人的是父母去世后，头发已斑白的他像小孩子那样地哭着说：“我十八年前要是早知道孝养父母，就可以让父母多欢乐十年。现在想想，真是太遗憾了！”不久，他竟抑郁而终，乡里人都称他为殷孝子。

我们刚才说蒲松龄“人头而畜鸣”、荀子猪狗不如，话都不轻，那么上面这两个故事，可以说是对此最好的注脚。陆某感触于牛犊手足之情，殷雪雪感悟于小狗殉母之孝，特别陆某说“我过矣，我过矣！兽犹如此，可以人而不如兽乎?!”殷雪雪说“予过矣，予过矣！犬，畜类耳，其孝也如此；予，人也，今乃不犬若耶?!”都把人兽、人畜做对比，禽兽、畜生都能这样，人难道真的还不如禽兽、畜生吗?！我想，要是真的做不到的话，就像那些“禽兽不如”、“畜生不如”、“猪狗不如”的骂人话所骂一样，恐怕真的不如呵！

《清稗类钞·孝友类》还记载了一个正面的例子“崇明老人有孝子孝媳”：

康熙癸亥，崇明有吴姓老人者，年九十九，其妇亦九十七岁矣。老人生四子，壮年家贫，鬻子以自给，四子尽为富家奴。及四子长，咸自立，各赎身娶妇，遂同居而共养父母焉。

吴卜居县治西，列肆五间，伯花米店，仲布庄，叔腌腊店，季南北杂货店，四店并列，中一间为出入之所。四子奉养父母，曲尽孝道，始拟膳每月至一家，周而复始。其媳曰：“翁姑老矣，若一月一周，则必历三月而方得侍奉颜色也，太疏！”复拟每日一周，周而复始。媳又曰：“翁姑老矣，若一日一周，则历三日而方得侍奉颜色也，亦疏！”乃以一餐为率，如早餐伯，则午餐仲，晚餐叔，则明日早餐季，四餐一周。若逢五及十，则四子共设于中堂，老人坐其上，东则四子及诸孙辈，西则四媳及诸孙媳辈，分昭穆坐定，以次称觞献寿，率以为常。老人饮食之所，后置一厨，厨中，家各置钱一串，每串五十文，老人每食毕，反手于厨，随意取钱一串，即往市中嬉，买果饼啖之。厨中钱缺，则其子潜补之，不令老人知也。老人间与知交游，或博弈，或樗蒲，四子知其所往，辄遣人密持钱二三百文，安置所游家，且嘱其佯输钱于老人。老人胜，辄踊跃持钱归，老人亦不知也，亦率以为常，盖数十年无异也。

老人长子年七十七岁，余子皆颁白，孙与曾孙可二十余人。崇明总兵刘兆以联表其门曰："百龄夫妇齐眉，五世儿孙绕膝。"

康熙时期，上海崇明有个吴姓老人，壮年时期家里贫穷卖子，四个儿子都做了富家奴仆，长大后，都自立赎身娶妻，并同居一起赡养父母。吴家共五间房，四个儿子都开店，中间一间供来回出入。一开始每月到一家，媳妇们说："公婆都老了，如果一个月一次，要隔三个月才能得以侍奉，太久了！"因此改为一天轮一家。媳妇们又说："公婆都老了，如果一天一次，要隔三天才能得以侍奉，也太久了！"于是决定每顿饭轮流，如果早餐在老大家，那么午餐便在老二家，晚餐在老三家，次日早餐在老四家，四顿饭轮一次。逢五与十，四个儿子便共同安排老人在中间屋子的正堂上坐着，东边是四个儿子和孙辈们，西边是四个媳妇和孙媳们，按照大小排座，以次敬酒祝寿，都习以为常。老人吃饭的地方，后面设置一个厨房，厨房里，每家放一串钱，每串五十文，老人吃完饭，便背着手到厨房，随意取一串钱，然后到集市上去玩，买水果糕点啥的吃。厨房里缺钱了，儿子们便悄悄地补充上，不让老人知道。老人有时候和一些熟人朋友在一起玩耍，赌点小钱消遣，四个儿子知道他去的地方，总是派人暗中拿二三百文钱，放在老人前去玩耍的那人家，并且嘱咐他假装输钱给老人。老人每次赢点小钱，总是欢喜得拿着钱回家，这个情况老人也不知道，习以为常，大约数十年都如此。老人的长子年龄七十七岁了，其他儿子也都发须斑白了，孙子、曾孙二十多人，崇明总兵刘兆以写了个对联表彰他们家："百龄夫妇齐眉，五世儿孙绕膝。"

这是怎样善于尽孝的四个儿子、儿媳们呀！山东吕剧中有一出名戏叫《墙头记》，讲两个儿子不孝敬老人，互相推来推去，不尽赡养义务，竟把老父放在墙头上。现在，独生子女多了，但我们的父母辈兄弟姐妹还不少，类似于《墙头记》这样将父母推来搡去、抛来丢去的不孝儿子、儿媳，现实中和媒体上我们见得太多了；说什么老人偏心，道什么老人不公，巴不得一年轮一次、不轮更好，甚至公然拒养还振振有词、义愤填膺般地"人头畜鸣"，貌似不可侵犯。在二十一世纪的华夏中国，今日再找上海崇明吴姓老人这样的儿子、儿媳，尚还有乎？尚还可能出现乎?!

盖有矣,吾未之见也。但愿如此……

二、割股卧冰中的帝王训谕与家训家书中的孝悌说教

明清时期的孝文化,如果说相对以前历史时期较突出的,大概以割股卧冰中的帝王训谕与家训家书中的孝弟说教为代表。此外,乞丐因为孝道孝行而被列入正史孝子列传,也是这一时期的一个突破。如《清史稿》卷四百九十七载云南昆明哑孝子:

> 哑孝子,无姓氏,或曰云南昆明人。家有母,老矣,行乞以养。得食必奉母,母食然后食。母或怒,嬉戏拜且舞,必母乐乃已。得钱密投诸井,母卒,乡人有欲醵钱以助敛者,与如井,数数指水中,乡人为出钱,营殓且葬。事毕,远游不知所终。

哑孝子没有姓名,人们因为他是个哑巴而且孝顺,叫他哑孝子。哑孝子性情非常孝顺,有个老母亲,家里没有吃的,他乞讨别人吃剩的来孝养母亲。只要乞讨到食物,必定捧着跪在母亲面前,等母亲吃,然后自已才吃。母亲有时候生气,他在母亲面前嬉戏跳舞,直到母亲高兴得像原来没生病时一样,才停下来。哑孝子每次要钱都会悄悄地往井里投放一枚,后来母亲去世,乡里人正要商量凑钱帮助其收敛安葬他的母亲,哑孝子乃扯着乡人的衣服到一个井边,频频往井中指。众人都很惊讶,下井一看,得到很多钱,母亲的陪葬衣物和埋葬的费用都有了。埋葬了母亲以后,哑孝子远游而不知下落,再也没有人看见他。他恐怕做梦都不会想到,自已身后会被列入《清史稿·孝义传》。跟哑孝子比起来,另一个被列入《清史稿·孝义传》的山东乞丐孝子武训,他的孝道孝行不够泣鬼神的话,总也算有点儿惊天地了,不仅孝乞养母,更令人钦佩的是他行乞兴办义学,而且,围绕着他的孝行义举,在他身后从晚

清以来，发生了上乃升天、下则入地的风云变幻，由此被卷入的人也颇多有之，大概世界上没有哪个国家哪个乞丐像武训这样传奇，称之为古今中外真正的“丐帮老大”应是名不虚传。

接下来我们看一下明清时期割股卧冰中的帝王训谕。自唐以来的孝子割股、割肉之事，在明清两朝正史上记载较多，并都曾为皇帝所注意且禁止过。如出身于民间的明太祖朱元璋对孝道很看重，他曾写过一首《思亲歌》(《明太祖文集》卷十二)：

苑中高树枝叶云，上有慈乌乳雏勤。
雏翎少干呼教飞，腾翔哑哑朝与昏。
有时力及随飞去，有时不及枝内存。
呼来呼去翎羽硬，万里长风两翼振。
父母双飞紧相随，雏知返哺天性真。
歔欷慈乌恸恻仁，人而不如鸟乎，将何伸？将何伸？
吾思昔日微庶民，苦哉，憔悴堂上亲有似。
不如鸟之至孝精，歔欷歔欷，梦寐心不泯！

这是以孝鸟乌鸦为例，阐发孝道人伦。《明史・孝义传叙》说：“明太祖诏举孝弟力田之士，又令府州县正官以礼遣孝廉士至京师。百官闻父母丧，不待报，得去官。割股卧冰，伤生有禁。”这是朱元璋对孝廉、丁忧制的态度，而“割股卧冰，伤生有禁”，则表明他对此类孝行的制止。之所以如此，也是有一个过程的。《明史・孝义传》载：

李德成，浃水人。幼丧父。元末，年十二，随母避寇至河滨。寇骑迫，母投河死。德成长，娶妇王氏。抟土为父母像，与妻朝夕事之。方严冬，大雪，水坚至河底。德成梦母曰：“我处水下，寒不得出。”觉而大恸，旦与妻徒跣行三百里，抵河滨。卧冰七日，冰果融数十丈，恍惚若见其母，而他处坚冻如故。久之，乃归。洪武十九年举孝廉，屡擢尚宝丞。二十七年旌为孝子。

沈德四，直隶华亭人。祖母疾，刲股疗之愈。已而祖父疾，又刲肝作汤进之，亦愈。洪武二十六年被旌。寻授太常赞礼郎。上元姚金玉、昌平王德儿亦以刲肝愈母疾，与德四同旌。

李德成卧冰、沈德四刲股，以及姚金玉、王德儿刲肝，都被旌表，然而，第二年发生的一件“郭巨埋儿”式的惨事，使朱元璋认识到了这一问

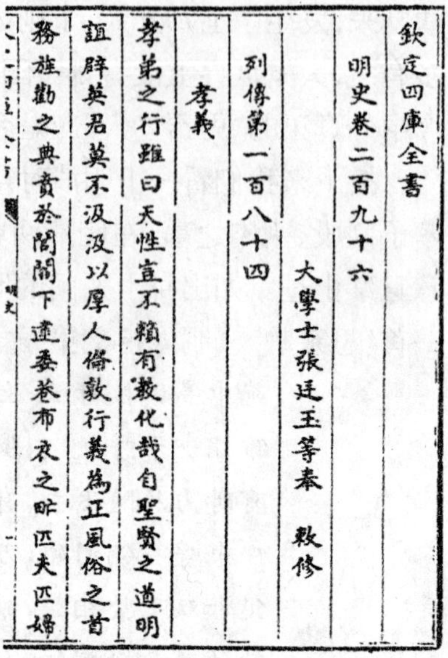
欽定四庫全書
明史卷二百九十六　大學士張廷玉等奉　敕修
列傳第一百八十四
孝義
孝弟之行雖曰天性豈不賴有教化哉自聖賢之道明
誼辟英君莫不汲汲以厚人倫敦行義為正風俗之首
務旌勸之典賁於閭閻下逮委巷布衣之甿匹夫匹婦

题的严峻性和不可取性。《明史·孝义传》载：

至二十七年九月，山东守臣言："日照民江伯儿，母疾，割肋肉以疗，不愈。祷岱岳神，母疾瘳，愿杀子以祀。已果瘳，竟杀其三岁儿。"帝大怒曰："父子天伦至重！《礼》父服长子三年。今小民无知，灭伦害理，亟宜治罪！"遂逮伯儿，杖之百，遣戍海南。因命议旌表例。

洪武二十七年（1394），山东日照人江伯儿，母亲生病，很长时间没好，江伯儿"割肋肉以疗"无效，乃到泰山祷告山神，说母亲病好以后愿杀掉儿子祭祀山神，后来母亲果然病好了，这江伯儿倒也诚信得说话算话，竟然真的杀了他三岁的儿子祭祀山神。朱元璋听到后大怒，说父子之间的天伦之情至为重要，现在小民无知，灭人伦害天理，应该加以治罪！于是逮到江伯儿，杖打一百，发配到了热带星级风景区海南。由此，朱元璋觉得有必要让群臣讨论一下旌表例制，什么样的应该旌表，什么样的不应该旌表乃至禁止，需作出重新的议定。结果礼臣议曰：

"人子事亲，居则致其敬，养则致其乐，有疾则医药吁祷，迫切之情，人子所得为也。至卧冰割股，上古未闻。倘父母止有一子，或割肝而丧生，或卧冰而致死，使父母无依，宗祀永绝，反为不孝之大！皆由愚昧之徒，尚诡异，骇愚俗，希旌表，规避里徭。割股不已，至于割肝，割肝不已，至于杀子。违道伤生，莫此为甚！自今父母有疾，疗治罔功，不得已而卧冰割股，亦听其所为，不在旌表例。"制曰："可！"

由此可见，礼臣商议的意见很明确了，为人子女侍奉父母的正常行为是在允许范围之内的，至于卧冰割股、杀子割肝等"违道伤生"的行为，显然是在反对之列的，实在是"父母有疾，疗治罔功，不得已而卧冰割股"的话，"听其所为，不在旌表例"，也就是说你做就做了，但朝廷是不主张的、不鼓励的、不旌表的。朱元璋制曰“可!”也说明他和礼臣的认识是一致的。然而,在当时现实情况中,后来仍有卧冰割股被旌表者,《明史·孝义传》载:“永乐间,江阴卫卒徐佛保等复以割股被旌。而掖县张信、金吾右卫总旗张法保援李德成故事,俱擢尚宝丞。迨英、景以还,即割股者亦格于例,不以闻,而所旌,大率皆庐墓者矣。”直到明英宗、明景帝以后,即使是割股者也要严格按照旌表例制,才不再上报,大部分旌表的是父母去世后庐墓守丧者。李时珍在《本草纲目》中也反对所谓的割股疗疾,“人肉”条“发明”称:“呜呼!身体发肤,受之父母,不敢毁伤。父母虽病笃,岂肯欲子孙残伤其支体,而自食其骨肉乎?!此愚民之见也!”可是即便如此,民众仍旧“该割股时就割股呀,风风火火尽孝心呀”,如唐俨及其妻邓氏:

> (唐俨)父荫,郴州知州,归老得危疾。俨年十二,潜割臂肉进之,疾良已。及父殁,哀毁如成人。其后游学于外,嫡母寝疾。俨妻邓氏年十八,奋曰:“吾妇人,安知汤药?!昔夫子以臂肉疗吾舅,吾独不能疗吾姑哉?!”于是割肋肉以进,姑疾亦愈。俨闻母疾,驰归,则无恙久矣,拜其妻曰:“此吾分也,当急召我,何自苦如此?!”妻曰:“子事父,妇事姑,一也。方危急时,召子何及?!且事必待子,安用妇为?!”俨益叹异。嫡母殁二十年,而生母殁,俨庐墓三年。嘉靖四年贡至京,有司奏旌其门。(《明史》卷二百九十七)

唐俨父亲唐荫年老病重,当时唐俨年仅十二岁,割胳膊上的肉给父亲作药用,其父服用后,立即痊愈。唐俨之妻邓氏,后来见唐俨的继母生病,奋然说:“我妇道人家,哪知什么汤药啊?!以前夫君用胳膊上的肉治疗公公,我难道不能治疗婆婆吗?!”于是“割肋肉以进”,继母也病愈。唐俨听说继母病重,紧急回家,到家后一看继母好了很久了,拜谢妻子说:“这是我的本分,你应该赶快叫我回来,何苦自己这样呢?!”妻子说:“儿子侍奉父亲,媳妇侍奉婆婆,一样的。正当危急的时候,我叫你回来哪来得及呢?!并且什么事都要等你,那要我干什么呢?!”唐俨由此对妻子更加叹异。嘉靖四年(1525),“有司奏旌其门”。看来从古到今,中国的事情都是基本上、原则上如何如何,而事实上套用一句广告词,往往“一切皆有可能”。

到了清朝,割股之风仍然不衰,《清史稿·孝义传》载:

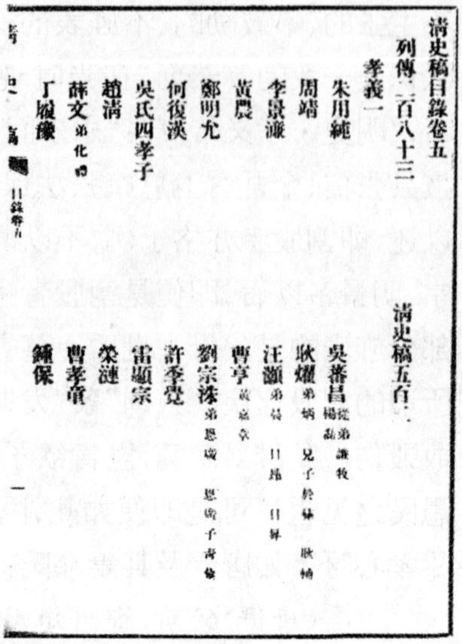
清史稿目錄卷五 清史稿五百

列傳二百八十三

孝義一

朱用純 吳蕃昌

周靖 耿燿

李景濂 汪灝

黃農 曹亨

鄭明允 劉宗洙

何復漢 許季覺

吳氏四孝子 雷顯宗

趙清 榮漣

薛文弟化禮 曹孝童

丁履豫 鍾保

目錄卷五 一

李盛山，福建罗源人。母病，割肝以救，伤重，卒。巡抚常赉疏请旌，下礼部，礼部议轻生愚孝，无旌表之例。雍正六年三月壬子，世宗谕曰：“朕惟世祖、圣祖临御万方，立教明伦，与人为善。而于例慎予旌表者，诚天地好生之盛心，圣人觉世之至道，视人命为至重，不可以愚昧误戕；念孝道为至弘，不可以毁伤为正。但有司未尝以圣贤经常之道，与国家爱养之心，明白宣示，是以愚夫愚妇救亲而捐躯，殉夫而殒命，往往有之。既有其事，若不予以旌表，无以彰其苦志。故数十年来虽未定例，仍许奏闻，且有邀恩于常格之外者。圣祖哀矜下民之盛心，如是其周详而委曲也。父母爱子，无所不至，若因己病而致其子割肝刲股以充饮馔、和汤药，纵其子无恙，父母未有不惊忧恻怛惨惕而不安者，况因此而伤生，岂父母所忍闻乎?！父母有疾，固人子尽心竭力之时，傥能至诚纯孝，必且感天地、动鬼神，不必以惊世骇俗之为，著奇于日用伦常之外。妇人从一之义，醮而不改，乃天下之正道，然烈妇难，节妇尤难。夫亡之后，妇职之当尽者更多，上有翁姑，则当代为奉养。他如修治苹蘩，经理家业，其事难以悉数，安得以一死毕其责乎?！朕今特颁训谕，有司广为宣示，俾知孝子节妇，自有常经，伦常之地，皆合中庸，以毋负国家教养矜全之德。倘训谕之后，仍有不爱躯命，蹈于危亡者，朕亦不概加旌表，以成激烈轻生之习也。”盛山仍予旌表。

福建人李盛山母亲病重，割肝以救，结果自己重伤而死，巡抚常赉疏请，礼部议定为轻生愚孝，不在旌表之例。由此，雍正乃下诏对此类孝子节妇加以训谕开导，如果之后“仍有不爱躯命，蹈于危亡者”，“亦不概加旌表，以成激烈轻生之习也”，但对于李盛山仍予旌表，大有下不为例意味。据《清史稿·孝义传》：

吕敩孚，湖南永定人。父孟卿，贫，以客授自给。母病将殆，思肉食，敩孚方七岁，贷诸屠，屠不可，泣而归。闻母呻吟，益痛，内念股肉可啖母，取厨刀砺使利，割右股四寸许，授其女弟，方五岁，令就炉火炙以进。母疾良已，孟卿归，察敩孚足微跛，得其状，与母持以哭。敩孚曰："毋然，儿固无所苦也。"乡人皆嗟异称孝童。长为诸生，学政温忠翰疏闻，寻除华容训导。孟卿亦尝刲股愈父病，然敩孚割股时，初不知父有是事也。

吕敩孚母亲病危，想吃肉，才七岁的他去屠户那里赊贷猪肉给母亲吃，屠户不给他，他哭着回到家，听到母亲呻吟之声，感到更加痛苦，心想大腿上的肉也可以给母亲吃的，于是到厨房取刀磨得锋利，割下右腿上四寸左右的肉给才刚五岁的妹妹，让她就着炉火烤熟给母亲吃，母亲的病由此好了。后来父亲回家，看他走起路来脚跛，这才发现是怎么回事，和他的母亲抱着他痛哭。吕敩孚说："母亲好了，我没有什么苦的！"乡里乡亲的都惊异地称他孝童。实际上吕敩孚的父亲以前也曾割股给他的爷爷治病，不过吕敩孚割股时，并不知道父亲以前也做过这样的事。根据记载，我们没有发现吕敩孚受到旌表，看来雍正以后清政府在这方面执行的似乎还是比较严格。

这种割股疗亲的孝道孝行一直延续到近代民国时期，我在考察陈寅恪先生家世孝道时，注意到其父陈三立《散原精舍诗文集》中即有为湖南某孝子所撰的墓志文，根据其中内容，可以判断，陈三立对此类孝道孝行似乎是持认可态度的。在今天，我想绝不会有人再以此方式疗亲、孝亲了吧，现代的医疗条件下，我们仍常可在电视媒体上看到割肝或者捐肾救父(母)的，这属于科学的器官移植，然而其中蕴含着的孝道，其实和古代割股是有相通处的，只是方式不同，可信性、可取性不一。

再看家训家书中的孝悌说教。明清时期，借鉴了以前各朝代的经验，继续延续了宋元以来劝孝通俗性读物的方式[1]，更加重视孝道的实

---

① 如明朝田艺蘅《玉笑零音》载："田真三人共爨，妇析紫荆之干以图分；刘良四世同居，妻易庭禽以雏以求异。故齐家者，先刑其室；正内者，必绝其私。""亡国之社，上屋而下柴，绝于天地也；败家之子，覆祀而灭嗣，绝于祖宗也。"（转下页）

践性和具体操作性，便于民间流行和实施。特别是家训家书中的孝道说教，这种家规乡约之类的条文，相对内容更为简练鲜明，很多看似字句不多、字义浅白，其实细细品味，其中自有大道理，值得研究和转化式继承。

这方面的材料很多，限于篇幅，我们仅以清人李毓秀所编《弟子规》为例。《弟子规》虽然产生于清朝，然而他的普及与影响，直可与宋以来的《三字经》相提并论，特别是它也三字一句，干净利落、押韵悦耳，非常适合小孩子摇头晃脑地诵读。它一开始便交代："弟子规，圣人训。首孝悌，次谨信。泛爱众，而亲仁。有余力，则学文。"我们前面讲儒家四子的孝道学说之孔子时，曾说过这是出自《论语·学而》篇孔子的那句话："弟子入则孝，出则悌，谨而信，泛爱众，而亲仁，行有余力，则以学文。"强调先要做人（孝、悌、信、爱、亲仁），做人没问题了（"行有余力"），才着手文化知识层面的学习（"学文"），所以李毓秀说他这个《弟子规》，"圣人训"，乃是出自圣人的教训，不是他一个人的独家私言，随后便三字一句的对圣人孔子的这几句话展开了通俗阐释，首先便是"入则孝"了：

弟子规·入则孝

父母呼，应勿缓。父母命，行勿懒。

父母教，须敬听。父母责，须顺承。

冬则温，夏则凊。晨则省，昏则定。

出必告，反必面。居有常，业无变。

事虽小，勿擅为。苟擅为，子道亏。

物虽小，勿私藏。苟私藏，亲心伤。

亲所好，力为具。亲所恶，谨为去。

身有伤，贻亲忧。德有伤，贻亲羞。

亲爱我，孝何难。亲憎我，孝方贤。

（接上页）"祭葬厚而奉养薄，末世之孝子也；承顺过而弼拂微，末世之忠臣也。事生，孝之先；犯颜，忠之大。琴瑟合调，夫妇之所以谐音；埙篪一节，兄弟之所以同气。鼍鸣而鳖应，兔死则狐悲。""天地施恩于万物，而不望万物之报，吾是以知天地之大；父母施恩于子孙，而不望子孙之报，吾是以知父母之大。天为严父，地为慈母，少极吾宗，太极祖，巍巍乎其功德，荡荡乎其难名哉！腐鼠堕而虞氏亡，猘狗逐而华臣走。孽虽由于自作，衅实起于不虞。"（《丛书集成初编》本）

亲有过，谏使更。怡吾色，柔吾声。
谏不入，悦复谏。号泣随，挞无怨。
亲有疾，药先尝。昼夜侍，不离床。
丧三年，常悲咽。居处变，酒肉绝。
丧尽礼，祭尽诚。事死者，如事生。

寥寥数句，便把孝敬父母（生前与身后）的基本原则和精神说得一清二楚，我们前面已经对古代中国孝文化有所了解，所以这些字句即便不翻译，大家也应该比较熟悉。随后便是“出则悌”：

弟子规·出则悌

兄道友，弟道恭。兄弟睦，孝在中。
财物轻，怨何生。言语忍，忿自泯。
或饮食，或坐走。长者先，幼者后。
长呼人，即代叫。人不在，己即到。
称尊长，勿呼名。对尊长，勿见能。
路遇长，疾趋揖。长无言，退恭立。
骑下马，乘下车。过犹待，百步余。
长者立，幼勿坐。长者坐，命乃坐。
尊长前，声要低。低不闻，却非宜。
进必趋，退必迟。问起对，视勿移。
事诸父，如事父。事诸兄，如事兄。

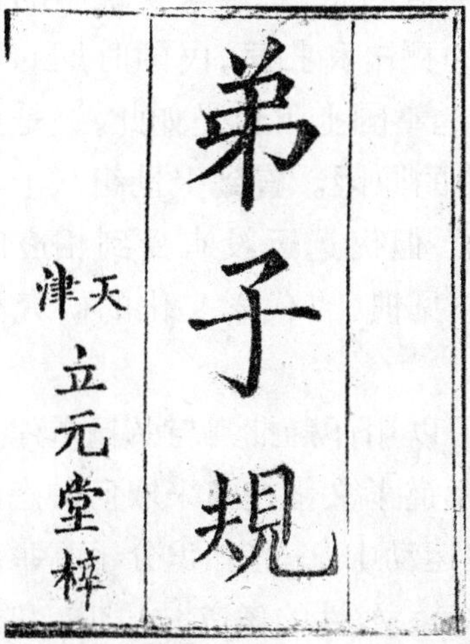

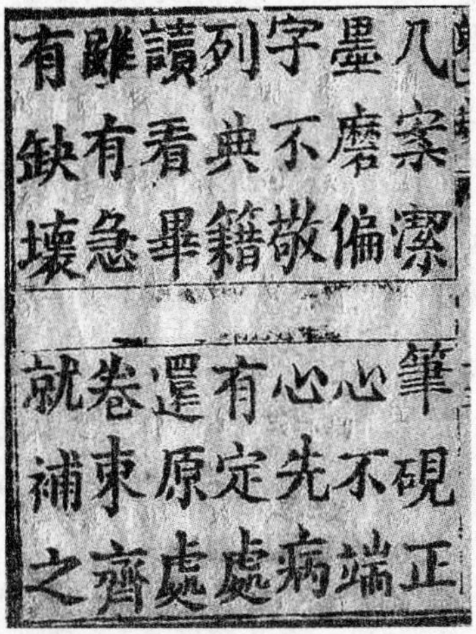
几案潔　筆硯正
墨磨偏　心不端
字不敬　心先病
列典籍　有定處
讀看畢　還原處
雖有急　卷束齊
有缺壞　就補之

我的一个朋友是做国学普及与推广的，目前主要针对中小学生校内国学诵读教育进行教材研发、编辑以及国学师资力量的培训，他们的第一本自主研发教材是《三字经》，现在做的第二本便是《弟子规》。我前面讲儒家四子的孝道学说之荀子“戒斗”时，也给大家提到过海南监狱司法系统通过在服刑的未成年人中进行《弟子规》的“身有伤，贻亲忧，德有伤，贻亲羞”等诵读感化教育，使少年犯们深深地认识到身体有所亏伤，会给父母亲带来忧伤，德行有所过失，则给父母亲带来羞愧，这都是《弟子规》在当今社会依然有着温暖的生命力的象征。关心、关爱孩子教育的父母老师们，除了那些校规、公约之外，请留意一下这小小篇幅的《弟子规》吧，字数不多、内容不难，然而道理却很深、教化效果却很好！

三、近现代以来的孝道孝文化

辛亥革命之后，清朝结束，中国古代社会的历史时期也正式宣告结束。从鸦片战争到洋务运动，从甲午战争到戊戌维新，从辛亥革命到五四新文化运动，落后挨打的中国人从器物到制度到文化，不断地反思、探索、进取，最终似乎发现，都是文化惹的祸，都是儒家犯的错，救人要输血、换血，救国也是如此，只不过是换掉文化上的血统、血脉，所以，要西化或者说拥抱、引进西方文化，必须先打倒“孔家店”。人们将中国的政治、经济、科技之落后归罪于孔夫子，由此，儒家学说被批判为愚昧的落后的封建的腐朽的反动的一钱不值的东西，儒家学说中的核心孝道伦理，自然首当其冲，受到人们的抨击和扫荡，民国时期的学术界一些知识分子是如此，“文革”时期的举国上下也是如此，这是这一时期孝道孝文化不为人们重视与研究的原因。直到上世纪八十年代以来，孝道伦理研究的禁区是打开了，但仍远远没有受到相应的重视，相比较当下社会不孝现象的司空见惯，当代孝文化的研究与普及、弘扬任重而道远！

近现代以来孝道孝文化的命运，可以用怀疑批判与弘扬重建来概括，它正体现了对中国传统文化包括孝道孝文化在内采取何种态度的两大派别与阵营的基本主张。新文化运动中，一些知识分子高举反对封建道德礼教的大旗，讨伐“吃人”的礼教、奴性的孝道，如吴虞、鲁迅等以其犀利的文笔，对传统孝道展开毫不留情的讽刺驳斥。“文革”时期就更不用说了，直到 1971 年修订版《新华字典》，还把“孝”解释为“儒家宣传的反动说教”。上世纪改革开放以来，人们拨乱反正，开始重新认识并重视传统孝道的积极作用，普遍认为传统孝道是促使家庭融洽和睦、社会稳定和谐的伦理道德。传统孝道之所以遭此起伏厄运，既与被打倒的“孔家店”儒家文化同浮沉有关，也与其长期以来的被扭曲、变异有关，如不甚强调父母、子女的对应关系与责任，把子女的孝道意识片面化、极端化，造成愚忠愚孝而成为人的精神桎梏。因此新文化运动坚决批判旧道德，批判旧孝道，其革命或者说开新的意义不可低估，但在对待传统孝道和孝文化上采取简单的全盘否定态度，对孝道的历史和现实意义缺乏全面的、平心静气的分析，则未免有矫枉过正之嫌。虽然从根本上讲，胡适也好，鲁迅也罢，是不反对孝道本身这一亲情伦理的，他们的矛头更多地乃是指向所谓的儒家封建礼教中的孝道，然而毋庸讳言，或许是因为不破不立的原因吧，他们的呼吁呐喊的确对传统孝道伦理的破坏、沦丧发生有负面效应，张舜徽先生曾在《壮议轩日记》中就此鲜明地表达过个人对于当时一些大学者这方面言行的批评意见。有学者说，从近代孝道孝文化的历史演变来看，五四新文化运动时期的“非孝”思潮是一个转折点，自此以后，中国传统孝道孝文化方才真真正正被打开了缺口，传统孝道孝文化的衰落已成难挽之势，这个研究结语是比较准确的。

与怀疑批判相对应，近现代以来亦有一批对传统文化充满温情与敬意的学者、政治家，则一直坚持致力于传统孝道孝文化的弘扬重建。如孙中山先生，针对当时彻底批判和否定孝道的偏颇状况，他严正指出：“讲到中国固有的道德，中国人至今不能忘记的，首是忠孝，次是仁爱，其次是信义，其次是和平。这些旧道德，中国人至今还是常讲的。但是，现在受外来民族的压迫，侵入了新文化，那些新文化的势力此刻横行中国。一般醉心新文化的人，便排斥旧道德，以为有了新文化，便可以不要旧道德。不知道我们固有的东西，如果是好的，当然是要保存，不好的才可以放弃。……讲到‘孝’字，我们中国尤为特长，尤其比各国进步得多。《孝经》所讲‘孝’字，几乎无所不包，无所不至。现在世界中最文明的国家，讲到‘孝’字，还没有像中国讲得这么完全，所以

‘孝’字更是不能不要的。国民在民国之内，要能够把‘忠孝’二字讲到极点，国家便自然可以强盛。”(《三民主义 · 民族主义》)今年正值辛亥革命百年纪念之际，那么，如果说孙中山先生“三民主义”等学说有值得继承的价值的话，我想，他对孝道孝文化的重视与阐述，或许也值得我们注意并思考吧！

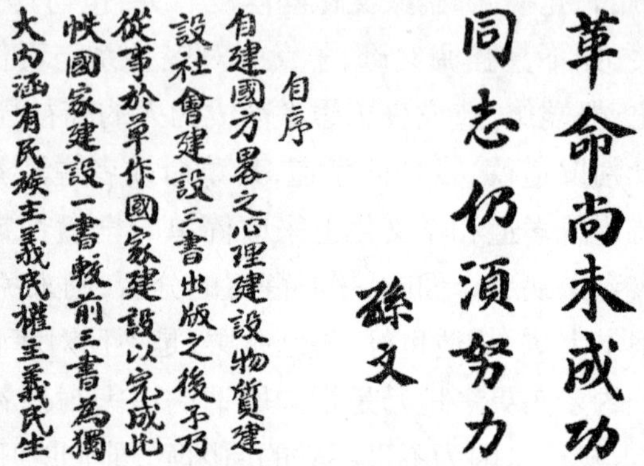

要之，古代的中国是以农业经济为根本、为主体的传统农业文明社会，固守土地、家乡的农民世代延续，在中国式宗法体制下十分重视血缘关系，孝道伦理有着特殊的生命力①；而近现代以来的今日中国，同世界各国一样，于全球经济一体化大势下工业化、商业化、信息化日新月异，人员流动性持续加大，群居时的血亲伦理观念不断地被变换着的同事、朋友等合作关系冲击并削弱，越来越受到关注的独生子女与空巢老人这一无奈的当代现状，便可见传统的孝道伦理、孝文化也面临严峻挑战。而从我国社会发展的实际情况来看，现在和将来较长一段时期内，家庭赡养却依然是赡养老人的基本模式、主要方式，而且好的家庭

① 以我们中国人最为熟悉的一些称谓来看，“可以说，中国社会的所有关系——社会、政治以至宇宙关系等都可被理解为家庭性的。学堂里，老师是‘师父’、‘师母’，同学为‘学姐’、‘学弟’；亘古之时，帝王即知为‘天子’，乃‘父天母地’；之后地方官因代表龙庭亦俗称‘父母官’；宇宙甚至天地乾坤也彼此对应于家庭关系”(《生民之本——〈孝经〉的哲学诠释及英译》，第 5 页)。又如西方人在遇到紧急状况时，就会不由自主的喊出：“My God!”(我的上帝！)中国人在遇到紧急状况时，则会情不自禁的喊出：“我的妈呀！”这也说明中西方文化之不同，我们中国人的精神和归属是和祖宗父母连在一起的。

父食己，虎曳尾徐去。后为岷府教授。

十二岁的谢定住和怀抱弟弟的母亲追寻家里走失的牛，碰到老虎并撕咬其母，谢定住与老虎三战三胜，“母子三人并全”，这英勇精神、了得功夫不亚于杨香扼虎、武松打虎；若说此事还有可能，那么此前洪武年间的包实夫则有点儿令人讶异了，他被老虎叼到树林里放下后，乃拜请老虎说：“我被你吃，这是命啊，我认了；可是我的父母没有人养他们了，这可怎么办呢?!”老虎竟然“舍去”，大约是听了此话后也于心不忍？善哉此虎！后来，嘉靖年间有个叫苏奎章的跟随父亲进山，也是突然遇到老虎，苏奎章仓皇之下哭着求告，希望老虎放还父亲来吃自己，“虎曳尾徐去”。这五个字可真是传神呐，显然也是虎听了他的话后“人性大发”，于是迈着方步、扭着身段、拖拉着尾巴从容而别。

明清时期，血亲复仇这种情况仍然多有，且常受到官方表彰。如《明史·孝义传》：

崔鉴，京师人。父嗜酒狎娼，召与居。娼恃宠，时时陵鉴母，父又被酒，数侵辱之。一日，娼恶言詈母，母复之，娼遂击败母面。母不胜愤，入室伏床而泣，将自尽。鉴时年十三，自学舍归，问之，母告以故。鉴曰：“母无死!”即走至学舍，挟刃还。娼适扫地，且扫且詈。鉴拔刃刺其左胁，立毙，乃匿刃牖下，亡走数里，忽自念曰：“父不知我杀娼，必累我母!”急趋归，父果诉于官，将絷其母矣。鉴至，告捕者曰：“此我所为，非母也!”众见其幼，不信。鉴曰：“汝等不信，请问凶器安在?”自出刃示之，众乃释母，絷鉴置狱。事闻，下刑部谳。尚书闻渊等议，鉴志在救母，且年少可矜，难拘常律。帝亦贷其罪。

崔鉴的父亲嗜酒狎娼，并与娼妓同居，有恃无恐的娼妓经常欺凌侵辱崔鉴母亲。一天，又恶言斥骂崔鉴母亲，崔鉴母亲也回敬了她几句，不料这娼妓动口又动手，大概是被回敬得无言以对了吧，她竟朝崔鉴母亲脸上挠了几拳。崔鉴母亲可能是个老实人，对付不了对方，不胜愤懑，乃回房间趴在床上哭泣，又想自尽一死。十三岁的少年崔鉴这时从学校回来了，蹦蹦跳跳的他问母亲怎么回事，母亲跟他说了原因，血气方刚的崔鉴说：“娘你不用死!”随即返回学校，携刀而还，看来这孩子平时在学校有点儿“古惑仔”的味道。一回家正好碰到那娼妓在扫地，还赡养可以使老人既获得物质赡养，又获得精神赡养。英国著名历史学家汤因比在与日本著名学者池田大作先生以“展望二十一世纪”为主题的对话时说：“在英国，包括我自已在内，所有老人每周都从国家领取养老金，也有养老院。实际上我妻妹就住在公营的养老院里。但是，这种养护设施和祖父母、子孙一起生活，分享真正人生乐趣的‘三代同堂’比较起来，无论在心理上还是精神上毕竟是无法替代的。”[①]看来，西方学者对于东方中国式的孝文化也有钟情之处。当然汤因比的感触不是他独有的，对于中国的习惯了传统文化氛围、四世五代同堂（现在基本是“奢望”了，两代、三代和谐相处已属不易）天伦之乐的老人来说，更是如此，像我家乡镇里的养老院，那种封闭管理、医护看顾，乃是村里的老人实在老弱难以自理、不得已情况下才离村前往的选择！这说明养老院再好，尚且不如没有孝顺儿女但还有左邻右舍的乡里乡亲这一生活数十年的故居好啊。所以，鼓励和实施传统的反哺式循环养老模式也即家庭赡养，仍具有重大的现实意义，是面对人口老龄化社会的合理选择。即使到了社会保障极大发展与完善的未来，孝道亲情仍十分需要，社会可以替家庭为老人提供生活保障、医疗保障，却替代不了家庭子女为老人提供亲情。有学者指出：“在微观上，‘孝’是家庭美德，它是子代向父代的反哺；在宏观上，‘孝’又是社会公德，它是下一代向上一代的反馈。在社会经济发展水平还比较低，社会保障制度还有待完善的今天，我们更要大力发扬‘孝’的精神，用子孙的孝道来弥补老年社会保障的不足。”可见孝的精神能否发扬光大，不仅关系到家庭和睦兴衰，更将影响到社会的稳定和谐发展。

然而反观中国目前的社会现状，可以说有着不容忽视的分化现象：城市发展星火燎原，而广大的众多的农村和农民，则相比之下势单力薄；城市的老人基本可有退休养老保障体系承担，农村的老人则大部分仍是主要依靠养儿防老的传统模式支撑晚年，农村社会的公共福利、养老机制亟待加强、转换和升级。如果说城市孝道伦理有所流失的话，父母失去的主要是情感精神方面的反哺，而农村孝道伦理下降的话，老人

① 《展望21世纪——汤因比与池田大作对话录》，国际文化出版公司1999年版，第103页。

不光是情感精神方面的无助，更关系基本生活保障、医疗保健等最起码的维系。因此，当在农村看到六十岁以上的老人仍在田间劳作忙活，仍然缺钱养老、没钱看病的时候，实在不能不让人发出声声沉重的叹息！①

有鉴于此，我们认为，应有借鉴和改造传统孝道孝文化的必要，从政府层面讲，可以使"孝治天下"的精神和原则在举国范围内兴起并维持，一方面高度重视学校教育体系中从小到大以孝道孝文化为代表的传统文化的学习和教育，使这人伦之本、百善之先在每个人的成长生命里得到精心浇灌、精心培植、精心呵护，另方面要加大社会养老保障机制特别是农村的投入和建设，使老人即使在儿女不孝的情况下都可以得到基本的舒适的生活维持。前一个方面是根本的积极的，使少有所长（懂得知恩、感恩、报恩的成长），后一个方面是辅助的消极的，使老有所养（获得尊敬、关爱、愉悦的赡养），从而提升每个家庭的幸福指数，增强社会的安定因素，彰显国家的文明程度。现代化可以是时髦的、动感的、新鲜的、刺激的、个性的、张扬的，但现代化并不意味与传统文化一刀两断，那样的话，现代化将是无源之水、无本之木，终将成为空虚的、迷茫的、衰败的。同样是中国人，港台地区的传统文化与道德就相对保持的比较好，而被包括在东亚儒家文明圈的日本、韩国，其现代化文明与传统文化相结合的社会体系，恐怕更值得我们反思、深思、沉思地借鉴吧！

最后，将学者查昌国、吴海波在谈到 1998 年教育部新颁高校教学

① 胡平生在《孝经是怎样的一本书》中谓："社会主义社会的'孝道'与传统'孝道'的主要区别在于：一是传统'孝道'局限于一家、一族、一宗之内子辈对父辈的孝养义务与责任，而社会主义社会的'孝道'不仅强调家庭内部的责任，而且更着眼于全社会的后代人对前代人的义务与责任。'老吾老以及人之老'，古代思想家梦寐以求的理想化的道德规范，只有在今天才有可能逐渐实现。二是传统'孝道'服务于一家、一族、一宗的兴旺发达，而社会主义的'孝道'既保障家庭、家族的稳定、幸福，又着眼于全民族的繁荣昌盛，全社会的和谐发展。"（《孝经译注》，中华书局 1996 年版，第 40—41 页）反观今日之中国，这样的论述似乎显得苍白而无力。其实，在孝道孝文化的重视和倡导上，我们要向古人、古代社会学习的有很多很多！

目录中首次将“中国思想史”列为师范本科历史专业主干课时指出的意见呈献给大家，篇幅有些长，但确实值得我们体味：

我国目前最大任务是实现中华民族复兴。此复兴是中华民族而非世界其他民族之复兴。众所周知，民族差异，主要不在人种血统，而在文化。因此中华民族复兴，自然包括中国传统文化复兴。甚至可以说，只有中国文化复兴了，器物、制度诸层面的现代化才有得以保存和持续发展的精神动力。因为在“今日世界上最坚强的精神力量既不来自某种共同的阶级意识，也不出于某一特殊的政治理想。唯有民族文化才是最经得起时间考验的精神力量”（余英时《中国思想传统的现代诠释》）。世界上任何一个民族的复兴之所以都是和其文化复兴相为前后与表里，其历史逻辑就在这里。也殆因如此，二十世纪末在世界范围内兴起了“一种极为强大的现代意识”，即“对我们自己的文化、语言、种族、乃至国土的关怀”（杜维明《一阳来复》）。中华民族复兴也当如是。……牟宗三说：“中国文化以儒家为主，这个文化生命主要的动向、形态是由儒家决定的。……主流的地位是在历史上长期的摩荡中自然形成的，不是可以随便拿掉或替代的，亦不是可以随意放弃的。”（牟宗三《道德理想主义的重建》）牟宗三这段话讲得很中肯。……

现在的大学生普遍对儒家缺乏亲和感，在这种情绪笼罩下，让他们认同儒家的一些基本价值，甚为困难。这种困难几乎是抱同情态度正面讲授儒家的教师都会遇到的。美籍华裔学者杜维明在中国、美国讲授儒家的不同境遇，最能说明今日中国知识分子，包括大学生对儒家的冷漠与排斥。杜维明说：“在美国讲儒学和在中国讲儒学，我觉得最大的不同点就是：美国人对儒学一般了解得不深刻，但想要接受儒学这一套思想的意愿却非常强烈，在美国讲儒学，你常常要尽量提出儒家传统的阴暗面，让你的听众不要过分兴奋，不要过分拥抱儒学。”“国内的情况正好相反。你还没有讲得太高明，只不过刚刚提出了一些基本价值，它所有的阴暗面就都暴露出来了，使你不得不回过头来，处理阴暗面的问题，等处理完了，才有向上推进的可能。可是，等你处理完成，精力也消耗得差不多了。”他说：“1985 年 9 月在庐山开会，我和一位青年记者谈起儒家，无论我讲到什么儒家值得肯定的价值，她都有一个现代知识青年的解释，而且解释得正好和我对立。就好像照妖镜一样，我无论讲出什么价值来，用她那面镜子一照，就都彻底变形了。”（杜维明《一阳来复》）杜氏在国内讲儒学的吃力、尴尬之境状，我是有着切身体验的。我注意过，每当我正面讲儒家现代价值、意义时，有认同的，但不多。多数学生则表现茫然，亦有学生不认同。如我讲中国思想以儒家为主流，他们则认为墨子的兼爱、韩非的法治、老庄的自由、道家的科技，对中国古代思想发展贡献更大，更具现代价值。我讲“正名”，他们就把“君君、臣臣、父父、子子”具体化到专制君主、宗法父权、暴虐臣民子女的阴暗面中；我讲理学的“存天理、灭人欲”，他们就断其为“以理杀人”。总之，在这些同学的知识价值阐释体系中，儒学与中国古代、现代的消极、落后、腐败的现实、现象，都几乎有必然联系。

……学生持严格的批判精神来接受儒学，本无可厚非。但问题是，在这种批判后面蕴藏着一种不正常的价值襟怀，即对儒学决绝的态度：儒学完全废弃也无所谓，甚至是求之不得。

学生对儒家的这种偏激态度与其知识结构和价值阐释系统有密切关系。笔者早就注意到这样一个普遍现象：学生不是在对儒家一张白纸的状况下来学习“中国思想史”的，而是在学这门课前几乎每个学生都有一个他自己认同的儒家意象，且内涵大体相同。概言之，这一儒家意象是由三组判断构成的。即就历史言，儒家为百家之一，其正面作用尚不及道、法、墨诸家；就阶级属性论，儒家为封建统治阶级服务，乃束缚民众的礼教；以现代价值评判，儒家的基本价值和中心观念与民主、自由、平等、科学、法治相悖，而儒学造成了中国近代衰落这一史实又证明了儒学不仅与现代主流价值不符，且是阻碍现代化发展的落后文化。这三组判断纵横交错并附带一系列相关概念，构成一个相互支撑、相互解释的知识结构与价值阐释系统。任何外在的包括教师讲授的中国传统基本价值、中心观念，都需透过学生思想中这一知识体系与意义语境方可为学生所认知。而这一体系与语境对任何儒家基本价值都能做出也只能做出与其儒家意象相符的描述或阐释。这就是杜维明所遇到的那位记者为何对儒家一些基本价值的判断都和杜氏完全相反的原因所在，也是我讲授的儒家基本价值的正面意义到学生头脑中老是变形的原因所在。

……撇开经学研究中国古代思想文化，不读《十三经注疏》而研究儒学，即便接触原著，也多是查查而已，这些已成今日儒学研究的一大景观。这种浮躁的学术风气，也深深渗入大学的学风。我系学生是日益疏于古文献的解读，离开原著，不读原著学中国通史、中国思想史已成普遍现象。经此学风浸润，学生所学所知的一些中国思想的基本价值、中心观念，如三纲五常、孝、友、仁义礼智信、天理、仁政、德治等等，都基本成了与历史、原典断裂了的抽象概念，它们本有的丰富的历史底蕴已差不多不为他们所知。大多数学生使用这些概念时所赋予它们的内涵，几乎都是20世纪学人甚至是使用者自己给定的，与其真实之义相去甚远，它们和真实的古代思想之间存在着一条深深断裂的鸿沟。这鸿沟就是由空疏学风所造成的空谈臆说风气和没有知识功力研读原著所造成的。在此鸿沟阻隔下，中国传统文化，尤其是儒学以其真实面目通过"中国思想史"课程学习而为学生所接受，是可望而不及的。故空疏的学风是造成学生思想中儒家边缘化的又一原因。

"中国思想史"教学中的儒家边缘化现象应予纠正。这不仅仅是恢复儒学本来面目这样一个知识层面求真的间题，更关涉中华民族精神资源之延续与开拓。从表面看，现代中国人似乎有几千年的文化传统，但从知识接受层面看，在上述两种原因的双重作用下，古代思想文化很难延伸和活现在我们现代人包括大学生的记忆中。这样，一方面是古代传统成了遥远的历史回响，一方面则是现代中国人的记忆变得非常短暂。20世纪于中国人来说，是一个以变著称的百年。这是一个民族与其传统断裂后所出现的对现实把握不住而急躁的思想状况之反映。在这种与传统断裂继续存在的状况下，要使儒学乃至中国古代深厚的文化资源泽被民族、惠及国人是相当困难的。有鉴于此，"中国思想史"教学、研究的一项重要任务就是要把传统文化，尤其是儒学延续到现代的大学生以至中国人的记忆中，恢复中国文化所独有的那种历史意识。此事关涉民族精神之复兴，用杜维明的话说则是："如果这一历史意识不能再次出现，我觉得将是很大的悲剧。"因此，"重新确认儒家传统为凝聚中华民族灵魂的珍贵资源是学术、知识和文化界的当务之急"。这也是"中国思想史"教学与研究的当务之急。①

这是查先生结合其课堂教学、学术研究对当下儒家文化乃至中国传统文化边缘化现象的一种透视和分析，我想这也是大部分传统文化研究、普及、弘扬者都会有所会心的感触吧！不过就我本人而言，在课堂教学中这几年来一直致力于中国传统文化或说国学的研究、普及与弘扬，所遇"80后"、"90后"中孺子可教者亦恒有之，我向来不灰心，因为自毕业工作那时起，我便已想通了自己的责任与使命。我曾和学生说过，人这一生做点儿自己喜欢并对别人有益的事，就是最大最好的意义了，我皈依儒家并致力于儒家为主体的中国传统文化之研究、普及与弘扬，甚至中西方文化的对话与融会，这就是此生恒久之目标；至于批评、反对、攻击儒家乃至中国传统文化者，皆不足虑，因为儒家从先秦诸子之一时起便一直有这样"和而不同"的争鸣者，或墨家、道家、法家，或道教、佛教、基督教，这样彼此争胜的探讨很好，它使得中国传统文化在以儒家为主体的同时，也多姿多彩、丰富生动些。而事实也表明，儒家并不是那么不堪一击，否则还真不值得"独尊"，无论是学说上的辩难，还是政治运动下的淫威，无论是学者的批判，还是举国全民的扫荡，你信与不信，它都温和刚毅默默地在那传承、延绵着。所以，作为我们来说，纵然"80后"、"90后"乃至"00后"们有恁多不是与不足(其实有没有也还可见仁见智)，中国传统文化的接力棒总不可能一下子从"50

---

① 此文原题《"中国思想史"教学中儒家边缘化透视》，载《安庆师范学院学报》2001年第2期，后收入《先秦"孝"、"友"观念研究——兼汉宋儒学探索》(安徽大学出版社2006年版)。查昌国先生在该书后记中又述到："集子中的论文撰写时间跨度近20年，此间，儒学在中国的地位发生了很大变化，认同儒学，认为儒学是中华民族复兴不可或缺的文化资源，现已成为政府、知识界到民间的共识。但是儒学在中国人的现实生活、精神世界和知识、话语体系等方面都处于边缘化的状态，并未随此间社会思潮由非儒向认同儒学的转变，而发生根本性的改观。对此，我有切身感受，也深切希望改变这一现状，这是我致力于研究儒学观念的一个重要的原因。"(第233页)向查先生等这样的同道中人、前辈贤者致敬！

后"、"60 后"、"70 后"手中一下子抛越给 22 世纪的"后们",还是要经过他们的双手而交接下去呀,何况他们身上还有着许多与时俱进值得我们赞赏的闪光点呢?这个世界上从古到今没有任何一个人任何一家学说可以完美地解决任何问题,圣如孔子,我等固然高山仰止,而夫子生前与身后,有孟子、荀子、朱子等所谓"道统"中或"道统"外前仆后继历朝历代的圣贤无数,这个国家和世界一直到今天岂不仍有诸多问题?这样一想,也就释然了。然则我们的任务和努力意义何在呢?曰:即在于将此"为往圣继绝学,为万世开太平"的追求永远传承下去,使得人类始终向着"真善美"去努力接近而尽量不下堕,换言之,失去这样的努力与抱负,则人类可能还没有今天这个样子,今后还恐怕不如今日,说得再严重些,还不知有没有今后了呢!这就是我微笑着研究、普及与弘扬儒家文化乃至中国传统文化的心平气和之所在,也是尊敬、欢迎任何有自己皈依、有自己信仰的学者与学说原因之所在,当然,也是我希望和我们的"80 后"、"90 后"们一起学习、切磋、共勉的同道之所在。而《孝经》与中国孝文化的研究、普及与弘扬,数年所思凝为此书,就是我这一理念的实践、探索。

总之,孝道观念和伦理是伴随着人类自身再生产而自然产生的"亲亲"之情,是由父母对子女的爱而引起的子女对父母的爱,是纯真无伪的情感。"如果说,爱是人类得以延续的纽带,那么孝就是它的基石;'爱'创造了生命,'孝'使生命有所负重。由于孝道是以血缘为基础形成的感情纽带,它必然将普天下中国血统的华人都维系在一起。同是中国人,对中国祖先之孝,对华夏文化之爱,使你无论走到哪里,都改变不了一颗中国心。从这一点说,孝道既是爱国,又是爱中华民族。"①其实,"老吾老以及人之老",在今天全球一体化的地球村,固已不限于伟大的中国和黄皮肤、黑眼睛的我们了,更进一步是爱这人类世界。中国孝文化在历史长河中数千年的发展固然有其愚昧、落后的一些"糟粕",这是任何一种道德文化(如君臣之忠、夫妻之爱)发展过程中都不可避

① 谢宝耿:《中国孝道精华》,上海社会科学院出版社 2000 年版,第 6 页。

免的正常现象,那些“糟粕”我想在今天早已不需要我们去打“死老虎”了,当代社会的文明人儿早已不会恁般轻易地对它信服,因为整个孝道孝文化都已经似乎不在人的心中占有何等高尚的位置、重要的分量了,遑论极易辨别的“糟粕”呢?然而我们必须知道,我们不能把“亲亲”这个中心内核也扔掉,而其实,这个中心内核也是无法消灭的,只要人类继续繁衍生存,这种“亲亲”之情就会存在,未来的人类社会依然如此。“孝,永远不会过时”,已成了越来越多人的共识。因此,对这种万古长存的自然情感的研究、普及、弘扬,也将是我们长期的任务,为了农村和城市的老人,为了国家和社会的安宁,为了地球和人类的祥和,普天下千万个家庭中的孝子孝女们,让我们一起努力吧!

后　记

康学伟先生《先秦孝道研究》前言中说："我把孝看作历史上发生的一种意识形态即把孝看作一个历史的范畴，企图从历史的角度来系统地考察它发生、发展的客观过程，研究它在历史发展的不同阶段中所起的作用。把孝道作为一个系统来研究，尤其是研究这个系统的运动过程，这在学术界尚属首次，我当然不敢怀什么填补空白的愿望，只要求自己能够以科学的、实事求是的态度来做一点扎扎实实的基础工作，为今后这一领域的深入研究探索一点路子。"（吉林人民出版社 2000 年版）在给出乃师金景芳先生曾反复强调过的两点要求之后[①]，于此基础上，康先生又归纳出自己具体研究过程中注意的以下几点：

> 一、注重理论性和思辨性，不用孤立的罗列现象式的叙述法，也不搞繁琐考证，而把重点放到对表面现象之后的社会历史原因的考察上。
>
> 二、注意考查孝道在不同历史发展阶段上的不同特点，同时在微观研究中不忘宏观的鸟瞰，重在弄清孝道发展变化的总体线索。

---

① 金先生在其写作之初曾反复强调过的两点要求是："第一，要从历史实际出发，即要求以大量史料为依据，经过认真的研究，然后才能作出结论，切不可从主观愿望出发，随便地滥用史料来证明自己的观点，说话一定要有史料作依据，不能凭空想当然。第二，要注意历史发展这一特点，历史是不断发展的，在发展中又有阶段性，所以，研究的结论一定要反映历史变动的特点，切忌机械地、平面地观察和理解问题。"康先生以为，"金老要求的这两点决不仅仅对于我所作的课题有指导作用，而且对于整个历史研究都有普遍指导意义。所以，我虽然事实上不能够完全做到这两点，但却心向往之，一直把它作为基本性的原则来记取"。参见《先秦孝道研究》前言，第 5 页。

三、注意多学科的综合研究，以历史学方法为主，同时也不排斥其他方法，尽量应用民族学、考古学、民俗学、伦理学、人类学等学科的新成果。

四、避免道德的、功利的、浅薄的优劣评价，防止实用主义，重在从孝道本身发展变化的轨迹上去探求具有规律性的结论。

康先生说："限于本人的学力，我实际上有好多方面达不到导师和自己的要求。"这是康先生的自谦，我感到金老与康先生所指出的这几方面，的确都是在研究中国孝文化时所当记取和注意的，我在研究、写作的过程中，亦"心向往之"，不过可能也只是"仰止"了，所以感谢康先生数年来对我研究中国孝文化奖掖、提携的同时，我是惭愧的并愿此生继续努力以不负先生之厚望焉！

关心并支持我的《孝经》与中国孝文化研究的师长，还有王玉德先生。先生自上世纪即致力于孝文化研究，我之读博求学、留所任教及工作以来涉及孝文化研究事项等，承蒙先生关照与支持多矣，向来拙于辞达，今兹一并躬谢，并愿在先生一如既往指导下勉力续行！①

"中国孝文化"这门课程的开设及至这本教材的编写，均得到我校教务处的立项建设，其中更有我院彭南生院长、邢来顺副院长、寇富安书记、廖林子老师、吴琦先生曾经给予的鼎力支持与温润关爱。2010年底，"中国孝文化"课程曾遭遇一次小曲折，所幸在院里和教务处李克武副处长、胡中波兄、徐金龙兄的关注下，在刘娜娜、赵润清、邹欢等网上网下、知名与不知名诸君的声援与争取下，"中国孝文化"课程得以在两周间从貌似戛然而止的句号转变为分号，从那时迄今，我继续充满使命感、责任感迈步于这今生无悔的破折号上。其实，这样的师长、同事、友朋是很多的，比如陈勇先生、张京华先生、丁鼎先生、杨春梅老师等学术界同道和洪早清、黄金铸、林日波、洪振强、李志等师兄弟，以及每次回老家都呼朋唤友、吃喝玩唱使我乐不思"鄂"、每至寒暑假就"蠢蠢欲返"的初高中同学们；我想我能够做的，仍是继续秉持小学、完小、初中、高中老师们和大学、硕士研究生、博士研究生、博士后阶段的陈师晓东

① 本书因属讲稿性质，编写过程中曾大量地参考并引用了学术界众多学者的成果，在此一并敬谢！

先生、张师新民先生、周师国林先生、谢师贵安先生等的教诲,感念所有情义,坚定不移地执着下去!

我要特别说到2007年以来选修“中国孝文化”课的不同专业不同年级七批学生共近七百人的支持与鼓励,忘不了每次开课诸君鲜奇的眼神,每次上课诸君与我共鸣的感动与感悟,每次结束时诸君赠我的掌声,每次在亲情歌曲中的沉浸与体味,还有每次诸君上台感言时的坦诚与欣慰,你们当中的大部分人上交的学习体会作业是用心用情来写的,每每读之,我不禁唏嘘潸然,可知写得好的作业在我这里都是有复印留念的哦!它是我讲授“中国孝文化”的收获与记忆,一辈子下来真是一笔弥足珍贵的授业财富!看来孝心无论古今,不管“70后”与“80后”、“90后”,都是内在于我心而共有的,只是自觉性、能动性时有强弱耳。我之所以每次强调填报开课申请表时在选课人数方面总写“多多益善”,在选修限制方面总写“所有专业所有年级”,尽管明知大四的同学因为实习等原因可能会影响“中国孝文化”课堂“上座率”,却仍“一厢情愿”地主观地给每一位即将毕业的同学一个机会,就是因为他们快要踏上社会、不久便成家立业,会比大一、大二、大三的同学们更迅速、更现实地面临家庭孝道、婆媳关系等问题,所以倘若他们在“中国孝文化”课上与我有共同的感动和感悟,并由此使其对孝道亲情有着“青出于‘刚’而胜于‘刚’”的认同与护持,岂不对其家庭包括老少在内四五个人左右的幸福和乐略有助益?曾经有位大四的女生在那个学期“中国孝文化”最后一课告别语、结束曲落下后走到讲台前微笑着对我说:“谢谢许老师,很幸运能在毕业前选修上这门‘中国孝文化’课!”那一刻,包括到今天,使我相信“中国孝文化”课对于她、对于每个用心聆听和感受的学生来说,或许会像我期望他们的温和目光那样温馨地在其人生路上相陪伴吧?现在,已经毕业了的同学们当中有不少娶妻、嫁人、结婚、生子的了,轻轻地问一声:你们还好吗?你们和你们的家人特别是你们的爸妈还好么?相信在你们孝心孝道的孝敬孝顺下,应该是还好吧?

总之,四年来的讲义与课件随着我对《孝经》与中国孝文化研究的持续,不断地积累、推进,材料已愈来愈多而极有必要从此前“百家讲坛”式的动情演讲转化提升至教学研究兼顾型的温情培育,这本教材我自认为绞尽脑汁、精心雕琢、见缝插针地最大化地融汇了我目前手头所有的定稿之前可以争取放进来的二十几万字内容，当然受出版时间和篇幅字数的限制，以及随着本人和学术界同仁年复一年的工作实践，这本教材肯定是要不断修订、补充、完善的，希望同学诸君以及所有关心中国孝文化的国学爱好者们愿意及时地诚挚无间地回馈我宝贵的意见和建议。此外，咱们也都注意到父母在家庭教育、孝道亲情中做的不足乃至不好的一些方面和因素，所以我深感传统的中国家训学亦有研究与普及、继承与开新的迫切性和重要性，这本教材的出版足可为“中国孝文化”一课提供稳当充实的凭借，显然亦预示着我一直对大家说的我的下一个研究目标《颜氏家训》与中国家训学，是很急于要开展的了——孝文化讲孝，子女对父母由下而上；家训学讲教，父母对子女由上而下，两者紧密相关共同构成一个温馨、温暖家庭的必备要素，希望还可以得到诸君的支持与关注，谢谢你们!

或许是我孤陋寡闻吧，我尚未发现国内其他高校现有开设“中国孝文化”课的，希望志同道合的人可以越来越多；并且，关于这样的综合素质公共选修课的开设，我是举双手十二万分地赞同清华大学彭林先生的意见，就如同我从彭先生著述中拜读到的其道德学问一样，彭先生称：

> 港台地区的“通识课”、“共同课”，我们这里叫“素质课”或者“文化素质课”，大家已经选修过不少门了。在我看来，这类课程最大的问题是名不副实，往往开成了纯粹的知识灌输课程。……如果把所有的人文课程都定义在这样一个层次上——你知识储备不够，就给你补充更多的知识——在我看来，这样的定位未免失之过低。因为，即使学生拥有了丰富的知识，也不过是解决了一半的问题，而且不是更重要的一半。如果人文知识不能转化为个人灵魂中的东西，不能对人的气质、涵养有裨益，那么它就只是外在的知识，人格的独立、健全就永远遥遥无期。如果所有的素质课都开成了知识灌输课，失败的就不只是课程本身，而且是整个教育，因为教育的根本任务是培养人格完善的科学人才。我所说的更重要的“另一半”，就是人格教育。①

---

① 《儒家礼乐文明演讲录》前言，广西师范大学出版社 2008 年版，第 4—5 页。

坦率地讲，在没购买并拜读先生这本大作及这段话之前，我对中国孝文化包括所有人文学科研究、普及的价值与意义之所在，便是如此定位的；我常在课堂上对学生讲，我们“人文”学科讲“人文”、“人文”，就是和我们这个肉身的人以及精神的人有关的内容，特别是后者也即精神、涵养、气质这些内在方面，所以，“人文”的内容最应该感动人、感化人、感悟人，它和理工科对外在世界的研究不同。当我拿着笔逐字逐句拜读并划下先生上述阐述时，我是激动的，我发现毛头小伙的我和道高望重的彭先生之真知灼见是相通相合的。① 你知道吗？我和彭先生可是素未谋面从未有过任何现实与网上交往的，只是先生大名如雷贯耳。从先生的这本《儒家礼乐文明演讲录》“大学名师讲课实录”获此相同的课程、相通的理念之共鸣后，我又网购了先生的《礼乐人生——成就你的君子风范》；这两本书被我列入指导本科生、研究生“入门必读书目”中，在课堂上不遗余力地向虽未考进清华却心欲好学努力的华师学子们推荐，告诉他们身处桂子山却也可游艺清华园的这一妙径，而且，更重要的是，它使我坚定地相信我这后生牛犊诚与先生为志同道合者呢！这样的感觉是不会轻易有的，这样的“高攀”前辈的感觉更是弥足珍贵的，就这样，我最终鼓起勇气、壮着斗胆竟失礼冒昧地给彭先生叩书一封邮件，请先生拨冗赐序。我的不完善的讲稿肯定是承负不起先生的片言只语的，然而如先生般坚毅致力于以儒家为代表的中国传统文化、中国孝文化等道德学问的研究与弘扬，斯则此心诚挚可鉴，同事、学生可证，这亦乃是推动我促使我情不自禁敲下那封电子邮件的“给力”之所在；而次日下午当我给研究生讲完“国学概论”课回到家打开电脑登

① 所以我在2010年底“中国孝文化”课程遭遇一次小曲折的个人申诉中亦写道：“尤为根本的是，个人认为，综合素质课或者说大学通选通识课，不应只是专业知识的介绍与讲授，更重要的是人文精神、人文关怀、人文情感、人文理念的塑造与培养，引导与弘扬。这一点，清华大学的彭林先生在其清华大学通选课‘儒家礼乐文明’中开宗明义地予以强调，我本人是极为认同并身体力行的。所以我每次第一节课，都会跟学生讲，我们纵的中国孝文化史的介绍是必要的，但这只是一个背景、依托，重要的是我们要去汲取古人孝道的优良传统，感悟父母的亲情，换言之，一定要在情感上对孝道伦理孝文化有一种深切的认同、关怀和感悟，然后将其体现于日常生活与父母的交往中。”